anagramma

1066

Della stessa autrice:

Un incubo chiamato amore
Come se tu fossi mio
Cose che non abbiamo mai superato

Titolo originale: *The Worst Best Man*

Traduzione dalla lingua inglese di Adriana Altavilla
Prima edizione: luglio 2022

ISBN 978-88-227-7262-6

www.newtoncompton.com

Realizzazione a cura di The Bookmakers Studio editoriale s.r.l.s.
Stampato nel luglio 2022 presso Puntoweb s.r.l., Ariccia (Roma)

Lucy Score

Il peggior uomo della mia vita

The Worst Best Man

Newton Compton editori

A Joyce e Tammy per il vostro tempo, per i vostri consigli gentili, per le raccomandazioni sempre puntuali, e per il vostro sostegno incrollabile

Capitolo 1

La festa di fidanzamento era un inferno. L'oro laminato, i lampadari di cristalli e le distese di marmo italiano del Grand Terrace Ballroom non riuscivano a mascherare il casino in corso. Dalla balconata che dava sulla pista da ballo dell'hotel, Frankie vedeva tutto.

I testimoni dello sposo, nei loro completi Armani e Brioni, erano come dei confratelli troppo cresciuti destinati a rivangare a vita i bei tempi della scuola privata. I loro fondi fiduciari erano abbastanza nutriti da potergli risolvere ogni guaio.

Le damigelle erano anche peggio. Tutte impegnate ad accaparrarsi il marito numero due – o tre, nel caso di Taffany. Andavano a caccia di uomini che potessero garantire loro un accordo prematrimoniale vantaggioso e uno yacht a Saint Tropez.

Per Frankie era un circo in piena regola. Ma avrebbe fatto qualsiasi cosa per la sposa, compreso sostenerla in quel baraccone di matrimonio da trecentocinquantamila dollari. Pru e Chip erano la coppia d'oro dell'Upper West Side. Fidanzati ai tempi del college che si erano poi ritrovati. E Frankie era ben felice di far parte del loro giorno sontuosamente speciale.

Se quella festa di fidanzamento era anche solo un indizio dello sfarzo della location delle nozze, Frankie proprio non sapeva come una ragazza di Brooklyn al verde, sarcastica e capellona, se la sarebbe cavata in mezzo a tutti quei pezzi grossi alle Barbados. Ma per Pru, aveva deciso di fare uno sforzo.

E poi, avrebbe avuto l'occasione di osservare il testimone dello sposo di persona. Agguantò un calice di champagne da un vassoio, strizzando l'occhio al cameriere che le si era avvicinato accanto alla balaustra. Osservò attentamente Aiden Kilbourn. Impeccabile, distaccato, e bello da far male.

«Ancora non ci credo che stiamo dando questa festa», sussurrò la cameriera, Jana. «Nemmeno tra milioni di anni avrei immaginato di vedere lo scapolo d'oro di Manhattan, figuriamoci servirgli dello champagne!».

«Non rovesciargli niente addosso, però, Jan», la ammonì Frankie.

«Vuoi dire, "non fate una roba alla Frankie?"», Jana sogghignò.

Frankie fece spallucce. «Quel tizio mi ha palpato il culo. Che dovevo fare, se non rovesciargli addosso un vassoio di tartine?»

«Sei la mia eroina», sospirò Jana.

«Sì, sì. Vai da loro prima che ritornino sobri. E di' a Hansen che forse dovrebbe stare lontano dal bagno delle signore. Tanto stasera non rimedierà numeri di telefono». Jana rispose mettendosi sull'attenti. «Agli ordini, boss».

Frankie la guardò percorrere le scale con disinvoltura, col vassoio in equilibrio. Non appena Pru e Chip avevano annunciato il loro fidanzamento, aveva rimediato un secondo lavoro in una compagnia di catering, sapeva bene quanto si guadagna a fare affari con i privilegiati. Non aveva intenzione di farsi pagare abito e biglietto aereo da Pru, anche se glielo avevano offerto. Frankie era decisa a frequentare l'alta società solo per quell'occasione, senza accettare alcuna elemosina, anche se rischiava la bancarotta.

Accarezzò l'abito Marchessa di due stagioni prima che lei e Pru avevano scovato in un negozio dell'usato nel Village.

Era difficile trovare dei vestiti d'alta moda che si adattassero alle sue curve. Sia Pru che le altre damigelle erano dei fuscelli. Tutte bionde, tutte magre, tutte coppa B. Be', tranne Cressida. La sua quarta di seno strabordava dal suo Marc Jacobs taglia trentotto. O era stata graziata dalla genetica, oppure non erano vere. Ma senza palparle, Frankie non poteva averne la certezza.

Parlando di ottimi geni, puntò di nuovo lo sguardo sull'uomo in giacca bianca. Aveva una mano infilata in tasca e quella postura disinvolta che era innata nelle persone ricche. A quarant'anni, Aiden era lo scapolo più desiderato di Manhattan. Non si era mai sposato – si era solo accompagnato con una sfilza di belle statuine, la storia più lunga era durata addirittura quasi tre mesi. Sorrideva di rado, a differenza di tutti quegli altri personaggi con i loro sorrisi fasulli sempre incollati alla faccia. Sembrava a disagio quasi quanto lei in quel frangente.

In mezzo alla folla, Pruitt le fece un cenno. Damigella d'onore in servizio. Frankie si armò di sorriso e poi imboccò le scale per unirsi alla festa. Si fece largo tra dorate poltrone imbottite e tavolini d'avorio con tovaglie di lino. Era incredibile quanto il benessere profumasse. In un modo leggiadro, i ricchi sembravano emanare profumo dai loro stessi pori.

«Stai benissimo, Frankie», le disse Pru, dandole due baci sulle guance e una stretta di mano.

«Io? Ma ti sei vista allo specchio? Sembri una modella d'alta moda che finge di essere a uno shooting prematrimoniale».

«Io me la mangerei», disse Chip, lo sposo perfetto, piombando sulla futura sposa per un bacio.

Erano raggianti, e Frankie si sentiva un po' di troppo. «Be', meglio che torni...».

«No, no, devi prima conoscere Aiden», disse Pru, staccandosi un attimo da Chip. Neanche a farlo apposta, Chip fece un cenno al testimone.

«Va bene così. Lo conoscerò alla cerimonia», disse Frankie.

«A Frankie non piace la gente dell'alta società», Pru finse di sussurrare a Chip.

Chip cinse le spalle di Frankie con aria affettuosa. «Meno male che per noi ha fatto un'eccezione, dato che siamo così snob, cazzo».

Francesca scoppiò a ridere. «Avreste dovuto scriverlo sulle partecipazioni».

Hansen, uno dei camerieri, si avvicinò con un vassoio di crostini al patè di manzo, e Chip ne sgraffignò uno. Se lo cacciò in bocca, roteando gli occhi. «Mmm, Frankie, ti siamo grati per le dritte sul catering. Squisito».

Con un cenno del capo, Frankie indicò a Hansen il padre di Pru, fermo in un angolo con lo sguardo torvo. Non aveva mai digerito che un mese dopo la laurea Chipper Randolph III avesse scaricato, senza troppe cerimonie, la sua bambina che invece si aspettava un anello. Ma tutta quella baldoria l'avrebbe pagata di tasca sua, e Frankie voleva assicurarsi che avesse la pancia piena per evitare ogni accesso d'ira.

«Chip. Pru». La sua voce era di un tono più grave di quella di Chip. Calma, profonda. Frankie avrebbe quasi voluto fargli leggere la lista della spesa che aveva infilato nella pochette, solo per sentirgli pronunciare "Edamame".

«Aiden!». Senza dimenticare le buone maniere, Chip si voltò verso il suo migliore amico per fare le presentazioni. «Frankie, ti presento Aiden Kilbourn, il mio testimone. Aiden, lei è Francesca Baranski, la damigella d'onore».

«Frankie», ripeté Aiden, porgendole la mano. «Nome interessante».

Frankie gli strinse la mano con sicurezza. «Tra gli invitati abbiamo una Taffany e un Davenport, e sarei io quella col nome particolare?».

La sua espressione già fredda si fece quasi glaciale. Ovviamente, non era abituato a essere contraddetto da una persona di rango inferiore. «Il mio era solo un commento».

«Stavi giudicando in maniera avventata», controbatté lei.

«A volte è impossibile non giudicare».

Gli stava ancora stringendo la mano. Per il fastidio aveva stretto la presa. Finiti i saluti, Frankie ritirò la mano bruscamente.

«Allora Aiden», Pru ruppe il ghiaccio. «Ho conosciuto Francesca durante il primo anno alla NYU. È intelligente – borsa di studio completa – e si è laureata con un semestre d'anticipo e col massimo dei voti. Francesca lavora part-time per un'associazione non profit e intanto studia per un master.

Frankie fulminò l'amica con lo sguardo. Non c'era bisogno che la sua migliore amica la lodasse davanti a uno snob idiota.

«Aiden è il direttore generale dell'azienda di famiglia. Fusioni e acquisizioni», intervenne Chip. «Non ricordo la sua media dei voti a Yale. Ma non era alta come la tua, Frankie».

Lei stava per congedarsi e rintracciare un altro vassoio di champagne, quando il DJ cambiò canzone. Sulle prime note di *Uptown Funk*, metà dell'élite di Manhattan si riversò sulla pista da ballo, come se avesse appena saputo del lancio della nuova Birkin.

Pru le si aggrappò al braccio. «La nostra canzone!», strillò. «Andiamo!».

Frankie permise a Pru di trascinarla fino in pista. In automatico, cominciarono ad accennare i passi di una coreografia inventata due anni prima, dopo una delle rotture moderatamente deludenti di Frankie. Avevano spazzolato due pizze e tre bottiglie di vino e passato la serata a coreografare lo sculettamento perfetto.

«Non ho capito se steste flirtando o litigando», gridò Pru oltre la musica.

«Flirtando? Scherzi, vero? Io non sono per niente alla sua altezza».

Capitolo 2

Quando aveva attraversato l'atrio di marmo del Regency Hotel, una delle proprietà di famiglia, Aiden aveva già il mal di testa. E sapeva che una serata trascorsa in compagnia di un branco di testimoni dello sposo e di qualche decina di donne che volevano solo accasarsi, assicurarsi un investimento, o supplicarlo per qualche consiglio gratis, avrebbe solo peggiorato la situazione.

Ma quello era il prezzo da pagare per il privilegio. Consegnò il calice vuoto a un cameriere di passaggio, desiderando uno scotch. Ma bere sul mal di testa non gli sarebbe servito a niente.

«Che ne dici di Margeaux?», domandò Chip, indicando col mento una bionda altissima e snella. Indossava un abito dorato con uno spacco che le arrivava fino al mento. Era mozzafiato, capelli perfetti, trucco impeccabile. Non mangiava mai né sorrideva in pubblico.

«Ma neanche per sogno. A letto sarà praticamente un cubetto di ghiaccio». Da quando Chip aveva trovato la sua felicità perenne con Pruitt, si era imposto l'obiettivo di trascinare con sé su quella strada anche il suo migliore amico.

«Già, fa paura», concordò Chip. «Ma Pru è stata la sua damigella d'onore, quindi...», trasalì. «Ti farò un favore e ti risparmio Taffany».

«Grazie», rispose Aiden seccamente. La ragazza in questione si era ribattezzata Taffany dopo che una cugina di secondo grado aveva chiamato sua figlia Tiffany. Era la festaiola per eccellenza. Mai una settimana che non finisse su tutti i blog di gossip con le parti intime in bella mostra per via di quei vestiti talmente corti da sembrare magliette, mentre ruzzolava dal SUV di qualche rockstar parcheggiato davanti a un locale.

«E Cressida?», propose Chip, alzando il bicchiere verso un'altra bionda. Il suo seno proprio non voleva saperne di stare dentro i confini del suo corsetto d'alta moda. Per il resto era uno scheletro abbronzato. Aveva un'espressione corrucciata e continuava a camminare avanti e indietro in uno spazio di tre metri, urlando al telefono in tedesco.

«Sembra carina», fu il commento sarcastico di Aiden.

«Sembra una che ti taglierebbe le palle e poi ti chiederebbe il riscatto», disse Chip divertito.

«E Frankie?», domandò Aiden, ci stava prendendo gusto. La cercò con lo sguardo sulla pista da ballo. Aveva i capelli scuri, spessi, pieni di ricci. Il vestito dorato a sottoveste faceva risaltare le curve sinuose del suo corpo. La bocca carnosa curvata in un sorriso affabile mentre rideva per qualcosa che Pruitt le aveva detto.

«Ah, lei è troppo per te», disse Chip. «Sveglia e sarcastica. Sarebbe troppo impegnativa».

«So dove vuoi arrivare», commentò Aiden. Fermò un cameriere e ordinò un Macallan. Uno solo non gli avrebbe fatto male. Meglio allentare la tensione.

«Dove voglio arrivare? Sto cercando di salvarti da una donna che palesemente non è il tuo tipo».

«E quale sarebbe il mio tipo?», domandò Aiden, pentendosene subito dopo.

«Alta, magra da far paura. Una che non sorride né parla troppo. Che vuole solo aggiungerti tra le sue conquiste per rendersi più attraente agli occhi del prossimo potenziale marito».

«Non è detto che quello sia il mio tipo», ribatté Aiden.

«Ma solo una che non se la prende per l'accordo prematrimoniale».

«Frankie se la prenderebbe», commentò Chip. «Ma credo che potrebbe anche farti pentire. È una tosta, Aiden».

Aiden osservò la donna in questione che intanto si dimenava e si pavoneggiava all'unisono con Pruitt. Si muoveva come una dea, che tenta i mortali col suo corpo peccaminoso. Nella sua esperienza, le donne avevano la tendenza a mettersi in mostra a tavola oppure in camera da letto. E Francesca era una da camera da letto.

Voltò le spalle alla pista da ballo.

«Quando la pianterai di cercare di trascinarmi nel paradiso dei monogami?», chiese a Chip. Il suo amico sorrise. «Quando troverai qualcuno che ti faccia provare quello che provo io per Pru».

«Sono un Kilbourn. Noi non siamo capaci di sentimenti. Solo di fusioni vantaggiose».

«Un'affermazione piuttosto triste», commentò Chip, dandogli una pacca sulla spalla. La cameriera, una ragazza piccoletta con una ciocca blu tra i capelli scuri, si precipitò da lui. Un bicchiere di scotch stretto tra le mani.

«Ecco a lei, signor Kilbourn», disse senza fiato.

«Grazie... Jana», rispose lui gettando un'occhiata alla targhetta col nome.

La ragazza spalancò la bocca per lo stupore, poi indietreggiò con gli occhi che le brillavano.

«Visto? Perché non sfoderi quel fascino anche con Frankie?»

«Non mi interessa una così...».

«Divertente? Intelligente? Sexy?», incalzò Chip.

«Appariscente», lo corresse Aiden. «Balla come se avesse fatto la cubista. E probabilmente lo prenderebbe come un complimento».

«No, per niente», annunciò una voce roca alle sue spalle.

Cazzo.

Chip, bravo a stemperare la tensione, si dipinse un sorriso innocente sul viso. «Frankie! Aiden non ti aveva visto», disse deciso.

«Aiden non mi pare uno che nota le persone sotto una certa fascia di reddito. Perché sprecare il suo tempo?», ribatté Francesca.

Cercò subito il suo sguardo, senza esitare. Anzi, lo trapassò con quei suoi occhi verde-azzurri. Era stato un cretino. In genere, si guardava bene dall'esprimere opinioni in luoghi pieni di orecchie indiscrete. Incolpò il mal di testa, i tre calici di champagne a stomaco vuoto.

«Pru chiede se puoi prenderle un drink e salvarla dalle gemelle Danby. L'hanno incastrata vicino alle scale». Frankie indicò il lato opposto della sala.

«Col vostro permesso, vado a salvare la mia fidanzata. Niente spargimenti di sangue», ordinò Chip, puntando il dito contro Frankie.

«Non ti prometto niente», gli gridò alle spalle. Poi si rivolse ad Aiden, gli occhi le brillavano di stizza. «Be', se permetti – ma non me ne frega un cazzo se non lo fai – non voglio passare la serata a guardarti».

Lo liquidò, girando i tacchi e gettandosi quella cascata di capelli oltre la spalla.

«Aspetta», disse lui sottovoce, cingendole il polso.

«Giù le mani, Kilbourn, altrimenti quando avrò finito con te sarai Mortbourn».

La lasciò andare ma le tagliò la strada. «Permettimi di scusarmi».

«*Permetterti*?», Francesca incrociò le braccia. «Senti, lo so che sei abituato a parlare con servitori e sottoposti, ma lo vuoi un consiglio? Non pretendere che qualcuno ascolti le tue scuse merdose. Intesi?».

Il mal di testa gli faceva pulsare anche gli occhi. Nessuno si rivolgeva a lui in quel modo. Neanche i suoi più cari amici.

«Ti prego, vorrei chiederti scusa», disse, serrando la mascella. Le prese il gomito e la guidò verso una nicchia dietro una pesante tenda dorata.

L'oscurità gli alleviò un po' il dolore, poi si pizzicò il naso, sperando che se ne andasse del tutto.

«Che ne diresti di risparmiarci un po' di tempo?», suggerì Francesca. «Non disturbarti a chiedere scusa, lo sappiamo tutti e due che volevi fare lo stronzo, e io non mi disturberò a perdonarti perché non me ne frega un cazzo di quello che pensi di me. D'accordo?».

C'era un divano color crema coperto di seta, e Aiden si sedette. Le pulsazioni gli davano la nausea. «Senti. Non sono partito col piede giusto, e per questo ti chiedo scusa».

«A futura memoria: "Ti chiedo scusa" non suona sincero quanto un "mi dispiace". Hai mal di testa?».

Il cambio di argomento gli fece girare la testa. Chiuse gli occhi. Annuì.

«Emicrania?», incalzò lei.

Scrollò le spalle. «Può darsi».

Lei mormorò qualcosa tra sé e sé, e quando lui aprì gli occhi stava rovistando nella borsetta.

«Tieni», gli porse due pillole. «Farmaci».

«Li prendi anche tu?».

«No, ma Pru sì quando è stressata. E non volevo che finisse sul punto di vomitare durante la sua festa di fidanzamento».

«Molto gentile e premuroso da parte tua».

«Sono la damigella d'onore. È compito mio. Ora prendile, da bravo».

Sollevò il bicchiere, ma lei lo fermò afferrandogli il polso. «Non fare il cretino. Con l'alcol è peggio». Gli tolse il bicchiere e sporse la testa oltre la tenda. La sentì fare un breve fischio e, un attimo dopo, ringraziò qualcuno chiamandolo per nome, poi gli porse un bicchiere di acqua ghiacciata.

«Conosci quelli del catering?», domandò, cercando di fare conversazione mentre buttava giù le pastiglie.

«Sono io il catering. Secondo lavoro. Questa è la mia serata libera». Lo disse come se lo stesse sfidando a trovarci qualcosa di sbagliato. «Vuoi che ti chiami un Uber?», gli propose a un tratto.

«Ho la macchina giù».

«Ah, ma certo».

«Perché sei così gentile con me?». Aiden si massaggiò la tempia.

«Forse per rinfacciarti che sei uno stronzo. O forse ti ho appena dato due pillole anticoncezionali al posto dell'aspirina per vederti soffrire».

«Forse me lo merito».

La tenda tremolò, e la cameriera con i capelli blu fece capolino. «Ecco la Coca-Cola», sussurrò.

Appena lo vide, sbarrò gli occhi e si fece da parte.

«La rendo nervosa», commentò Aiden.

«Meno male che sei bello e ricco, perché non hai dalla tua un grande carisma. Tieni, bevi. La caffeina ti farà bene».

Buttò giù la Coca e appoggiò la testa allo schienale. «Grazie».

Si stava prendendo cura di lui, nonostante il commento sulla sua presunta esperienza come spogliarellista. Era uno stronzo e si chiedeva da quanto fosse diventato così.

Lei gli prese il bicchiere. «Resta qui finché non farà effetto», gli suggerì, poi si voltò verso la tenda.

«Dove vai?»

«Torno alla festa così posso scuotere il culo davanti a tutti quegli scapoli appetibili».

«Peccato che me lo perderò».

«Chiudi il becco, Kilbourn».

Capitolo 3

L'aereo toccò la pista come fosse una pietra, e la brusca frenata provocò uno sballottamento generale a bordo. Dal suo sedile centrale, Frankie non vedeva granché del paradiso tropicale fuori dal finestrino. Era schiacciata tra un ragazzo che a giudicare dall'odore non faceva la doccia da quattro giorni e un vecchietto che si era addormentato appena decollati e le aveva dormito sulla spalla per un'ora.

Doveva fare pipì e avrebbe ucciso per un panino con l'arrosto, ma almeno erano atterrati e adesso doveva solo superare dogana e immigrazione. Entro un'ora, massimo due, avrebbe affondato i piedi in quella finissima sabbia bianca, con un cocktail e un sandwich in mano.

Frankie aspettò che l'anziano narcolettico si alzasse e poi, divincolandosi, lo seguì nel corridoio per aiutarlo con il trolley.

Si trascinò dietro la sua valigia, felice che Pru avesse insistito per far spedire i vestiti delle damigelle con l'aereo di suo padre. Gli altri invitati erano partiti su voli privati che avevano noleggiato in gruppo. Proseguì a tentoni lungo il corridoio, verso gli assistenti di volo col sorriso sempre stampato in faccia e verso il vento umido. Poi raggiunse la scala mobile e inforcò gli occhiali da sole. Ventotto gradi e una brezza leggera. Forse poteva andarle peggio. Anche se il volume dei suoi capelli era raddoppiato all'istante.

Seguì gli altri passeggeri sulla pista e nel lungo edificio basso che era il Grantley Adams International Airport. La fila proseguì zigzagando. Turisti ansiosi, pronti a vedere quel paradiso che ammiravano scrollando lo schermo del telefono. Invece Frankie si accontentava di osservare la gente. La fila per i residenti era breve e sorprendentemente efficiente, i viaggiatori delle Barbados vennero riaccolti a casa. Alla sua destra c'era la fila prioritaria in cui i turisti carichi di bagagli Louis Vuitton ed enormi cappelli da sole venivano scortati dagli operatori dei resort incaricati di andare a prenderli.

La fila di Frankie proseguiva a passo di lumaca, con genitori isterici che cercavano di destreggiarsi tra le domande dei funzionari e i marmocchi irritabili, e giovani saccopelisti incollati al telefono, a cui serviva una spintarella a ogni avanzamento della fila.

Uno di loro incrociò il suo sguardo e le sorrise.

«Salve», disse dolcemente, scostandosi dalla fronte una ciocca di capelli biondi.

Oh, santo cielo, era di sicuro australiano.

«Ciao», rispose.

«Vieni qui spesso?».

Lei rise.

«Posso offrirti da bere?»

«Se riesci a trovare un bartender in questo posto, sì, certo che puoi».

La fila avanzò e la donna alle spalle del ragazzo – in visiera parasole a fiori e camicia hawaiana – lo invitò a proseguire.

«Ci vediamo», ammiccò.

Si ritrovarono un attimo dopo, dato che la fila si era bloccata nello stesso identico punto.

«Di nuovo tu. Dev'essere il destino».

«Ah, ci sai fare. Ma scommetto che non sarebbe la stessa cosa senza il tuo accento», gli disse Frankie.

«A me il tuo piace», le confessò lui.

La nonna di Boca Raton diede un'altra spintarella all'australiano.

«Scusa, tesoro. Ma c'è un margarita ghiacciato che mi aspetta», disse a Frankie mentre avanzavano.

A Frankie capitò una funzionaria dell'immigrazione sui vent'anni, dall'espressione accigliata, con un trucco degno di un tutorial su YouTube.

«Buona permanenza», le disse, infilando il passaporto nella fessura del plexiglass. Dal tono si capiva che non gliene fregava un bel niente della permanenza di Frankie. Ma sono cose che capitano quando hai a che fare con tre aerei carichi di turisti irascibili.

Al ritiro bagagli, Frankie proseguì dritto. Dato che il vestito gliel'avrebbe portato Pru, era riuscita a stipare tutto il necessario nel trolley e si era risparmiata la tariffa per i bagagli in stiva. Un piccolo trionfo in quell'anno di spese folli. I due bridal shower, la festa di fidanzamento solo per ragazze, la festa di fidanzamento normale, l'addio al nubilato e ora il matrimonio. Le avrebbe fatto comodo un terzo lavoro. Ma le sarebbe bastata qualche altra settimana col servizio di catering per saldare la carta di credito e smettere di spendere soldi come se le ricomparissero come per magia nel portafogli ogni mattina. Alla dogana erano più svelti. Una rapida occhiata alla borsa, ed era già diretta all'uscita. Il telefono iniziò a squillare, dentro la borsa da spiaggia che le faceva anche da borsa normale.

«Ciao Ma».

«Oh, grazie a Dio! Ti credevo morta». I Baranski sono un tantino melodrammatici.

«Non sono morta, Ma. Però sono in paradiso». Le porte automatiche si aprirono e lei venne travolta dal caldo. Si trovava in un'area coperta piena di turisti dall'aria smarrita e tassisti che somigliavano ad avvoltoi intorno alle carcasse.

«Perché non mi hai chiamato appena atterrata? Me lo avevi promesso». Sua madre era un mix di normale istinto di protezione e ormoni, ormai convinta che tutti i suoi figli fossero in perenne pericolo di morte o peggio, destinati a rimanere single e senza prole mentre le sue amiche diventavano nonne.

«Ho passato la dogana due secondi fa, mamma. Non è che puoi metterti a ciarlare al telefono mentre ti controllano».

Sua madre sbuffò. May trovava assurda l'idea che qualcuno potesse impedirle il solito controllo sicurezza su uno dei suoi figli.

«Parlami del volo», chiese May. Frankie sapeva che era colpa sua. Adorava i suoi genitori, parlare con loro, ma tra una cosa e l'altra erano arrivati a chiamarsi quasi tutti i giorni solo "per sapere come stai" o "così, per sentirti".

Cavolo, la metà delle volte era lei a chiamare. Sua madre era fonte d'informazioni sui pettegolezzi di vicini e parenti.

«È stato lungo e l'aereo era affollato», rispose, scrutando il cartello con la scritta "Taxi". Elencava le mete dell'isola e le tariffe, ma lei ovviamente non ricordava in quale zona fosse il resort.

«Quarant'anni fa io e tuo padre siamo stati in luna di miele nelle Florida Keys», esclamò May. «Anche lì è così bello?».

Frankie non era mai stata nelle Florida Keys, e delle Barbados finora aveva visto solo la fila dei taxi. «Scommetto che le Keys sono stupende», disse a sua madre. «Senti, Ma. Devo andare. Ti richiamo domani, ok?»

«Perché? Che succede?»

«Niente, niente. Devo fermare un taxi».

«Perché Pru non ha mandato una macchina a prenderti?», strillò sua madre. «Stai per salire in macchina con uno sconosciuto?»

«Anche un autista mandato da Pru sarebbe stato uno sconosciuto». La puntualizzazione di Frankie servì a poco.

«Ti proibisco di farti derubare o molestare».

Frankie urtò qualcuno e si girò per scusarsi.

«Ah, eccoti. Già ci credevo due amanti sventurati, destinati a non incontrarsi mai più». L'australiano si stava sistemando lo zaino che lei per poco non aveva fatto cadere.

«Devo andare, Ma».

«Che succede?»

«C'è un bel ragazzo che mi guarda».

L'australiano sorrise.

«Riattacca e flirtaci! E vedi di tornare fidanzata!». E mise giù per darsi ai preparativi dell'agognato matrimonio della sua unica figlia.

«Scusa», disse Frankie con un sorriso dolce. «Ero sovrappensiero».

«Puoi sbattermi addosso tutte le volte che vuoi». Non era bello da far male. Non come quel Kilbourn, un diavolo in giacca e cravatta. Ma era carino, affascinante e molto, molto abbronzato. I suoi capelli, di un biondo scolorito, avrebbero avuto bisogno di una spuntatina. Portava vestiti comodi e stropicciati.

«Dimmi che sei un surfista australiano», sospirò Frankie. Era passato un po' dal suo ultimo orgasmo non autoindotto. Non si era data granché da fare con gli appuntamenti, e i due lavori non le lasciavano troppo tempo per quel tipo di divertimento. Magari una scappatella tropicale con un surfista sexy avrebbe scosso la sua piatta vita sessuale.

«Proprio così. Dimmi che ti piacciono i surfisti australiani e che possiamo condividere un taxi così potrò sfoderare il mio fascino per convincerti a uscire con me».

Frankie scoppiò a ridere. Disinvolto, affascinante, divertente. Perfetto.

Abbassò gli occhiali. «Non sono mai stata con un surfista australiano, quindi non potrei chiedere di meglio».

I suoi occhi blu, dello stesso colore del mare che avevano appena sorvolato, si allargarono in segno di apprezzamento.

«Dove alloggi?»

«Al Rockley Sands Resort».

«E ti pareva». Si rabbuiò. «È a nord di Bridgetown. Io sono dall'altra parte dell'isola».

«Francesca».

Doveva essere un miraggio. Ne era certa. Non poteva essere Aiden Kilbourn, quello appoggiato alla jeep in bermuda e camicia button down a maniche corte. Scarpe da barca e Ray-Ban. Aveva la barba un po' più incolta dell'ultima volta.

«Che ca...».

«Ti chiami Francesca, mi pare di capire», disse l'australiano.

«Sì, ma... non siamo insieme».

Aiden si alzò dal parafango e le andò incontro.

«Andiamo». Fece per prenderle la borsa. D'istinto, Frankie gliela strappò dalle mani.

«Prendo un taxi», precisò.

«Invece no».

«Aiden, ho detto a Pru che avrei preso un taxi».

«E io le ho detto che sarei venuto a prenderti».

«Francesca, è stato un piacere conoscerti, ma devo andare», disse l'australiano, indietreggiando.

«Ah, ma...».

«Magari ci vediamo in giro per l'isola». Le mandò un bacio, salutò Aiden con un "bella", e si allontanò a passo disinvolto alla ricerca di un taxi.

«Maledizione, Aiden. Non gli ho neanche lasciato il mio numero».

«Che peccato». Sistemò la borsa nel portabagagli e la legò con una fascetta.

«Allora, come funziona? Stai facendo la tua buona azione quotidiana dando uno strappo a una povera spogliarellista?», incalzò lei.

«Mi sembra di averti già chiesto scusa».

«Delle scuse profondamente sentite», gli ricordò Frankie.

«Sali su questa cavolo di macchina».

Capitolo 4

Aiden aspettò che lei mettesse la cintura prima di prendere la strada principale. Non aveva proprio detto a Pruitt che sarebbe andato a prendere Francesca. La sera prima l'aveva sentita per caso parlare dell'arrivo della damigella d'onore. Era arrivato lì con loro per tenere d'occhio Chip. Già una volta aveva messo a rischio la felicità di Chip e Pruitt e stavolta si sarebbe assicurato che non succedesse di nuovo.

E poi, avrebbe avuto un'ottima scusa per passare del tempo da solo con Francesca. Aveva pensato a lei – e tanto anche – dopo la festa di fidanzamento. Lei era… interessante. E, cavolo, il suo rimedio contro il mal di testa aveva fatto miracoli.

Doveva fare qualcosa per quelle emicranie, scoprirne la causa. E aveva deciso di sfruttare il viaggio per pianificare un po' di cose. Per progettare. Ne era passato di tempo dall'ultima volta che aveva fatto qualcosa per risolvere la confusione.

«Hai fatto buon viaggio?», domandò.

«Certo. Ma sarebbe andato meglio se quel surfista mi avesse lasciato il suo numero».

«Ti piacciono quelli così?»

«Ahahah», gli puntò un dito contro. «Tra tutte le persone tu sei il meno autorizzato a commentare i miei gusti».

«Io?», chiese, accelerando per superare una rotatoria.

Frankie si aggrappò alla maniglia sopra il cruscotto, ma non gli chiese di rallentare.

«Be', basta guardare le tue ultime conquiste: una sfilza di bionde scheletriche intente a fare shopping, sorridere e scattarsi foto».

Era vero. Ma a Manhattan l'offerta era quella. Centinaia di it-girl benestanti tutte uguali, persino nei comportamenti e negli obiettivi di vita.

«Conquiste. E quel bambolotto sarebbe stato la tua?»

«Sta' zitto».

Aiden rallentò bruscamente per superare un pick-up che stava accostando davanti a un banco che vendeva noci di cocco. A Manhattan guidava di rado e lo aveva rallegrato scoprire che il codice stradale dell'isola era formato più da suggerimenti che non da vere e proprie norme. Lo riportò indietro ai giorni delle sue corse. L'unica volta in vita sua in cui si era sentito spensierato.

«Gesù, Aide», disse Frankie, afferrando la maniglia appena imboccarono la rotatoria successiva.

Quel nomignolo, così all'improvviso, gli suonava strano... affettuoso, intimo. «Benvenuta alle Barbados», ribatté, sbucando dall'altra parte della rotatoria.

Lei lasciò andare la maniglia per tenere a bada la chioma che svolazzava indomabile. La raccolse sulla testa e la legò con un elastico. Lui la guardò da capo a piedi. Il top rosa e gli shorts bianchi che facevano risaltare la pelle olivastra delle gambe. Aveva il Mediterraneo nel sangue. Ci avrebbe scommesso. Nessuna bionda scheletrica era come Francesca Baranski.

«Occhio alla strada, bello», disse seccamente.

«Mi chiedevo se oggi fosse il giorno della tenuta casual».

«Questo è l'unico outfit di tutta la vacanza che non dovrà essere coordinato con quello delle altre damigelle, e non mi rovinerai il divertimento».

«Outfit coordinati?». In quel momento era felice di non essere una donna.

«Questo e altro per gli amici», disse Frankie. «Ma tu non saprai neanche di cosa sto parlando».

E questo era il motivo per cui Aiden aveva una cerchia ristretta. Minuscola, anzi. Non era socievole, non amava le attenzioni e le feste. Gli piaceva fare soldi, affrontare sfide, trovare la soluzione più creativa a problemi cronici.

«Wow. Guarda che mare!». Con un dito senza manicure indicò alla sua sinistra e si sporse verso di lui per guardare meglio. L'autostrada correva a filo con il turchese del mare dei Caraibi. Lui annusò il profumo dei suoi capelli, un odore esotico, speziato. E per un meraviglioso istante, gli venne in mente l'immagine di Frankie nuda e distesa sul suo letto.

«Da incorniciare», concordò Aiden.

«Sei già stato qui?», chiese Frankie, rovistando nella borsa. Con aria trionfante, tirò fuori un tubetto di protezione solare.

«Stai cercando di fare conversazione?»

«Ho pensato che tra un "oceano bellissimo" e un "vieni qui spesso" non rischiamo di litigare». Si versò la lozione sui polpastrelli e se la massaggiò sul viso. Aiden si domandò da quanto tempo non gli capitava di vedere una donna che non avesse trucco e parrucco impeccabili. Per quelle con cui usciva il concetto di "naturale" era un segreto ben custodito.

«Ah, mi sa che io e te siamo capaci di litigare su qualsiasi argomento», commentò Aiden. Lei mugugnò una risposta e non si dilungò oltre.

«Cosa?», chiese lui.

«*Cerco* di essere gentile. Siamo qui per Pru e Chip e non ho intenzione di rovinargli il matrimonio mettendomi a discutere con te».

«Proprio non ti piaccio, vero?», chiese Aiden con un ghigno.

«No. Ma questo non mi dà il diritto di fare la stronza. Alcuni di noi hanno ricevuto insegnamenti migliori».

Una stoccata per lui, ma anziché farlo incazzare, lo divertiva.

«A te cos'hanno insegnato?», incalzò.

«Ah, ah». Francesca scrollò la testa. «Non ci fingeremo interessati l'uno all'altra. Non ci piacciamo, e non dobbiamo farlo per forza. Tu pensa a te, e io penso a me. Supereremo il momento delle foto ufficiali e il ballo al ricevimento, dopodiché non saremo costretti a rivederci mai più».

Aiden scoppiò a ridere. Un suono, quello delle sue risate, che non sentiva spesso.

«Non è che non mi piaci».

«Non attacca, Kilbourn. Allora, arriviamo al resort in silenzio, e io me ne starò seduta qui e fingerò che tu sia un bel surfista australiano».

«Ma non ho intenzione di lit…».

«No, no. Non si parla. Guida. In silenzio».

Aiden sorrise scrollando la testa, e mollò la presa. Sfrecciarono lungo l'autostrada stretta, schivando le buche e fermandosi di tanto in tanto per lasciar attraversare il pedone di turno. Superarono spiagge bianche con palme sferzate dal vento e turisti bruciati dal sole. La carreggiata si restrinse non appena svoltarono per Bridgetown. Si lasciarono alle spalle vetrine e bancarelle di prodotti agricoli, qualche negozio di lusso, fino al porto che accoglieva le navi da crociera.

Frankie non riusciva a staccare gli occhi dal mare.

Era stupendo. Di quel blu che esiste solo nelle cartoline. E quel vento tropicale rendeva l'atmosfera anni '80 mite, non oppressiva. Non che a lui piacesse. Quel weekend lungo sarebbe stato all'insegna degli svantaggi della ricchezza e del privilegio. Obblighi sociali, responsabilità familiari, e – dato che era vicino a Chip più del suo fratellastro – festeggiamenti ingiustificati. Per un matrimonio era davvero necessaria tutta quella fanfara? Gli sposi non dovrebbero desiderare qualcosa di più privato, più significativo? Accelerò su una piccola pendenza, rabbuiandosi.

«Com'è possibile che fai quella faccia di fronte a tutto questo?», gli chiese Frankie, indicando il panorama mozzafiato davanti a loro.

«Avevo capito che non dovevamo parlare».

«Giusto. Mi sono distratta guardandoti, sembra che tu abbia ingoiato un limone intero. Ora mi taccio».

Neanche a farlo apposta, il telefono di Aiden prese a squillare. Lanciò uno sguardo allo schermo, accigliandosi ancora di più.

«Che c'è, Elliot?», rispose con un tono brusco. Le telefonate del suo fratellastro significavano una cosa sola.

«Com'è il paradiso?».

Meno cose gli diceva, e più facile sarebbe stato contenere il danno.

«Che cosa vuoi, Elliot?»

«Dobbiamo parlare del voto al consiglio di amministrazione». Dalla voce, capì che era passato dalla gentilezza alla macchinazione.

«Ne abbiamo già parlato. Non cambio idea», fu la risposta secca di Aiden.

«Mi sa che non ci hai pensato bene».

«Non nominerò Donaldson direttore finanziario. È sotto indagine per frode da parte della sua ultima società. Non ti aspetterai che gli lasci tutte le nostre proprietà e chiuda un occhio?»

«Le voci sulla frode sono gonfiate. Era solo un conto in sospeso con una ex amante».

Aiden sentì chiaramente il tintinnio del metallo contro una palla, seguito da un applauso sommesso.

«Sei di nuovo sul campo?». Elliot passava più tempo a giocare a golf, a bere e a scoparsi la popolazione femminile della città di quanto non ne passasse dietro alla sua scrivania nel suo elegante ufficio, giusto un piano sotto quello di Aiden. «Solo una partitella veloce con un cliente».

Tutte cazzate, ma Aiden non aveva le energie per chiedergliene conto. Il fatto era che la responsabilità di gestire l'azienda di famiglia e le loro molteplici proprietà gravava sempre di più sulle sue spalle, dato che il padre era pronto a fare un passo indietro. L'interesse di Elliot si risvegliava solo quando qualcosa lo toccava personalmente. Aiden non aveva ben capito la connessione tra Elliot e quel ladro, imbroglione di Donaldson, ma non era disposto a farsi da parte e lasciare a suo fratello il compito di eleggere il nuovo direttore finanziario della Kilbourn Holdings.

«Il mio voto rimane quello. Per me è un no. Devo andare». Riagganciò prima che suo fratello potesse protestare, e poi spense il telefono per evitare il solito assedio di messaggi e telefonate.

«Problemi d'affari?», gli chiese Frankie senza neanche guardarlo.

«Problemi di famiglia con un'aggiunta di affari».

«Forse non dovresti mischiare affari e famiglia».

Le lanciò un'occhiata veloce. Aveva il viso rivolto al sole, le labbra leggermente ricurve.

«Non è così semplice».

Adesso si degnò di guardarlo, abbassando gli occhiali. «Come tutte le cose davvero importanti».

Superato il cancello e le alte mura giallo chiaro, il resort era cinto dall'oceano. La sera prima, al suo arrivo, Aiden non ci aveva neanche fatto caso. Ma osservando la meraviglia di Frankie di fronte al panorama rigoglioso e il tragitto suggestivo, si lasciò andare e si dimenticò della sua famiglia e degli affari. L'hotel si ergeva su tre piani di stucco e pietra, due ali circondate da un atrio open space su due livelli. La vegetazione continuava all'interno, con dei vasi colorati che cingevano una fontana. C'era un bar su entrambi i lati dell'atrio e un affaccio diretto sull'oceano.

«Wow», sussurrò Francesca alle sue spalle.

La donna alla reception, che indossava una vivace sciarpa annodata color giallo canarino, alzò lo sguardo dal computer.

«Spero che il soggiorno sia di suo gradimento, signor Kilbourn», il leggero accento isolano dava un certo ritmo alle sue parole.

«Ma certo», la rassicurò.

«La signora Baranski deve fare il check-in».

«Subito. Benvenuta, signora Baranski».

«Grazie. Il resort è bellissimo», disse Frankie con un sorriso aperto che a lui non aveva mai rivolto.

Come se avesse percepito i suoi pensieri, Frankie si voltò a guardarlo. Lo squadrò da capo a piedi con aria perplessa. «Grazie per il passaggio. Ora puoi andare».

Lui le fece un sorriso malizioso. Francesca Baranski non aveva idea che stava giocando col fuoco. Lui non era uno che si lasciava liquidare così. Le si avvicinò, spingendola contro il banco, e nei suoi grandi occhi scorse lo stupore, il timore. Ma c'era anche qualcos'altro. Una piccola scintilla, un moto di desiderio.

Aiden le prese la mano e se la portò alle labbra.

«Il piacere è stato tutto mio». Vide la pelle d'oca sul suo braccio e sorrise.

«Sono sicura che di solito sia così», ribatté, ritraendo la mano con uno strattone e dandogli le spalle.

Capitolo 5

Aiden lasciò Frankie alla reception e seguì lo scrosciare delle onde. Si fermò al bar, combattuto, poi cambiò idea e proseguì fuori.

Aveva bevuto troppo negli ultimi tempi. Una specie di medicina per lo stress cronico che lo tormentava. I suoi sembravano decisi a prendere solo pessime decisioni negli affari. Per troppo tempo aveva ignorato la cosa, e preferito focalizzarsi sulle sue sole responsabilità. Ma ora la sua presenza era necessaria. E guai se avesse permesso a qualcuno – familiari compresi – di distruggere una realtà che durava da tre generazioni.

Con le mani in tasca, gironzolava per la terrazza di pietra corallina, la camicia sferzata dal vento. La piscina a sfioro luccicava al sole. Un gruppetto di ospiti gustava ceviche e champagne al ristorante all'aperto alla sua sinistra.

Seguì il percorso lungo le scale e poi a destra, dove si inoltrava tra spiaggia e vegetazione. Magari il padre di Pruitt non aveva una grande opinione di Chip come genero, ma questo non gli aveva impedito di spendere una fortuna. Aveva in mente di affittare un'intera area del resort per assicurarsi che la sua principessa avesse il suo giorno speciale.

Aiden incontrò gli sposi che prendevano il sole sul bordo di una laguna che dava su spiaggia e oceano. Le damigelle – anzi, dramigelle, si corresse divertito – si stavano rilassando in posizioni studiate apposta per accentuare il loro fascino. Appena lo avvistarono, drizzarono le spalle mettendo il seno in bella mostra, e il dettaglio non gli sfuggì. Erano sempre a caccia.

Ma lui non era la preda di nessuno.

Si lasciò cadere sul bordo del lettino di Chip, dando le spalle a quelle arpie. «La tua damigella d'onore è arrivata a destinazione».

Pru lo scrutò sotto la tesa di un ridicolo cappello da sole. «Aiden! Avevo prenotato una macchina per recuperare la signora "prendo un taxi"».

«L'ho annullata», disse scrollando le spalle. «Dovevo andare da quelle parti comunque».

«Vuole solo tornare nelle grazie di Frankie», commentò sincero Chip. Il suo amico intercettò un cameriere della piscina e mostrandogli il bicchiere vuoto, ordinò un altro giro. Alla fine, Aiden se lo sarebbe concesso, quel drink.

«Ah ah». Pruitt non credeva a nessuno dei due. Neanche per un attimo.

«Sei andato a prendere quel genio della mia amica per agganciarla? Perché se è così, mi arrabbierò molto con te, Aiden Kilbourn», disse Pruitt, affondandogli un dito nel braccio.

«Agganciarla? Ma siamo in seconda media?», la prese in giro Aiden.

«Che cosa le hai detto di preciso alla festa di fidanzamento?»

«Non te l'ha detto?». Aiden era sorpreso. Era sicuro che Frankie si sarebbe precipitata a spettegolare.

«La mia bellissima amica non vuole farmi preoccupare riguardo a nessuna cosa. E a quanto pare questo include anche qualsiasi idiozia tu abbia detto o fatto alla festa».

Aiden e Chip si scambiarono uno sguardo. Nessuno dei due era entusiasta all'idea di ripetere quell'insulto.

Pruitt schioccò le dita. «Ah no! Non guardarlo, Chip! Sputate subito il rospo».

La determinazione di Chip si sgretolò più in fretta di un biscotto nelle mani appiccicose di un bambino. «Aiden potrebbe aver detto che Frankie balla come una che ha una certa esperienza con palo e pedana».

«Le hai dato della spogliarellista?», l'urlo di Pruitt forse lo avevano sentito anche sul catamarano al largo della costa.

Aiden trasalì. «In mia difesa…».

«Non c'è nessuna difesa! Accidenti, Aiden. Lei è una delle mie persone preferite. Non puoi trattarla come una nullità».

«Lo capisco, e le ho chiesto scusa, e oggi ho cercato di farmi perdonare dandole un passaggio».

Pru accennò un sorriso. «Ci hai provato, eh? Non è stata molto malleabile?», chiese con aria innocente.

«Non proprio», ammise Aiden. Per niente, a dire il vero.

Chip gli diede una pacca sulla spalla. «Scusa, amico. La nostra Frankie non è proprio la persona più indulgente del mondo».

«Quindi basta un passo falso ed è finita?».

Pruitt lo scrutò oltre gli occhiali da sole. «Perché? Ti interessa?»

«Come mi ha fatto notare anche lei, non sono il suo tipo come lei non è il mio», rispose Aiden, sviando la domanda. Non era interessato a Frankie. Ne era affascinato, ma era diverso.

«Non potevi solo essere carino e educato oppure, Dio non voglia, amichevole?», sospirò Pruitt.

«Non voglio essere amichevole. Non ne ho il tempo».

Imbronciata, Pruitt si abbandonò sul lettino. «Ecco, adesso abbiamo una damigella d'onore e un testimone che si odiano».

«Era meglio fuggire insieme», commentò Chip, strizzandole la coscia con affetto.

«Lo abbiamo fatto. Solo che ci siamo portati dietro tutti gli altri».

Aiden trattenne una battuta sul fatto che gli sarebbe servito da lezione per il futuro. Per colpa sua, stava per saltare anche quella prima volta.

Il cameriere tornò con un vassoio carico di schiumosi cocktail rosa guarniti di ombrellini e un quantitativo di frutta che bastava per una macedonia intera.

«Signor Randolph», disse con un gesto plateale. Chip sorrise e passò i drink.

«Hatfield, sei il migliore». Lasciò scivolare una banconota da venti sul vassoio.

Aiden sorseggiò il suo drink, sussultò, e appoggiò il bicchiere sul tavolino accanto alla sedia.

«Be', ma questi sono il signor Randolph e la quasi signora Randolph!».

Pru strillò e saltò giù dal lettino. «Sei qui!». Gettò le braccia al collo di Francesca.

Si era cambiata, notò Aiden. Niente shorts bianchi e top strettissimo. Al loro posto, un copricostume morbido con uno scollo a V che offriva una visione mozzafiato del décolleté e del bikini nero. Aveva ancora i capelli raccolti in cima alla testa. Era esotica, sinuosa. E se non fosse stato attento, avrebbe avuto un'erezione all'istante, neanche fosse un ragazzino.

In Francesca non c'era niente di discreto.

«Ce l'ho fatta!», disse, rivolgendo a Pru un sorriso a trentadue denti.

«Com'è andato il volo? Vuoi da bere?»

«Ecco». Aiden le mise in mano il suo miscuglio rosa.

Lei fissò il bicchiere con sospetto.

«Ah, santo cielo. Non è avvelenato. Bevi e basta», le ordinò.

«Ricordi cosa abbiamo detto, Aiden?», lo avvisò Pru. «*Amichevole*?»

«Sei nei guai», bisbigliò Frankie in modo che potesse sentirla solo lui. Sorseggiò il drink. Le sue labbra carnose si chiusero sulla cannuccia dove poco prima c'erano le sue.

«Non preoccuparti per me e Aiden. Nessun problema. Parola di scout. Anche se in aeroporto mi ha rovinato l'incontro con un surfista sexy».

Pru prese Frankie sottobraccio e la portò via, fulminando Aiden con lo sguardo. «Dai, Frankie. Andiamo un po' dalle ragazze. E ora, raccontami di questo surfista».

Aiden e Chip le guardarono allontanarsi.

«Un surfista, eh?», chiese Chip.

«Chiudi il becco».

Chip scoppiò a ridere. «Forza. Facciamoci una partita a pallavolo».

Capitolo 6

«Signore, ecco la nostra damigella d'onore», annunciò Pruitt alle bellezze al sole.

«Evviva», disse Margeaux senza staccare gli occhi dal telefono. Aveva i capelli raccolti in uno chignon elegante alla base del collo. Aveva un'aria regale, persino in bikini.

Pruitt trascinò Frankie verso due sedie a sdraio. Prese un altro sorso di quell'intruglio rosa dal gusto asprigno. Sapeva vagamente di pompelmo e vodka. Ma se lo sarebbe fatto andare bene.

«Siediti. E sputa tutto», le ordinò Pru. «La storia, non il cocktail».

Frankie lasciò il bicchiere con un sospiro. Si tolse i sandali e si sfilò il copricostume.

Si sentì addosso uno sguardo infuocato e quando si voltò, Aiden la stava fissando, fermo sulla sabbia. Le fece un sorrisetto malizioso e si tolse la maglietta. Non era magro come gli altri testimoni. Era più robusto, più muscoloso. Già solo il suo petto le faceva venire l'acquolina. Rimasero a fissarsi con gusto.

«Baaaasta», esclamò Pru, richiamando la sua attenzione.

«Ah. Ok». Diede le spalle alla spiaggia, ad Aiden.

«Che vuoi sapere?»

«Com'è andata in macchina con Aiden?».

Margeaux lasciò cadere il telefono e la mascella. Taffany, che era impegnata a ingollare tequila direttamente dalla bottiglia, fasciata in un costume intero più striminzito del bikini di Frankie, si tirò a sedere.

«Tu e il testimone bellissimo?», domandò Cressida con l'accento tra l'austriaco e il russo. Frankie non riusciva a smettere di fissare il suo seno che sembrava sul punto di sfuggire a quel pezzo di stoffa che fingeva di essere un top a fascia.

Frankie, con autoconsapevolezza, sistemò i laccetti del suo, per assicurarsi che le sue tette rimanessero al loro posto.

Un coro di «ooooh» si levò dal campetto di pallavolo, e le ragazze si girarono a guardare cosa fosse successo. Aiden, torso nudo e tutto muscoli, si teneva una mano sull'occhio.

«Che vi ho detto, ragazzi?», urlò Pru.

«Niente lividi!», risposero all'unisono.

«Niente lividi, niente tagli, graffi, niente incidenti con i capelli. Dovete essere perfetti per le foto», ricordò la sposa.

«Scusa», dissero in coro.

«Aiden si è distratto», aggiunse Chip strizzando l'occhio.

Aiden rivolse una lunga occhiata a Frankie, e lei smise di armeggiare con i laccetti del costume. *L'aveva osservata?*

«Non potete mettervi a leggere e basta?», supplicò Pru.

«Ok, basta schiacciate», intervenne Davenport, che faceva sempre da paciere ed era sempre ubriaco.

«Hmm. D'accordo. Ma stai attento alla palla, Aiden». Pru tornò a sedersi. «Mi sembra di fare la guardia a dei bambini in una fabbrica di caramelle. Frankie, siediti prima che Aiden perda un occhio a furia di guardarti».

Frankie, a disagio per tutte quelle attenzioni, si abbandonò sulla sedia e distese le gambe. «È venuto a prendermi in aeroporto», disse. Non era una grande fan dei gossip in generale, e darsi in pasto a quei cerberi era una pessima idea.

«Perché?», chiese Margeaux, arricciando il naso. «C'è stato uno scambio?».

Nel meraviglioso, dorato mondo di Margeaux, era l'unica ragione possibile per cui Aiden Kilbourn avrebbe potuto offrire un passaggio a una persona così inferiore. Infastidita, Frankie sollevò una spalla giocherellando coi laccetti del reggiseno. «No. Quando sono scesa dall'aereo l'ho trovato ad aspettarmi».

«Ha disdetto la macchina che avevo riservato per lei», precisò Pru.

Taffany afferrò di nuovo la tequila, ma la passò a Frankie. «Così si fa, Francine».

«Frankie».

«Vabbè, è uguale».

«Non capisco», annunciò Margeaux. Si tolse gli occhiali e si distese su un fianco, una modella che seguiva le indicazioni di un fotografo invisibile. «Perché Aiden dovrebbe scomodarsi tanto per *te*?»

«Ehi, perché non ritiri gli artigli, Margeaux?», la ammonì Pru.

«Non ascoltare questa donna arrabbiata», disse Cressida indicando Margeaux. «Ha scommesso su una scopata con Aiden questo weekend».

«Vaffanculo, Cressida», sbottò Margeaux.

«Non era quella la scommessa», continuò Cressida, accigliandosi. Frankie non riusciva a capire se stesse punzecchiando Margeaux di proposito oppure se la barriera linguistica favoriva gli insulti accidentali.

«Signore», sospirò Pru. Si sfregò la fronte con aria assente.

Niente drammi, Frankie ricordò a sé stessa. *Era lì per garantire a Pru il suo giorno perfetto*. Fece un sorso direttamente dalla bottiglia. «Non temere, *Margie*. Hai ancora ottime possibilità di attirarlo nella pianta carnivora che hai al posto della vagina. Aiden voleva solo essere gentile. Non c'è nessun interesse», assicurò Frankie.

«Aiden non è gentile», ribatté Margeaux, ignorando quella sparata sulla sua vagina.

«Allora perché vuoi scopartelo?», chiese Frankie scoraggiata.

A Taffany venne un attacco di singhiozzo e risate. Afferrò la bottiglia. «*Pronto*. È bello *e* ricco. C'è da aggiungere altro? Un accordo prematrimoniale con lui ti sistema fino a cinquant'anni».

«E pare che a letto se la cavi benone», aggiunse Cressida. «I suoi figli saranno magnifici esemplari».

Quelle donne venivano da un altro pianeta. Il pianeta delle stronze.

I genitori di Frankie si erano sposati perché si erano innamorati al liceo, e la madre era rimasta incinta la sera del ballo.

Litigavano per la carta igienica e per chi doveva chiamare il commercialista. Era normale. Era amore.

Ma quello? Quello succedeva quando ci si riproduceva solo tra ricchi di Manhattan.

«Non vorreste incontrare un ragazzo e innamorarvi?», domandò Frankie al gruppo.

Le bionde si scambiarono uno sguardo attonito e scoppiarono in una deliziosa risata ben collaudata – più i singhiozzi di Taffany.

«Ma è roba da *poveracci*», commentò Taffany. «I poveri cercano l'amore perché non possono avere i soldi».

«Quindi i soldi sono meglio dell'amore?», Frankie ribadì il concetto.

«Non mi dire! E cosa c'è di meglio dei soldi?», intervenne Taffany, riprendendosi la tequila.

«Altri soldi», fu il commento di Margeaux e Cressida.

«Alle mogli-trofeo!», disse Taffany sollevando la bottiglia. Margeaux e Cressida alzarono i bicchieri e Pru, un po' a disagio, fece altrettanto.

«Alle mogli-trofeo», le fecero eco.

«Be', allora ho sempre sbagliato», annunciò Frankie divertita. «Insegnatemi come si fa».

Margeaux inforcò gli occhiali da sole. «Tesoro, non c'è

insegnamento che possa trasformare questo», con un gesto ampio della mano indicò Frankie, «in un trofeo. Tu più che altro sei un premio di consolazione. Tutti possono averne uno».

Brutta stronza. Frankie sperò che Margeaux venisse investita dalla sua stessa limousine.

Ma sorrise dolcemente. «Quando sposerai il marito numero due, il contratto prematrimoniale prevederà che ti tolgano quell'enorme scopa dal culo, oppure quella resta?».

Taffany si strozzò e sputò goccioline di tequila su Margeaux.

«Stupida idiota del cazzo!». Margeaux scattò in piedi. Strappò la bottiglia dalle mani di Taffany e la lanciò in piscina.

«Ehi!», Taffany reagì come se Margeaux avesse lanciato il suo chihuahua da un cavalcavia. Abbassò le spalle e la caricò, e finirono nell'acqua tutte e due.

Cressida disse qualcosa che sembrava una parolaccia di quattro lettere in tedesco e se ne andò stizzita.

«Com'è che conosci queste buffone?», domandò Frankie mentre Margeaux afferrava una ciocca di capelli di Taffany.

«Lascia stare le mie extension, cazzo!», gridò Taffany.

«Oh. Merda. Ci risiamo», borbottò Pru. Si infilò le dita in bocca e fischiò. La partita di pallavolo si fermò di colpo quando Chip chiamò un time out.

«Tesoro?», gridò dalla spiaggia.

«C'è di nuovo una rissa in piscina», rispose Pru.

I testimoni, i soliti gentiluomini, entrarono in azione gridando entusiasti: «Lotta tra ragazze!».

Davenport, alto e magrissimo, si sistemò su un lettino e tirò fuori il telefono. «Ok, sto registrando!». Digby, il biondo più basso con gli addominali scolpiti che non perdeva occasione di mostrare, si tuffò in acqua come un campione olimpionico e Ford – Bradford era il suo nome di battesimo

– lo seguì a ruota. Ford lanciò un grido di guerra e si tuffò a bomba nella mischia.

Aiden osservava la scena dalla tranquillità della spiaggia.

Nel giro di pochi secondi, Digby e Ford riuscirono a dividere le ragazze. «Vi odio tutti», gridò Margeaux, schiaffeggiando l'acqua con aria disgustata.

«Spero che il tuo herpes si infiammi», strillò Taffany, cercando di scendere dalla spalla di Ford a furia di unghiate.

«Gesù, se mio padre lo viene a sapere, non mi darà pace», si lagnò Pru. Chip la strinse tra le braccia.

«Non preoccuparti, tesoro. Le faremo ubriacare e poi le metteremo a smaltire la sbornia nelle loro camere».

«Il mio eroe», sospirò Pru, voltandosi per baciare lo sposo.

Frankie intanto guardava i testimoni che trascinavano le ragazze e la bottiglia fuori dalla piscina. «Facciamoci degli shottini!», decise Digby.

«Shottini!». Taffany si precipitò verso il bar.

«Ehi tu, damigella d'onore», disse Ford a Frankie, sorridendo e ammiccando. Era incredibilmente bello. Lo erano tutti. Ma Ford aveva un irresistibile fascino da ragazzino e si innamorava di continuo. Non durava mai più di un paio di settimane. Ma ogni volta, si ostinava a ripetere "questa è quella giusta". Ormai erano tre anni che cercava di convincere Frankie a uscire con lui e aveva giurato che non si sarebbe dato pace finché non fossero stati sposati con undici nipoti e una casa negli Hamptons.

«Non parlare con lei!», sibilò Margeaux, cingendogli i fianchi bagnati. «Pensa solo a me».

Frankie ondeggiò le dita in segno di saluto e osservò Ford che si liberava a fatica dalla bionda.

«Dio, spero che non se la scopi di nuovo», mormorò Chip mentre guardavano il quartetto sgangherato dare spettacolo al bar.

«Sarebbe una scelta infelice», concordò Pru. «Davenport,

ricordi di aver firmato un accordo di non divulgazione, vero?». Scrutò l'amico che riguardava il video sul telefono.

«E dai, Pru. Sembra un ballo delle debuttanti andato in vacca».

«No».

«Non farmelo cancellare. È tutto materiale da ricatto se Margeaux dovesse accalappiare un senatore o simili».

Pruitt fece una smorfia. «D'accordo. Tienilo, ma non postarlo. Questo è un matrimonio privato, di basso profilo».

Frankie scrollò la testa. Non li avrebbe mai capiti, i ricchi. Capaci di scomunicarti perché portavi una borsa vecchia di una stagione, ma gli andava bene se due oche si azzuffavano in piscina per una bottiglia di vodka.

«Ho bisogno di bere», annunciò Frankie. «Ma non andrò in quel bar. E poi, ho bisogno di cibo».

«Sarebbe un onore per me, accompagnarla a cena e consumare qualsiasi cosa questa umile dimora abbia da offrire, benché sarebbe certamente poca cosa rispetto all'incantevole natura di una così grande bellezza».

Frankie guardò Davenport sconvolta. «Oh Gesù. Stai di nuovo leggendo Chaucer, Dev?»

«Le signore amano gli uomini dall'eloquio romantico. E poi, Digs ha scommesso che i classici della letteratura non funzionano con le ragazze».

«Be', con me ha funzionato. Dammi da mangiare, e dimmi che sono bella, e sono tutta tua», scherzò Frankie.

Davenport le offrì il braccio. «La signora gradisce frutti di mare o pizza?»

«Pizza, non ci piove. E una birra».

Pruitt mugugnò: «Carboidrati. Li voglio».

«Vieni con noi», le disse Frankie.

«Non posso. Sono vegana fino al ricevimento. Altrimenti dovranno incastrarmi nel vestito».

Pruitt aveva perso circa nove chili per il suo elegantissimo abito su misura, unico nel suo genere. Aveva rinunciato ai carboidrati – eccetto l'alcol già previsto – per sessantaquattro giorni. Le damigelle avevano fatto altrettanto per essere certe di entrare nei loro vestiti taglia trentotto. Frankie era felice della sua quarantadue e delle calze contenitive che aveva messo in valigia.

La vita era troppo breve per non mangiare la pizza.

«Sarai stupenda», le promise. «Ora Chip ti porta un'insalata e un gustoso estratto di verdure, e alla pizza non ci penserai più».

Bugie. Sporche, sporche bugie.

«Tutto quello che vuoi, tesoro», assicurò Chip.

Pru sospirò. «Mangi con me?». Chip, che aveva lo stesso metabolismo dalle medie, sembrò desolato per un secondo ma la sua determinazione ebbe la meglio. «Sarebbe un onore».

«Forse dovresti chiedere al tuo testimone di unirsi a voi», suggerì Frankie, indicando col mento un Aiden a torso nudo che fissava il telefono con sguardo truce. «Forza, caro Davenport. La mamma ha fame».

Capitolo 7

Il ristorante Oistins Fish Fry era una baraonda umana che avrebbe dovuto infastidire Aiden. Corpi accalcati da tutte le parti. Tende che sbattevano al vento inarrestabile. Luci al neon, ballerini con bastoncini luminosi, e braci accese ovunque. Ma a preoccuparlo non erano le folle che facevano la fila per un posto ai tavoli da picnic, dove gli avrebbero servito pesce appena grigliato e birra fredda.

Era il fatto che nessuno sembrava turbato dal ritardo di mezz'ora di sposa e damigelle e che nessuna di loro rispondeva al telefono.

Il motivo per cui Pru e Chip avessero preteso un'altra festa di addio al nubilato-celibato andava oltre la sua comprensione. Aveva già partecipato alla festa in città. Una cena a base di bistecche e scotch seguita da una visita in uno degli strip club più eleganti, che gli altri testimoni avevano cercato di rovinare a tutti i costi.

Quel giorno, avrebbero fatto un giro privato di tre rumerie e una distilleria. Niente spogliarelliste, d'altra parte mancavano meno di ventiquattro ore al matrimonio. Ma le ragazze erano state sfuggenti riguardo i loro piani, e ora le davano per disperse. Aiden non era contento.

La band attaccò l'ennesima canzone allegra, e Aiden declinò qualche invito a ballare. Chip e gli altri erano felici di lasciarsi inghiottire dalla folla, scimmiottando i passi di danza.

«Muovi il culo, Kilbourn», urlò Digby attorniato da una decina di donne. Lo avevano accerchiato, muovendosi come un tutt'uno, e ad Aiden venne voglia di prenderlo a cazzotti. Ma Pru non avrebbe gradito, e Digby era talmente ubriaco che forse non avrebbe nemmeno accusato il colpo.

«Il miglior addio al celibato di sempre», gridò Chip con tutto il fiato che aveva in gola. La folla esultò. Aveva detto la stessa cosa alla cena di carne e poi anche alla fine di una lap dance particolarmente creativa. Chip era un tipo espansivo. Amava tutti, ed era difficile non ricambiare quell'amore.

Aiden si fece largo tra la folla e lo raggiunse. «Dove sono le ragazze?».

Chip chiuse un occhio e cercò di concentrarsi. Aiden, per una volta, era l'unico sobrio della festa. «Le ragazze? Sono ovunque, bello». Fece un ampio gesto con la mano.

«Non queste ragazze. Le nostre amiche. Pru, la tua futura moglie? Frankie? Le damigelle?»

«Ahhh, quelle ragazze! Sono fantastiche, vero?», disse Chip, appoggiandosi ad Aiden con tutto il peso. «Be', Pru e Frankie magari. Le altre tre fanno paura. Ma spaccano comunque».

«Già, spaccano come no. Ma non dovevamo incontrarci qui?»

«Ah sì! Me ne ero dimenticato». Si rovistò nelle tasche alla ricerca del telefono. «Ora chiamo la mia bellissima sposa. Domani mi sposo. Lo sapevi?».

Aiden trattenne un sospiro. «Lo so. Chiama».

«Ok. Ok».

Chip prese a colpire il telefono.

«Amooooooore!». Pru, ubriaca fradicia, rispose alla videochiamata. Era appoggiata a una delle damigelle bionde.

«Tesoro! Sono sbronzo!», gridò Chip con aria gioiosa.

«Oddio! Anche io! Taffany ha già vomitato due volte!».

Le ragazze esultarono alle sue spalle. «E continuo a bere!», strillò Taffany.

«Gesù. Dov'è Frankie?», chiese Aiden.

«Proprio qui», biascicò Pru. «Non è bellissima?». La telecamera inquadrò il viso di una Frankie molto sobria e molto seccata.

«Sì, sono favolosa. Lo sappiamo. Pru, bevi la tua acqua». Frankie tolse il telefono all'amica.

«Per l'amor di Dio, Aide. Dimmi che qualcuno lì è sobrio. Devo far mangiare qualcosa a queste ragazze prima che si diano al cannibalismo alcolico».

«Palla di cannoneee», gridò Taffany, appoggiandosi alla spalla di Frankie e stampandole un bacio umidiccio in faccia.

Frankie alzò gli occhi al cielo.

«Dove siete?», chiese Aiden.

«E come cazzo faccio a saperlo? È buio e ci sono delle buche, potrebbe essere in qualunque punto dell'isola».

Aiden sospirò. «Chiedi all'autista dove siete e quanto ci vuole per arrivare qui».

Dalla sua angolazione, Aiden guardò Frankie che, inerpicandosi sul sedile, superò una bionda e infilò la testa tra i sedili anteriori. Il suo seno sembrava sul punto di esplodere dalla scollatura del vestito.

«Attenta a non cavargli un occhio», disse Aiden sottovoce.

Frankie abbassò lo sguardo, lo rialzò e poi gli mostrò il dito medio.

«Tieniti a bada per due secondi, idiota. Scusi, Walter. Sa quanto ci vuole per arrivare a Oistins?».

Aiden non sentì la risposta dell'autista. Non capiva se per via del chiasso, dell'isteria alcolica delle ragazze, o per la visione ipnotica del seno di Frankie.

«Cinque minuti», ripeté. «Grazie a Dio. Dobbiamo mangiare». Poi lei sgranò gli occhi.

«Cosa? Che c'è che non va?»

«Chi di voi mi ha appena morso il culo?», domandò Frankie.

«Tuffo a cannone», strillò Taffany.

Pru spuntò di nuovo sullo schermo oltre la spalla di Frankie. «Che succede qui? State limonando sul mio telefono?»

«Non stiamo limonando», rispose Frankie.

«Dovreste proprio farlo. Sarebbe molto molto sexy. Perché siete tutti e due molto sexy».

Frankie guardò dritto in camera. «Cristo, ma i tuoi amici ricchi non possono permettersi un fisico più robusto? Imparate a reggere l'alcol, belli!».

«Inchiodo Chip a un tavolo e vi vengo incontro sulla strada. Magari quando sarai qui possiamo riconsiderare quell'invito a limonare», propose Aiden.

«Ah». Frankie attaccò e Aiden trascinò Chip e Ford fuori dalla folla. Era bastata una sventolata di soldi per garantirsi un intero tavolo da picnic all'Uncle George Fish Net.

«Rimanete qui», ordinò e si tuffò nella calca. Quando raggiunse il marciapiede, ormai poteva sentire le loro voci e provò un enorme sollievo. *Se fosse stato il suo, di matrimonio, la sposa non se ne sarebbe andata a zonzo per l'isola. Se fosse stato il suo matrimonio, ci sarebbero stati solo lui e la sua futura moglie. Nessun'altra distrazione e niente drammi.*

«È il suo addio al nubilato!», urlò una di loro, indicando Pruitt che indossava, sottosopra, una fascia con la scritta "Sono la sposa" e un diadema in caso qualcuno avesse dei dubbi.

«Ti prego, dimmi che mangeremo qualcosa entro sette secondi», urlò Frankie, facendosi largo tra la folla per raggiungerlo, trascinandosi dietro Pruitt. Indossava un vestitino nero con una profonda scollatura. Era più coperta lei di tutte le altre damigelle messe insieme. Riusciva a vedere la biancheria color carne di Taffany… o forse erano le sue parti intime. Non era sicurissimo.

Aiden afferrò Frankie per il polso. «Seguimi».

«Ciao anche a te», borbottò lei.

Lui svettava tra la folla, una spanna su tutti gli altri. Le tende bianche del ristorante erano giusto di fronte a loro.

Sentì Frankie che gli arrancava dietro e si fermò. «Perché vi ostinate a indossare quelle cose?», chiese, infastidito solo per via dell'apprensione. Lei indossava dei sandali con i tacchi alti che le avvolgevano i polpacci.

«Chiedi alle dramigelle», mugugnò Frankie. «Dovevamo vestirci coordinate».

«Aiiiiiiiden!». Una Margeaux esagitata gli andò a sbattere contro il petto così forte che fu costretto a fermarla.

«Mi sei mancato!». Se lo aspettava, ma non poté fare niente per fermare quei due labbroni troppo gonfi che gli si avvicinavano.

Gli stampò un bacio che andava ben oltre l'amichevole. Poi indietreggiò e lo guardò, ammiccando. «Io e te faremo sesso». E gli affondò un artiglio nel petto. «SESSO».

«Possiamo mangiare qualcosa prima che voi due decidiate di scopare?»

«So cosa vorrei mangiare», disse maliziosamente Margeaux. La sua mano scivolò dal petto di Aiden al suo scroto, e lo strizzò. Il primo istinto di Aiden fu quello di girarsi. Una buona difesa è la miglior offesa. Ma prima che potesse decidere se colpire una donna per la prima volta o solo allontanarsi impaurito, Frankie intervenne. Fece scivolare un braccio intorno al collo da cigno di Margeaux e strinse la presa. «Togligli le mani dal pacco prima che ti denunci per molestie, Marge».

Margeaux cedette sotto il peso e la pressione di Frankie.

«Non sono molestie, se te le fa una signora. E io sono una signora, cazzo!».

«Io e il mio avvocato avremmo qualcosa da ridire», sentenziò Aiden.

«Ah, cavolo, fermate Pru», disse Frankie, indicando qualcuno alle spalle di Aiden. «Io cerco di contenere Puttanzilla qui».

Pruitt aveva deciso di riposarsi e si era seduta sul marciapiede con le scarpe in mano. Aiden era troppo stanco per convincerla a rimettersi le scarpe, così si caricò la sposa su una spalla sperando che quello scampolo bianco di vestito che indossava nascondesse tutto ciò che c'era da nascondere.

Stava cantando *Arriva la sposa*, quando la mollò sulle gambe di Chip. I due innamorati ubriachi erano al settimo cielo. Frankie era al settimo cielo alla vista dei piatti di riso e pesce impilati sul tavolo. Strappò la birra dalla mano di Pru e chiamò il cameriere. «Sarebbe possibile avere un ettolitro d'acqua?», chiese, appoggiandogli una mano sul braccio. Il ragazzo le fece un gran sorriso, neanche si fosse offerta di fargli pompini gratis per il resto dei suoi giorni.

«Qualsiasi cosa per lei, signora».

«Risparmiati il signora e chiamami Frankie», precisò lei. «Acqua per tutti, e ti sarò per sempre debitrice».

«Guarda! Frankie fa di nuovo amicizia con la servitù», gracchiò Margeaux. «Perché anche lei ne fa parte».

«Oh, ma che cazzo, ma perché siete così str…?», urlò Pru, ancora seduta in braccio a Chip.

A quanto sembrava, Margeaux aveva sviluppato una certa immunità alla parola stronza. Era troppo impegnata a ridere delle sue stesse battute, tanto che cadde dalla panca all'indietro. Nessuno si fermò ad aiutarla. Digby e Davenport si materializzarono dalla folla e si fiondarono sul cibo. Davenport aveva un succhiotto sul collo. Digby portava un cappello che fino a dieci minuti prima non aveva.

Taffany scrutò la tavola con aria scettica. Per poco non placcò un cameriere che portava un vassoio di birre. «Scusa. Dov'è l'area VIP?».

Il cameriere scoppiò in una risata fragorosa e così lunga che Taffany si dimenticò della sua richiesta e prese posto accanto a Cressida che intanto limonava entusiasticamente con uno sconosciuto.

Aiden si accomodò accanto a Frankie, che era così impegnata a mangiare come se non ci fosse un domani, alzando gli occhi al cielo per l'estasi, che non fece nemmeno caso a lui. I gemiti che si lasciava sfuggire avrebbero dovuto essere vietati ai minori, e Aiden sentì il sangue ribollire.

«Bella serata», commentò.

«Ah, uno sballo», concordò sarcastica Frankie, infilzando un petto di pesce grigliato.

«Non mi viene in mente niente di meglio da fare».

Lui si avvicinò, accorciando le distanze. «A me sì».

Quegli occhi grandi e luminosi lo scrutarono con sospetto. «Cosa? Farti strapazzare da Marge?»

«Non sarebbe la mia prima scelta. Anzi, non è proprio tra le mie scelte. Mi terrorizza».

Frankie sbuffò. «Be', meno male che non sei completamente stupido».

«Non completamente».

Aiden lasciò cadere la mano nello spazio tra di loro, le nocche sfioravano le cosce nude di lei.

Stava tastando il terreno. Lei sussultò ma non gli staccò la testa a morsi. E cosa c'era nei suoi occhi? Un'effimera scintilla di desiderio. Voleva vederla ancora. Vederla ardere a fuoco vivo.

Mise una mano sul ginocchio di Frankie, sotto il tavolo. Aveva la pelle morbida, setosa. E voleva di più.

Lei lo stava ancora guardando. «A che gioco stai giocando, Kilbourn?»

«Non lo so», ammise. Fece salire la mano appena un po', continuando a guardarla.

Ce l'aveva duro, e non solo a mezz'asta. Era un'erezione piena, vibrante, e le aveva solo toccato la gamba. Tentando un azzardo, cominciò a disegnarle con le dita dei piccoli cerchi nell'interno coscia.

Lei prese la birra e ne bevve un sorso bello lungo, ma non gli chiese di fermarsi. Non gli diede dello stronzo. Lui non sapeva cosa stesse facendo, cosa sperasse di ottenere. Voleva solo continuare a toccarla.

Un po' più su. Un altro cerchietto. Era la sua immaginazione? Lei aveva aperto le gambe appena un po'? Premeva il ginocchio contro il suo. Lui non aveva toccato cibo. Il chiacchiericcio e le risate intorno alla tavola sparivano man mano che il suo mondo si riduceva tutto a Francesca. L'unica cosa di cui era cosciente era la pelle setosa di Frankie e l'orlo del suo vestito, il modo in cui le sue labbra si schiudevano come per prendere fiato.

Quando lo avrebbe fermato?

«È tutto molto stupido», sussurrò, aveva gli occhi socchiusi.

«Molto stupido», le fece eco Aiden.

«Tu non mi piaci».

«E invece sì».

Lei lasciò cadere la mano sulla coscia di lui e la strinse. «Non mi piace essere tagliata fuori». Il suo cazzo pulsava a un millimetro dalle sue dita. Digrignò i denti. Si sentiva un adolescente arrapato, incapace di controllare il suo corpo di fronte a una bella ragazza. Ma Francesca non era solo bella. Era una tentatrice.

Giocherellò con l'orlo del suo vestito. Solo un altro centimetro e avrebbe intravisto la sua biancheria intima. Voleva sfiorare con le dita il pizzo, la seta, o il cotone, qualsiasi cosa la coprisse. Voleva seguirne i bordi fino a farla supplicare col suo corpo. Poi voleva far scivolare le dita dentro e sfiorare il tessuto bagnato che proteggeva ciò che desiderava più di tutto…

«Francesca, sei tu?».

Lei sussultò, tirando via la mano dalla coscia di Aiden. Lui sentì subito la mancanza di quel contatto. Praticamente sentiva il cazzo vibrare.

«Oh mio Dio, il surfista sexy!», sospirò Frankie, scostando la mano di Aiden dalla sua terra promessa.

Capitolo 8

Frankie era a un passo dall'autocombustione. Perché aveva concesso alle dita di Aiden Kilbourn di toccarle l'interno coscia come se fosse un giro turistico? E perché il surfista sexy era apparso per magia proprio nell'attimo in cui stava per permettere ad Aiden di farle delle cose zozze e proibite?

«Mi chiamo Brendan, in realtà», le disse con un sorriso malizioso. Aveva ancora i capelli scompigliati, gli occhi sempre azzurri, e un fisico da urlo sotto la t-shirt e i pantaloni cargo consunti.

«Io sono sempre Frankie», disse, sorridendo finché non sentì le dita di Aiden che le sfioravano il retro della gamba. Gli schiaffeggiò la mano continuando a sorridere istericamente all'australiano. Aiden le afferrò la mano e la strinse forte. Messaggio ricevuto.

«Scusatemi!», Taffany gattonò sul tavolo con le parti basse in bella mostra davanti a tutto il ristorante. «Piacere, Taffany», si presentò, porgendo la mano a Brendan.

Il surfista lanciò a Frankie uno sguardo che chiedeva "che cazzo succede" prima di stringere la mano di Taffany.

«Taffany, eh? Proprio un… nome interessante».

«Mi sono reinventata», spiegò orgogliosamente Taffany, spingendo la mano verso le labbra del ragazzo. «Baciala!».

Frankie si intromise e liberò il surfista dalla morsa di Taffany. Lui agitò la mano per farsi tornare la circolazione.

«Comunque, sono contento di averti trovata. Speravo di rivederti».

«Sì, anche io», disse Frankie. Il suo cervello non era abbastanza rapido. Si sentiva addosso gli occhi infuocati di Aiden.

«Ti va di ballare. Magari laggiù. Lontano da qui?». Abbozzò un sorrisetto.

«Mi piacerebbe molto».

Frankie si liberò dalla presa di Aiden. «Torno tra cinque minuti, Pru», urlò alla sposa.

«Divertiti a espugnare il castello», biascicò Pru.

«Dalle da mangiare e falle bere acqua», Frankie ordinò a Chip mentre Brendan la trascinava tra la folla.

Aveva tenuto la mano a due uomini quella sera. Uno che non le piaceva per niente e un altro per cui si era presa una cotta istantanea. Allora perché la cotta istantanea non le faceva sentire il terremoto nello stomaco come era successo con Aiden?

Brendan la fece voltare, e la folla le apparve in un turbinio di colori e profumi. La tirò a sé, e lei scoppiò a ridere.

«Allora, cosa ci fa una bella americana come te in un posto del genere?», chiese, sorridendo con quelle fossette adorabili.

Frankie non provava... niente. Dio. Maledizione. Un ragazzo divertente, bello, sexy, che sembrava un fotomodello da calendario di beneficenza, la stava facendo piroettare sulla pista da ballo, e lei riusciva a pensare solo alle dita di Aiden sulla sua coscia. Quel figlio di puttana le stava rovinando la vita.

«Faccio da babysitter a una manica di donne ubriache per assicurarmi che domani al matrimonio si presentino tutti. E tu, vieni spesso a surfare qui?».

Lui sorrise, e lei non sentì niente nemmeno stavolta. Aiden Kilbourn era il diavolo, cazzo, e lei avrebbe voluto ammazzarlo.

Brendan attaccò con una spiegazione dei suoi viaggi, all'inseguimento dell'onda perfetta e quant'altro. Avrebbe dovuto affascinarla, eccitarla, cavolo. Avrebbe dovuto essere bagnata. Forse aveva bevuto del rum o della birra o del pesce avariati. Era l'unica risposta logica.

«Scusami, Francesca». La mano sulla sua spalla le fece avvampare un incendio nelle vene. «Pruitt richiede la tua presenza», la informò Aiden, un po' troppo compiaciuto per i suoi gusti.

Cressida, in tutto il suo metro e ottanta, spuntava da dietro la sua spalla. «Ci ballo io con te», disse, prendendo Brendan tra le braccia toniche.

«Uuuhhh», Brendan si voltò a guardare Frankie mentre Cressida lo trascinava nella movida.

«Che ti salta in mente?», sibilò Frankie.

Aiden le cinse i fianchi. «Me lo stavo chiedendo anche io. Non sono abituato a farmi scaricare, Francesca».

«Senti, o abbiamo bevuto troppo, oppure ci siamo beccati un'intossicazione. È l'unica spiegazione che mi viene in mente per...».

Lui la interruppe e la spinse dietro un tavolo pieno di pesce. Sentiva le voci di cuochi e camerieri che gridavano. «Credevo che Pru avesse bisogno di me», sbottò.

Lui le spostò un ricciolo ribelle dietro l'orecchio, ed ecco che il terremoto tornò a farsi sentire. Non era giusto.

«Forse non era Pru. Forse ero io».

«Aiden, è una pessima idea. E forse l'arrivo di Brendan è stato un bene. Ci ha impedito di commettere un grosso sbaglio».

«Non scopare con lui». Aveva lanciato il guanto di sfida, e sebbene Brendan non le facesse sentire quel terremoto, il proclama di Aiden le aveva reso il surfista più attraente.

«Io mi scopo chi voglio, quando voglio».

«Tu vuoi me».

Se Aiden l'avesse toccata proprio in quel momento, non si sarebbe tirata indietro. Sarebbe stata troppo impegnata ad arrampicarsi su di lui come su una montagna e a sbottonargli i pantaloni. La distanza era sua alleata. L'avrebbe tenuta al sicuro.

Sollevò le mani. «Non facciamoci trascinare. Siamo qui per Pru e Chip e per il loro matrimonio. Tutto qua. Non è una maratona tropical-sessuale».

Anche se, con Aiden che la fissava come se fosse un ghiacciolo da leccare, Frankie non si capacitava del perché non potesse avere entrambe le cose.

«Francesca». Pronunciato da lui, il suo nome suonava come una minaccia.

«Aiden», ribatté.

«Cazzo». Lui fece un passo indietro, strofinandosi la fronte con aria confusa. «Non so perché stai dicendo di no».

«Valgo più di una sveltina in spiaggia. Io il sesso lo prendo seriamente. Deve piacermi la persona con cui decido di scopare».

La sua mascella tremò appena.

«Ma se per poco non mi lasciavi mettere le dita…».

«Smettila!». Lo interruppe, non era mentalmente pronta a sentirgli dire cosa avrebbe voluto fare con quelle sue bellissime dita.

«È stato un errore. Mi sono lasciata trascinare. Ma ho il diritto di cambiare idea in ogni momento, che il tuo cazzo sia dentro o meno».

«Non ti costringerei mai a fare qualcosa che non vuoi».

«Maledizione, Aiden. Senti. Forse siamo attratti fisicamente. Ma è tutto il resto che non mi convince, quindi non succederà niente».

«Io non sono tipo da relazioni. Ma posso offrirti…».

«Gesù. Non parlo di relazioni. Sto parlando del fatto che non mi piaci come persona».

«Continui a dire che non ti piaccio, ma mi sa che stai cercando di convincertene».

«È un mio diritto. Capito? Morale della favola, non entrerai nel mio perizoma rosa. Non mi piaci abbastanza per lasciartelo fare. Ora, mi serve un po' d'aria. Fammi un favore e vai a controllare Pru e quelle altre idiote».

Girò i tacchi, ma rovinò l'uscita di scena inciampando in una cassa vuota sul retro del capanno. Almeno non cadde faccia a terra. Andando verso il marciapiede, Frankie si rilassò solo quando non si sentì più addosso la pressione bruciante dello sguardo di Aiden.

«Che avrà mai quello?», bisbigliò sottovoce. Non le piaceva, eppure si era mostrata ben disposta quando si era fatto strada lungo la sua coscia e quasi fino alla sua amichetta. Le sembrava che il sangue si fosse tramutato in elettricità, le fremeva nelle vene a una velocità incredibile. Lui era freddo, critico, chiuso. E cavolo, l'aveva presa per una spogliarellista. Solo quello sarebbe bastato a bandirlo dal suo letto per sempre.

Frankie si fece largo tra la folla lungo il marciapiede. I tassisti declamavano le loro tariffe, i turisti ubriachi ruzzolavano nei ZR, i minivan destinati al trasporto pubblico sull'isola. Per un dollaro americano, ti scarrozzavano ovunque da Bridgetown a St. Lawrence Gap. Alcune ragazze del posto, vestite di tutto punto, passeggiavano ridacchiando mentre dei ragazzi le tallonavano.

Intravide Chip, si guardava intorno come se si fosse perso. Era sul marciapiede davanti alla fila di taxi, barcollava come uno che non ha ingerito altro che rum per un weekend intero.

Alzò una mano per salutarlo. Ma prima che potesse chiamarlo, un pullman bianco frenò bruscamente accanto al marciapiede, lo sportello posteriore già mezzo aperto. Chip si avvicinò, e a quel punto Frankie vide delle mani tese verso di lui. Lo trascinarono nell'abitacolo.

«Ehi! Chip!». Iniziò a correre. L'autista, con un berretto

rosso calcato sugli occhi, guardò verso di lei. «Fermatevi! È il mio amico!», gridò Frankie.

«Ehi, mami», disse il guidatore, facendole un cenno mentre schiacciava sull'acceleratore. Con le gomme che stridevano, lo sportello si richiuse con Chip dentro, e il pullman si allontanò a tutto gas.

Lo sposo era appena stato rapito.

Capitolo 9

Aiden sentiva la testa scoppiare mentre si faceva strada furioso tra la folla della sagra del pesce. Voleva trovare Frankie per spiegarle che si stava comportando da idiota. E probabilmente avrebbe funzionato. Nelle negoziazioni gli piaceva avere il vantaggio. E il punto debole di Frankie era che mostrava le sue emozioni troppo facilmente. Arrabbiata, eccitata, sarebbe stata più facile da suggestionare.

Era una mossa cinica, fredda. Ma lui era un Kilbourn. E loro si comportavano così.

La intravide sul marciapiede, e tutti i suoi calcoli svanirono quando vide il terrore sul suo volto. Stava fermando un taxi.

«Francesca!», le andò incontro proprio mentre un van arrugginito si fermava davanti a lei borbottando. Dentro c'erano già diverse persone.

«Aiden!». Lo prese per il braccio. «Sali!».

D'istinto, la seguì su un sedile ricoperto di vinile consunto.

«Che c'è? Che è successo?»

«Dove andate?», chiese l'autista.

«Segua quella macchina», ordinò Frankie, indicando le luci davanti.

Il van ripartì a scossoni, e Aiden cercò un sostegno nel sedile di fronte.

«Che diamine sta succedendo?»

«Hanno preso Chip». Respirava a fatica mentre lanciava lo sguardo oltre il sedile davanti.

«Cosa? Chi ha preso Chip?»

«Non lo so. Un secondo prima era fermo sul marciapiede, e quello dopo qualcuno lo ha trascinato in un minivan».

Aiden tirò fuori il telefono e chiamò Chip. Non ci fu risposta.

Si sentì il suono di una campanella e il van accostò barcollando davanti a un bar.

«Perché ci fermiamo?», chiese Frankie. «Si stanno allontanando!».

«Signora questo è un servizio pubblico. Ci sono delle fermate».

Un uomo tutto vestito di bianco, con un bastone finemente lavorato, emerse dal retro e superò Frankie per raggiungere lo sportello.

Aiden afferrò il portafogli. «Quanto vuole per non fare più fermate?», iniziò a distribuire banconote da venti agli altri passeggeri.

«Io posso anche fare tardi», disse sorridendo una donna con un bambino in braccio, infilandosi i soldi nel reggiseno.

«Wow!». Un uomo con una camicia hawaiana nera e arancione, il naso e la fronte spellati per via del sole, sollevò la banconota con aria trionfante. «Amo questo paese! Mi pagano perché prendo i trasporti pubblici!».

«Dove vuole, signore», disse il conducente, accettando la mancia di buon grado.

Ormai avevano perso di vista il minivan e Francesca quasi tremava accanto a lui. Aiden le cinse le spalle, ancorandola al suo fianco.

Il pulmino proseguì a scatti e pian piano prese velocità come un treno merci. L'autista alzò il volume della canzone reggae in sottofondo e sterzando superò una serie di buche. Aiden chiamò di nuovo Chip. Ancora niente. Dentro di sé imprecò, il suo cervello cercava intanto di riflettere sul problema. Chi avrebbe mai rapito Chip la notte prima del suo matrimonio, e perché?

«Francesca, dimmi tutto quello che ricordi», disse, stringendole la spalla.

«Tutto quello che ricordo? Il nostro amico è stato appena trascinato dentro un minivan, cazzo!».

Intanto nel pulmino stavano tutti zitti e con l'orecchio teso per ascoltare meglio.

«Quello l'ho capito. Adesso, spiegami tutto quello che hai visto».

Glielo raccontò di nuovo e poi ancora una volta, mentre il pulmino si trascinava verso nord. Nelle curve, i loro corpi si toccavano.

«L'autista – mi ha guardata quando ho chiamato Chip – aveva un dente d'oro e un berretto rosso tutto sporco. Ma gli nascondeva il viso. Questo è tutto quello che ho visto. Non ho visto la persona che ha afferrato Chip, ma quel cretino ubriaco ha infilato la testa dentro il minivan. Hanno avuto vita facile».

Sbandarono su una curva stretta, infilandosi in una rotatoria a pochi millimetri da un autobus cittadino. L'autista suonò il clacson, non era chiaro se in modo amichevole o per dire vaffanculo. Aiden non era sicuro. Frankie era aggrappata al sedile davanti, aveva le nocche bianche.

«Sei sicura che non ci è entrato di sua volontà?», le chiese Aiden strizzandole il braccio.

Lei scrollò la testa. «Non l'ho sentito urlare o altro, ma non è salito su quel van di sua volontà. Tutti i suoi amici sono qui allo stand del pesce. Chi farebbe una cosa simile?».

Anche Aiden si era fatto la stessa domanda. Chip Randolph era immacolato. Niente debiti di gioco, né doppie vite segrete. Era solo un rampollo che campava di rendita e si godeva il suo mondo privilegiato. Aiden ripensò a tutto quello di cui lui e Chip avevano discusso nelle settimane precedenti. Il suo amico gli aveva accennato qualche problema? Una lite in famiglia? Al lavoro?

«Non crederai che sia stato il padre di Pru. Vero?», gli chiese Frankie, attonita.

«Lui odia Chip», ammise Aiden. «Ma non ce lo vedo R.L. Stockton ad architettare un sequestro. Al massimo, potrebbe conciarlo per le feste nel contratto prematrimoniale».

«Cosa che ha fatto», precisò Frankie.

«Esatto». Aiden aveva sconsigliato a Chip di firmare quel contratto, ma il suo amico non voleva sentire ragioni.

«Forse R.L. è incazzato per qualcosa che Chip ha fatto?», ipotizzò Francesca.

Si sentì uno scoppio, poi il pulmino rallentò. Dal motore si levava del fumo. L'autista imprecò più forte del reggae che pompava dalle casse, mentre sul cruscotto si erano accese delle spie. Accostò e saltò giù dal veicolo armato di un piccolo estintore.

«Scendi», disse Aiden, spingendo Frankie verso lo sportello.

«Come facciamo a raggiungerli?», domandò, abbassandosi per scendere mentre l'orlo del vestito si sollevava fino a scoprirle la curva del culo. Aiden afferrò il vestito e lo tirò giù.

«Non possiamo mollare». Gli mollò uno schiaffo sulla mano.

«Non molleremo», promise Aiden. «Dobbiamo rimettere tutto a fuoco. Forza». Si allontanarono dal pulmino e dai suoi occupanti rimasti a piedi, e iniziarono a camminare nervosamente.

L'aria notturna era densa di umidità. Sentiva lo scroscio incessante delle onde dell'oceano sopra il gracidare di una miriade di rane.

«Non dovremmo andare a nord?», chiese Frankie, trottando sui tacchi per stargli dietro. Aiden rallentò sperando che non si slogasse tutte e due le caviglie.

«Non riusciremo a raggiungerli».

«Allora dove stiamo andando?»

«Non lo so Francesca. Devo pensare».

Non aveva portato con sé gli uomini della sicurezza, e dubitava che i Randolph o gli Stockton l'avessero fatto. L'albergo aveva la sua security. Perché mai portarsi la scorta privata in paradiso? Adesso però si malediceva per quella scelta. Il suo amico era sparito, e non poteva far altro che rivolgersi alle autorità locali.

Frankie continuava a inciampare e lagnarsi.

«Quelle scarpe sono ridicole».

«Non era nei miei piani camminare per chilometri».

«Ovvio», disse lui seccamente. Poi le si parò davanti. «Salta su».

«Scusami?». Sembrava sprezzante come una regina a cui avevano appena chiesto di ballare la macarena. «Saltami in braccio e salvati i piedi».

«Non mi porterai in giro per le Barbados sulla tua schiena, Aide», protestò Frankie.

«Sali su di me, adesso, oppure ti carico sulle spalle e tutta l'isola vedrà il tuo perizoma rosa».

Gli saltò sulla schiena agilmente, sistemando le cosce sui suoi fianchi e cingendogli le spalle con le braccia.

«Non era proprio così che immaginavo la serata», butto lì Aiden come per fare conversazione. Le prese il sedere con entrambe le mani. «Pensavo di farti distendere sulla tua, di schiena».

Lei gli diede un pizzicotto sopra il cotone fresco della camicia. «Da morire dal ridere, ragazzone. Davvero, cazzo. Ti è venuta qualche idea piuttosto?»

«Ci sto ancora pensando», disse, spingendola un po' più su.

«Non credo sia stato casuale», spiegò Frankie preoccupata. «Non credo gli abbiano detto tipo "Ehi, che bell'orologio, salta su"».

«Significa che puntavano proprio a lui», aggiunse Aiden.

«Pru sarà distrutta», Francesca pensava ad alta voce. «Lo ama con tutta sé stessa. Lo sai che quando lui l'ha lasciata, dopo il college, non si è alzata dal letto per una settimana? Siamo rimaste lì a fissare il soffitto. Non mangiava, non voleva vestirsi. Non ha parlato per giorni. Suo padre mandava il medico di famiglia a farle visita ogni giorno».

Aiden sentì una fitta di senso di colpa. «All'epoca non mi ero reso conto che lei ci tenesse così tanto». Ed era vero. Pensava che Pru fosse distaccata e immatura.

«Quando se n'è andato l'ha distrutta, e le ci è voluto molto tempo per riprendersi. Ora, ci fossi stata io al suo posto, avrei passato il resto dei miei giorni a odiarlo. Ma Pru è diversa. Non ha mai smesso di amarlo. E adesso eccoci in questo paradiso, anni dopo, per il loro matrimonio, e guarda che deve succedere!».

«Lo ritroveremo», promise Aiden.

«Credi che gli faranno del male?». Lo strinse un po' più forte.

Aiden colse la paura nella sua voce. «No», disse secco. «Ci sono buone probabilità che lo abbiano rapito per i soldi. Perderebbero la loro pedina di scambio se lo picchiassero o...».

«O peggio», Francesca finì la frase.

«Devono sposarsi domani. Che cosa le dirò? Dio, ma chi farebbe una cosa simile, perché? Soldi? Riscatto? Santo cielo. Non ha legami con la malavita, vero?»

«Ne dubito», ribatté Aiden.

Sentirono il cigolio dei freni quando un autobus accostò piano a una fermata. Aiden lasciò scendere Frankie. «Andiamo a cercare delle risposte».

Capitolo 10

Per quanto fosse divertita dalla visione del metro e novanta abbondante di Aiden Kilbourn schiacciato sul seggiolino di un bus, Frankie non riusciva a liberarsi dalla sensazione di gelo che sentiva nello stomaco. Qualcuno aveva rapito il suo amico proprio davanti ai suoi occhi, e chissà cosa gli stavano facendo in quel momento. Odiava le incognite.

Il suo telefono prese a squillare dentro la borsetta.

«Merda». Mostrò lo schermo ad Aiden.

«Rispondi. Magari qualcuno l'ha contattata».

«Ciao Pru».

«Dove sei, Frankenstein?», Pru la chiamava sempre così quando erano ubriache.

Frankie lanciò un'occhiata ad Aiden. Lui scrollò le spalle.

«Sono con Aiden», disse.

«Ommioddio, lo sapevo!», le urla di Pru le forarono il timpano. «Sapevo che vi sareste trovati. Sono la persona più sveglia al mondo».

«La più sveglia», concordò Frankie.

«Chiedile di Chip», sussurrò Aiden.

Frankie allontanò il telefono dall'orecchio perché anche Aiden potesse sentire.

«Scusa se ti sto mollando. Sono ancora tutti lì?»

«Be', credo di sì. Margeaux è svenuta sotto il tavolo, quindi l'abbiamo fatta raccattare dall'autista. E non vedo Chip da un po'. Credo sia andato in bagno pochi minuti fa».

Frankie coprì il telefono con la mano. «Quando è ubriaca Pru ha un altro fuso orario. In questo momento non è in grado di leggere l'ora neanche con una Birkin in palio», spiegò ad Aiden.

«Dobbiamo farle rientrare al resort con la scorta».

Frankie annuì, non voleva neanche prendere in considerazione la possibilità che la sparizione di Chip fosse solo l'inizio. «C'è qualcuno sobrio lì?»

«Ma certo. Un sacco di gente. C'è questo ragazzo qui. Ha dei barboncini sulla maglia. Credo sia sobrio».

«No, intendo qualcuno che conosci».

«Ah?».

Ma santo cielo. Perché parlare con un'adulta ubriaca era più difficile che cercare di estorcere informazioni a un bambino dell'asilo? «Cressida è lì?». Cressida reggeva l'alcol come un uomo dell'est europeo, e uno bello grosso.

«Certo! *Clessidra*! Ti vogliono al telefono!», biascicò Pru.

«Sì? Che cosa vuoi?»

«Cressida, sono Frankie. Devi tenere d'occhio Pru».

«Perché? Sta per commettere un reato?»

«No, niente del genere. Solo... fai in modo che non le succeda niente».

«La tua vaghezza è irritante».

«Sì, lo so. Ma non posso farci niente. Riesci a riportarli tutti al resort? Digli che c'è un after».

«Lo farò. Soprattutto perché mi fanno male i piedi, e vorrei nuotare nuda nella piscina olimpionica».

«Ehm, ok. Perfetto».

«Adesso ti saluto».

Aiden afferrò il telefono di Frankie. «Solo un attimo, Cressida. Ripassami Pruitt».

Sentirono delle risate e qualche urlo.

«Prontoooooooooooo!», Pruitt canticchiò al telefono.

«Pruit, sono Aiden».

«Aiden! Sapevo che tu e Frankie vi sareste innamorati

perdutamente! Lo sapevo! L'ho anche detto a Chip. Chip? Chip!».

Frankie si coprì la faccia con le mani. «Crede che il suo fidanzato si precipiterà da lei».

«Pruitt, hai bisogno di me o di Frankie per il resto della serata?», chiese Aiden.

«Oooohhh là là! No!».

Aiden lanciò un'occhiata a Frankie. «Bene, allora te la rubo ancora per un po'. Cerca di dormire».

«Sissignore! Spero che voi due non chiudiate occhio, non so se mi spiego», gridò Pru.

Tutto il bus capì l'antifona senza neanche il vivavoce.

«Perfetto. Grazie mille, Aide. Adesso pensa che stiamo per scopare su qualche spiaggia». Frankie cacciò il telefono nella sua scomoda borsetta.

«Sempre meglio della verità, a questo punto».

«A questo punto?», strillò Frankie. «E quand'è che chiamiamo la polizia? Quand'è che diremo a Pru di sedersi e la informeremo che il matrimonio non si farà?»

«Calmati».

«Ah già, parole che funzionano sempre con una persona che sta dando di matto».

«Francesca». Le afferrò il mento costringendola a guardarlo in faccia. «Risolverò tutto. Troverò Chip, ma tu devi aiutarmi. Siamo in un paese straniero. Sì, può darsi sia il paese più accogliente dell'emisfero, ma è comunque diverso dagli Stati Uniti. Sai quanti turisti ubriachi collassano e spariscono per qualche ora? Quanti uomini litigano con la moglie e saltano su un taxi per andarsene altrove?»

«Ma non è quello che è successo», ribatté Frankie.

«Questo lo sappiamo bene. Ma un poliziotto del posto ti dirà solo di sederti e aspettare che si faccia vivo».

Col cavolo che lo avrebbe fatto.

Mezz'ora e circa una sessantina di fermate del bus dopo,

erano tornati a Oistins. Era quasi mezzanotte e c'erano meno persone, ma erano ancora più sbronze di prima. La fila per i taxi era bella lunga. Frankie propose di dividersi per coprire meglio la zona, ma Aiden non era d'accordo. Le rimase attaccato come un'ombra mentre lei interrogava i primi due tassisti. Avete visto quest'uomo? Mostrò loro una foto di Chip scattata qualche ora prima. Niente da fare. E che mi dite di un autista con un dente d'oro? No.

Andò avanti così per un'ora. No. No. No. Nessuno aveva visto niente. Neanche a dirlo, beccarono anche un tassista che esclamò che per lui i turisti ubriachi erano tutti uguali, scatenando l'ilarità dei suoi colleghi. Ma la cosa non tornò utile.

Frankie stava per perdere le speranze. Era come se Chip fosse sempre più lontano di minuto in minuto. A quell'ora poteva essere ovunque.

Vide un poliziotto fischiare all'angolo della strada e si ricordò del monito di Aiden.

«Fanculo», sussurrò, sgattaiolando via mentre Aiden interrogava due cuochi del posto accanto al marciapiede.

«Scusi, agente?».

Distolse lo sguardo dalla lite in corso per un parcheggio. «Sì, signora».

«Il mio amico è sparito».

«Ah, ah». I suoi occhi tornarono a posarsi sulle due donne e sul posto auto. Quella storia non lo aveva impressionato neanche un po'.

«Ho visto che lo portavano via su un van. È stato rapito proprio qui, circa un'ora fa».

Il poliziotto sospirò. Si sollevò la falda del cappello e si strofinò la fronte. «Signora, salire su un pulmino non equivale a essere rapiti. Si chiamano ZR, e fanno parte del trasporto pubblico. Forse il suo amico è solo rientrato prima in hotel».

«No, lei non capisce. Domani si sposa, e non farebbe mai una cosa simile. Non lascerebbe la sua fidanzata senza dirle dove sta andando».

Intanto, le urla dal parcheggio si facevano più forti. Le due donne presero a litigare in mezzo al traffico tra i clacson impazziti. Poi le urla diventarono strilli isterici quando una delle due afferrò le trecce dell'altra e tirò forte.

Il poliziotto sospirò, imprecando sottovoce. Tirò fuori un fischietto e ci soffiò dentro con rabbia mentre si precipitava in quella zuffa.

Demoralizzata, Frankie si girò e si ritrovò davanti Aiden, fin troppo vicino. Non disse una parola, ma la sua espressione parlava da sola.

«Sì, sì. Me lo avevi detto. Lo so».

«Non prenderanno sul serio una scomparsa per almeno ventiquattro ore».

«Va bene, cervellone. Che facciamo allora? Abbiamo perso le tracce del van. Non abbiamo idea di dove potrebbe essere, di cosa vogliano da lui o di chi siano».

Il telefono di Aiden prese a squillare, lo tirò fuori dalla tasca.

«Numero sconosciuto», lesse sullo schermo.

«Forse riguarda Chip», disse Frankie, lo sguardo pieno di speranza e paura.

«Kilbourn», rispose. Frankie afferrò il telefono e attivò il vivavoce.

Una voce alterata sogghignò dall'altro capo del telefono. «Bene, bene, Aiden. Dopotutto, sembra che abbiamo un po' di affari da sbrigare».

«Chi parla?»

«Non è importante. Quel che importa è che abbiamo una conoscenza in comune».

«Dov'è Chip? Perché lo avete preso?».

La voce scoppiò a ridere.

«Se lo incontro lo rovino con le mie mani», sibilò Frankie.

«Pazienza. Scoprirete tutto».

«Chi si crede di essere? Il cattivo in un film di James Bond?», ribatté Frankie.

Aiden alzò gli occhi al cielo e le disse in labiale: «Sta' zitta».

«Se gli torci anche solo un capello, non ti darò tregua», incalzò Aiden.

«Non c'è bisogno di arrivare a quel punto», disse affabilmente la voce robotica. «Quello che voglio è alla tua portata, direi. Tu dammelo, e io ti restituisco il tuo amico, e ce ne torniamo tutti a casa contenti».

«Cosa vuoi?», chiese Aiden.

«Voglio che tu sia pronto per un incontro, domani. Ti contatterò per darti le coordinate».

«Un incontro?», ripeté Aiden.

«Sono solo affari. Niente di personale. Ah, non dirlo a nessuno. Niente polizia, niente scorta. Solo io, tu e Chip».

La chiamata si interruppe e Aiden imprecò.

«Cristo. E adesso che cavolo facciamo?», chiese Frankie. «Ti contattano e non ti dicono niente? Perché non hanno chiesto dei soldi?»

«Perché non vogliono soldi», disse Aiden sottovoce.

Frankie si fermò di colpo. «Si tratta di te, vero? Non riguarda Chip. Ti hanno chiamato perché tu hai quello che vogliono».

Aiden non riusciva a guardarla negli occhi.

Capitolo 11

«Bene. Molto bene, cazzo. Tu fai qualcosa di stupido, illegale o che so io, e degli innocenti devono pagare. Il matrimonio della mia migliore amica è rovinato, il suo fidanzato è sparito, e ora ci tocca aspettare fino a domani per scoprire chi sono e cosa vogliono?».

Frankie si strappava le unghie, mentre Aiden rifletteva sul da farsi. Si sarebbe sentito in colpa più tardi, se necessario. Ma in quel momento, voleva delle risposte.

«Gesù, Francesca. Chiudi il becco per due secondi così posso riflettere?»

«Riflettere? Che ne pensi di agire invece? Che ne pensi di cercare l'autista con quello stupido dente d'oro e il berretto rosso tutto lercio e tirargli fuori la verità a furia di botte?»

«Certamente! Dai, trovalo. Chiamami quando hai fatto», sbottò Aiden.

«Sta parlando di Papi, signorina?».

Frankie e Aiden si girarono di scatto. E poi abbassarono lo sguardo. Il ragazzino avrà avuto tra i dodici e i tredici anni al massimo. Secco secco e con un sorriso enorme. Indossava una polo bianca a maniche corte e dei bermuda color cachi ben stirati. Il berretto sulla sua testa era pulito ma tutto sbilenco.

«Papi?»

«Sì, dente d'oro». Il ragazzino si indicò un incisivo bianchissimo. «Capelli grigi. Un cappello tutto unto che sembra sia stato inzuppato nell'olio motore? Chiama tutte le donne "mami"?».

Frankie affondò le dita nel braccio di Aiden.

«Sì, è lui».

«Per caso guida un pulmino bianco con un adesivo rosso accanto alle luci di posizione?», chiese Aiden.

Il ragazzino fece di sì con la testa. «Ah, certo. Quando rimedia qualche lavoro lo chiede in prestito a suo cognato».

«Dove possiamo trovare Papi?»

«Volete un taxi? Un giro sulla barca col fondo trasparente?», chiese il bambino.

«No...».

Poi fece schioccare le dita. «Ce l'ho. Volete nuotare con le tartarughe. Fare snorkeling, pranzo, un sacco di punch al rum».

«No...».

«Ah, allora droghe? Ve ne posso procurare di migliori», promise.

«Scusami?», Frankie lo guardò sconvolta.

«Erba, coca...».

Un commerciante nato, pensò Aiden.

«Cristo, ragazzino», borbottò Frankie. «Senti, dobbiamo trovare Papi perché lui sa dove si trova un nostro amico».

Il ragazzino si zittì.

Frankie sembrava sul punto di scuoterlo come una bambola di pezza finché non avesse sputato delle risposte. Aiden le mise una mano sul braccio.

«Parliamo da uomo d'affari a uomo d'affari». Aprì il portafogli. «Tu hai l'aria di chi sa riconoscere una buona occasione».

«Almeno ce l'hai l'età per guidare?», domandò Frankie aggrappandosi allo schienale del sedile mentre il minivan si inerpicava su una collina ripida.

Il ragazzo – Antonio, la loro nuova guida personale – scrollò le spalle e suonò il clacson quando una macchina, sbandando, gli tagliò la strada per evitare una buca grande quanto un intero quartiere di Manhattan.

«Ma l'età è solo un numero», rispose facendo il filosofo.

«Laggiù è dove è cresciuto mio nonno», disse indicando un punto nel buio.

«E anche Rihanna».

Grazie alle doti imprenditoriali di Antonio, il portafogli di Aiden era molto più leggero.

«Non ci serve il giro completo dell'isola», gli ricordò Aiden con fare gentile. «Stiamo cercando Papi».

«Dopo una serata di lavoro, di solito Papi fa il giro di cinque, sei rumerie».

«E questo Papi di solito rapisce le persone?». Frankie era curiosa.

Aiden le mise una mano sulla coscia e la strizzò, messaggio che doveva chiudere il becco.

«Papi è... come dite voi? Un tuttofare? Fa quello che gli viene chiesto. E poi va a festeggiare».

«In rumeria», concluse Aiden.

«Esatto. Ecco la prima». Indicò una catapecchia sulla sinistra. Era praticamente a ridosso della strada, c'erano pochissimi centimetri di marciapiede tra gli avventori e il viavai del traffico. Tirò il freno a mano e aprì lo sportello.

«Non puoi parcheggiare in mezzo alla strada», protestò Frankie.

«Signora, siamo alle Barbados. Parcheggiamo dappertutto».

Uscirono dietro di lui, e Aiden cinse le spalle di Frankie con fare possessivo. Chissà chi avrebbero incontrato dentro e come li avrebbero accolti alla notizia che stavano cercando Papi. Antonio aprì la porta. I cardini cigolarono in segno di protesta.

«Forza».

Dentro, il locale era sorprendentemente pulito. Il pavimento di legno era ben lucidato. Il minuscolo bar sporgeva da un angolo occupando quasi tutta la sala di tre metri per tre. Tutti e cinque i clienti si fermarono a fissarli.

«Qualcuno ha visto Papi?», chiese Antonio.

Li fissarono ancora un po'. Fu il barista a parlare per primo. Aiden credeva fosse inglese, ma il miscuglio di parole e pronuncia era oltre la sua comprensione. Il ragazzino rispose allo stesso modo, e Frankie e Aiden si guardarono sopra la testa di Antonio.

«Non qui. Forza. Andiamo», disse Antonio, afferrando la mano di Frankie e tirandola verso la porta.

«Che cos'era?», chiese Frankie mentre Antonio la trascinava verso il pulmino, Aiden alle sue spalle.

«Cosa?»

«Quella lingua che parlavate».

Antonio scoppiò a ridere e poi montarono sul van. «Uno slang del posto. Lo parlano tutti. Forza, andiamo. Birdspeed».

«Birdspeed?», chiese Frankie.

«Sì. Veloci». Annuì.

Sfrecciarono lungo la strada a tutta velocità poi Aiden, finalmente, riuscì a fare una domanda. «Qualcuno aveva visto Papi lì?».

Antonio scrollò la testa, rimbalzando per via di un dosso.

«No. Niente Papi lì stasera. Proveremo la prossima rumeria».

«Quante rumerie ci sono qui?», chiese Frankie.

«Circa centocinquanta», rispose Antonio senza battere ciglio.

In mezz'ora erano stati in quattro delle centocinquanta rumerie. Era mezzanotte, e Aiden iniziava a sospettare che il ragazzino li stesse scortando in una ricerca senza speranze. Accanto a lui, Frankie era avvilita. Non si oppose neanche quando la tirò a sé.

Almeno fin quando un gemito da zombie si levò alle loro spalle. Frankie lanciò un urlo e sollevò le mani come se volesse fare a pezzi lo zombie a colpi di karate mentre Aiden cercava di allontanarla dal pericolo.

Era un uomo, non uno zombie, che lentamente si alzò da dietro i sedili posteriori.

«Tutto ok laggiù, zio?», gridò Antonio.

L'uomo borbottò parole incomprensibili. Si portò alla bocca una piccola bottiglia di rum, ne buttò giù qualche sorso, e poi crollò di nuovo sul sedile.

«Quello è mio zio Renshaw», annunciò Antonio.

«Che cavolo di problema ha zio Renshaw?», domandò Frankie, che ancora esitava ad abbassare la guardia.

«Ha fatto un bel gruzzoletto. Sei turisti. Americani. Gli serviva un passaggio verso nord. Sono bei soldi».

«I festeggiamenti gli sono sfuggiti un po' di mano», fu il commento di Aiden.

Frankie gli schiaffeggiò una gamba.

«Appunto!».

«Appunto cosa?»

«Farebbe molti più soldi se rapisse qualcuno anziché scarrozzare turisti in giro, vero?»

«Presumibilmente».

Frankie si sporse tra i sedili. «Antonio, dove andrebbe Papi se avesse davvero un mucchio di soldi. Dove festeggerebbe?».

Capitolo 12

Il supermercato di Big Chuck, che faceva anche da negozio di articoli da pesca, ricevitoria e rumeria, era una catapecchia appollaiata su una collina ripida, che probabilmente offriva una vista mozzafiato dei Caraibi. Tuttavia, dato che era buio pesto e non c'erano lampioni, Frankie poteva solo intuire la bellezza del panorama.

«Devo fare pipì», annunciò. «Voi due cercate Papi, ci vediamo al bar».

Frankie trovò un bagno minuscolo stipato tra scaffali di scatolame e confezioni di biscotti e patatine. Quel posto odorava di pesce fritto. E quando sentì lo stomaco borbottare, si ricordò di tutto quel ben di Dio lasciato sul piatto da Uncle George. Una vita fa, quando doveva preoccuparsi solo della mano di Aiden sulla sua coscia. Si chiese se Cressida avesse già divorato il surfista sexy.

Uscendo dal bagno, si fermò a ordinare quattro panini di pesce e un giro di Coca-Cola da portare via. Con il sacchetto unto in mano, andò alla ricerca di Aiden e Antonio. Li trovò intenti a complottare, con Aiden che fissava il telefono in un angolo del bar quasi del tutto buio. Era una baracca sgangherata tenuta in piedi da lamine di metallo, legno e preghiere. Il pavimento era sporco. Il bar era unto. E per sedersi c'era solo qualche sgabello di legno.

«Che succede? È qui?», chiese Frankie.

Antonio indicò un uomo che teneva banco al centro del bar. Cappello rosso? Sì. Dente d'oro scintillante? Sì.

Oh, cavolo.

«Che ci facciamo ancora qui impalati?», sibilò, indicandolo come un'invasata.

«Non vuole parlarci», tagliò corto Aiden. Era chiaramente incazzato. Il tic non lasciava in pace la sua stupida perfetta mascella.

«Sì, ha detto al signor riccone qui di schiodare».

«Traduzione?»

«Di lasciarlo in pace», spiegò Antonio.

«Mi sa che dobbiamo usare le cattive maniere», disse Aiden, digitando un numero sul cellulare.

«Che sarebbero?»

«Ingaggerò una scorta privata che non farà troppe domande sul motivo per cui dobbiamo far cantare questo stronzo».

«Scorta privata? E lo decidi proprio adesso?», sibilò Frankie.

«Lascia fare a me», ripeté Aiden. «Non ce ne andremo senza risposte». Girò i tacchi e uscì dal bar.

Cazzo, cazzo, cazzo. Frankie osservò Papi, quell'omone con la sua cerchia di amici, che bevevano e si raccontavano storie.

Lasciò ad Antonio il sacchetto con i panini. «Tienimi questi, non mangiare il mio e vai a cercare Aiden. Ci vediamo fuori tra un minuto». Si avvicinò di soppiatto a Papi e alla sua banda. Le fecero spazio, dividendosi come il mare con Mosé.

«Papi, Papi, Papi, non è facile rintracciarti». Doveva avere quasi settant'anni, dedusse dai crespi capelli grigi sotto il cappello e la pelle rugosa intorno agli occhi. Aveva dei puntini scuri su entrambi gli zigomi, e una barbetta brizzolata intorno al mento.

«Ehi, Mami. Cosa può fare per te il vecchio Papi. Bradley, offri da bere alla mia amica».

Frankie si accomodò su uno sgabello libero accanto a lui e prese il rum che il barista le aveva versato.

«Papi, hai preso il mio amico. Puoi dirmi dove si trova».

Papi scoppiò a ridere, seguito un secondo dopo dai suoi amici.

«L'ho già detto al tuo amico. Non voglio i suoi soldi. Non mi servono. Chiaro?»

«Se non vuoi soldi, allora che vuoi?», disse Frankie, riducendo la sua voce a un sussurro malizioso.

«Ho i miei compari, il rum, e una bella storia da raccontare. Che si può volere di più?», chiese Papi.

«Che ne dici di un'altra storia?», incalzò Frankie.

«Sentiamo».

Frankie era disperata. Quell'uomo aveva le informazioni che le servivano, e se non gliele avesse tirate fuori con la gentilezza, Aiden avrebbe dilapidato migliaia di dollari per dei mercenari che gli avrebbero fatto sputare il rospo.

Si avvicinò e gli sussurrò all'orecchio la sua offerta. Gli occhi di Papi diventarono grandi come i sottobicchieri fradici del bar.

«E tu in cambio mi dirai tutto quello che sai?», chiese Frankie, spiegandosi meglio.

Lui annuì in stato di trance. «Ah, sì. Affare fatto. Ma inizi tu».

Frankie si guardò intorno per assicurarsi che Aiden e Antonio non fossero nei paraggi.

«Un patto è un patto», disse, slacciandosi la scollatura del vestito.

I suoi seni goderono di quella temporanea libertà e del venticello leggero che soffiava dal ventilatore gocciolante. Papi rimase a bocca aperta, ipnotizzato. Il resto dei suoi compari fece altrettanto.

Frankie contò fino a cinque, assicurandosi che tutti avessero visto quello che c'era da vedere e poi si riallacciò il vestito. Buttò giù lo shottino di rum in un colpo solo e sbatté il bicchiere sul bancone.

«Da bere per tutti», annunciò Papi ridestandosi da quello stato di trance e lanciando le braccia al cielo.

La folla esultò.

«Parla, Papi», lo incalzò Frankie.

«Ok. So solamente che questo tizio mi ha chiamato e mi ha detto che aveva un lavoretto da autista per me. Dovevo prendere il suo amico a Oistins. Ah, e mi ha detto che forse il suo amico non sarebbe voluto entrare in macchina e che avrei dovuto portare i rinforzi».

«Ti ha chiesto di rapirlo».

«No, no, no! Questo mi ha dato il numero del tuo amico. Lo dovevo chiamare e dirgli che avevo una sorpresa per lui. Gli americani ubriachi non sono molto svegli, proprio no!». Papi la indicò col dito tutto storto.

«Sfondi una porta aperta, Papi. Continua».

«Lui mi fa "fico, amico. Una sorpresa". E io gli dico, ci vediamo in strada. Sono quello nel pulmino bianco. E ci è salito da solo, e il mio amico lo ha aiutato a salire, tutto qua».

Povero, stupido, ubriaco Chip.

«Dove lo avete portato?»

«Al Rockley Ridge Resort a Sandy Lane. Ma è un'impresa arrivarci. Stasera c'è una grande festa. Roba di Hollywood. Un sacco di sicurezza».

«Quando siete arrivati al resort, a chi avete consegnato Chip?».

Papi scrollò le spalle e le offrì un altro bicchiere di rum. «Non lo so. Non si è disturbato a fare le presentazioni. Mi ha pagato. E me ne sono andato».

«Che aspetto aveva?»

«Era uno bello robusto. Come un orso. Non lo so. Ma mi sa che era uno scagnozzo pure lui. Ha detto che il suo capo sarebbe stato contento».

«Cos'hanno fatto con Chip?».

Papi propose un brindisi, poi bevvero entrambi.

«Ahhh, questa sì che è roba buona», sibilò. «Comunque, il tuo amico stavo dormendo. È svenuto durante il tragitto. Quell'omone lo ha portato in braccio verso l'ascensore come una sposa».

«E tu te ne sei andato e sei venuto qui».

«Per festeggiare una buona serata di lavoro».

«Grazie per il tuo tempo, Papi», disse Frankie, saltando giù dallo sgabello.

«Grazie per le tue tette», rispose lui entusiasta.

«Sì, vabbè».

Trovò Aiden e il ragazzino che passeggiavano avanti e indietro sotto la veranda minuscola del negozio. Aiden era attaccato al telefono. Antonio sbocconcellava il suo panino al pesce.

Frankie tirò fuori un panino e una Coca-Cola che aveva ficcato nel sacchetto.

«Chiama i rinforzi, Aide. Abbiamo una posizione».

Aiden riagganciò. «Dove?»

«Rockley Ridge Resort», annunciò Frankie, soddisfatta delle sue abilità investigative.

«Andiamo!», esclamò Antonio, scortandoli verso il van. «Mio zio si sveglierà tra poco e vorrà andare a casa».

«Il quarto panino è per lui», gli disse Frankie.

«Grazie, Frankie. Sei proprio una tipa a posto», disse Antonio, afferrando il volante con una mano, mentre nell'altra stringeva il panino.

«Tieni. Meglio che mangi qualcosa», disse Frankie, passando ad Aiden un altro panino.

«Come lo hai convinto a parlare?», chiese Aiden, scartando il panino e scrutando il pesce. Frankie non riusciva a guardarlo negli occhi. «Gliel'ho chiesto, e basta».

«Cazzate», rispose Aiden.

«Gli ho detto che avevo bisogno di alcune informazioni, e lui le ha fornite volentieri», mentì.

«Quindi, non mi dirai come hai tirato fuori quelle informazioni da uno che ha rifiutato mille dollari solo pochi minuti prima?», incalzò Aiden.

«Credo ci siano cose che valgono più dei soldi», fu il commento innocente di Frankie.

«Ragazzino, per caso conosci il Rockley Resort?».

Antonio fischiò. «Roba di lusso. E anche la security non è male», disse con circospezione.

Frankie tirò fuori il telefono, pregando fosse ancora carico. Era morto.

«Cazzo. Dammi il tuo telefono, Kilbourn».

Aiden obbedì, e Frankie aprì il browser.

«Perché mi stavi googlando? Che stalker!», schiaffeggiò il braccio di Aiden. L'ultima ricerca era una foto di lei.

«Te l'ho detto. Mi interessi. E quando una cosa mi interessa, faccio le mie ricerche».

«Prima di tutto, io sono una persona, non una cosa, amico. E poi, dove le hai prese queste foto?»

«Perlopiù dai social», disse Aiden, sporgendosi sulla sua spalla per guardare.

«Scusate, ragazzi», Antonio li chiamò dal sedile del guidatore. «Mi sa che state andando fuori tema».

Lo zio farfugliò qualcosa dal sedile posteriore e a fatica si rimise seduto. Si schiarì la voce. «Ah, ah, EHM!».

Frankie gli passò il sacchetto con l'ultimo panino e la Coca. Lo zio la ringraziò con un cenno del capo e si tuffò sulle pietanze.

«Giusto. Penserò più tardi a sgridare Aiden!», decise Frankie. Digitò il nome del resort e cercò le notizie a riguardo.

«Merda. Non va bene. La piccola Trellenwy – che razza di nome è? Voi ricchi siete pessimi con i nomi dei bambini».

«Concentrati sul problema principale».

«Giusto. Trellenwy Bostick, star di Hollywood ed erede

di un'azienda vinicola della Napa Valley si è sposata oggi, proprio lì», leggeva da un sito di gossip. «Finora non ci sono foto perché i controlli sono serrati. Come ci arriviamo?»

«Posso lasciarvi a circa cinquecento metri dai cancelli. Dovrete farvi strada nella vegetazione, ma poi sbucherete sulla spiaggia», suggerì Antonio.

«Antonio, spero che usi i tuoi poteri solo per buone cause», gli disse Aiden.

«Quasi sempre».

«Non possiamo intrufolarci così a un matrimonio», disse Frankie guardando il mini abito che indossava.

«Non hai nient'altro?», chiese Aiden.

«Niente di abbastanza elegante per l'alta società, a parte l'abito da damigella».

Si sfregò la barbetta sul mento. «Può andare».

Capitolo 13

Frankie non sapeva a chi si fosse rivolto Aiden, né come ci fosse riuscito, ma quando Antonio si fermò suonando il clacson all'ingresso del loro hotel, la concierge li stava già aspettando con due borse porta abiti. Aiden aprì appena lo sportello, quel tanto che bastava per afferrare le borse e lasciare una mancia, e poi ripartirono.

Lo zio russava pacificamente dopo aver innaffiato panino e Coca con quel che restava del rum.

«Pru mi ammazza se rovino il vestito, e poi ammazzerà anche te perché le dirò che è tutta colpa tua».

Sgattaiolò sul sedile dietro Aiden e aprì la borsa che conteneva il motivo del suo secondo lavoro. Il vestito da duemila dollari. Quello che Pru si era offerta di comprarle. E quello che Frankie aveva voluto comprare da sola a tutti i costi, nonostante i crampi alle dita quando aveva firmato la ricevuta della carta di credito. L'abito di paillettes d'oro, con lo scollo a V, costava più di tutto il suo guardaroba messo insieme.

Lui si girò di scatto. «Cosa ti fa pensare che sia colpa mia?»

«Guarda avanti, mister. Tutti e due», disse Frankie, quando Antonio regolò lo specchietto retrovisore.

«Dico solo che è stata una tua idea quella di indossare i nostri abiti da cerimonia per imbucarci a un altro matrimonio. Credo che le raccomandazioni di Pru, oltre a quelle di non procurarci ferite, graffi o succhiotti, valgano anche per gli abiti».

Aiden si spostò un po' più avanti per coprire la vista al

ragazzino. Frankie fece il possibile per infilarsi nel vestito, coprendosi alla meglio con il mini abito. Quando finalmente si fu rivestita, pur senza la biancheria più adeguata, si girò di spalle.

«Mi tiri su la zip, Aiden?», gli chiese.

Si girò a sbirciare, lui smise di armeggiare con i bottoni della camicia, lasciandola deliziosamente sbottonata.

Purtroppo, si era persa il momento dei pantaloni.

Sentì la sua mano sul fianco, la teneva ferma mentre faceva scivolare la lampo fino a metà della sua schiena. Si sentì avvampare nel punto in cui la mano di Aiden ancora indugiava, poi si allontanò in fretta.

Quella sera le era già capitato una volta di dover rinsavire. E una volta bastava e avanzava quando di mezzo c'era quel donnaiolo ricco sfondato di Aiden. E poi, avevano uno sposo da trovare.

«Il Rockley è proprio lì», annunciò Antonio, indicando in direzione dei fari del van.

«Superalo e poi fai marcia indietro», ordinò Aiden sbirciando dal finestrino.

Il resort era recintato da un alto muro di stucco dipinto di un giallo tenue, sabbioso. Sembrava lungo chilometri. Il cancello era chiuso, e oltretutto c'erano diversi addetti alla security a piantonarlo.

«Chi hai detto che si è sposato?», chiese a Frankie.

Frankie consultò il telefono di Aiden. «Trellenwy Bostick. Tecnicamente lei e suo marito si sono sposati lo scorso weekend a Napa, nel vigneto di famiglia. Ma oggi c'è la festa. Super esclusiva, tutti gli ospiti del resort non invitati al matrimonio hanno dovuto firmare un accordo di non divulgazione», disse leggendo. «E c'è la scorta privata a garanzia della privacy di Trellenwy. Bla, bla, bla. In pratica, siamo fottuti».

Antonio superò il resort e si fermò nel parcheggio di brecciolino adiacente alla spiaggia. «Posso farvi entrare io», esclamò con sicurezza.

«E come farai? Ci procuri un invito?», chiese Frankie.

«Con mio fratello raggiungevamo sempre il resort dalla spiaggia. Siamo anche riusciti a vendere qualche braccialetto, prima che la sicurezza ci cacciasse via».

«La spiaggia sarà piantonata», fece notare Aiden.

«Sì, ma tra la strada e la spiaggia c'è una specie di giungla. Alberi, cespugli, niente luci».

«E se il cancello è sotto controllo, e anche la spiaggia, a nessuno verrà in mente di controllare nella giungla», aggiunse Frankie con aria trionfante.

«Esatto. Tenetevi, ragazzi», Antonio lanciò il van oltre il cancello dell'hotel come se avesse una missione da compiere.

«Rallenta, desperado», urlò Frankie.

«Se andiamo troppo piano, si insospettiscono».

Aiden rise sotto i baffi.

«Vi faccio scendere qui, un po' più lontano dall'hotel, in caso facciate troppo casino mentre scalate il muro».

«Andiamo». Frankie infilò il piede nelle sue scarpe altissime e incredibilmente scomode. Sperava che la giungla in realtà fosse più un giardino ben curato che non le sarebbe costato le caviglie.

Aiden la osservò nell'oscurità dell'abitacolo. «Forse dovresti rimanere qui. Vado io a cercare Chip».

«Fammi il favore. Mica ti lascio andare da solo. E poi, una coppia vestita per un matrimonio sarà molto meno sospetta di una specie di James Bond in smoking che si aggira per la spiaggia. Non mi lascerai qui».

Aiden avrebbe voluto discutere ancora, ma chiuse saggiamente il becco quando Antonio proseguì sterzando e poi accostò al marciapiede. «Buona fortuna, ragazzi».

Aiden tirò fuori un'altra banconota dal portafogli. «Ci sei stato di grande aiuto stasera, Antonio».

Il ragazzino intascò i soldi tutto felice. «Se vi acchiappano, non fate il mio nome».

Frankie lo salutò con la mano scendendo dal van. «Grazie, bello».

«Ecco il mio biglietto». Antonio le passò un bigliettino da visita dal finestrino.

«Chiamami per qualsiasi cosa».

Frankie lo prese e lo infilò nella borsetta. «Prima o poi quel bambino sarà a capo di un cartello della droga oppure di una nazione», commentò guardando i fari inghiottiti dall'oscurità.

«Ops», disse Aiden con fare evasivo. «Come te la cavi a scalare muri?».

Se la cavava piuttosto male, a quanto sembrava. Alla fine, Aiden dovette darle una spinta, lasciando la mano sul suo didietro più del necessario. Ma alla fine, riuscì a scavalcare, atterrando con un tonfo che le tolse il respiro. Lo squarcio della seta lacerata la fece trasalire. Era ancora senza fiato quando Aiden atterrò al suo fianco agilmente, con le scarpe in mano.

«Stai bene?», le domandò aiutandola a rialzarsi.

«Sto bene. Benissimo», rantolò. Si allontanò dal cespuglio in fiore che aveva schiacciato atterrando e si ripulì il vestito dal terriccio. Aveva sentito il tessuto lacerarsi quando era piombata giù con la grazia di una balena e sperava di non aver fatto troppi danni. Pru l'avrebbe uccisa… sempre che ci fosse stato un matrimonio.

«Cazzo! Ho strappato la gonna. Ok. Posso sistemarla».

«Vieni», sussurrò Aiden. La prese per mano e le fece strada nel buio.

Frankie non vedeva un cazzo. Ma Aiden sembrava dotato di visione notturna, la guidava tra alberi e arbusti grazie alla luce flebile della luna. Le rane intonavano la loro infinita, acuta serenata alla notte. L'aria era densa di profumi esotici.

Aiden sapeva dove mettere i piedi mentre lei continuava a inciampare tra le radici e i rami, e della strana roba viscosa. Riusciva a vedere solo il profilo delle larghe spalle di Aiden mentre arrancava nel bosco.

Erano vicini all'oceano. Sentiva le onde, il sapore intenso del sale nell'aria. Aiden si fermò di colpo e lei andò a sbattere contro la sua schiena.

Sentì il ritmo distante della musica dance.

Di fronte a lei, tra le palme rigogliose e uno scorcio di chiaro di luna, Frankie vedeva le luci. Flash viola e argento che sembravano pulsare insieme al ritmo incessante della musica. Qualcuno aveva portato la scena dei club più esclusivi di L.A. in paradiso, o almeno un DJ molto costoso al secondo matrimonio di un'ereditiera.

«Mi sa che la festa è qui», disse Aiden sottovoce.

«Ok, ora che facciamo?», chiese Frankie. «Rotoliamo fuori dai cespugli e ordiniamo un giro di shottini?»

«Tequila o whiskey?», domandò lui.

«La tequila è sempre la risposta giusta».

«Cerchiamo di avvicinarci un po'», disse Aiden. «Poi decideremo cosa ordinare».

«Aspetta, dobbiamo inventarci una storia. Chi sei tu? Chi sono io? Come conosciamo Trell?»

«Trell?», Aiden accennò un sorrisetto.

«Se siamo suoi amici, non possiamo chiamarla Trellenwy, mi sembra ovvio».

«Oh. Io sono un suo vecchio amico, e tu sei la mia accompagnatrice».

«Perché non posso essere io la sua amica?», domandò Frankie. Il piede le rimase incastrato in una grossa radice, e finì dritta a terra. «Cavolo! Come la tolgo la macchia di bacche velenose?», strofinò la macchia lasciata dalla pianta su cui era atterrata. Sembrava che il ciclo le fosse appena arrivato all'improvviso.

«Merda. Ok. Posso sistemarlo. Lo metterò a mollo in… qualcosa».

Aiden sospirò. «Francesca, cos'è più credibile? Che una ragazza dell'alta società conosca un ricco imprenditore di New York famoso per frequentare donne come lei, o che conosca la figlia di due salumieri di Brooklyn?»

«Non ho capito. Stai dicendo che non potrei passare per una dell'alta società?»

«Chiudi il becco».

L'afferrò per il polso e la trascinò con sé, costeggiando musica e luci.

Era quasi l'una di notte in paradiso, e lei era con uno scapolo sexy, ricco da far schifo, che sembrava avere un talento naturale nel trascinarla in giro, al buio. Frankie avrebbe dovuto urlare di gioia dentro di sé. E invece? Era incazzata. Infastidita per tutta la faccenda. Perché avevano rapito Chip. Perché non poteva "passare" per una dell'alta società stupida e piena di soldi. Perché uno dei buttafuori avrebbe creduto più a una conoscenza tra Aiden e Trellenwy. Perché non facevano parte dello stesso mondo. E non riusciva a capire perché le importasse tanto.

Certo, poteva lasciarsi toccare da mister Kilbourn. Ma agli occhi del mondo, lei era quella da meno. Era lui a detenere il potere, il controllo. Si sarebbe stancato di lei e sarebbe passato oltre, come aveva fatto con tutte le donne della sua vita.

Lo scroscio delle onde si era fatto più forte. Le luci e il ritmo della musica erano alle loro spalle. Poteva vedere la luce della luna che danzava sull'oceano tra gli alberi che li separavano dalla spiaggia. Nessuno dei due parlava più. Erano solo un miliardario e la sua anonima accompagnatrice che facevano una passeggiata notturna.

Un ramoscello si spezzò sotto i suoi piedi, e Aiden imprecò sottovoce. Si girò e tirò a sé Frankie. Lei avrebbe voluto dirgli di tenere giù quelle mani. Di andarsene a quel paese.

La fece distendere sulla sabbia con una mossa così abile che a malapena sentì il cambiamento di gravità.

«Che stai facendo?», sibilò quando lui le fu addosso. Cercò di spingerlo via ma si bloccò quando sentì il suo cazzo diventare duro contro di lei.

Non si disturbò a rispondere alla sua domanda, ma la baciò con passione. Lei non se lo aspettava. Come avrebbe potuto. Non si aspettava neanche la vampata che l'attraversò, l'elettricità che si fece strada dentro di lei. Le sue labbra erano forti e decise, vogliose. Ma Frankie non era una che la dava vinta. Si aggrappò al bavero di Aiden e cercò di prendere il controllo del bacio. Quando lui aprì la bocca, spinse avanti la lingua. Aiden si lasciò sfuggire un gemito e continuò a giocare e ad assaggiare la sua bocca.

Lei si sentiva stordita dal potere, follemente.

Sentiva la sua erezione contro di lei, e aprì appena le gambe perché potesse sistemarsi meglio nel mezzo. Quando le si strusciò contro, Frankie non capì più nulla.

Poteva venire così, strusciandosi con un miliardario su una spiaggia.

Avrebbe dovuto provare imbarazzo, mostrare buon senso. Ma prima che quei pensieri potessero avere la meglio, Aiden fece scivolare la sua grande mano sul suo seno, e continuò a spingere.

Lei mormorò parole senza senso contro la sua bocca. *Questo. Adesso. Qui.* Non le importava niente.

«Cazzo», sussurrò lui, prima di rituffarsi nel bacio. Il sangue di Frankie era incandescente. Nelle sue vene scorreva della lava. "Ancora" era l'unica parola che conosceva.

Aiden lasciò andare il suo seno, e quando Frankie mugugnò in segno di delusione, si fece perdonare. Ora quella mano le sollevava la gonna. Il suo corpo era in estasi. Se lui non l'avesse penetrata nei successivi trenta secondi, Frankie sarebbe morta di una morte lenta e dolorosa.

Adesso lui si strusciava contro la sua coscia, stuzzicandola con quella che sembrava un'erezione quasi dolorosa.

«Ancora, Aiden», sussurrò Frankie.

Implorava.

Lei non implorava mai. Ma in quel momento era disposta a supplicarlo per arrivare all'orgasmo.

«Aspetta, piccola», mormorò lui contro le sue labbra. «Ti voglio tantissimo, cazzo».

Non era l'uomo di ghiaccio che aveva conosciuto sulla pista da ballo. E nemmeno quello beffardo che era andato a prenderla in aeroporto. No, l'uomo che in quel momento giocherellava con il suo perizoma di seta era un amante peccaminoso, che prometteva fuoco e fiamme.

«Cazzo», sussurrò ancora spingendo la punta delle dita proprio lì.

Lei lasciò andare un gemito, con la voce rotta, proprio quando lui iniziò a tracciare quei piccolissimi cerchietti che prima aveva riservato alla sua coscia sotto il tavolo. Sapeva come toccarla. Non sapeva se fosse istinto o esperienza, ma non gliene fregava niente.

«Sei così bagnata, Francesca. Solo per me».

Frankie si inarcò contro la sua mano. «Toccami», ordinò. Quando le infilò due dita sotto l'orlo dello slip, con le nocche che sfioravano le labbra, anche lei passò all'azione.

Lui ansimò in segno di approvazione quando gli afferrò il cazzo duro sopra i pantaloni. «Voglio le tue mani su di me, la tua bocca», disse gemendo.

«Ti accontento subito, Kilbourn», mormorò lei.

Le sue nocche la sfiorarono ancora, e lei si sciolse al suo tocco.

«Io ti scoperò Francesca. Non il surfista, e nemmeno Davenport. Io».

Il suo corpo tremò a quelle parole, la mente vacillava per l'autorità del suo tono.

«Sta' zitto e baciami».

Le sue dita stavano per penetrarla, aveva la lingua di Francesca in bocca, quando lei si ritrovò a strizzare gli occhi per via di una luce accecante.

Capitolo 14

Aiden pensò di uccidere l'addetto alla sicurezza con le sue mani. Se avesse continuato a illuminare con la sua torcia i capezzoli di Francesca che per poco non bucavano il tessuto dell'abito, Aiden gli avrebbe spezzato il collo.

Francesca si alzò furiosa, con le mani sui fianchi. Lui si era dimenticato di sé stesso, si era dimenticato di dove fossero e del perché fossero lì. Aveva sentito i passi della guardia e si era inventato la storia dei due amanti usciti per una scopata. Toccarla? Sentire il suo sapore? Aveva spazzato via ogni istinto, tranne l'urgenza di prenderla.

Dal modo in cui Francesca non lo guardava intuì che credeva si fosse approfittato di lei. Ed era vero, o meglio, si era approfittato della situazione.

Adesso lui avrebbe ucciso quello della security, e poi Francesca avrebbe ucciso lui.

«Senta, signore», disse Francesca, aveva le guance ancora in fiamme. «Ci siamo allontanati dalla festa e ci siamo fatti prendere un po'».

Aiden le si piazzò davanti. Non riusciva a capire dove puntasse lo sguardo dell'uomo, ma doveva essere vicino al petto ansimante di Frankie.

«Colpa mia. Mi sono fatto prendere», disse con un sorriso mortificato. «Scommetto che stasera ha visto di peggio».

L'addetto continuò a fissare il vuoto per un istante. Aiden sentì le mani di Frankie aggrapparsi alla sua giacca.

«Ho appena beccato due ragazze a fare il bagno nude nella

fontana della hall», ammise. «Tornate alla festa, e cercate di tenervi addosso i vestiti».

«Promesso», rispose Aiden. Frankie aveva gli occhi spalancati e grandi come un megaschermo quando, superando la guardia, imboccarono in tutta fretta un sentiero che conduceva alla terrazza affollata che faceva da pista da ballo.

«Be', è stato facile», disse Aiden. Poi tolse una foglia dai capelli di Frankie.

Iniziava a chiedersi se non fosse ossessionato dai suoi capelli. Quella distesa folta e scura fatta di onde arricciate. Voleva affondarci la faccia dentro.

«Facile?», sbottò lei, allontanandogli la mano con uno schiaffo.

«Almeno stavolta non hai dovuto mostrare le tette a nessuno», fece notare Aiden.

«Mi hai vista?»

«Ho visto un bel po' di cose». Aiden decise di non rivelarle che aveva coperto gli occhi di Antonio un secondo più tardi.

Frankie gli diede uno schiaffo sulla spalla.

«Che c'è? Sei tu che hai deciso di mostrarle a mezza isola».

«Sì, ma questo non ti autorizzava a guardarle».

«Non me lo sarei mai perso quello spettacolo, Francesca». Cercò di abbracciarla, ma lei sollevò le braccia.

«Giù le mani, oppure ti stacco quel coso eretto che sfoggi da tutta la sera e ti ci schiaffeggio».

Come poteva averne abbastanza di lei? Come poteva pensare che l'avrebbe lasciata in pace?

«Stai cercando di farci beccare?», le chiese, stringendola a sé. Quegli occhi verde-azzurri lo guardarono con sospetto. «Siamo in pista. Balliamo».

Francesca si guardò intorno e per la prima volta sembrò accorgersi che erano circondati dalla crème della crème californiana. Aiden riconobbe anche un paio di visi familiari. Qualche politico, un mucchio di celebrità, ma perlopiù era una sfilata di ereditieri che avevano chiaramente alzato un po' troppo il gomito.

«Che cos'ha questa gente che non va?», chiese Frankie, permettendo ad Aiden di trascinarla al centro della pista.

Persino la band era sbronza, a giudicare da come tenevano il tempo. «Oh, mio Dio. Quelli sono i Meltdown?»

«Il gruppo che suona quella canzone che passa alla radio ogni sei secondi? A quanto pare, sì. E per rispondere alla tua domanda, sono tutti strafatti».

Era come assistere all'ultima chiamata durante una riffa all-you-can-drink. Gli ultracinquantenni erano ubriachi fradici. Un uomo stava vomitando dalla balaustra di pietra. Una donna sui sessantacinque anni stava maldestramente facendo la fontana con una bottiglia di champagne artigianale, fermandosi di tanto in tanto per tracannarla direttamente.

In pista, una coppia ubriaca barcollava cercando di seguire la musica fuori tempo e intanto si toglieva i vestiti.

I più giovani, a quanto pareva, erano passati a roba più forte. Quattro donne in abiti d'alta moda ridevano come iene nella parte bassa della piscina. Mentre dove l'acqua era più profonda era in corso una gara "a chi si rompe il collo per primo" tuffandosi.

La sposa era al bar, intenta a farsi di cosmopolitan, urlando: «Sono sposata, stronzi!».

Il terzo drink si rovesciò come una cascata sul suo vestito ricoperto di gioielli.

«Che classe», Frankie sussurrò ad Aiden mentre ballavano cercando di avvicinarsi all'entrata dell'hotel. «Quello è un vestito da ventiseimila dollari».

«Chissà dov'è lo sposo. Forse se l'è data a gambe».

Frankie indicò una grossa palma in vaso. «Credo sia quello con la lingua sul collo di quel testimone».

«Ah», commentò Aiden.

Frankie scrollò la testa. «Sembra di essere nel Grande Gatsby ma con una dipendenza da alcol e droghe».

«E tu che pensavi che le dramigelle di Pruitt fossero dei mostri», scherzò Aiden.

A quel punto, un dito gli si piantò nella spalla. «Ehi! E tu chiiiiii seeiiiiii?».

Aiden fece girare Frankie perché potessero inscenare quella farsa insieme.

«Sono Aiden. Tu chi sei?», chiese alla donna.

Doveva avere circa quarant'anni, ma cercava disperatamente di aggrapparsi ai venti. Aveva le labbra rifatte, male. La pelle tesa del contorno occhi e sulla fronte in pratica urlava BOTOX o lifting. Una spallina del suo vestito avorio era strappata. In una mano stringeva una bottiglia di champagne. Le extension scendevano da una specie di nodo ingarbugliato sulla nuca e le cadevano davanti agli occhi.

«Piacere, Priscilla». Barcollò pronunciando il suo nome. «Sei amico della sposa o dello sposo?»

«Siamo amici dello sposo», rispose Francesca, senza fare una piega. «Piacere, io sono Druscilla, e lui è il mio escort pagato, Aiden. Ho conosciuto lo sposo durante l'ottava stagione di *Fondi fiduciari e mogli trofeo*».

«Cos'è, un reality?», chiese Priscilla.

Frankie annuì. «Ah, sì, sì. Ha avuto un successo pazzesco. Ha lanciato la mia carriera come modella di piedi. Se ti interessa, posso darti il numero del produttore. Saranno i diciotto mesi migliori della tua vita, se ti piace vivere su uno yacht al largo degli Emirati Arabi».

«Druscilla, dobbiamo proprio andare», disse Aiden, pizzicando Frankie sui fianchi.

«Chiamami», gridò Frankie mentre lui la spingeva oltre una Priscilla accigliata.

«Ti ricordo che non dobbiamo farci notare», le rammentò.

«Aide, domani l'unica cosa che questa gente ricorderà sarà un bel niente di niente grosso così».

La spintonò verso la hall esterna dell'albergo. Con l'oceano e la baldoria alle loro spalle, la hall sembrava silenziosa. Lui fece per andare verso la reception ma venne bloccato da Francesca che andava a passo di lumaca.

«Dai, Francesca. Abbiamo da fare».

«Scusa. Caspita! Ma ignorare tanta bellezza è una prerogativa di voi ricchi?», chiese, ammirando il soffitto decorato due piani più su. Il pavimento di pietra pullulava di statue bianche e oro e di grosse palme in vaso. Avvicinandosi al desk, Francesca sgranò gli occhi. «Quelle sono foglie d'oro?». Indicò una maestosa scalinata che si dipartiva in due direzioni opposte al piano superiore.

«Lo chiederemo dopo aver trovato Chip».

«Giusto. Ok. Sono concentrata», assicurò. «Qual è il piano?», chiese, con un cenno del capo verso la receptionist.

«Il fascino, prima di tutto».

«Buonasera, signore. Come posso essere utile?». Hilde, era questo il nome sulla targhetta, era alta e slanciata. Aveva l'aria di chi non si scompone per nulla al mondo.

«Salve, Hilde. Cerco la stanza del mio amico, e mi vergogno a dirle che non ricordo più il numero».

Frankie, fingendosi annoiata, girovagò verso lo stagno con le carpe, dove Hilde non poteva vederla.

«Capisco. Come si chiama il suo amico?».

Aiden fece del suo meglio per mostrarsi mortificato. «Si chiama Chip. Ma la stanza è registrata sotto un altro nome. Chip è alto più o meno così. Biondo. È la sua prima notte qui».

Hilde abbozzò un sorriso debole. «Mi dispiace, signore. Ma non mi è permesso fornire informazioni sui clienti. Qual è il numero della sua stanza?».

Aiden si tastò la giacca come se cercasse la chiave. «Mi faccia controllare… tesoro, ce l'hai tu la chiave?».

In quel momento due donne, piuttosto su di giri, superarono Frankie barcollando.

«E poi gli ho bucato il preservativo, gli ho detto che prendevo la pillola, e voilà! Sono milionaria, e lui mi ha pagato le tette».

«Sei l'essere umano peggiore di sempre», gracchiò l'altra.

«Lo so!».

La mossa di Frankie fu così rapida che Aiden quasi non se ne accorse. Un attimo prima la signora Tette milionarie stava barcollando sul pavimento in marmo, e quello dopo era finita di faccia nello stagno.

Gli strilli delle due si unirono alle richieste di aiuto di Frankie e Hilde afferrò un walkie-talkie precipitandosi verso quella baraonda.

«Presto», sibilò Frankie, improvvisamente al fianco di Aiden. «Coprimi le spalle». Si infilò dietro il desk, sedendosi sulla sedia vuota. «Cazzo. La password è protetta».

Le urla non si erano ancora placate, quindi Aiden si sporse oltre il banco. «Opzione uno, decriptiamo la password da soli. Opzione due, convinciamo Hilde a darcela». Stava soppesando i pro e i contro, quando le dita di Frankie si mossero rapide sulla tastiera.

«Ah. Ci sono».

«Per caso hai appena scoperto la password?», domandò Aiden. Quella donna non aveva limiti.

Lei sbuffò. «Non è servito, dato che l'hanno attaccata al monitor. Ok, sono dentro. Chi dobbiamo cercare? Non c'è nessuna stanza prenotata da Sequestratore o Rovinamatrimoni».

Aiden si fiondò dietro il banco, sperando che la situazione allo stagno non fosse ancora risolta. «Scorri tra le prenotazioni», disse, osservando il monitor.

«Credi di riconoscere il nome del rapitore, come per magia?»

«Chiudi il becco. Ecco», indicò lo schermo. «Stanza 314. Tre notti. Qual è il nome?»

«Non c'è. Solo il nome di una società. El-Kil Corporation».

Cazzo. Aiden sentì come un pugno nello stomaco. Avrebbe dovuto saperlo.

«Oh, guarda. Devono essere loro. Due ore fa hanno ordinato un panino al tonno con panatura di patatine. Il preferito di Chip. Almeno siamo sicuri che gli stanno dando da mangiare. È un bene, vero?»

«Sì, bene», mormorò Aiden.

«Oh, merda». Frankie uscì dal programma e afferrò Aiden. Lui sentì il rumore dei tacchi sul marmo. Riuscirono ad arrivare solo alla colonna di marmo accanto al desk. Hilde e la donna dello stagno apparvero con un piccolo seguito.

«Chiamo il reparto pulizie e le faccio portare degli asciugamani e un accappatoio», fu la proposta di Hilde alla riccona fradicia e urlante.

«Un pesce ha appena nuotato *sul mio vestito*. Crede che un accappatoio possa farmi stare meglio dopo che del sushi mi ha aggredita?», strillò la donna.

Hilde si accigliò quando vide Frankie e Aiden ancora fermi accanto al desk. Aiden pensò di baciare Frankie dato che aveva funzionato alla grande la prima volta, ma lei fu più veloce.

Gli diede un ceffone in pieno volto, talmente forte da fargli girare la testa.

«Sai che mi dà fastidio quando mi chiami come tua sorella. Non mi interessa quanti anni hai passato in collegio in Europa. Non sei giustificato!». La voce di Frankie riecheggiò per tutta la hall, attirando tutti gli sguardi.

«Punto primo, è la mia sorellastra», disse Aiden, assecondando il piano folle architettato da Frankie. «E punto secondo: che ci posso fare se vengo da una famiglia molto unita!».

«Ah, ma fammi il piacere! Unita? Tua nonna mi ha tastato il culo al pranzo del Ringraziamento».

«Voleva solo tastare i risultati del ritocchino al sedere che ti ho pagato». Fece un cenno verso l'uscita.

«Scusami. Me lo sono guadagnato quel ritocchino!».

Continuarono a trascinare l'argomento, allontanandosi in fretta e furia dalla reception. Al loro passaggio, Aiden sentì uno degli astanti sussurrare.

«Che ti vuoi aspettare da una star dei reality e da un gigolo?».

Le notizie si diffondono rapidamente.

Trascinò Frankie fuori. Scoppiò a ridere appena misero piede sul vialetto d'ingresso dell'hotel.

«Tu sei pazza».

«Ma dai! L'ho visto lo sguardo che avevi. Stavi per baciarmi di nuovo come un ossesso. E stavolta non avrebbe funzionato».

«Perché no?», chiese, massaggiandosi la guancia che lei aveva schiaffeggiato così efficacemente.

«Non faccio lo stesso errore due volte, Kilbourn. E tu sei un errore bello grosso. Andiamo, ora. Credo che la 314 sia da questa parte». Aiden la osservò ammaliato mentre tirava fuori dalla scollatura una mappa del resort.

«E quella dove l'hai presa?», disse afferrando la mappa.

«Al desk».

«Non ci metteremo a cercare Chip».

«Cosa? Sappiamo dov'è, e di colpo vuoi mollare tutto?»

«Che vuoi fare? Bussare alla porta e chiedere se te lo restituiscono?»

«Almeno è un inizio! Io non lascio qui il mio amico».

Aiden la prese per un braccio e iniziò a trascinarla verso la fermata dei taxi. «Abbiamo il coltello dalla parte del manico. Ci serve un piano. Devo scoprire chi lo ha rapito, così saprò anche perché». La bugia gli venne facile. Già conosceva autore e movente, ma non voleva coinvolgere Frankie. Probabilmente avrebbe ucciso qualcuno.

«Non lascio Chip qui con uno stronzo di sequestratore! Chiamiamo la sicurezza o la polizia!».

«Non chiamiamo proprio nessuno!», disse stringendo più forte.

«E perché no? Sappiamo dov'è!».

«Non sappiamo chi l'ha preso e perché. Sappiamo solo che è qui e che lo stanno nutrendo. Significa che è al sicuro, per ora».

«Per ora?». Cercò di divincolarsi. «Sei risalito al nome del rapitore solo per curiosità? E ora che ti sei tolto lo sfizio te ne torni al resort a bere margarita mentre aspetti di vedere come va a finire?».

Aiden sbottò. «Senti. La tua lealtà ti fa onore, davvero. Ma dobbiamo riorganizzarci. Mi serve un piano. Se agiamo troppo presto, sarà un disastro».

Frankie fece scivolare lo sguardo in basso, ma Aiden alzò gli occhi al cielo. «Non ci provare. Ce ne andiamo».

Capitolo 15

La scortò fino alla sua stanza come se fosse una prigioniera. Erano rimasti in silenzio per tutto il viaggio, Frankie era furiosa mentre Aiden cercava di inventarsi qualcosa. Lei capiva che c'erano un tempo e un luogo precisi per pianificare e manipolare, ma valeva anche quando un amico era in pericolo? Sembrava il momento perfetto per sfondare una porta e iniziare a fare casino.

Controllando a stento la rabbia, Frankie strisciò la chiave magnetica. Avrebbe voluto fiondarsi in camera e sbattere la porta in faccia ad Aiden, ma lui fu più veloce. La prese per il braccio e la costrinse a guardarlo negli occhi. «Apprezzo tutto il tuo aiuto di stasera. Ma ora la risolvo io».

«Come dici, cavaliere solitario?»

«Francesca, devi fidarti, la risolverò. Te lo prometto, ritroverò Chip prima del matrimonio».

Aprì la bocca, pronta a farlo a pezzi con le parole ma, come sempre, lui fu più rapido. Avvicinò la bocca alla sua per un bacio veloce, brusco. Era indecisa se prenderlo a calci nelle palle o trascinarlo nella sua stanza, ma Aiden si ritrasse.

«Sei stata fantastica stanotte».

Con un dito le sfiorò la punta del naso e poi se ne andò.

«Che cazzo significava?». Frankie si rivolse alla stanza vuota, dopo aver assicurato la porta con la catena nel caso in cui Mister Kilbourn avesse voluto tentare di nuovo la sorte.

Si guardò il vestito e gemette. C'era uno strappo in vita e uno sulla gonna. Quelle dannate bacche le si erano spiaccicate sul seno destro e sul fianco, lasciando delle macchie sanguinolente. Sembrava un'attricetta assassinata in un vestito di Monique Lhuillier.

Pru l'avrebbe ammazzata.

Contattò istericamente la reception e supplicò per una pulizia d'emergenza. Il costo che le indicarono la fece trasalire. Un altro mese di catering, almeno. Ma a quel punto, non aveva altra scelta. O si rassegnava a pagare quella cifra esorbitante, oppure avrebbe percorso la navata per poi essere pugnalata dalla sposa.

Sempre che il matrimonio si fosse celebrato. Se Aiden non ne veniva a capo, Pru non avrebbe avuto uno sposo da portare all'altare, pensò tristemente.

Frankie consegnò il vestito al fattorino e poi scrisse a Pru.

Frankie: Sei sveglia?

La risposta fu praticamente istantanea.

Pru: OMMIODIO, vieni subito qui!

Frankie percorse il corridoio in punta di piedi fino alla stanza di Pru e Chip. Prima che potesse anche solo bussare, Pru aprì la porta e la trascinò dentro. Frankie non credeva ai suoi occhi. La sua amica indossava un pigiama di seta... e il velo.

Era evidente che non aveva ancora smaltito rum e birra.

«Lo so, lo so. Sembro una pazza», esclamò Pru, facendo strada verso un bagno di marmo, su marmo e altro marmo, grande quanto uno stadio. «Ma ho pensato. Siamo in paradiso, e fa caldo. Davvero è il caso di portare i capelli sciolti domani? Siediti», disse, indicando il bordo della vasca.

«E quindi?», chiese Frankie, si sentiva la persona peggiore del mondo. Il fidanzato della sua migliore amica era stato rapito sotto i suoi occhi e lei non solo sapeva dove trovarlo, ma se ne era andata senza neanche provare a salvarlo. Era una merda. Una gomma appiccicata sotto una scarpa. Come quelle persone che si fingono malate per architettare raccolte fondi false. Lei, Francesca Marie Baranski, era una brutta, bruttissima persona.

Si accomodò sul bordo.

Pru stava vagliando i vantaggi di uno chignon sexy, ma all'improvviso si interruppe. Sgranò gli occhi azzurri allo specchio.

«Ma io me ne sto qui a lagnarmi dei capelli quando tu sei appena tornata da una scappatella con Aiden! Ma che razza di amica sono?»

«La migliore. Sei l'amica migliore che si possa desiderare, Pru», protestò Frankie. «Sei una persona meravigliosa e ti meriti tutta la felicità di questo mondo».

Doveva dirglielo. A parti inverse, avrebbe voluto saperlo.

«Che c'è?», domandò Pru, voltando le spalle allo specchio. «Sembri sul punto di piangere».

Frankie si lasciò scivolare dentro la vasca.

«Prima di parlare di Aiden, dovremmo parlare di Chip». *Come diamine avrebbe spiegato alla sua migliore amica che non avevano chiamato la polizia, che non aveva sfondato quella porta per riportarle Chip? Era la peggiore amica del mondo.*

Pru aveva uno sguardo dolce, trasognato. «Non posso crederci che finalmente me lo sposo, Frankie. È solo che... lo amo così tanto. È divertente e dolce e gentile e intelligente, ed è uguale a Ken. Ma quando lo guardo, ci immagino fra cinquant'anni. Corriamo dietro ai nostri nipoti, organizziamo feste, passiamo l'estate negli Hamptons con una famiglia enorme».

Pru giunse le mani e sospirò.

«Lui è tutto ciò che ho sempre sognato, da quando avevo cinque anni. Ho un abito da favola, la mia migliore amica e sto per sposare l'uomo dei miei sogni in questo paradiso». Aveva gli occhi velati di lacrime.

«Non piangere, Pru», la pregò Frankie. Almeno, non prima di aver appreso la notizia terribile che il suo fidanzato era scomparso.

«Non posso farci niente», Pru si tamponò gli occhi con un fazzoletto. «Sono troppo felice. Ed è questo che vorrei per te, Frankie. Voglio che trovi qualcuno che ti faccia sentire come se avessi le ali. Qualcuno con cui non vedi l'ora di passare i prossimi cinquant'anni».

«Non riesco a concentrarmi sui prossimi cinquanta minuti, figuriamoci su cinquant'anni», scherzò Frankie.

Pru attraversò il bagno. Ci mise più o meno dieci minuti vista la distesa di marmo che le separava. Si appollaiò sul bordo della vasca giocherellando col velo.

«Credo che Aiden sia quello giusto», le confessò Pru.

Frankie sollevò di colpo la testa dalla vasca. «Ah? Cosa?»

«So che siete partiti col piede sbagliato…».

«Mi ha dato della spogliarellista».

«Dopo la festa, ha subissato Chip di domande su di te».

«Forse voleva sapere dove mi esibisco e se per un cinquantino faccio anche pompini», ribatté Frankie.

«Ma è venuto a prenderti in aeroporto. E ho visto come ti guardava a cena. Sembrava volesse mangiarsi te e non quello che aveva nel piatto. E poi ti porta via? Non credere neanche per idea che solo perché mi sposo domani io non voglia sapere ogni dettaglio di quello che avete fatto nelle ultime cinque ore».

Frankie si massaggiò il bernoccolo sulla nuca.

«Torniamo un attimo al matrimonio di domani. Quanto ti arrabbieresti se scoprissi che è successo qualcosa e che non potrai?»

«Non potrò cosa? Sposarmi domani?»

«Sì. Se fosse successo… qualcosa?»

«Francesca Baranski, sposerei Chip anche se domani un uragano spazzasse via l'isola e radesse al suolo ogni edificio».

Ah, cavolo.

«Sì, ma…».

«Senti. Lo capirai quando tu e Aiden avrete cominciato a conoscervi meglio», disse Pru, dandole delle pacche sul braccio. «Dopo il college io e Chip ci siamo persi, ed ero devastata perché sapevo che lui era quello giusto. Non ho mai smesso di crederci. Neanche una volta in tutti questi anni. E ci siamo ritrovati. Rimessi in pari. Quella separazione è stata devastante per me, e anche per lui. Domani vivremo un giorno magico perché ce lo meritiamo. Io me lo merito», le si spezzò la voce.

Frankie prese la mano della sua amica. «Ma certo, te lo meriti. So che Chip è quello che hai sempre desiderato, e lo avrai. Avrai il tuo uomo perfetto, nel tuo giorno perfetto. Promesso».

Pru annuì, facendo increspare il velo.

«Quasi quasi gli scrivo! Gli scrivo e gli dico quanto lo amo e che non vedo l'ora sia domani. Ooooh! Potrei chiamarlo!».

«Ehm…».

Ma Pru si era già fiondata verso la toletta, alla ricerca del telefono.

Capitolo 16

Frankie: Pru crede che lo abbiamo fatto per cinque ore stanotte. E poi, sta scrivendo e chiamando Chip per dirgli quanto è felice per domani. Tra tipo trenta secondi, inizierà a impanicarsi.

Aiden: Ci penso io.

Frankie avrebbe voluto infilare una mano nel telefono e strangolarlo. O almeno, tirargli un pugno su quella faccia compiaciuta da saputello. Era combattuta tra il farsi forza e il dire tutto a Pru, ma proprio in quel momento il telefono di Pru segnalò un messaggio.

«È Chip?», chiese Frankie, sbigottita. Aiden era davvero così bravo?

«No. È Aiden», disse Pru, guardando raggiante il telefono. «Dice che Chip dorme alla grande nella suite, e non voleva che mi preoccupassi perché non risponde ai miei messaggi».

Pru si strinse il telefono al petto, gli occhi lucidi per via delle lacrime di gioia. «Domani mi sposo».

Sì, diamine, si sarebbe sposata. Frankie giurò a sé stessa che avrebbe fatto tutto il possibile per accompagnare Pru lungo la navata, verso l'uomo dei suoi sogni.

«Basta parlare di me. Dimmi di Aiden! È davvero così bravo a letto?».

Il giorno del matrimonio di Pru arrivò luminoso, caldo e bellissimo. Ma dello sposo non c'era traccia.

Prima della cerimonia serale erano previste diverse ore nella spa col resto delle dramigelle. Frankie non aveva fatto che girarsi e rigirarsi tutta la notte in camera di Pru, ripercorrendo la scena del rapimento di Chip ancora e ancora.

Aiden non si era manco disturbato a chiederle come andasse, e con quell'impacco alle alghe che le prosciugava il grasso, non poteva neanche andare a cercarlo. Sperava per lui che stesse architettando un salvataggio con tanto di carri armati, ninja e mercenari. Tutto pur di riportare Chip Randolph al resort, in smoking, entro le sei.

Cressida si pavoneggiava in una vestaglietta di seta e con una maschera in viso.

«Tieni. Bevi kvesto», disse, agitando una bottiglia di Cristal. «Mi sembri tesa».

Frankie si guardò le braccia incollate da una melma verde. «Hai mica una cannuccia?».

Cressida scrollò le spalle. «Apri la bocca. Te lo verso».

Frankie si distese e fece come le aveva detto. Cressida versò con precisione, e Frankie ingoiò le bollicine come se fosse un pegno da pagare in una sorellanza.

«Ti sei occupata di quello di cui dovevi occuparti la notte scorsa?», le domandò senza muovere le labbra, attenta a non disfare la maschera.

«Tutto sotto controllo», fu la risposta evasiva di Frankie. Non avrebbe affidato a quelle damigelle neanche la sua vaschetta del pranzo, figuriamoci delle informazioni sensibili che avrebbero potuto rovinare il matrimonio di Pru.

«La sposa sta difentando ansiosa. Non svente lo sposo dalla scorsa notte», disse Cressida, facendo un cenno con la sua testa bionda in direzione di Pru.

Aveva immerso un piede in una vasca e fissava il telefono sulle sue gambe, sperando che squillasse.

Frankie pregò che Aiden stesse gestendo la situazione.

«Oggi Chip che fa?», chiese a Pru, già temendo la risposta.

«A quanto pare stamattina va a pesca con Aiden». Pru si morse il labbro.

«Sembra divertente», incalzò Pru.

«Sì, solo che mi sto un po'... agitando».

«Le farfalle nello stomaco», commentò Margeaux con l'aria di chi la sa lunga. «Anche io stavo così la prima volta. La seconda invece non sentirai niente».

«Carina, Marge», sbottò Frankie.

Margeaux era divertita. «Ma dai. Non crederai davvero che questo matrimonio durerà. Ehi, occhio alle cuticole», rimproverò alla donna che le stava facendo la manicure.

«Non ascoltarla», Frankie si rivolse a Pru, cercando di rimettersi in posizione seduta con movimenti minimi. L'impacco si ruppe sulla schiena, e così tornò a respirare.

«Solo che non lo sento dalla cena di ieri. E se...». Pru non finì la frase, e Frankie era l'unica a sapere che la verità era anche peggio di tutte le ipotesi che Pru stava formulando.

«Se sono andati a pesca al largo saranno partiti presto, e il telefono non prende», disse Frankie, infilandosi la vestaglia.

Pru si morse il labbro. «Vero. Ma se entro pranzo non lo avrò sentito, manderò mio padre a controllarlo».

Come sarebbe andata a finire? Con R.L. Stockton che infuriava per il resort alla ricerca del futuro genero che odiava. Se solo avesse fiutato guai con Chip, R.L. avrebbe messo Pru su un volo privato verso casa, mentre i suoi avvocati si sarebbero inventati il modo di rovinare di brutto Chip e i suoi genitori.

«Fidati di Aiden», continuò Frankie. «Non ti deluderà». E in caso contrario, Frankie sarebbe stata la prima a tirargli un calcio nelle palle.

«Ecco la mia bambina!». Addison Stockton piombò nella sala dei trattamenti con vestaglia e ciabattine coordinate. «Sarà una sposa meravigliosa», annunciò ai presenti, agitando le mani come fossero due colibrì.

«Qualcuno si è divertito durante la seduta di depilazione laser», disse Taffany, facendo scoppiare il palloncino di gomma da masticare.

A mezzogiorno, la spa serviva dei crostini vegani. La madre di Chip, Myrtle, gettò un'occhiata agli involtini di cetriolo ricoperti di hummus e ordinò un hamburger, al sangue, con patatine extra. *Impossibile eliminare la fame texana dalla figlia di un proprietario terriero.*

Frankie avrebbe fatto lo stesso, ma il pensiero del cibo la disgustava. Ogni volta che Pru guardava il telefono, si sentiva morire dentro.

Si offrì di andare per prima dal parrucchiere e sottomettersi all'hair stylist aggressiva che sembrava determinata a conficcarle delle forcine nel cranio.

«Non capisco perché dobbiamo cambiare pettinatura solo perché lo ha fatto Pru», si lagnò Margeaux, schiaffeggiando la mano dello stylist che intanto stava cercando di toglierle dal collo la spessa coltre di capelli color miele. «E fammi le sopracciglia già che ci sei».

«Gesù, Marge! Ma ci riesci a chiudere il becco per un giorno e fare qualcosa di altruistico? Non è il tuo giorno speciale, cazzo. Probabilmente tu avrai otto o nove giorni speciali finché uno dei tuoi mariti non ti soffocherà con un cuscino, liberando tutti noi da questa croce. Quindi fatti fare questo chignon e chiudi quella cavolo di bocca!».

Era proprio l'approccio più sbagliato da adottare con una stronza sociopatica.

«Ma tu lo sai chi sono io, brutta pezzente di Brooklyn?». Margeaux scandì la parola Brooklyn come se sapesse di zolfo.

«E tu lo sai che sei un essere umano vuoto?», replicò Frankie.

La parrucchiera, senza scomporsi, la fece girare per mostrarle il risultato dopo ottocento forcine e sei barattoli di lacca. Aveva domato i suoi riccioli scuri, infilandoli in uno chignon duro come la pietra, alla base del collo.

«Bellissimo», disse Frankie, saltando giù dalla sedia e lasciandole la mancia prima che potesse prendere altre forcine.

«Tu sei solo gelosa perché sei una nullità. Sei la servitù, letteralmente. Stai lì, patetica, a chiedere soldi per poterti pagare la tintoria».

«Devi stare attenta a come parli in pubblico, Marge. Qui molte persone sono parte del personale, e senza di noi, il tuo bagno sarebbe lurido e non ci sarebbe cibo alle tue stupide feste».

«Uno come Aiden Kilbourn non ti darà mai una seconda occasione. A meno che non lo abbia fatto per pietà o per capire come hai fatto a infilare quel culone alla Kardashian in un vestito del genere. Sembrerai una balena nelle foto con noi». Scoppiò in una risata diabolica, scomposta.

La stylist di Margeaux prese la cera bollente e gliela spalmò su tutte le sopracciglia. Guardò Frankie con aria mortificata e poi appiccicò la striscia depilatoria sulla cera.

«Qualcosa mi dice che la gente non fisserà soltanto me stasera», commentò Frankie. Girò i tacchi e se ne andò dalla stanza accompagnata dalle urla di Marge. «Che hai fatto alle mie sopracciglia, idiota del cazzo?».

In corridoio, Frankie prese il telefono e in tutta fretta scrisse ad Aiden.

Frankie: Aggiornamenti. Come sei messo con l'operazione "sposo libero?". La sposa inizia ad agitarsi.

La sua risposta fu laconica.

Aiden: Me ne occupo io.

Anche a lei sarebbe piaciuto occuparsi di lui… scaraventandolo dal decimo piano in un cassonetto pieno di vetri rotti.

Lo chiamò mentre camminava. Se non le avesse detto che stava sfondando la porta della stanza 314 in quel preciso istante, ci sarebbe andata da sola a liberare Chip.

«Che c'è?», rispose bruscamente.

«Dove sei?», sibilò lei. Avanzava a grandi passi lungo il corridoio illuminato dal sole che collegava la spa alla struttura principale.

Aiden sospirò. «Francesca, sono molto occupato, e ogni volta che devo aggiornarti, smetto di lavorare».

«Chip sarà qui per il matrimonio?», chiese lei.

«Ci sto lavorando», fu la sua risposta seccata.

«Hai sentito il suo rapitore?»

«Sì. Abbiamo un incontro».

«Un incontro?». Frankie superò furiosa le porte del bar-biblioteca del resort e si fermò di colpo. Indietreggiò di un paio di passi e sbirciò dalla vetrata. Era una sala ampia con delle librerie alte e delle scale che sembravano uscite da *La bella e la bestia*, non fosse stato per il grande bancone a L con una spettacolare vista sull'oceano. Il bancone dove era seduto Aiden-Uomo-Morto-Kilbourn.

Disgustata, Frankie interruppe la telefonata e mostrò il dito medio a un ignaro Aiden. Su tutte le furie, si avvicinò alla reception. «Scusi», disse al concierge. «Ho richiesto una pulizia di emergenza per il mio abito».

«Sì, signora Baranski. Ce ne stiamo occupando proprio adesso».

«Mi serve in tempo per la cerimonia. Perché niente potrà rovinare questo matrimonio. Né uno sposo scomparso, o uno stronzo di testimone, e neanche un vestito macchiato». Puntava il dito al cielo, come la protagonista di un film che tiene un discorso solenne.

«Ma certo, signora Baranski». Il concierge le fece un sorriso che diceva “sei una pazza e devo essere gentile con te”.

«Vabbè. Grazie», disse Frankie. «Adesso me ne vado».

Il concierge continuò a sorriderle affabile, e Frankie si allontanò dal desk. Raggiunse gli ascensori di corsa. Una volta in camera, si tolse la vestaglia e infilò un prendisole. Quando tirò fuori i soldi, dalla borsetta cadde il biglietto da visita di Antonio.

Forse non avrebbe fatto tutto da sola.

Capitolo 17

«Dov'è il furgoncino di tuo zio?», chiese Frankie, studiando il dune-buggy senza sportelli.

«Serviva a lui», la informò Antonio scivolando giù dal posto di guida. «Il suo carro l'attende, signora».

Indossava un'uniforme scolastica composta da bermuda blu navy e da una camicia bianca a maniche corte. Aveva una cravatta a fermaglio.

«L'hai rubato? E temo di dover ripetere la domanda di ieri. Ce l'hai l'età per guidare?»

«Vuoi stare qui a fare domande, o vuoi andare al Rockley?»

«Oddio. Pensa a guidare e basta». Frankie si sistemò accanto a lui e allacciò la cintura.

«Evviva!». Antonio fece rombare il motore, saltò giù dal cordolo, e con la sua guida sportiva si immise in strada.

«Cerca di non ammazzarci!», gridò Francesca.

Antonio imboccò la strada principale come il cattivo in un inseguimento. Frankie si coprì gli occhi e recitò le sue preghiere. Sentì i clacson e si preparò a morire. Ma lo scontro e la morte non arrivarono. Sbirciò tra le dita e vide che procedevano a zig zag nel traffico.

«Ok. Non siamo morti. È già qualcosa».

«Allora, qual è il piano, signora? Hai trovato il tuo amico ieri?»

«Il piano è che mi porti al Rockley, io salvo il mio amico, e poi ci riporti al resort in tempo per il matrimonio».

«Ottimo», annuì Antonio. «Dov'è il riccone?»

«Aiden?». Frankie lanciò uno sguardo torvo oltre il parabrezza. «Aveva da fare».
«Quindi salverai il tuo amico da sola».
«Chi fa da sé…».
Antonio annuì con aria saggia.
«A proposito di riccone», fece Frankie. «Io non ho le tasche piene come le sue».
«Non importa. Mi puoi pagare rifacendomi vedere le tette».
Frankie gli diede uno schiaffo sulla nuca. «Ehi!».
Antonio sorrise sornione.
Poi il telefono di Frankie squillò. «Cavolo». Era Pruitt.
«Oh, la sposa!», rispose Frankie. La sua voce era quella di una bugiarda.
«Dove sei? Siamo pronti per le foto con le damigelle».
Frankie si schiaffeggiò la fronte. Merda.
«Non sono lì, a dire il vero. Sto, ehm, sto andando al… molo?»
«Al molo?».
Frankie sentiva il panico nella voce della sua amica.
«Sì, voglio andare a vedere come sta Chip, per te. Così, sai, per… farti stare tranquilla», concluse la frase a fatica.
«Sei la migliore amica che potessi desiderare», disse Pru tirando su col naso. «Non volevo dire niente, ma sono un fascio di nervi. Ho bisogno di sentire la sua voce e di sapere che è tutto a posto».
«Andrà tutto più che bene», le assicurò Frankie. «Ti faccio chiamare appena lo trovo. Forse ha fatto cadere il telefono in mare. Lo sai com'è in queste cose».
«Sì. Lo so. Solo che… torna presto, ok? Non puoi perderti le sopracciglia di Margeaux. Hanno dovuto disegnargliele».
Frankie si sfregò le tempie. «Tornerò in un lampo».
Riattaccò e affondò la faccia tra le mani. «Oddio. Se non

risolvo tutto, non rovinerò solo il matrimonio, ma anche la nostra amicizia».

«Andrà tutto bene», esclamò Antonio.

«Quella è un'uniforme scolastica?», domandò Francesca, scrutando i mocassini che premevano sull'acceleratore.

«Sì. Mi hai salvato dal compito di geografia».

«Hai fatto buca a scuola per portarmi in giro?»

«Certo! Mi capita ogni tanto. Sempre meglio che stare seduto dietro un banco ad ascoltare i professori che parlano a vanvera tutto il giorno».

Frankie cercava di non pensare a tutte le leggi che probabilmente stavano violando in quel preciso momento. Il suo telefono squillò ancora, e rispose in automatico.

«Francesca! Sei viva! Ero così in pensiero!».

«Mamma?»

«Ah, grazie a Dio ti ricordi di me», disse May, con una punta di sarcasmo. «Pensavo avessi fatto parapendio, sbattuto la testa, e perso la memoria».

«Ma, non è un buon momento».

«Cosa c'è di più importante che rassicurare tua madre e dirle che sei viva e vegeta?»

«Ma, oggi è il giorno del matrimonio di Pru; sto sbrigando una commissione per lei. Devo rimanere concentrata, ok?»

«I genitori di Pruitt saranno al settimo cielo per la gioia». La realtà non esisteva nel mondo di May Baranski. Aveva incontrato R.L. e Addison decine di volte. E gli Stockton non erano tipi che si entusiasmavano facilmente. «Sai, mi piacerebbe tanto che *mia* figlia si sposasse, un giorno», sospirò May.

«Sì. Sì. Poverina. Nessun nipotino, a parte quello in arrivo da Marco e Rachel. La prossima volta che esco con un tipo conosciuto su Tinder mi faccio mettere incinta. Promesso».

«Francesca Marie, non ti permettere...».

«Devo andare. Ma. Ti richiamo».

«Quando? Sei già sparita per un sacco di tempo».

«Presto». Forse. «Devo andare. Ciao!».

Mise giù prima che sua madre potesse sferrare un altro colpo basso con la precisione di un chirurgo.

Antonio ridacchiava. «Tua madre sembra simpatica».

«Chiudi il becco, piccolo delinquente, e guida».

Si fece lasciare più vicino possibile al cancello. Stavolta non poteva perdere tempo nella foresta. Dopo tre tentativi a vuoto, riuscì a scavalcare il muro sbucciandosi entrambi gli stinchi sulla pietra ruvida.

Attraversò gli arbusti tra gemiti e lamenti, sembrava una signora anziana. *Almeno la sua pettinatura era ancora intatta.*

Adesso, a passi felpati… merda!

C'erano tre cameriere che fumavano sul retro della struttura a pochi passi da lei. S'insospettirono.

Frankie si ripulì da terra e foglie e avanzò verso di loro con nonchalance.

«Buongiorno», le salutò sorridendo come una persona qualsiasi. «Ecco, c'è un problema…».

Capitolo 18

Frankie si allacciò il grembiule.

«Grazie ancora, Flor», disse alla donna con cui aveva scambiato i vestiti. Il busto era un po' stretto e le scarpe un po' larghe, ma a parte questo Frankie era sicura di poter essere scambiata per una cameriera del resort. Almeno per un po'.

«Figurati», disse Flor, stringendo il colletto di Frankie. «Quello lì è uno stronzo. Sono felice di aiutarti».

«Sai se c'è qualcun altro in camera con lui?», domandò Frankie mentre le sue nuove amiche la scortavano lungo un corridoio di servizio.

«Ha un assistente che sta sempre in agguato. Un omone», disse Bianca. «Ma sta in un'altra stanza».

Ok, quindi forse avrebbe dovuto aggirare solo uno scagnozzo. Frankie si premette una mano sullo stomaco, mentre Wilma chiamava l'ascensore. Quel giorno sarebbe morta oppure sarebbe stata artefice del più grande miracolo di matrimonio di tutti i tempi. E sperava davvero di non morire. Non prima di aver picchiato a sangue Aiden Kilbourn.

Arrivarono al seminterrato. Flor stava di guardia mentre le altre due rifornivano di liquori un carrello per il servizio in camera.

«Di' al signor Hasselhoff che devi rifornire il bar», le raccomandò Bianca.

Hasselhoff. Almeno il rapitore aveva il senso dell'umorismo.

«E non guardarlo mai negli occhi. Lo odia», aggiunse Wilma.

Rientrarono in ascensore con un carrello coperto da una tovaglia bianca e diverse bottiglie di alcolici.

«Cammina a testa bassa per evitare le telecamere», disse Flor, scortandola in ascensore.

«E se hai bisogno di aiuto a nascondere il corpo, chiama il 101 dal telefono della stanza e di' che vorresti il servizio in camera».

«Telecamere. Cadavere. Servizio in camera. Tutto chiaro», rispose Frankie. Il cuore le rimbombava nelle orecchie come i bassi nella Chevy Cavalier del suo fidanzatino del liceo.

Stava facendo la cosa giusta? Avrebbe dovuto fidarsi della parola di Aiden? Sarebbe riuscita a vedere Chip almeno, prima di essere ammazzata nel fiore degli anni?

L'ascensore ci impiegò una vita, e dentro c'era anche un tizio che intanto stava rompendo con la sua ragazza al telefono. Un viaggio in ascensore lunghissimo, seguito da una lunghissima, inquietantissima camminata lungo il corridoio dell'hotel. 302, 304, 306. Via via che i numeri scorrevano, Frankie cominciò a sentire il cuore pulsarle nella testa. Avrebbe dovuto fare testamento.

E se i suoi fratelli avessero litigato per la sua collezione di cimeli della National Hockey League? Ce li vedeva Gio e Marco azzuffarsi per il sospensorio autografato da Kreider. Sperava che chiunque avesse occupato il suo appartamento sarebbe stato un buon vicino per la famiglia Chu, che abitava di fronte. Il signor Chu perdeva gli occhiali di continuo, e la signora Chu ringraziava sempre Frankie per averli ritrovati, regalandole omaggi per il ristorante coreano che gestivano. Non avrebbe mai più gustato il loro bulgogi.

Aveva le lacrime agli occhi quando la 314 le si stagliò davanti. Respirò a fondo. Lo faceva per Pru.

Meritava il suo lieto fine. E avrebbe certamente superato la morte della sua migliore amica.

Era pessima nei discorsi di incoraggiamento. Frankie sollevò la mano per bussare ed esitò un istante.

«Puoi farcela», si disse. «Puoi entrare lì dentro e dimostrargli che nessuno può rapire i tuoi amici e passarla liscia».

Il suo discorso motivazionale venne interrotto dagli sguardi perplessi di una coppia in hungover, vestita di tutto punto.

«Somiglia a quella star dei reality che ieri notte ha buttato Kenney nello stagno delle carpe», disse la donna fingendo di sussurrare.

Frankie abbassò la testa e, con gli occhi serrati, bussò.

La porta si aprì di colpo. «Non lo legge il "non disturbare"? O forse è analfabeta e stupida?».

Tutti quegli stronzi ricchi si somigliavano fra loro. E quello lì non era da meno. Era di corporatura media, di altezza media, un'abbronzatura data dallo spray e i capelli ben curati, castano chiaro.

«Debbo rifornire il barrrr». Dio, il suo accento finto sembrava più quello di un pirata che di un abitante delle Barbados. Solo un idiota ci sarebbe cascato.

«Era ora, direi. Ho chiamato ore fa», disse l'idiota.

La lasciò entrare, scuotendo la mano in modo irritante come un pollo che cerca di spiccare il volo. «Muoviti. Non ho tutto il giorno».

La suite era al buio, delle tende pesanti oscuravano il sole tropicale. Forse voleva farla assomigliare al covo di un cattivo. Ma c'era troppa confusione – vassoi, bottiglie vuote – a guastare tutto quel lusso. Più che un rapimento, sembrava che una banda di figli di papà si fosse riunita per distruggere una suite con i soldi dei genitori.

E lo stronzo rapitore non aveva un aspetto migliore della sua stanza. Aveva i capelli arruffati come se ci avesse passato la mano più volte, nervosamente. La cravatta era allentata. E poi chi cavolo indossava la cravatta per rilassarsi in una stanza di hotel alle Barbados?

Francesca andò verso la zona soggiorno e fece del suo meglio per capire dov'era il bar. Ma il suo tentativo andò a vuoto: dentro un armadietto trovò la tv, invece. Forse alla gente ricca non piaceva fissare gli schermi spenti.

Lo stronzo schioccò le dita. «Il bar è laggiù. Sei nuova per caso?». Per fortuna, il telefono dell'uomo iniziò a squillare proprio quando stava per rispondergli a tono.

«Cristo. Perché ci metti tanto? Torna qui. Sarà qui a momenti, e non lo farò senza un supporto». Uscì dal salotto come una furia ed entrò in una delle camere da letto, sbattendo la porta.

«Oh mio Dio. Oh mio Dio. Oh mio Dio», ripeté Frankie. Ispezionò la stanza e corse verso una porta chiusa. Era un bagno. Quella accanto era una cabina armadio del cavolo. Alla fine, notò un'altra porta chiusa dall'altro lato della stanza. Provò a forzare la maniglia, ma la porta era chiusa a chiave.

Tirò fuori il mazzo di chiavi prestatole da Flor e armeggiò con la serratura. Riuscì a sbloccarla al quinto tentativo e si fiondò nella stanza. Anche lì dentro era buio, e c'era puzza di uova marce.

Frankie si richiuse piano la porta alle spalle.

«Chip?», sussurrò. «Sei qui?».

Inciampò su di lui senza nemmeno vederlo. Era riverso sul pavimento accanto al letto.

«Oddio, Chip!», sussurrò. *Era morto? Quel figlio di puttana lo aveva ucciso?*

Allungò una mano esitante: se avesse toccato della pelle fredda, avrebbe vomitato e poi avrebbe commesso un omicidio talmente efferato da restare nella storia delle Barbados. «Ti prego, non essere morto», sussurrò.

Capitolo 19

Frankie picchiettò Chip con due dita. Ad accoglierla non fu la carne fredda di un cadavere ma un'ascella ancora calda seguita da un gemito.

«Chip!». Lo scosse ancora.

«Ah? Cosa?». Faticava a svegliarsi.

Frankie tirò un sospiro di sollievo così forte che per poco non vomitava la colazione. Il telefono vibrò nella sua tasca.

Un messaggio di Pru.

Pru: Dove sei? Dov'è Chip?

Merda.

«Chip, sono io. Frankie. Stai bene?»

«Frankie?», ripeté con voce impastata. «Sono ancora nelle mani di Elliot? Lui sa che sei qui?».

Frankie guardò la porta. «Non c'è tempo per parlare. Dobbiamo tirarti fuori di qui. Riesci a camminare?»

«Certo. Mi sono addormentato facendo gli addominali. Mi hanno dato qualcosa per farmi addormentare. E poi, ho dei postumi fortissimi. Come sta Pru? È arrabbiata? Suo padre…».

«Pru sta bene. Ti aspetta ansiosa in un vaporoso abito bianco».

«Non ha annullato tutto?». Chip si illuminò come l'albero di Natale del Rockefeller Center.

«Ancora non sa che sei sparito».

Il telefono di Frankie continuava a vibrare. Immaginava fosse una rapida sequenza di messaggi.

«Perché stavi facendo gli addominali?», domandò, afferrandogli la mano per aiutarlo a rimettersi seduto.

«Non volevo compromettere la mia tartaruga solo perché sono stato rapito. Sto bene. Giuro». Per dimostrarlo, saltò in piedi ma cadde subito sul letto. «Scusa. Mi si è addormentato il piede».

Frankie lo ritirò su. Sentì una voce e dei passi provenire dall'altra stanza.

«Nasconditi», le sussurrò Chip.

Frankie iniziò ad agitarsi in preda al panico, e stava quasi per nascondersi sotto il piumone quando Chip aprì l'anta dell'armadio e la ficcò dentro. L'aveva appena chiusa lì al buio quando qualcuno aprì la porta della suite.

Quello stronzo di rapitore l'avrebbe uccisa? Di riflesso, indietreggiò ancora di più e colpì qualcosa di metallico con la testa.

«Vaffan...».

Si tappò la bocca quando sentì la porta della camera da letto aprirsi.

«Rimani qui finché non ti dico di uscire», ordinò lo stronzo.

«Senti, Elliot. Ragioniamo. Se mi lasci libero ti darò tutto quello che vuoi».

«Ci hai provato, Randolph. Ma c'è solo una persona che può darmi ciò che voglio».

«Aiden non te la farà passare liscia».

Frankie rimase di sasso. Quel tizio doveva conoscere Aiden. Era quello il motivo per cui la sera prima le aveva impedito di sfondare la porta a calci? Si sfregò lo chignon.

Stava per uscire da lì, pronta a irrompere e pretendere risposte, quando sentì un leggero colpetto.

«Rimani qui e tutto questo finirà presto», sbottò lo stronzo, sbattendo la porta.

Poi Chip aprì l'armadio, e Frankie sussultò sbattendo la testa nello stesso punto.

«Stai bene?», le chiese quando la vide piegarsi in due dal dolore.

«Ahia!». I capelli le si impigliarono in una gruccia. Sentì un mucchietto di forcine esploderle dalla testa. «Oh mio Dio!».

«Che c'è?»

«I miei capelli! La mia testa! Dobbiamo andarcene da qui!».

Si fermarono entrambi, con l'orecchio teso. Dal salotto arrivava più di una voce, ed era solo questione di tempo prima che qualcuno rientrasse in quella stanza.

Frankie si precipitò ad aprire le tende spesse. «Grazie a Dio!», sussurrò quando intravide il balcone. Più silenziosamente possibile aprì con fatica la porta scorrevole. Trasalì quando i rumori dell'oceano e del resort riempirono la stanza. Se fuori avessero smesso di parlare, avrebbero sentito tutto.

Ah. Erano al terzo piano, ebbe conferma affacciandosi dal balcone. Non c'era modo di scendere, ma forse c'era un'uscita. Il corrimano era più largo della ringhiera stessa. Forse un architetto rampante aveva intuito che gli ospiti avrebbero voluto appoggiarci i loro bicchieri di cristallo pieni di Martini per scattarsi dei selfie al tramonto. E il corrimano collegava ogni balcone.

«Chip, scappa», sibilò Frankie.

Lui riemerse alla luce del sole come un vampiro in preda ai postumi.

«Perché il sole deve sempre splendere così forte qui?»

«Oddio, Sali qui sopra!».

«Stai sanguinando!», disse, guardandola sconvolto.

Lei si toccò i capelli. «Solo una botta alla testa. Sto bene».

«Sembra che...». Chip si piegò in avanti e respirò a fondo.

«Riprenditi, Chip». Aveva fatto un anno di medicina alla

NYU per poi capire che il sangue gli causava vomito e svenimenti.

«Non costringermi a schiaffeggiarti».

«Ok, magari se non ti guardo».

«Santo cielo, Chip. Sali sul corrimano e trascina quel culo fino a una stanza con la porta del balcone aperta. Dobbiamo andarcene! Adesso!».

Chip sbirciò la terrazza sottostante. «Gesù, Frankie. Morirei sul colpo!».

Frankie gli prese la faccia tra le mani e la strizzò fortissimo. Lui chiuse gli occhi per non dover fissare la ferita.

«Chip, vuoi sposare Pru oggi o no?»

«Shi».

«Allora porta il culo lì sopra e cerca di raggiungere il balcone accanto».

«Ok».

Gli lasciò la faccia e lo spinse contro il corrimano.

«Vieni anche tu, vero?»

«Ti seguo a ruota. Ma per curiosità, che c'entra Aiden con tutto questo?». Chip si fermò a quattro zampe, cercando di rimanere in equilibrio. «Non è colpa sua».

Dalla suite arrivarono delle voci concitate. «Vai. Ne parliamo dopo». Frankie lo spinse più avanti lungo il davanzale e si precipitò in camera.

Avrebbe bloccato la porta per guadagnare del tempo. Almeno, era quella la sua idea, quando cercò di sollevare il comodino. Ma la porta si spalancò.

Lo stronzo la fissò per due secondi e poi perse la testa.

«Tu chi sei, e dov'è...».

«La tua vittima? Il mio amico Chip? Vuoi sapere dov'è?», Frankie alzò la voce. Le sue dita si strinsero intorno alla sveglia e al caricabatterie sul comodino.

«Sì!», strillò lui, strappandosi i capelli. «E perché c'è sangue dappertutto? Lo hai ucciso?»

«Che succede…». L'uomo sulla soglia non fece in tempo a finire la frase perché Frankie colpì lo stronzo dritto in faccia con la sveglia.

Si piegò in due, urlando. Altro sangue si rovesciò sul tappeto bianco. Tanto per stare sicura, Frankie gli assestò un altro colpo mandandolo a terra.

«Volevo gestirla in modo civile», gridò.

Frankie si voltò verso l'altro uomo e sollevò la sveglia.

«Ne vuoi anche tu, Kilbourn?».

Aiden alzò le mani. «Ferma lì, picchiatrice. Perché sanguini?»

«Perché sanguino? Perché sanguino?», disse ridendo. «Sanguino per lo stesso motivo per cui il tuo migliore amico sta per perdersi il suo matrimonio. Per colpa tua».

«Francesca, posso spiegarti».

«Non la voglio una spiegazione! Sei arrivato troppo tardi. Chip è già andato via».

«Ehm, Frankie?»

«Chip! Che cazzo?».

Chip sbirciò dalla porta della veranda con aria contrita.

«L'avevo trovata una stanza aperta, ma era occupata, e credo stiano chiamando la sicurezza».

«Stai indietro, Kilbourn. Stai indietro, cazzo», ordinò Frankie, agitando la sveglia.

«Ehi, Aiden».

«Bello vederti, Chip».

«Non parlargli. E non avvicinarti!». Frankie superò Aiden lentamente, trascinando Chip con una mano mentre con l'altra stringeva la sveglia puntandola verso Aiden.

Lo stronzo gemeva a terra. «Mi ha rotto il naso».

«Bene», risposero tutti e tre in coro.

«Io e Chip usciremo da qui, e voi non ce lo impedirete, o inizierò a strillare così forte che tutta la sicurezza del resort butterà giù questa porta in trenta secondi».

Frankie e Chip indietreggiarono verso la porta della suite. Quando Aiden fece per seguirli, lei scrollò la testa. «Ah-ah, amico. Tu non sei gradito. Stai qui col tuo compare. Noi dobbiamo andare a un matrimonio».

«Farai come dice», suggerì Chip. «Quando è arrabbiata fa paura».

«Lo vedo», rispose Aiden, ma sembrava più divertito che spaventato.

«Non ti azzardare a ridere», ringhiò Frankie. «Te ne pentirai, te lo giuro. Andiamo, Chip».

«Ehi Aiden, vuoi uno strappo?», chiese Chip.

Frankie lo colpì al braccio. «No, non lo vuole. Le vittime non offrono passaggi ai loro sequestratori».

«Dai, Frankie, mica mi ha rapito sul serio».

«Allora era connivente».

«No, non lo ero!».

«No, non lo era».

«Ne parliamo dopo», disse Frankie, capendo finalmente la rabbia che i genitori dovevano provare quando usavano quelle parole.

Spinse Chip fuori in corridoio.

«Fermo», indicò Aiden che intanto stava aiutando suo fratello a tenersi su.

«Se uno di voi due prova a seguirci, vi uccido».

«Mi sa che la cameriera pazza fa sul serio», sussurrò Elliot, aveva un'espressione terrorizzata e si stringeva il naso. «Lo siento, signora. Lo siento».

«Ma sei serio? Siamo alle Barbados, cretino!».

Richiuse la porta e spinse Chip verso le scale. «Dai! Dai! Dai!».

Si precipitarono verso il seminterrato e superarono le porte a due ante. Sopra di loro si sentivano dei passi. Flor, con il prendisole di Frankie, stava rifornendo un carrello di minishampoo.

«Puoi chiudere a chiave quella porta?», chiese Frankie, mentre apriva la lampo lungo la schiena.

Bianca corse verso la porta e la chiuse a chiave. «C'è qualcuno che ci insegue», disse, allontanandosi dalla finestra.

«Grazie mille per tutto», disse Frankie, sfilandosi il vestito. «Scusa per il sangue. Quelle casseforti dentro agli armadi sono belle appuntite».

Qualcosa, doveva essere un corpo bello robusto a giudicare dal rumore, cercò di sfondare la porta.

Frankie sussultò. Da sempre il suo peggior incubo era essere inseguita giù dalle scale.

Flor si spogliò in fretta e furia e restituì il vestito a Frankie.

«Spero che tu abbia fatto vedere chi comanda a quello stronzo della 314».

«Mi scuso anche per il sangue lassù», disse Frankie seccamente. Flor annuì sbrigativa e le diede una pacca sulla spalla. «Buona fortuna, amica mia».

«Che la forza sia con te», rispose Frankie. Non era brava nei discorsi di incoraggiamento e neanche nei ringraziamenti.

«Andiamo Chip».

Uscirono in punta di piedi da una porta secondaria e poi superarono la vegetazione strisciando e correndo. Le ferite aperte sui suoi polpacci le bruciavano man mano che accumulavano terriccio. La testa le pulsava e i capelli finivano impigliati nei rami. Ma almeno aveva lo sposo.

«Ahia!».

Frankie si voltò. Chip si teneva una mano sull'occhio.

«Stai bene?»

«Mi è finito un ramo nell'occhio».

«Usa l'occhio buono. Siamo quasi arrivati al muro».

Infine, l'enorme colata di stucco si stagliò di fronte a loro. «Ok, dobbiamo scavalcarlo, entrare in macchina, e portarti al tuo matrimonio, ok?»

«Giusto», disse Chip, con l'occhio ancora coperto.

«Fammi vedere».

Tolse la mano. C'era una striscia rossa che attraversava tutto l'occhio. L'occhio stesso era rosso come quello di un segugio.

«Oddio».

Si coprì la bocca con la mano. Lo stomaco di Frankie poteva sopportare molte cose. Ma gli occhi feriti non erano tra queste.

«Perché sanguini ancora?», disse Chip tra i conati. «Hai tutta la faccia ricoperta di sangue». Si piegò in due in preda ai conati.

«Smettiamola di guardarci e scavalchiamo il muro».

Frankie aiutò Chip a salire e scavalcare, e quando lui si piegò per tenderle la mano, pensò bene di chiudere forte gli occhi.

Atterrarono senza alcuna eleganza sulla strada a circa seicento metri da Antonio e dalla sua macchinina ridicola.

Il motore iniziò a rombare mentre si avvicinavano. Frankie sistemò Chip sul sedile posteriore.

«Allacciati la cintura», lo avvertì, prima di salire accanto ad Antonio.

Il ragazzino partì a tutta birra con l'energia di un autista della NASCAR nella sua macchina sportiva nuova di zecca. Frankie prese il telefono.

«Mio Dio». Diciannove chiamate perse. Tutte di Pru, tranne due. Le altre erano di Aiden. Ascoltò il messaggio più recente dell'amica e trasalì. Pruitt piangeva senza controllo.

Con una mano Frankie schiacciò il tasto di richiamata e con l'altra si aggrappò al cruscotto.

«Pru, mi senti?»

«Dove sei?», gridò Pru tra le lacrime. «Chip non c'è. Aiden è sparito. E tu mi hai *abbandonata*! Mio padre sta cercando una pistola, e la madre di Chip ha già iniziato con i cocktail dell'aperitivo. Dovrei sposarmi tra venti minuti, non ho né lo sposo né la mia migliore amica».

«Hai entrambi, Pru. Chip è con me, e stiamo tornando».

«Chip è con te?». O almeno, Frankie così aveva capito. Ma la voce era troppo acuta e piagnucolosa per esserne certa.

«Proprio qui. E non ci sono regole sul non parlare prima della cerimonia, vero?»

«No, credo di no», singhiozzò Pru.

«Tieni», disse Frankie, mettendo il telefono in mano a Chip. «Parla con la tua sposa».

«Pru, tesoro?», piagnucolò Chip al telefono.

«Ma i matrimoni sono sempre così drammatici?», domandò Antonio, schivando una buca tanto grande che avrebbe potuto inghiottire tutto il buggy.

«In realtà questa è normale amministrazione per quasi tutti i matrimoni americani», disse Frankie.

«Sul serio?»

«No! Gesù, Antonio! Questo è un casino totale. Rapimenti e salvataggi».

«E incidenti stradali», aggiunse Antonio guardando nello specchietto retrovisore.

Frankie si girò a guardare. Un grosso SUV nero gli stava alle costole. Non riconobbe l'uomo al volante, ma di sicuro conosceva il passeggero.

Capitolo 20

Frankie si slacciò la cintura e si sporse dalla macchina perché Aiden potesse vedere meglio il suo dito medio.

«Ma è solo Aiden», disse Chip, cercando di destreggiarsi tra telefono e ferita all'occhio mentre la convinceva a rientrare nel veicolo.

«*Solo* Aiden? Suo fratello ti ha rapito!».

«Ma loro le cose le fanno così».

«I tuoi amici sono persone orribili», gridò Frankie.

«Pru, tesoro?», Chip tornò al telefono. «Già, rapito. Assurdo, vero? Senti, devo andare. Aiden mi sta chiamando e Frankie sta per cadere dalla macchina, ma saremo lì fra pochissimo. Ti spiegherò tutto dopo che ti avrò sposata. Non vedo l'ora di vederti con quel vestito addosso. Ti amo», gridò Chip sul rumore del vento.

«Non ti permettere di rispondergli…», l'avvertimento di Frankie servì a poco.

«Oh, ciao Aiden. Mah, bene. Sei proprio dietro di noi… no, non credo sia una buona idea dirglielo in questo preciso momento. È molto arrabbiata con te… non saprei. Non abbiamo avuto modo di parlarne».

Frankie allungò una mano e gli strappò il telefono. «Che cavolo pensi di fare, Kilbourn? Buttarci fuori strada? Spararci dietro la testa?»

«Metti giù il culo, allacciati la cintura e cerca di rimanere viva», tuonò lui al telefono.

«Come dici? Non prendo ordini dai sequestratori».

«Non mi ha rapito!», disse Chip.
«Non l'ho rapito!».
«Non importa. Non ti azzardare a tenerci lontani dal matrimonio. O saranno guai per te».
«Non sto cercando di tenervi lontani dal matrimonio, brutta idiota irresponsabile ed esasperante. Sto dalla tua parte».
«Cazzate. Lo sapevi che tuo fratello aveva preso Chip».
«Sì», ammise. Quella risposta la mise a tacere per un attimo. «Me ne sono reso conto quando hai letto il nome della società sul registro delle camere. È una sussidiaria dell'azienda di famiglia».
«Be', buone notizie per te».
«Te lo prometto, dopo mi occuperò di Elliot. Nel frattempo, facciamo arrivare lo sposo tutto intero».
«Sei l'essere umano più schifoso del mondo, e ne conosco di gente», Frankie sbraitò al telefono.
«Tesoro, non sai di che parli». Riattaccò prima di concederle la soddisfazione di chiudergli il telefono in faccia.
«Arg!».
«Quindi il signor Riccone ti ha rapito?», chiese Antonio mentre procedevano lungo un vicolo.
«Sì», disse Frankie.
«No», replicò Chip. «Ehi, ma ce l'hai l'età per guidare?».
Arrivarono al resort tutti interi e adrenalinici. Il SUV continuò la sua corsa e si fermò all'hotel alle loro spalle. Frankie lanciò ad Antonio tutte le banconote che aveva nel portafogli, gli soffiò un bacio, e trascinò Chip giù dall'auto.
Aiden si precipitò fuori dal SUV, e i tre si lanciarono in una corsa sfrenata per la hall, lasciando di stucco il concierge e l'addetto al front desk.
«Devi vestirti in fretta», disse Frankie, spingendo Chip verso l'ascensore. Le porte si aprirono come per miracolo, ma Aiden si infilò dentro dietro di loro. Ritrovarsi così vicina a lui la mandò su tutte le furie. Si scagliò contro Aiden. Aveva

così tanta rabbia nelle mani che era indecisa tra schiaffeggiarlo o prenderlo a pugni, ma finì per schiantarsi invano contro il suo petto.

«Sta facendo tutto da sola», commentò Chip.

«Grazie, me ne sono accorto», rispose Aiden seccamente, bloccando Frankie nell'angolo dell'ascensore. «Smettila di colpirmi».

La tenne ferma lì col peso del suo corpo. La rabbia di Frankie non fece che aumentare quando il suo corpo reagì come se fosse contento di avere addosso quello stronzo bugiardo di un metro e novanta.

Stupido corpo traditore.

«Stai ferma, Francesca. Voglio solo controllarti la ferita».

Le sollevò il mento mentre lei continuava a contorcersi.

«Ferma». Pronunciò quell'ordine dolcemente. Frankie trasalì quando le pungolò la ferita con le dita.

«Non è profonda. Ma dovresti farti dare un'occhiata».

«Ah, come no. Prenderò un appuntamento dal dottore nei prossimi, ehm, due minuti prima della cerimonia».

«Che ti è successo all'occhio?», Aiden domandò a Chip.

«Un ramo, mentre scappavamo. Un giorno questa sarà una bella storia da raccontare ai nipoti».

«Sì, ma ricordati chi ti ha salvato e chi invece era il cattivo», borbottò Frankie.

Le porte dell'ascensore si aprirono, e i tre si riversarono nel corridoio. Chip si fiondò in camera sua, una mano bloccata sull'occhio. Aiden rimase immobile lì dov'era.

«Dobbiamo parlare», disse a Frankie.

«Sì, be', non penso proprio. Non ho niente da dirti».

«Andiamo Kilbourn. Devi farmi sposare», gli urlò Chip dal corridoio.

«Non farti rapire di nuovo», replicò Frankie. Si girò di scatto verso Aiden e gli piantò un dito nel petto. «Lui si fida di te. Ma io no. E se provi a mandare tutto a puttane, ti strappo le palle e me le porto a casa come souvenir», lo minacciò Frankie.

«Ci sono molto affezionato».

«Non fare lo spiritoso».

«Sei bellissima, così incazzata e ricoperta di sangue».

«Be', allora adesso sarò uguale a una top model del cazzo».

Gli mostrò il dito medio ancora una volta, tanto per stare sicuri, e se ne tornò in camera furiosa. Si ricordò del vestito solo una volta dentro. Il vestito rovinato, macchiato. La borsa portabiti era appesa nell'armadio. Era troppo nervosa per controllare se la lavanderia avesse fatto il miracolo. Si sfilò il prendisole, ormai rovinato anche quello, e indossò il reggiseno senza spalline e la sottoveste di seta da quarantasette maledetti dollari che *doveva* stare sotto il vestito.

Con la mano tremante, aprì la borsa. Dio. C'erano ancora macchie molto visibili. Almeno gli strappi erano... un pochino meglio. Ma il vestito sembrava uscito da un cassonetto della spazzatura.

Il suo telefono squillò ancora; schiacciò il tasto vivavoce mentre si infilava nel vestito.

«Sì?»

«Frankie, vieni subito qui. Mio padre e il padre di Chip stanno litigando sulla navata».

«Si picchiano?»

«Ah. Più o meno, fanno a gara a urlarsi chi ha il figlio più egoista e stronzo».

Frankie sentiva le urla in sottofondo. «E i testimoni dello sposo?»

«Fanno scommesse. Quasi tutti pensano che mio padre possa battere il signor Randolph per via degli anni di rabbia repressa».

«Arrivo tra due minuti. Nel frattempo, lascia fare tutto alla tua wedding planner».

«Sbrigati!».

Frankie riagganciò e si fissò allo specchio inorridita. Aveva il lato sinistro della faccia ricoperto di sangue. In parte si era rappreso. I suoi capelli così ben acconciati si erano liberati anche dell'ultima forcina che ancora resisteva. Aveva un'intera pianta rampicante impigliata tra i ricci. E il vestito? Era un po' più pulito ma ancora distrutto. Si era mai visto un vestito da damigella così? Pru l'avrebbe ammazzata.

Qualcuno bussò alla porta, e Frankie inciampò nell'orlo dell'abito nella fretta di andare ad aprire.

«Che cazzo vuoi?».

Aiden era fermo lì in uno smoking immacolato, perfettamente confezionato. Nessun graffio né sangue sul suo viso. Solo un sorriso spettrale e una borsa portabiti sulla spalla.

«Pensavo che ti servisse questo», disse, consegnandole la borsa.

«In questo momento non accetterei niente da te», sbraitò Frankie. Le faceva male la testa, e anche il cuore.

Intuendo che lei non lo avrebbe fatto, Aiden aprì la borsa da sé.

Era il suo vestito da damigella. O almeno, una sua copia esatta.

«Come diavolo…»

«Vuoi davvero sapere come ho fatto, o vuoi indossarlo?»

«Voglio indossarlo». Al diavolo la rabbia e la timidezza. Doveva far contenta la sua migliore amica. Frankie si tolse il vestito, lasciandolo cadere sul pavimento.

Aiden si levò dalla faccia quel sorrisetto compiaciuto e rimase a fissarla.

«Sì vabbè, come se non avessi visto un migliaio di tette prima», borbottò lei, abbottonando il nuovo vestito.

Lui la sostenne quando barcollò e le richiuse la lampo sulla schiena.

«Perfetto», disse.

«Come hai fatto a indovinare la taglia?»

«Ti sei dimenticata che ti ho toccato?»

«Sono passate diciotto ore. Come hai fatto ad avere un abito della mia taglia così in fretta?»

«Perché non ci occupiamo del sangue e dei capelli anziché concentrarci sui "come"?», suggerì.

«Come hai fatto a vestirti così in fretta? Chip è pronto? Oh Dio. Non l'avrai lasciato da solo, vero?».

Aiden la spinse in bagno e inumidì un asciugamano.

«Perché gli asciugamani degli hotel sono sempre bianchi?». Frankie trasalì appena lui cominciò a pulirle il viso. «Quelle macchie non verranno mai via».

«Ma tu blateri sempre quando sei nervosa?»

«Nervosa? Non sono nervosa. Sono una roccia, cavolo. Mica sono quasi morta o mi sono quasi procurata un trauma cranico o non ho quasi rovinato il giorno perfetto della mia migliore amica».

«Shhh». Aiden le passò il panno sulla tempia con delicatezza.

«Senti. Non c'è bisogno che tu sia gentile. Dobbiamo andare di sotto e impedire a Win e R.L. di ammazzarsi. Quando Pru mi ha chiamata erano a tanto così dal picchiarsi».

«Ci ho già pensato io».

«Tu pensi sempre a tutto, vero?»

«Lo farei, se me lo permettessi».

«Potevi dirmelo. Che sapevi chi lo aveva rapito. Che ti stavi inventando un piano».

«Non volevo coinvolgerti nelle faccende dei Kilbourn. Sono brutte e incasinate, e sto cercando di fare colpo su di te. Non sarei risultato affatto affascinante se ti avessi detto che il mio fratellastro ha orchestrato tutta questa messinscena per assicurarsi il mio voto a un nuovo direttore finanziario».

«Trovo che l'onestà sia molto più attraente di qualcuno che non si sporca mai le mani, Aiden».

Si guardò allo specchio. Aveva fatto il possibile per ripulirla, e almeno non sembrava più la vittima di un incidente stradale.

«Ah, i capelli».

«Lasciali così». Tirò fuori un'altra forcina prima che potesse protestare. «Non cercare di domarli».

I loro sguardi si incrociarono davanti allo specchio. Lei era ancora furiosa. Ma appena un po' di meno. Doveva essere per via dei feromoni che lui sprigionava. Feromoni potenti, sexy.

«Meglio andare», disse lei, infilando in borsetta un deodorante stick e un rossetto. «Finirò in ascensore».

Si precipitò verso la porta, ma si girò di scatto. «Le scarpe!».

Aiden sollevò la mano, un paio di sandali che gli penzolavano dalle dita.

Capitolo 21

Nonostante gli eventi che lo avevano preceduto, il matrimonio fu perfetto.

Be', il padre di Pruitt aveva cercato di colpire Chip quando gli aveva affidato sua figlia. Ma, a parte quel dettaglio, era stato tutto molto piacevole, pensò Aiden.

Pruitt era radiosa nel suo vestito e non sembrava neanche infastidita dalla benda sull'occhio di Chip. Un'abrasione corneale, secondo il Dottor Erbman, un oculista invitato al matrimonio. La coppia pronunciò i voti e li suggellò col bacio di rito. Era come se tutte le trasgressioni fossero state perdonate; tutti erano pronti a godersi la festa. Tutti tranne Francesca.

In quegli occhi verde-azzurri non c'era traccia di perdono. L'aveva osservata durante tutta la cerimonia. Voleva capire cosa c'era in Francesca Baranski che richiedesse così tanto la sua attenzione, neanche fosse una mano che gli stringeva la gola. Non era la solita bellezza fatta con lo stampino a cui era abituato. Non era sofisticata. E, poco ma sicuro, non era abituata all'alta società.

E lui si assicurava sempre che le donne con cui usciva avessero tutti quei requisiti. Rendeva tutto più semplice, senza complicazioni.

Ma in Frankie non c'era nulla di semplice. E poi era sprezzante rispetto alla sua ricchezza, altra cosa a cui non era abituato.

La osservò per tutta la cerimonia. Mentre le altre damigelle sembravano annoiate oppure si mettevano in posa per il fotografo, Frankie piangeva lacrime di gioia per i suoi amici e per l'impegno che avevano preso. Era una romantica, e lui sapeva bene che l'avrebbe rovinata se l'avesse toccata. Se l'avesse convinta a dirgli di sì. L'amore e il romanticismo non facevano per lui. A lui piaceva vincere.

E nonostante il sangue, i lividi, la mancanza di trucco, Francesca era un premio che valeva la pena vincere. Metteva in ombra tutte le altre, che sembravano delle belle statuine. Tutte con gli stessi capelli, lo stesso trucco, gli stessi scopi.

Lui l'avrebbe conquistata, decise, per ragioni puramente egoistiche. Lei non c'entrava niente con la sua vita. Ma la voleva lo stesso. L'avrebbe avuta anche se farlo significava rovinarla.

Durante lo scambio dei voti incrociò il suo sguardo, e la dolce felicità nei suoi occhi si tramutò in freddezza. No, non lo aveva perdonato. E non lo avrebbe fatto. Ma comunque, se quel rancore l'avesse tenuta lontana dal suo letto, allora Aiden si sarebbe ridotto a strisciare per superare l'ostacolo.

Passarono il resto della cerimonia bloccati in un gioco di sguardi. La sua attenzione si restrinse finché non rimase che Frankie, i suoi capelli sollevati dal vento, il vestito che abbracciava le sue curve come se fosse una pin-up.

«Dacci un taglio», gli disse in labiale. Lui le sorrise maliziosamente. Sì, quella conquista si sarebbe rivelata una grande soddisfazione.

Quando gli sposi avanzarono sottobraccio lungo la navata tra le esultanze degli invitati, Aiden sentì l'attesa salire.

E un attimo dopo la stava toccando. Frankie gli porse il braccio rigidamente.

Si frugò nella tasca della giacca e tirò fuori un fazzoletto. Glielo porse. Lei si accigliò.

«Lo hai imbevuto di cloroformio?».

La risata di Aiden sorprese entrambi e attirò gli sguardi degli invitati.

«Sei unica, Francesca».

«Ah. Facciamola finita, brutto pezzo di merda», borbottò lei.

«Un bel sorriso per i fotografi, tesoro», disse lui appena imboccarono la navata.

«Che ne dici se ti rompo il naso come ho fatto con tuo fratello?», replicò lei con aria dolce, sorridendogli come se fosse l'uomo più affascinante del mondo.

«Fratellastro. E se serve a farmi perdonare, allora il mio naso è tuo».

«Non provocarmi».

Avanzarono lungo il tappeto bianco, sorridendo e annuendo, e Aiden le prese la mano. Un fotografo si parò davanti a loro, e Aiden gliela strinse finché Francesca non abbozzò un sorriso che sembrava dire "vaffanculo". Si sorrisero raggianti. Con la mano di lui che stritolava la sua, e le unghie di lei conficcate nel polso di lui.

Non aveva mai desiderato così tanto una donna in tutti i suoi quarant'anni. Nemmeno la voluttuosa e irraggiungibile Natalia quando era un quindicenne vergine che frequentava una scuola privata. Due anni più grande di lui, Natalia non rimase irraggiungibile a lungo, e Aiden non rimase vergine.

Tuttavia, Frankie era così testarda da essere capace di negare a entrambi, per principio, quello che volevano tutti e due. Non poteva starci. Lui era un Kilbourn, e i Kilbourn facevano sempre tutto il possibile per ottenere quello che volevano, a tutti i costi, come già dimostrato dalla stupida mossa del suo fratellastro.

Con riluttanza, Aiden lasciò andare Frankie quando Pruitt la strinse tra le braccia. Le due si abbracciarono, dondolandosi da un lato all'altro, e commuovendosi ancora.

Aiden diede a Chip una pacca sulla spalla. «Ce l'hai fatta».

«Grazie a te e a Frankie», rispose, tastandosi la benda.

«Allora, ucciderai Elliot?»

«Ho qualche idea su di lui», fu la replica sinistra di Aiden. Fino a un certo punto, era abituato alle manipolazioni della sua famiglia. Ma Elliot aveva superato il punto di non ritorno.

«Che voleva da te?», gli chiese Chip.

«Un voto».

«Ah, la famiglia!», Chip scrollò le spalle bonariamente.

«Mi dispiace che ti abbia coinvolto. La pagherà, questo è certo».

«Non ho dubbi, Kilbourn. Ora, festeggiamo».

Chip tirò via Pruitt dalle braccia di Frankie e la fece piroettare. «Signora Randolph!».

«Signor Randolph!», gli rispose adorante. «Adesso raccontami tutto».

Davenport si presentò con Margeaux alle costole. Camminò provocante verso Aiden e gli fece un sorrisetto scaltro. «Com'è portarsi a letto una damigella prima dell'aperitivo?».

Lui si accigliò e si avvicinò appena.

«Che hai fatto alle sopracciglia?».

Margeaux ringhiò. «Quella stronza grassa e povera di Franklin ha legato con la servitù, e me le hanno strappate».

«Ah, ciao Marge», Frankie le passò accanto con aria distratta, con un piatto di antipasti in mano.

«Hai qualcosa proprio qui». Indicò il sopracciglio falso che le avevano appiccicato alla fronte e che non ingannava proprio nessuno.

«Perché non te ne vai a fanculo a scrostare il bagno di qualcuno?», sbraitò Margeaux.

«In realtà mi occupo di catering, quindi dovresti chiedermi di servirti un piatto. Ma capisco che fai un po' confusione, dato che sei un'idiota viziata ed egoista».

«Signore», intervenne Davenport tutto allegro. Prese sottobraccio tutte e due le damigelle.

«Perché non cercate di andare d'accordo?»

«Certo, appena la rimandano al confine col Messico, è quello il suo posto», la schernì Margeaux.

«Sono libanese e italiana, imbecille».

«Uguale. Quelli come te mi piegano il bucato e cucinano per me».

«Margeaux, perché non fai un favore a tutti noi e ti vai a scopare qualche povero scemo che ancora non sa che sei un'arpia senza cuore?», sbottò Aiden.

Frankie e Margeaux lo fissarono esterrefatte.

«Non offendere mai più Francesca, o ne pagherai le conseguenze».

«Vieni, bambola. Prendiamoci un drink e qualche stuzzichino che dopo vomiterai», disse Davenport, allontanando Margeaux da Frankie.

«Non serve che tu mi difenda», gli ricordò Francesca.

«E io non voglio che ti trattino di merda».

«So cavarmela da sola».

«Lo so. Ottimo lavoro con le sue sopracciglia, comunque. Così sarà immortalata con quell'aria sorpresa in ogni foto».

Le labbra di Frankie accennarono un flebile sorriso. «Non è stata una mia idea. Magari!».

Cressida e Taffany si unirono a loro. Cressida schioccò le dita verso un cameriere che portava un vassoio di drink.

«Questo è meglio che lo lasci qui», disse, prendendo il vassoio.

Taffany era di un colore rosa shocking. Prese il bicchiere e trasalì quando il vestito le sfregò la pelle.

«Che ti è successo?», chiese Frankie.

«Oggi pomeriggio mi sono addormentata al sole», rispose, cercando di portare il bicchiere alle labbra senza dilaniarsi la pelle.

«Veramente, sei svenuta», precisò Ford, sporgendosi oltre la spalla di Taffany per prendere da bere. Si era già allentato la cravatta e aveva inforcato un paio di Ray-Ban.

«Diamo inizio alla festa!».

«Sono d'accordo», esclamò Cressida.

«Uooooo», disse senza muoversi una Taffany ustionata.

Digby li superò, era al telefono e borbottava qualcosa su «non perdere quella offerta pubblica di acquisto» e su «azioni vincolate».

«Parliamo», Aiden disse a Frankie. Fu piacevolmente sorpreso quando lei si lasciò guidare lontano dalla festa.

Si stava facendo notte. Il tramonto proiettava all'orizzonte tra cielo e oceano uno spettacolo di rosa e rossi. Alle loro spalle, la band si riscaldava con un vecchio classico.

«Volevi parlare, parla», disse Frankie, incrociando le braccia. Quel gesto fece risaltare pericolosamente il seno dentro la stoffa dell'abito.

«Vorrei spiegarti com'è andata».

«Vuoi spiegarlo a me o alle mie tette?».

Controvoglia, Aiden alzò lo sguardo. Lei sogghignava, i capelli le ricadevano sulla spalla, i riccioli si sollevavano al vento.

«A tutte voi, se me lo consenti».

Lei fece un gesto sarcastico e sprezzante con la mano. «La spiaggia è tua. Parla».

«La mia famiglia non è normale». Lei alzò gli occhi al cielo ma non lo interruppe. «Noi le cose non le chiediamo, ce le prendiamo e basta. Manipoliamo e manovriamo finché non abbiamo ottenuto ciò che vogliamo o finché non perdiamo interesse».

«Credevo volessi entrarmi nelle mutande», fu la battuta di Frankie.

«Sto cercando di essere onesto. E ho idea che l'onestà mi porterà molto più lontano dell'infiocchettare le cose».

«Quindi, siete degli stronzi egoisti e manipolatori. Chiaro. Perché quello stronzo manipolatore di tuo fratello ha rapito Chip?»

«Elliot è il mio fratellastro. Sono anni che cerca di convincere nostro padre che lui è migliore di me». Nonostante i dieci anni di differenza, Elliot aveva cercato di mettersi in pari con Aiden fin dalla nascita.

«Io sono il preferito di mio padre, avrà le sue ragioni. Ma Elliot cerca sempre di surclassarmi, di ostacolarmi, di dimostrare quanto vale».

«Ah, ah. E rapire il tuo migliore amico come lo avrebbe aiutato?»

«Siamo tutti nel consiglio della Kilbourn Holdings. Stiamo cercando un nuovo direttore finanziario. Si tratta di una posizione potente e remunerativa. Elliot vuole che voti per il suo candidato. Ma il suo candidato è... incompetente. E gliel'ho detto, più volte».

Un modo educato per dire che Boris Donaldson era uno stronzo egocentrico, con trascorsi di molestie sessuali, che aveva lasciato il suo lavoro precedente a causa di un tentativo di insider trading. Aiden non gli avrebbe permesso di avvicinarsi all'azienda di famiglia.

«Quindi, ha preso Chip per convincerti con le cattive?».

Aiden annuì. «Sembra stupido, ma è una questione complicata».

«Infatti, è stupido, ma non complicato. Mi sembra ovvio che Elliot ha un motivo, che sia professionale o personale, per eleggere quel tipo. Direttore finanziario della Kilbourn Holdings. Sono un sacco di soldi, per non parlare del prestigio e del potere decisionale. O questo tizio gli piace parecchio, oppure c'è un accordo con secondo fine».

Aiden annuì, felice che lei capisse la situazione.

«Ho capito che c'era lo zampino di Elliot quando hai letto il nome dell'azienda nell'elenco dell'hotel. Lui crede sia una società di comodo segreta, ma io so tutto quello che succede all'interno dell'azienda. Tengo d'occhio lui e tutti i suoi affari».

«Questa è la parte che mi fa più incazzare. Sapevi dov'era Chip e con chi, e probabilmente avevi capito anche il motivo. Eppure, hai deciso che dovevamo lasciarlo lì e "riorganizzarci"».

«Ti ho detto che non volevo coinvolgerti».

«Ti avrei tenuto il cappotto mentre sfondavi la porta, prendevi a cazzotti tuo fratello, e salvavi Chip».

Accennò un sorriso. Quello era il modo in cui avrebbe agito Frankie.

«I Kilbourn non reagiscono così alle minacce».

«Lasciami indovinare», disse Frankie, picchiettandosi un dito sul mento. «Sei tornato in hotel, hai fatto le tue ricerche e hai scoperto perché questo Boris è così importante per tuo fratello, così da usarlo contro di lui».

Aiden annuì di nuovo.

«In pratica, sì. Ma ancora non ti vedo correre via urlando».

Frankie si strinse nelle spalle. «Anche se non volevi sfondare la porta e dargli un cazzotto in faccia, volevi comunque vendicarti a tuo modo. Tuttavia, saresti anche stato disposto a lasciare il mio amico nelle mani di un sequestratore idiota per più tempo del necessario. E se Elliot gli avesse fatto del male?».

Aiden scrollò la testa. «Non sarebbe da lui. Non si sporca le mani. Hai visto com'era. Chip è stato chiuso in una stanza e nutrito».

«Ma non potevi esserne certo», gli ricordò Frankie. «La gente non fa che impazzire».

«Dopo il college Chip ha praticato arti marziali. Mi sa che sarebbe riuscito a far fuori un idiota patentato come Elliot senza neanche una goccia di sudore».

Frankie si avvicinò. Sollevò il mento con aria sprezzante.

«Tuo fratello poteva assumere altre persone per fare il lavoro sporco, e così è stato. Tu hai dato per scontato che si sarebbero fatti degli scrupoli a fare del male a un ricco americano ubriaco, e hai sbagliato. Eri così sicuro del tuo giudizio, che hai lasciato il mio amico in una situazione potenzialmente pericolosa, e hai lasciato me al buio. Le persone non si trattano così, Aiden».

Si accigliò, quelle parole lo colpirono a fondo. «Non ha senso soffermarsi sui "se". Ero certo che Elliot non gli avrebbe fatto del male, e non l'ha fatto».

«Ma tu eri disposto a rischiare».

«Se sono arrivato dove sono oggi è solo grazie al mio istinto».

«Fammi il favore. Sei arrivato dove sei oggi perché tuo padre ti ha dato un lavoro e un grosso fondo fiduciario. Magari da allora avrai lavorato sodo. Magari sei bravo in ciò che fai. Ma stavolta hai mandato tutto a puttane. Qualcuno avrebbe potuto fare del male a Chip mentre tu e tuo fratello giocavate questa partita a scacchi. Il matrimonio rischiava di saltare, e questo avrebbe ferito un sacco di altre persone».

«Ma non è successo», precisò Aiden, sempre più spazientito. Non era abituato a ricevere ramanzine da altri, a parte suo padre.

«Sei stato incurante verso gli altri, Kilbourn. È un difetto caratteriale abbastanza brutto. Io non vado a letto con chi tratta me, o gli altri, così di merda».

«Francesca». Voleva difendersi, ma non lo avrebbe portato da nessuna parte. Bisognava cambiare strategia. «Mi dispiace, hai ragione. Sono stato incurante e presuntuoso, e la mia decisione avrebbe potuto danneggiare qualcuno».

«Ehmmm».

«Che significa?»

«Aide, prima mi dici che sei un asso della manipolazione, e poi mi rifili queste scuse inappuntabili? Dai. Mica sono cascata dal pero. So fin dove può spingersi un uomo pur di entrare nel mio letto».

«Volevi delle risposte, volevi delle scuse. Eppure, ancora non ti basta. Cos'altro vuoi da me, Francesca?», le chiese, incrociando le braccia.

«Voglio che tu sia sincero. Non fare giochini. Non cercare di imbambolarmi. Sii sincero. Niente strategie per farmi aprire le gambe». Girò i tacchi e fece per tornare alla festa, poi si bloccò. «Ah, devi un bel po' di scuse a Pru e Chip. Cerca di farlo al meglio».

Capitolo 22

Frankie tornò al ricevimento pronta per un drink bello forte. Era esausta. Chip era al sicuro, Pru era sposata, e aveva fatto abbassare la cresta al grande e potente Aiden Kilbourn. Il suo lavoro lì era finito. L'indomani sarebbe tornata a casa. Alla vita di sempre. Lavoro, studio, quella pazza di sua madre. E per quanto la riguardava, sarebbe stata felice se non avesse rivisto Aiden mai più.

«Eccoti!». Una delle assistenti dei fotografi l'afferrò per il polso proprio mentre stava per acchiappare un bicchiere di qualcosa di freddo e alcolico.

«Ora facciamo le foto», esclamò la donna, portandola via.

«Ma, ma… la tequila!».

«Se ti sbrighi, ti farò imboccare tequila da un bel cameriere sexy, ma devi correre, non camminare», le disse a denti stretti.

«Non devi aver paura della sposa. Non è mica un mostro», la rassicurò Frankie, aumentando il passo.

«Non è per lei. È per quell'aspirante Annie Leibovitz», rispose l'assistente, indicando la fotografa. Indossava diamanti e seta come se fosse una degli ospiti più in vista. «Fa paura».

«Mandami quel cameriere», sibilò Frankie mentre veniva spinta verso la fotografa.

«Tu!», la donna le puntò il dito contro. «Al trucco!».

Come per magia, le apparve davanti un'addetta dell'hotel armata di gel, rossetti e belletti che iniziò a spalmarle sulla faccia.

«E tu!». La fotografa indicò Aiden che si era trascinato dentro stringendo virilmente un bicchiere di qualcosa. «Hai i capelli un po' troppo lunghi davanti, per quanto mi riguarda. Bisogna tagliarli».

«Oppure potreste prendermi così come sono», suggerì lui con calma, incrociando lo sguardo di Frankie.

«Ahah!», la fotografa scoppiò a ridere.

«Ok. Fermo lì e fammi la faccia introversa. Perfetto», disse quando lui rimase immobile. Si rivolse a Frankie: «Tu. Mettiti lì».

«Dov'è la mia tequila?», bisbigliò all'assistente.

«Bevi da me», le offrì Aiden, porgendole il bicchiere.

Non ce l'avrebbe fatta senza alcol. Sorseggiò, sgranando gli occhi per via del lento, delicato bruciare che sentiva in gola.

«Scotch?», chiese, e fece un altro sorso.

Un team di assistenti la spinse verso Aiden, preparandoli allo scatto.

Aiden annuì. Le sfiorò la curva della schiena, stringendo le dita intorno al suo fianco.

Uno degli assistenti le strappò il bicchiere dalle mani e Frankie lo gelò con lo sguardo.

«Mi sa che finora ho bevuto solo quelli più scadenti».

«Te ne darò una cassa intera».

Frankie lo guardò severa. «Non cominciare, Aide». Uno degli addetti le prese la mano e la adagiò sul petto di Aiden. «Ehi!». Frankie non era entusiasta all'idea di essere trattata come una Barbie. Specialmente quando il suo Ken era Aiden.

«Perfetti! Fermi così!». La fotografa girò intorno a loro intenta a scattare. Il flash li accecò entrambi. «Non guardate me. Guardatevi fra voi».

Frankie non reagì subito al comando e Aiden le prese il mento perché potesse guardarlo negli occhi.

«Oh, sì, così. La situazione si surriscalda», gridò la fotografa. «Datemene ancora».

«Ti voglio», le disse Aiden a bassa voce.

Frankie cercò di divincolarsi, ma lui non la lasciava andare. La teneva ferma con le sue mani grandi, forti.

«Volevi la sincerità. Non vuoi giochini. Eccoti servita. Ti voglio nel mio letto Francesca. Voglio rivederti quando saremo a casa».

«Dio! Voi due siete un vulcano», gracchiò la fotografa.

«Ti voglio, e sappiamo entrambi che è corrisposto».

Lei rabbrividì al pensiero delle sue dita vogliose sotto il tavolo, la sera prima.

«Cedere a tutti i desideri del tuo corpo è un'idea stupida», ribatté.

«Desiderio. Una parola perfetta per descriverlo». Sollevò la mano e le scostò i capelli dal viso.

«Oh, sì, sto per venire», urlò la fotografa.

«Ti ho appena detto che non vado a letto con chi tratta male la gente».

«Allora cambio i miei modi».

Lei lo guardò come a dirgli "vaffanculo".

«Sarò qualunque cosa vorrai».

«Aiden! Ti ho detto di non fare giochini!».

«Sto cercando di essere onesto con te».

«Allora impegnati un po' di più», suggerì. «Prova con un "Frankie, mi piaci. Tanto. E voglio scoparti, e farò in modo che ne valga la pena"».

«Ma non voglio solo scoparti», ammise lui.

Frankie scrollò la testa. «So cosa fai. Tu ti diverti con le donne come fossero giocattoli finché non trovi qualcosa di più nuovo e splendente».

«Le relazioni a lungo termine non fanno per me», ammise. «Ma con te non giocherò. Sarò buono con te».

«Finché dura», replicò lei. «Non mi interessa essere un giocattolino. E poi cosa ti fa pensare che voglia iniziare una relazione con te?»

«Allora passa la notte con me».
«Solo stanotte?»
«Lascia che ti faccia mia stanotte. Tutta la notte. Poi deciderai».
«Cristo, Kilbourn. Vuoi scoparmi e poi vuoi che decida se diventare il tuo giocattolo?».
Lui aveva l'aria affranta. «Ti darò tutto quello che vuoi».
«Notizia bomba. Non mi compri, stronzo. Mi devi meritare».
L'otturatore della fotocamera scattava incessantemente. «Perché non le sollevi la gamba fino al tuo fianco?», suggerì la fotografa.
«Abbiamo finito qui», disse Frankie, divincolandosi dall'abbraccio di Aiden. Solo la tequila avrebbe potuto raffreddare il fuoco che sentiva nel sangue. Ogni volta che le metteva le mani addosso, riusciva a pensare solo a quanto fosse bello.
Non si fidava di lui. Non lo avrebbe mai fatto. Aveva i suoi principi. Non era una cagna allupata come Margeaux. E non era una cretina come Taffany. Sapeva esattamente cos'era meglio per lei, e il letto di Aiden non era tra le opzioni.

La festa si era spostata sull'enorme terrazza per la cena e per altri drink. Frankie notò che Pru era rimasta un po' scioccata dal racconto dei recenti fatti di Chip. Ma ormai era una Stockton-Randolph. Bisognava salvare le apparenze.
Comunque, Frankie la teneva d'occhio in caso di emicranie o di piccole crisi di nervi. E mentre lei osservava Pru, Aiden osservava lei.
Lo evitava. Ma non era facile. C'era la foto di gruppo. Il ballo degli sposi. E non poteva continuare a ignorarlo anche ora che stava per fare un brindisi.
Si alzò dalla sedia alla destra di Chip, microfono in mano. Il lungo tavolo matrimoniale era ricoperto di una tovaglia

color avorio e migliaia di dollari di fiori color crema. Fili di cristalli argento e oro pendevano dal tavolo fino al pavimento. Frankie si aspettava quasi di vedere arrivare Gatsby con una coppa di champagne.

E Aiden Kilbourn in smoking sartoriale sembrava proprio a suo agio.

Non ebbe bisogno di zittire la folla. Quando parlava lui, lo ascoltavano tutti.

Frankie cercò di non guardarlo, ma era come dire a un bambino delle elementari di non guardare il sole durante un'eclisse. Le faceva solo venire voglia di guardarlo di più.

«Io e Chip ci siamo conosciuti su un campo di polo tanti anni fa, quando il mio pony piuttosto aggressivo cercò di mordergli la spalla», esordì calorosamente. «E Chip, come sempre, si mostrò gentile. Mentre io, sono più come quel pony». Gli ospiti ridacchiarono, e Frankie alzò gli occhi al cielo.

«Nonostante questo, siamo diventati amici. Pensavo che la mia influenza lo avesse indurito. Reso più aggressivo per tenermi testa. Ma non è andata così. Nonostante i miei sforzi, Chip è rimasto buono, affabile. E io invece mi sono ammorbidito un po'. Mi ha ricordato che conquistare il mondo non è la sola cosa che conta nella vita. Che bisogna vivere e amare. E lui e Pruitt ne sono un fulgido esempio».

Chip gli sorrideva a trentadue denti.

Aiden, stupido bastardo eloquente. Non stava nemmeno leggendo dagli appunti.

«Ora, non dico che tu e Pruitt mi abbiate fatto cambiare idea sul matrimonio. Ma con voi l'amore sembra invitante. Non ho mai conosciuto nessuno che tenesse a me come Pruitt tiene a te. Be', a parte te, Chip. Ma sei già impegnato».

Ci furono grasse risate.

«E oggi per me è un onore essere al vostro fianco. E per la prima volta in vita mia, ho paura di potermi perdere qualcosa di bello».

Ogni donna presente andò in estasi. Si sentì un sospiro collettivo, come uno stormo che spicca il volo all'unisono.

«A Chip e Pruitt. Vi auguro tutta la felicità che la vita e l'amore possono donare», disse Aiden, alzando il suo calice di champagne.

«A Chip e Pruitt», gli fecero eco gli ospiti.

Quel bastardo sexy! Nessuno avrebbe mai sospettato che solo poche ore prima lo stesso uomo aveva permesso che il suo cosiddetto migliore amico venisse usato come un'esca.

Aiden le si avvicinò, col microfono in mano. Avvicinò le labbra al suo orecchio, sussurrandole: «Smettila di guardarmi in cagnesco, tesoro. Rovinerai le foto».

Le passò il microfono, ammiccò, e tornò al suo posto.

Frankie lo maledisse. Il cuore le batteva come un martello pneumatico. Era bastato sentire le sue labbra sfiorarle il lobo, perché le venisse voglia di abbassargli i pantaloni sotto il tavolo e afferrargli il cazzo con entrambe le mani.

Come faceva a tenere un discorso mentre lì sotto stava per esplodere un vulcano? Quell'uomo grondava feromoni, una droga naturale.

Grata della copertura del tavolo e del vestito, Frankie si alzò in piedi con le gambe strette. Si schiarì la voce e si concentrò sul bel viso di Pru.

«A casa ho due fratelli chiassosi e insopportabili. Ho passato tutta l'infanzia a desiderare una sorella. Qualcuno con cui giocare alla pari. Che si ricordasse di abbassare la tavoletta del water».

La folla ridacchiò. *Visto? Anche lei sapeva essere divertente.*

«Il mio desiderio si è avverato solo quando mi sono trasferita nello studentato al primo anno di college. Sono entrata in quella camera, portando con me tutti i beni di prima necessità di una matricola, tipo le patatine al formaggio e la piastra per i capelli, con i miei due fratelli che litigavano su chi stava portando più roba. E lei era lì», Frankie sorrise a Pru, che era già in lacrime.

«Mia sorella. Disse ai miei fratelli di smettere di lagnarsi e ordinare una pizza. Una di quelle buone, non ricoperta di schifezze con cipolle o acciughe, se ricordo bene. Ci siamo sostenute durante gli esami e durante la laurea, tra ragazzi e notti insonni, e postumi, e poi altri ragazzi. Pru mi ha insegnato a sciare. Io le ho insegnato a mostrare il dito medio ai taxi che non si fermano alle strisce pedonali».

Pru rideva e si asciugava gli occhi.

«Ma per me, la cosa migliore del nostro rapporto», fece una pausa e lanciò un'occhiata ad Aiden, «è essere qui oggi e vedervi felici. Quando ami una persona, quando ci tieni davvero, vederla felice conta più di tutto. E vedendo te e Chip qui oggi, non potrei essere più felice e più orgogliosa. Vi siete ritrovati, lo avete meritato. E insieme affronterete il futuro come una squadra. Vi voglio bene. Salute».

«Salute», le fecero eco gli invitati e nell'aria si sentì il tintinnio del cristallo più pregiato delle Barbados.

Capitolo 23

La sorprese in pista da ballo. Frankie stava ballando e ridendo con Chip quando Aiden arrivò con Pru tra le braccia.

«Facciamo cambio?»

«Giù le mani da mia moglie, Kilbourn», scherzò Chip, stringendo a sé Pru.

«Eccoti! Mio pirata!».

Frankie fece per allontanarsi, ma Aiden le tese la mano, sfidandola. Va bene. Un ballo poteva sopportarlo. Uno solo. Non sarebbe finita nuda accanto a lui che le faceva di tutto.

«Scusa se ho rovinato le foto», Chip disse a Pru.

Lei scrollò la testa. «È stato tutto perfetto. Pensa alle storie che racconteremo ai nostri nipoti, un giorno», gli disse Pru. «Sono solo felice che tu sia sano e salvo».

«Devo ringraziare Frankie e Aiden».

«Ehm!», Frankie si schiarì la voce, guardando fisso Aiden.

«In realtà, ha fatto quasi tutto Francesca», ammise lui. «Anzi, credo che invece di ringraziarmi dovresti prendertela con me. È colpa mia se Elliot ha preso Chip».

Pru si fermò di colpo e tirò il bavero impeccabile di Aiden. «Fagliela pagare».

«Puoi contarci», le promise Aiden.

«Un attimo, un attimo. Tutto qua?», esclamò Frankie, cercando di liberarsi dalla presa di Aiden. «Fa rapire tuo marito, che per poco non si è perso il matrimonio, e tu non fai una piega?».

Pru guardò dritto nell'occhio ancora sano di Chip. «Aiden si occuperà di tutto quello di cui c'è da occuparsi».

«Dov'è la ragazza che al terzo anno mi ha fatto implorare perdono per tre giorni, dopo che avevo mangiato l'ultimo cannolo?»

«Quei cannoli erano fenomenali! Un paradiso di sapori!», replicò Pruitt.

«Lo so! Li aveva fatti mio padre!».

«Sì, be', dicevi che potevo mangiarne in quantità, e poi avevo il ciclo. Lo volevo io l'ultimo».

«Tre giorni. Per i cannoli. Poi tuo marito viene rapito e va tutto bene? La vita è ingiusta», Frankie si rivolse ad Aiden.

«Chiudi il becco e balla con quest'uomo bellissimo mentre io mi sbaciucchio il mio pirata», disse Pru, scacciandoli.

Lei inclinò la testa per guardarlo e si pentì della sua decisione. Perché? Perché doveva essere così bello? Aveva gli zigomi scolpiti come se una squadra di angeli avesse conferito loro le giuste proporzioni. E tutti quei riccioli scuri? Avrebbe voluto affondarci la mano dentro e stringerli mentre gli spingeva la faccia tra…

Caaazzo.

Non era meglio di quella scema di Margeaux. Perché lo voleva? Era talmente disperata da scoparsi uno solo perché era sexy?

Come se potesse leggerle nel pensiero, Aiden la scortò su un lato della pista e la strinse ancora un po'.

«Non sono un cattivo ragazzo, Francesca. Ho commesso degli errori, ma non sono un malvagio senza cuore».

«Se tuo fratello avesse rovinato il matrimonio, ti saresti sentito almeno un po' in colpa?»

«Certo che sì. E pagherà per quello che ha fatto, non basterà un naso rotto».

«Si è rotto davvero?», chiese Frankie speranzosa. Aveva sferrato la sua buona dose di cazzotti, essendo cresciuta con due fratelli che le davano il tormento. E quando le erano spuntate le tette, quegli stessi fratelli avevano voluto sincerarsi che sapesse mettere al tappeto chiunque non fosse abbastanza per lei.

«Certo», disse. La sua mano scivolò lungo la schiena di Frankie fino a toccarle la pelle nuda.

Lei avvampò. Non aveva mai desiderato qualcosa a cui non era sicura di poter sopravvivere. Non le piaceva.

«Mi serve un po' d'aria fresca», sospirò, divincolandosi dalla sua morsa. Le serviva altra tequila. Una bottiglia intera. E un volo per casa. Non poteva più permettersi di giocare con quelli ricchi e famosi. Non ne sarebbe uscita indenne.

La lasciò andare, ma lei sentiva su di sé tutto il peso di quello sguardo infuocato finché, scendendo le scale di corsa, non si dileguò sulla sabbia. La luna luccicava sul mare, un altro perfetto assaggio di paradiso.

«Che problema ho?», mormorò tra sé e sé, avanzando verso l'oceano. Aveva già fatto sesso in passato. E tanto anche. Ma bastava un solo sguardo di Aiden perché la sua biancheria si sciogliesse. «Sei arrabbiata con lui», ricordo a sé stessa, camminando avanti e indietro sulla spiaggia. Era più sicuro. Forse Pru era in vena di perdono, ma lei no di certo. *Qualcuno* doveva pur tenere gli occhi aperti.

Lo sentì arrivare ancor prima di vederlo emergere dall'oscurità. Il respiro le si bloccò in gola mentre Aiden avanzava verso di lei.

«Non ho mai rincorso nessuno, Francesca». La luce della luna giocava sul suo volto perfetto, ombreggiando le fossette sotto gli zigomi. Aveva le mani in tasca, era rilassato ma in modo ingannevole. Non c'erano dubbi che lui fosse il cacciatore e lei la preda. Un altro ostacolo.

«Perché mi vuoi, Aiden? E non rifilarmi stronzate su quanto sono bella e speciale. Lo so già, proprio come so di non essere il tuo tipo. Quindi chiediti perché insegui proprio me e non qualche principessina dell'alta società che implorerebbe per mettere il culo sul tuo letto».

«Ma è proprio per questo che voglio te e non Margeaux o Cressida o come cazzo si chiama quell'altra. Voglio quella tua bocca stupenda intorno al mio cazzo mentre lo infili fino in gola. Voglio sentire quella bocca gridare il mio nome mentre io ti faccio venire con la mia. Voglio la sfida, la caccia. Vivo per questo. E tu me lo farai sudare, meritare. E ti venererò per questo».

Frankie lasciò andare un respiro e cedette appena un po'. «Be', almeno sei stato onesto».

«Non ti sto offrendo l'eternità. Non è in discussione. Ma posso darti un tempo che ricorderemo entrambi».

«Ricordi belli o di quelli che ti fanno dannare in eterno?», ribatté Frankie.

Era arrivato davanti a lei, muovendosi come un fantasma. Le passò le dita fra i capelli, e lei rabbrividì a quel contatto. «Non mi fermerò finché non mi avrai dato ciò che voglio. Devi capirlo. Mi giocherò le carte giuste, ti manipolerò. A qualunque costo. Non mi innamorerò di te. Ma sarò buono con te».

«Ah, ho visto come trattate gli affari voi Kilbourn», sbottò Frankie.

Era vicinissimo, a un respiro di distanza. Poteva sentirne il profumo, avvertire il calore che sprigionava. La sua presenza sovrastava lo scroscio incessante delle onde alle sue spalle.

Aiden non sapeva, non poteva saperlo, che stava sventolando uno straccio rosso davanti a un toro inferocito. Non era l'unico ad amare le sfide. Se si fossero scontrati, anche lei avrebbe potuto tirargli dei colpi bassi. Magari persino farlo innamorare un po'.

«Quindi io accetto di essere il tuo giocattolino nuovo di zecca, e tu mi darai…».

«Tutto quello che vorrai, qualunque cosa».

«E tu che ci guadagni?»

«Te».

Avrebbe voluto ridere, fare una battuta. A Francesca Baranski non succedevano cose simili. Lei incontrava dei bravi ragazzi nei bar o in ufficio, e poi andavano per locali o a vedere qualche spettacolo per poi fare del sesso vigoroso, divertente. Ma *queste* cose succedevano solo nei romanzi lasciati a metà nella sua libreria. Il miliardario che fa capitolare una ragazza qualsiasi.

Dio, sperava almeno che quegli orgasmi raccontati nelle storie potessero rivelarsi reali.

«Ora ti bacio», disse, aveva la voce roca e profonda.

Frankie lo fermò con uno schiaffo sul petto. «No, no. Mi bacerai quando lo dico io. Non sono una che si sottomette al maschio alpha. Io sono una donna che si prende quello che vuole a calci nelle palle».

«E cos'è che vuoi?»

«Annientarti».

Lo colse di sorpresa. Le fu chiaro quando cercò il suo bacio. Aiden rimase immobile sotto la sua bocca, le sue mani, per la durata di un palpito. E poi la bestia uscì dalla gabbia. La tirò a sé, e lei sentì il calore, il turgore del suo corpo.

In lui non c'era niente di dolce o delicato. E lei non voleva che lo diventasse.

Voleva saltare giù da quel precipizio di piacere su cui stavano danzando. Voleva lanciarsi in pasto ai lupi. Al lupo. I denti di Aiden le tormentavano il labbro inferiore, mentre lei gemeva. Ne approfittò per entrarle in bocca, far scivolare la lingua dentro, rivendicando il suo territorio.

Lei gli tirò la giacca, c'erano fin troppi strati di vestiti tra di loro. Poi con le mani percorse il materiale sottile della sua camicia. Sentiva il martellare incessante del suo cuore. Saperlo estasiato quanto lei le scatenò un brivido.

Aiden affondò una mano tra i suoi capelli, stringendo in pugno i suoi ricci e tirandoli. Il dolore avrebbe dovuto essere un segnale che doveva rallentare, arretrare. Ma non fece che aumentare il desiderio. Lui gemette, e quel suono le finì dritto in pancia.

I capezzoli di Frankie imploravano per essere liberati, per essere sfiorati e assaggiati e succhiati. E aveva le mutandine così bagnate che non avrebbero mai potuto prendere fuoco ormai.

«Non giocare con me, Francesca», disse Aiden, lasciando appena un millimetro tra le loro labbra. «Non torturarmi».

«Sta' zitto e baciami, Aiden».

«Dimmi che posso averti. Dimmi che sei mia».

Capitolo 24

Aiden aprì la porta con un calcio così forte che la fece rimbalzare sul muro. Ma passarono la soglia prima che potesse colpirli. La richiuse alle loro spalle e cercò la serratura senza interrompere il bacio con Francesca. La sua bocca, Dio che bocca.

Qualsiasi cosa facesse con quelle labbra carnose e con la lingua tentatrice lo faceva diventare matto. Avrebbero dovuto parlare. Chiarire prima le loro aspettative.

Frankie fece scivolare le mani lungo i bottoni della sua camicia, le dita si piegavano sul tessuto.

«Sei ricco, vero? Puoi permetterti una camicia nuova?»

«Oh, sì».

Era la risposta che voleva sentire. La strappò, facendo esplodere bottoni in tutte le direzioni. Gli sfiorò il petto e poi portò le dita sulla sua cintura.

«Francesca se non ti levi quel vestito adesso, lo distruggerò».

«Lo hai comprato tu», gli ricordò.

«Giusto. Te ne comprerò un altro e io comprerò un'altra camicia».

Non lo distrusse del tutto. Strappò solo una spallina e danneggiò la lampo nel tentativo di toccarla il prima possibile.

Lei si muoveva con la stessa velocità, la stessa impazienza. Gli tolse la cintura e gli sbottonò i pantaloni prima che lui potesse abbassarle il vestito fino in vita.

Da quando prima della cerimonia l'aveva vista con il reggiseno senza spalline e le mutandine sottilissime non aveva pensato ad altro. E adesso lei era lì perché lui potesse toccarla, prenderla.

Con un altro strattone il vestito le cadde fino alle caviglie. Era formosa come una dea. Così diversa dalle esili taglie zero che si portava a letto di solito.

Il suo corpo gli faceva venire l'acquolina. Gli chiedeva di peccare, e lui avrebbe ceduto volentieri.

Avrebbe voluto fermarsi, godersi la vista. Aiden voleva sfiorare e baciare ogni centimetro di quel corpo stupendo. Ma sentiva i pantaloni scendere lungo le cosce, mentre lei gli tirava fuori il cazzo pulsante dalle mutande.

«Vediamo un po' cosa abbiamo qui», disse lei, inginocchiandosi.

L'immagine di Francesca in ginocchio, che gli fissava l'uccello, per poco non lo stese. Era più di qualsiasi fantasia. E se ci avesse pensato un secondo in più, sarebbe venuto prima ancora che quelle labbra rosse potessero toccarlo.

«Cazzo». Doveva riprendere il controllo. Non si lasciava dominare da nessuno. Mai.

Era una regola.

Lei lo guardava, una strega sottomessa con le dita chiuse intorno alla sua erezione.

«Sei messo bene, Aiden», disse, le brillavano gli occhi.

Lui annuì, incapace di parlare. Tutta la sua attenzione era concentrata sul tentativo di non venirle in faccia, nei capelli.

«Stai bene lassù?», chiese. «Sta per venirti un infarto per caso?»

«Tu e la tua bocca, cazzo», ringhiò. E un attimo dopo quella bocca se lo stava lavorando.

Lo sapeva, doveva saperlo, che era già arrivato al limite. Quando lo prese fino in fondo alla gola, fu lenta e seducente, gli concesse dei secondi preziosi per abituarsi alla sua lingua, alla magnifica umidità delle sue labbra.

Quegli occhi. Ora sembravano più verdi che azzurri, la fissavano trionfanti mentre glielo leccava e succhiava.

Lei era una strega, e lui la sua vittima. La prese per i capelli per guidarla. Per mantenere le spinte lente e controllate. Ma non poteva fare niente per quella lingua. Quei suoni incredibili che venivano dalla sua gola. Voleva fare quello e solo quello per un anno intero; guardarla così, sentirla in quel modo.

Lei *poteva* distruggerlo, se ne rendeva conto. Anche solo con quella bocca seducente, poteva distruggerlo e farlo strisciare.

E fu solo grazie a quel pensiero che riuscì a farla rialzare, tirandola per i capelli. Lei si leccò le labbra e strusciò la pancia contro il suo cazzo.

«Avevo appena iniziato».

«Anche io», le assicurò. Si liberò dai pantaloni, lanciò via le scarpe. «A letto. Adesso».

Lei non si mosse abbastanza in fretta per i suoi gusti. Così la prese in braccio, avvolgendosi le sue lunghe gambe intorno ai fianchi. Il suo seno provocava la sua bocca. «Togliti il reggiseno», disse, attraversando il salotto.

Quando arrivarono in camera da letto, aveva in bocca uno di quei capezzoli color caramello, e lei lo stava pregando di scoparla.

«Aiden!», esclamò quando lui la lasciò cadere sul materasso. Ma lui la seguì, non voleva separarsi da quel corpo che lo tentava come fosse sotto incantesimo. Urtò la lampada sul comodino e infilò una mano nel cassetto. Grazie a Dio non viaggiava mai senza preservativi. Se avesse dovuto cercarne uno non sarebbe sopravvissuto. E ci avrebbe messo un secondo a convincersi di entrare dentro di lei senza. Una cosa che non aveva mai fatto in tutta la sua vita.

I Kilbourn non mettono al mondo figli bastardi.

Ma se solo Frankie avesse sbattuto le ciglia, lui sarebbe stato contento di venire tutto dentro di lei, sperando di non fare danni.

Era bellissima, cazzo, distesa così sul letto, i capelli sparpagliati sotto di lei, i capezzoli gonfi e tesi. Aveva ancora addosso sandali e biancheria, ma Aiden aveva intenzione di rimediare.

«Vuoi starmi a guardare tutto il giorno, oppure vuoi farmi venire, Aide?»

«Mi sto godendo lo spettacolo, tesoro. Se non mi do una controllata, domani non sarai in grado di camminare».

«Sfida accettata». Si sollevò e lo afferrò dal collo, tirandolo a sé. Lo baciò come se fosse l'unico uomo al mondo, una cosa inebriante. Il suo cazzo aveva un disperato bisogno di entrare dentro di lei.

«Cazzo», si liberò dal bacio e scivolò lungo il suo corpo fermandosi ad ammirare entrambi i seni con i loro capezzoli vogliosi, tesi. Lei sibilò di piacere quando lui appoggiò la bocca proprio lì, succhiandoli fino a sentirla contorcersi sotto di lui.

Non era una donna che simulava l'esperienza sessuale perfetta. Era una dea che pretendeva un orgasmo che avrebbe oscurato il sole. E lui le avrebbe dato ciò che voleva.

«Finalmente», disse, sistemandosi tra le sue gambe. Con le labbra le sfiorò l'interno coscia e la guardò tremare. Le fece scivolare le mutandine sottili lungo le gambe. Le lasciò lì. Un'ultima barriera che gli impediva di spingersi nella sua fica bagnata. Voleva torturarla prima di concedersi.

«Aiden se non fai qualcosa in questo preciso istante, prenderò in mano la situazione», lo minacciò Frankie.

Lui sorrise. Non sapeva cosa fosse l'amore, ma Francesca Baranski gli piaceva più di qualsiasi donna che si fosse mai portato a letto.

Con due dita le sfiorò le labbra bagnate.

«Oddio. Oh cazzo. Aiden!».

Aspettò che lei dicesse il suo nome e poi infilò le dita dentro di lei.

Lei lanciò un grido, e per poco lui non venne sulle lenzuola che gli sfregavano il cazzo. La penetrò con le dita, e quando lei fece per sollevare i fianchi, si abbassò e le passò la lingua lungo la fica.

Si aspettava un urlo, ma lei rimase in assoluto silenzio. Alzò lo sguardo e la vide, gli occhi serrati, la bocca aperta in una O.

«Tutto ok lassù? Sta per venirti un infarto?», scherzò.

«Aiden in questo momento la bocca non deve servirti per parlare».

Lui la leccò proprio al centro. Lingua e dita si lavoravano la fica pulsante e il suo dolce, piccolo clitoride. Lei guidò la sua mano, la sua bocca, decisa a condurlo verso il proprio orgasmo. Ma lui sapeva arrivarci anche senza una mappa. Inserì un terzo dito e fece scorrere la lingua fino al suo ano stretto e poi ancora sul clitoride.

Tra i gemiti, lei pronunciava il suo nome. Tutto il resto era incomprensibile.

Sentì le pareti interne tremare contro le sue dita, e poi una prima contrazione. Continuò a leccarla e a toccarla a ogni contrazione di quel meraviglioso orgasmo. Lei gli serrò le dita, facendolo penetrare più a fondo possibile, e lui voleva di più. Voleva che venisse sul suo cazzo, voleva che quelle contrazioni fameliche portassero anche lui all'orgasmo.

«Aiden!».

Fu un orgasmo lunghissimo, e quando lei si placò sotto di lui, temette di perdere i sensi a causa del sangue corso via dal suo cervello. C'era una pulsazione che gli martellava la testa.

Si inginocchiò e strinse in pugno la sua erezione per mettersi il preservativo.

«Francesca», sbottò. «Guardami. Apri gli occhi».

Lei obbedì, sulle prime sembrava stordita. Ma quando lo vide, col cazzo in pugno tra le sue gambe, sgranò gli occhi.

«Che aspetti?», aveva la voce affaticata.

«Dimmi che mi vuoi. Dimmi che posso averti».

«Prendimi, Aiden».

«Sei mia?». Non capiva il motivo di quella domanda. Non era possessivo con le donne. Ma voleva che lei glielo dicesse, voleva quelle precise parole. E avrebbe saputo di aver vinto.

«Puoi avermi stanotte, Aiden. Non rovinare tutto».

Per lui era sufficiente. Almeno per il momento. Le allargò le gambe e l'afferrò per i fianchi, ed ebbe la soddisfazione di sentirla gridare il suo nome quando si spinse dentro di lei. Era così stretta, cazzo, anche dopo l'assaggio che le aveva dato. La penetrò a fondo, inchiodandola al letto con i suoi fianchi.

Qualcosa scattò. Si innescò qualcosa che non riusciva a capire, come se di colpo fosse un uomo completamente diverso.

I suoi occhi, così luminosi, lo fissavano, scrutavano la sua anima. E lei riusciva a vederlo. A scrutare in quel vuoto di cui lui non si liberava mai.

Ma in quel momento non era vuoto. Erano connessi. Erano una cosa sola. Sentiva ancora i fremiti del suo orgasmo contro il suo uccello. Se si fosse impegnato, avrebbe potuto indovinare i suoi pensieri.

Non sarebbe durato molto. Non con quegli occhi che lo fissavano in quel modo e quelle tette rotonde che lo tentavano.

«Francesca», sussurrò il suo nome e infine iniziò a muoversi dentro di lei.

Lei gli accarezzò le spalle, le braccia. Un tocco dolce, calmante. Era come se qualcosa dentro di lui si fosse spezzato, e ora la luce penetrava dalle crepe.

Lo aveva stregato. Oppure lui doveva essersi beccato una specie di febbre tropicale.

Lei urlò, e Aiden vide delle lacrime nei suoi occhi. Gli affondò le dita nelle spalle, le unghie scavavano la pelle. Sperava che gli rimanessero i segni.

Aveva smesso di pensare. Smesso di fare qualsiasi cosa a parte godersi quelle sensazioni, perché lei si contorceva sempre di più e il suo cazzo si ingrossava sempre di più in attesa di un orgasmo che avrebbe potuto annientarlo.

Il respiro di Francesca era affannoso, mentre lui sentiva il sudore imperlargli la pelle. Era il paradiso, muoversi dentro di lei, sentirsi circondato da quel calore. Si abbassò e prese in bocca un capezzolo turgido.

Lei si inarcò, e tutta la sua dolcezza, la tenerezza, svanì. Erano animali in calore, pronti a graffiarsi, ad azzuffarsi alla ricerca di un piacere troppo intenso per poterlo spiegare. La prese per i capelli, affondando la faccia nel suo collo. Lei lo avvolse tra le sue gambe, facendolo penetrare ancora di più, e quando arrivò in fondo, quando lei urlò il suo nome con voce scomposta, la sentì arrivare.

L'esplosione.

Il suo orgasmo era come una pistola dal grilletto facile, e quando lei si richiuse contro di lui, le esplose dentro. Spinta dopo spinta, non riusciva a smettere di venire, e neanche lei. Accoglieva ogni pulsazione, ogni getto caldo, stringendolo, supplicandolo per averne di più.

Lui si liberò completamente, svuotandosi, ma non si sentiva affatto vuoto. Non c'era nessun freddo calcolo. No. Ma qualcosa di caldo, luminoso e pericolosamente vero.

Poi percepì qualcosa di bagnato sulla spalla, e sentì Francesca tirare su col naso.

«Francesca? Frankie? Stai bene?». *Era ancora dentro e lei stava piangendo, cazzo. La cosa lo distrusse.*

«Oddio. Sono così imbarazzata».

Col pollice le asciugò una grossa lacrima sulla guancia. «Che c'è? Ti ho fatto male?». *Cosa aveva fatto?*

«No, credo sia per via del matrimonio e dello stress, e poi sono stati i due orgasmi più potenti della mia vita. E ora sto singhiozzando e sono imbarazzata e, porca troia Aiden. Cos'è appena successo?».

Si sentì sollevato, e lasciò cadere la fronte contro quella di lei.

«Sicura di stare bene? Non ho superato qualche limite?»

«Mica mi hai infilato il cazzo nel culo senza chiedermi il permesso, è tutto a posto. Possiamo fingere che questo momento non ci sia mai stato?»

«Quale momento?».

Lei scoppiò a ridere e le sfuggì un'altra lacrima. «Oddio. Forse in fondo non fai così schifo, Kilbourn».

«Hai fame?»

«Potrei mangiare un buffet intero in meno di dieci minuti».

Voleva baciarla sulla guancia bagnata dalle lacrime. Baciarla e rimanere dentro di lei, dove sentiva qualcosa di bello. Ma lui non faceva quelle cose. E lei non si sarebbe fidata, se lo avesse fatto.

«Ora vediamo quanti piatti possiamo ordinare col servizio in camera», disse, uscendo da lei controvoglia e afferrando il telefono.

Capitolo 25

Niente come una *walk of shame* era in grado far sentire Frankie come una ventenne. Solo che stavolta aveva trentaquattro anni, e stava sgattaiolando fuori dalla stanza di un uomo con indosso la sua maglietta di Yale perché le aveva strappato il vestito nella sua foga disperata di scoparsela e farla venire cinque volte.

Si strinse le scarpe al petto, appallottolò quel che rimaneva del suo abito e se la filò.

Avevano cenato con champagne e bistecche succose a letto, e poi si erano ritrovati ancora nudi e ansimanti.

Aveva tutte le intenzioni di andarsene, di tornare nella sua stanza per fare le valigie e riguadagnare quel briciolo di sanità mentale che le era rimasto, ma si era invece addormentata accanto ad Aiden, in un groviglio di membra e lenzuola.

Si era svegliata di soprassalto, la luce del sole che le brillava odiosamente in faccia filtrando tra le tende che non si erano preoccupati di chiudere. Era rimasta inorridita quando si era accorta di avere il viso affondato nel collo di Aiden. La sua mano appoggiata sui pochi peli del petto sopra il battito lento e costante del suo cuore.

Aveva la gamba sopra il suo inguine e la sua erezione le premeva contro la coscia. La grandiosità di quella notte, non solo l'aver ceduto alla sua caccia, ma l'avergli chiesto di prenderla, l'aveva colpita come un macigno. E le cose che gli aveva permesso di farle? Quelle che gli aveva fatto? *Dannazione.*

Apparentemente, era clemente come Pru. Oppure vinta dagli ormoni come Margeaux-monosopracciglio. Doveva essersi dimenticata di mettere in valigia la sua dignità.

«Bene, bene, bene».

Frankie fece un salto per lo spavento mentre richiudeva la porta di Aiden.

«Gesù, Pru. Mi hai spaventata a morte».

La sua migliore amica aveva ancora indosso l'abito da sposa, i suoi capelli erano un disastro, il trucco sbavato. Puzzava come una distilleria e sorrideva come un bambino che è stato appena lasciato libero di scorrazzare in una fabbrica di cioccolato.

«Tu e Aiden?», strillò Pru a una frequenza ultrasonica.

«Shhh! E dai! Abbassa la voce».

Pru barcollava come se stesse camminando sul ponte di una barca. «Sono super sbronza ma non abbastanza da non essere molto, molto entusiasta».

«Ma almeno hai provato a dormire?».

Pru scrollò la testa con forza e andò a sbattere contro un muro. «No, è la mia festa! Ehi! Mi tieni i capelli mentre vomito? Intanto puoi dirmi perché te la fili dalla stanza di Chi-Sai-Tu con i capelli scompigliati dal sesso e il segno dei denti sul collo».

Pru era una professionista del vomito, osservò Frankie. Si piegò ordinatamente sulle ginocchia davanti al water e tirò fuori il contenuto del suo stomaco con una certa eleganza.

«Sai, quando vomito, sembra che io stia tirando fuori un pezzo di intestino», commentò Frankie.

«Bleaaaaah», urlò Pru dentro il water. Si accovacciò sui talloni con aria fiera e scaricò. «Quando sei ubriaco vomiti molto più facilmente di quando stai solo male. Probabile che non me ne ricorderò domani… o oggi».

«Sì, ma lo hai fatto anche quando hai avuto quel virus intestinale nel 2005».

«Il trucco è non opporsi», disse saggiamente. «Se provi a resistere, diventa molto più difficile».

Lezioni di vomito da un'allegra sposa zombie. Almeno la distraeva dal piacevole indolenzimento dei muscoli che aveva sforzato di più. Dall'uomo nudo in fondo al corridoio che al buio le aveva mostrato cose che alla luce del giorno non riusciva a comprendere.

«Dov'è tuo marito?», chiese Frankie, porgendole un bicchiere d'acqua.

«Mio marito dorme sotto il tavolo degli sposi in terrazza», esclamò orgogliosa. «Ora, spiegami nel dettaglio come ti sei fatta quei segni sul collo».

E non erano solo sul collo. Ma per il momento non voleva parlarle del suo interno coscia.

«Io e Aiden abbiamo fatto sesso», ammise.

Pru iniziò a ridacchiare.

«Dai! Se ridi più forte, vomiterai di nuovo».

«Stavo solo pensando che non vedo l'ora di raccontare questa storia al tuo matrimonio».

«E perché mai dovresti?», domandò Frankie, inorridita.

«Perché tu sposerai Aiden, e io ti farò da damigella d'onore».

«Non sposerò Aiden! Abbiamo fatto un temporaneo, unico errore di valutazione».

«Ahhh. A giudicare dall'espressione orgasmica sul tuo bellissimo volto, il tuo è stato un errore di giudizio di quelli che ti sconvolgono la vita».

Frankie si accasciò sulla toletta di Pru. «Ok, è stato bello. Molto bello». Talmente bello che ogni esperienza sessuale futura sarebbe impallidita al confronto.

«E?», incalzò Pru, sprimacciando la gonna del vestito.

«E la parola chiave è "unico". Non ci piacciamo davvero, anche se a letto ci troviamo alla grande».

«Ok, ok. Su una scala da Jimmy Talbot a Tanner Freehorn, dove si colloca Aiden?».

Ecco qual era il problema con un'amica che sa tutto di te. Aveva creato delle classifiche del sesso in base alla tua migliore e peggiore esperienza. Jimmy era stata la sua prima volta, dolcemente goffa. Tanner era stato una conquista di Capodanno di dieci mesi prima, ma le aveva regalato molteplici orgasmi».

«Ah! Ti prego, non costringermi a farlo».

«Ma devi», le ordinò Pru. «Sono le regole dell'amicizia. Da Jimmy a Tanner. Vai!».

«Tanner più tre», borbottò Frankie. Fece scorrere il dito lungo l'intonaco, rifiutandosi di guardare Pru negli occhi.

«Tanner più cosa?». La sua voce impastata dal vomito riecheggiò nel marmo.

«Tre».

Osservò Pru contare lentamente aiutandosi con le dita. «Oh, cavolo. Cinque. Sono venuta cinque volte, ok?».

«Ma è fisicamente possibile?», strillò Pru. «Aspetta un attimo».

Si piegò sulla tazza e vomitò di nuovo. Poi alzò la testa scuotendo i capelli, pimpante come la presentatrice di un programma mattutino che ha appena vomitato una caraffa di champagne. «Cinque orgasmi in una sola notte?»

«Sì, sarà una specie di super potere».

Oppure qualcosa che solo quelli ricchi da far schifo sapevano fare. I soldi potevano comprare anche la maestria sessuale? Ecco perché le donne li inseguivano di continuo.

«Sono così felice per te». Pru agitò le mani a mezz'aria per enfatizzare ogni parola.

«Ripeto, è stata una volta sola», precisò Frankie. «Ma parliamo di quanto io sia felice per te, signora Stockton-Randolph».

«Vuoi vedere il mio anello?».

Frankie lo aveva visto una ventina di volte dalla cerimonia. «Mi piacerebbe tantissimo».

«Che anello pensi ti regalerà Aiden?», chiese, chiudendo un occhio. Poi si distese sul pavimento di marmo, sprofondando nel vestito rigonfio.

«Nessuno. E niente più sesso».

«Ma lui è alla tua altezza, Frankie».

«Ok, sei palesemente in preda alle emozioni e all'alcol perché mi stai dicendo di sposare uno il cui fratello ha rapito il tuo fidanzato alla vigilia del vostro matrimonio».

«Me ne ero dimenticata. Ma comunque, Aiden è fantastico».

«Ma è anche uno scapolo incallito che cambia donna ogni mese. E ripeto, suo fratello ha rapito Chip».

Pru fece un gesto sprezzante con la mano. «Dettagli, dettagli».

Sul volo, Frankie si ritrovò sul sedile centrale, stretta tra un'esile donna asiatica con delle cuffie molto carine e un tizio che aveva i peli del petto impigliati in una spessa catenina d'oro, visibile perché si era sbottonato i primi quattro bottoni della camicia.

La signora profumava di vaniglia. L'uomo invece come mezza bottiglia di dopobarba. Sarebbe stato un volo bello lungo. Ma almeno era scappata dalle Barbados senza affrontare Aiden. Si chiedeva se, al risveglio, si sarebbe sentito incazzato o sollevato nello scoprire che se n'era andata.

Inserì gli auricolari nel dispositivo posizionato sullo schienale e selezionò una stazione radio a caso. Forse stava scappando. E forse era una codarda, ma sarebbe morta se avesse trascorso anche un secondo di più accanto al perfetto corpo nudo di Aiden. Si poteva morire di perfezione? Lei ci era andata vicino. Oppure era venuta troppe volte.

Frankie sapeva che se Aiden si fosse svegliato e avesse sollevato l'argomento di una relazione temporanea, lei si sarebbe messa a implorare come il cocker spaniel dei suoi. Lontano dagli occhi, lontano dalla sua indolenzita ma appagata fica. *Mente. Voleva dire mente.*

Una precipitosa uscita di scena. Aiden si sarebbe dimenticato di lei e delle loro poche ore di piacere inebriante, dilaniante, sconvolgente. Il tizio dei peli la guardò di sbieco, e Frankie si rese conto che si era lasciata sfuggire un gemito. Se questo era l'effetto di cinque orgasmi gentilmente offerti da Aiden Kilbourn, non riusciva a immaginare cosa avrebbe potuto farle un flirt temporaneo.

Aveva il telefono spento, e l'indomani doveva lavorare. Ritorno alla normalità… con qualche ricordo erotico che avrebbe rivangato per il resto della sua vita.

Capitolo 26

Aiden salì le scale a due a due, il cuore gli batteva all'impazzata. Era su di giri dal risveglio. E pronto ad attaccare da diverse ore.

Lo aveva lasciato. Al risveglio si era ritrovato in un letto vuoto e di lei nessuna traccia. E quando si era infilato un paio di bermuda e si era fiondato in camera sua per trascinarla a letto, le cameriere erano già intente a pulire. Ha effettuato il check-out. Spiacente, signore.

Francesca doveva imparare un paio di cose su come trattare con lui.

Quel posto puzzava di umido e polvere. Le scale scricchiolavano in modo inquietante sotto i suoi piedi. Non c'era il portiere, e metà dei lampioni del circondario erano fulminati. E gli era bastato un "per favore" perché la signora Gurgevich del 2A gli aprisse il portone.

Tutta quella situazione gli faceva girare le palle.

E si fece sentire forte e chiaro quando il suo pugno colpì la porta che lo divideva dal motivo di tanta rabbia.

«Gio, che cavolo, vuoi buttare giù la porta per caso?».

Frankie sgranò gli occhi stupita e, molto probabilmente, spaventata.

Gli avrebbe sbattuto la porta in faccia se Aiden non si fosse fiondato dentro casa sua.

L'appartamento era piccolo, un po' trasandato, ma pulito. C'era una cucina, una sala da pranzo/salotto, e quella che ad Aiden parve una camera da letto. La sua televisione, un patetico sei pollici, era accesa, e c'era una birra aperta su un tavolino. Il divano era ampio e imbottito.

Si girò a guardarla, e la sentì, la connessione magnetica. Non era stato solo il contesto tropicale o l'adrenalina. Era la sua reazione a lui. Era abituato all'attrazione. Talvolta la usava come trappola. Ma cos'era che riecheggiava tra loro? Qualcosa di primordiale. Il desiderio primitivo di due corpi mossi da un bisogno disperato l'uno dell'altro. Lei non voleva i soldi né il suo cognome. Voleva lui e le sensazioni che le regalava. E per lui quello era più potente di qualsiasi afrodisiaco.

«Che cazzo ci fai a casa mia?». Rimase immobile, le mani sui fianchi, con indosso un paio di leggings e un grosso maglione che le lasciava scoperta una spalla. Aveva i capelli raccolti in una coda folta.

Aiden chiuse le mani in un pugno per non allungarle verso di lei e strapparle la fascia dai capelli. «Perché sei scappata?»

«Non sono scappata, avevo un volo».

Era impudente, ipocrita e falsa.

«Perché non mi hai svegliato per salutarmi?».

Intravedeva l'ombra della colpa nei suoi grandi occhi. «Aiden, è stata una cosa che non si ripeterà. Tutto qui».

«Cazzate». La sua voce risuonò brusca. Era stanco, arrabbiato. E nonostante quello, voleva toccarla. Punirla. Soddisfarla.

«Dai, Kilbourn, su. Ci siamo divertiti. Ora si torna alla realtà».

«Non abbiamo finito, Francesca».

«Credo che una volta basti e avanzi», replicò lei, con gli occhi che lampeggiavano.

«Due», la corresse. «E lo pensi sul serio?»

«Vattene a casa, Aiden».

Accorciò la distanza tra loro e s'impose di stringerle delicatamente le spalle. Lei cominciò a sciogliersi anche se imprecava. Aiden provò un sollievo, rapido e netto, quando capì che lei lo desiderava ancora. Anche se era solo pura biologia, un corpo che ne riconosce un altro. Era già abbastanza, e in un certo senso anche di più.

«La notte scorsa. Non sono cose che succedono così. E scappare via è da codardi».

«Stai insinuando che ho paura di te?»

«Voglio solo dire che quello che abbiamo condiviso è stata una prima volta per me. Quella… connessione. Non voglio scappare. E credo che neanche tu lo voglia».

Se lei voleva trasparenza e onestà, gliele avrebbe concesse. Sperava solo che il prezzo da pagare non sarebbe stato troppo alto.

«Non voglio diventare un giocattolino. Mi merito di più», sbraitò Frankie.

«Vero», concordò Aiden. «Ma sei tu che la vuoi vedere così. Non sono interessato al matrimonio, ma questo non significa che sarò irrispettoso o brutale con te».

Lei si morse il labbro inferiore, fissandogli il primo bottone della camicia. «Allora come funziona nel dettaglio questo accordo?».

Lui sentì profumo di vittoria, sapeva di poterla conquistare.

«Passiamo del tempo insieme. Ti darò tutto quello che vuoi».

«Temporaneamente», aggiunse lei.

«Non c'è una data di scadenza, Francesca».

«Ma tanto tu perdi sempre interesse».

«Dovrei farti notare che anche tu sei single. Sarà perché anche tu ti stanchi subito?». Le dita di Aiden iniziarono a muoversi sulla sua nuca, a giocare con i riccioli.

Lei sospirò e finalmente sostenne il suo sguardo.

«Ascolta, neanche io voglio un qualcosa che sia per sempre. Non so neanche cosa farò tra cinque anni. Vorrei capirlo prima di dovermi preoccupare anche dei desideri e dei bisogni di qualcun altro. E se una donna volesse tutto questo con te, che Dio l'aiuti».

Lui fece scorrere le mani sulle sue spalle strette. La tirò tra le sue braccia, massaggiandole i muscoli tesi. Lei si lasciò andare.

«Allora perché non mi dici di sì», le sussurrò all'orecchio. «Vuoi farmela sudare?».

Non capiva perché quella situazione lo eccitasse tanto. I Kilbourn non lasciavano mai il controllo.

«Oh! Interrompo qualcosa?».

L'uomo fermo sulla soglia sembrava più incuriosito che arrabbiato nel trovarla tra le braccia di un altro. Aveva le spalle larghe e muscolose. Per dimostrarlo indossava una maglietta attillata nonostante i trenta gradi fuori. Aveva tra le mani una confezione di cibo che a giudicare dal profumo era meglio di qualsiasi cinque stelle di Manhattan.

«Gio», Frankie lo salutò cercando di divincolarsi dall'abbraccio di Aiden. Lui non era d'accordo.

«Sei in anticipo?», gli chiese, lanciando ad Aiden un'occhiata di puro panico. Quella situazione a lui non piaceva *per niente*.

«Ah?», fece Gio, tirando fuori il telefono dalla tasca della tuta. Sollevò il telefono e scattò una foto.

«Non ti permettere, cazzo!». Frankie non era più agitata. Era una leonessa rabbiosa.

«Ops, troppo tardi», si strinse nelle spalle. «Mi presenti il tuo amico?».

Aiden avanzò per cercare di allontanarla mentre lei lanciava un attacco a quell'uomo compiaciuto.

«Sei proprio uno stronzo!».

Il telefono di Gio squillò e lui fece un gran sorriso fissando lo schermo.

«Mamma non vede l'ora di conoscere il tuo amico al pranzo di domenica».
«Piacere, Gio», disse, stando attento a tendergli la mano ben lontano da Frankie. «Il fratello di questa peste».
Aiden gli strinse la mano.
«Piacere, Aiden».
«Quindi, voi due uscite insieme?»
«Sì», disse Aiden.
«No», ribatté Frankie.
«Be', in ogni caso, mi hai appena salvato dall'appuntamento combinato numero sedici. Mary Lou Dumbrowski».
«Mary Lou è di nuovo single?», disse Frankie, rinunciando a ogni velleità di uccidere suo fratello.
Gio raggiunse il tavolo minuscolo e vi appoggiò il cibo.
«Sì. Il marito numero tre è collassato il mese scorso in lavanderia. Bam. Morto prima di cascare a terra».
«Mamma deve essere proprio disperata se ti propone anche le neo vedove», commentò Frankie.
Aiden le strinse la mano e poi la lasciò. Non sembrava più avere intenti omicidi.
«A mamma non va giù il fatto di avere un figlio trentaseienne scapolo», spiegò Gio.
«E anche quello di essere l'unica delle sue sorelle senza nipoti».
«Ma Marco ha appena messo incinta Rachel», gli ricordò Frankie.
«Marco è nostro fratello e Rachel è sua moglie», spiegò a vantaggio di Aiden.
«Be', non temere, le hai appena dato altre speranze», scherzò Gio, aprendo le confezioni.
Frankie scrollò la testa. «Ti odio. Che hai portato?».
Giò scartò tre panini gourmet, sottaceti avvolti nella carta cerata, e una grossa porzione di patatine barbecue.
«Il solito. Rimani con noi, Aide?».

Prima di Francesca, nessuno lo aveva mai chiamato Aide. A quanto pareva ai Baranski piaceva affibbiare soprannomi.

«Abbiamo registrato l'incontro di UFC ieri sera», disse Gio, agitando un panino verso di lui.

«Arti marziali miste?», chiese Aiden, osservando i panini succulenti.

«Ah», Frankie alzò gli occhi al cielo. «Ok. Puoi restare. Ma il roast beef è mio».

«Ce l'hai la birra?», chiese Gio.

«Sì, sì. Stai calmo».

Frankie andò in cucina, seguita da Aiden.

«Dobbiamo ancora parlare», le disse, afferrandole il polso sottile.

«Sì, certo», sospirò. «Ma non davanti a quella rana dalla bocca larga lì».

«Vieni a cena fuori con me domani».

Lei lo scrutò per un istante, e per un attimo Aiden pensò che volesse inventarsi una scusa.

«D'accordo», disse. «Ma il posto lo scelgo io».

«Affare fatto». Si avvicinò e le sfiorò la guancia con le labbra. «Vedi quanto è facile? Tu mi dici quello che vuoi, e io te lo do».

Ebbe il piacere di vedere la pelle d'oca sul suo collo e lungo le braccia. Aiden prese le birre che Frankie aveva tirato fuori dal frigo e ritornò in salotto.

Si sistemarono sul divano con Gio seduto sulla poltrona sgangherata e mangiarono i panini, opera di un vero maestro, mentre guardavano uomini e donne che se le davano di santa ragione. Frankie e Gio commentavano ogni match e intanto si sfottevano. Aiden provò a immaginare di fare la stessa cosa col suo fratellastro. Inconcepibile. Non avevano mai avuto un rapporto così disteso.

«Allora, come vi siete conosciuti?», chiese Gio, mordendo il suo pastrami col pane di segale.

Francesca buttò giù un rapido sorso di birra.
«Be', Aiden mi ha dato della spogliarellista cinque secondi dopo esserci conosciuti. Io gli ho detto che era uno stronzo. E suo fratello ha rapito Chip la notte prima del matrimonio, e siamo andati a stanarlo».
Gio lasciò cadere il panino sul fazzoletto che aveva sulle gambe. «Dici sul serio?»
«Purtroppo sì», ammise Aiden. «Ma quando le ho dato della spogliarellista non dicevo davvero».
«Bene», disse Gio bonariamente. «Non vorrei mai picchiarti a stomaco pieno».
«E io non vorrei essere picchiato».
Frankie prese la birra e guardò Gio finché non riprese a mangiare.
«Ah, e poi ieri abbiamo fatto sesso ed è stato bellissimo. Pazzesco».
Gio si strozzò col panino, e tossì finché Frankie non si alzò per dargli delle pacche sulla schiena.
«Maledizione. Odio quando fai così».

Capitolo 27

Il ristorante scelto da Frankie era un buco che faceva cibo portoghese, incastrato tra una vetrina vuota e uno studio di hot yoga, lungo una strada tranquilla di Brooklyn. Niente tovaglie sui tavoli, e i menù sembravano usciti dalla stampante di un ufficio. Ma i profumi che venivano dalla cucina erano a dir poco paradisiaci.

Aiden silenziò il telefono e lo infilò in tasca. Non voleva essere distratto dalla donna seduta di fronte a lui. Frankie aveva lasciato i capelli sciolti e, in sintonia con l'atmosfera rilassata del ristorante, indossava un paio di jeans dritti, un maglione con una scollatura che continuava ad attirare il suo sguardo verso il suo notevole décolleté, e morbidi stivali di camoscio.

Sembrava… a suo agio, mentre studiava il menù, il mento appoggiato sulla mano. Cercò di ricordarsi l'ultima volta che una donna in sua presenza non avesse tenuto una postura perfetta e non avesse chiesto e ricordato i nomi di tutti i camerieri.

«Che c'è?», chiese Frankie, accigliandosi.

«Sto solo…».

«Se dici che ti stai godendo lo spettacolo, vomito sul tavolo».

Aiden scrollò la testa. Era proprio incorreggibile…

«Be', adesso non mi pare il caso».

«Allora perché mi fissavi?»

«Perché mi piace guardarti. Sei uno spettacolo interessante».

«Lo prendo come un complimento, così non inizieremo il nostro primo appuntamento con un litigio».

«Infatti era un complimento. Sei diversa da...».

«Quelle a cui sei abituato». Chiuse il menù. «Il che mi porta al primo punto che spero di poter discutere civilmente».

«Non vorrai mica minacciarmi di strapparmi la faccia e poi farmela mangiare come hai fatto con tuo fratello ieri sera, vero?»

«Ah ah, simpaticone. Mettiamo subito in chiaro una cosa. Non abbiamo praticamente niente in comune, tranne degli orgasmi da urlo».

Alla parola "orgasmo" il suo uccello si destò. «Trovo difficile credere che non ci sia proprio nient'altro. Ti piacciono i cuccioli e la torta di mele?».

Lei accennò un sorriso. «Ok, proviamoci. Qual è il tuo obiettivo questa settimana? Il traguardo che vorresti raggiungere entro venerdì».

Il cameriere tornò con i loro calici. Era un posto dove potevi portarti la tua bottiglia di vino; quindi, Aiden aveva rovistato nella sua collezione e deciso per un buon cabernet. Ordinarono da mangiare e consegnarono i menù.

«Entro venerdì?», chiese Aiden, riempiendole il bicchiere per poi passare al suo. «Questa settimana ci sono i voti per il consiglio. Voglio assicurarmi che vada come dico io. Elliot deve ricordarsi qual è il suo posto in famiglia e in azienda. E poi sono alle prese con una nuova acquisizione che sta accusando, come dire, un po' di difficoltà iniziale e che richiede la mia attenzione».

«Ah, ah», disse Frankie con sufficienza. «Sai cosa farò io questa settimana?»

«Mi piacerebbe molto saperlo».

«Cercherò di passare un esame di Responsabilità sociale d'impresa, giovedì».

«Un esame?»

«Sto studiando per un master in gestione d'impresa. Dovrei farcela entro maggio se mi impegno. Quello del catering era un lavoretto a parte per non dissanguarmi per il matrimonio di Pru. Lavoro part-time per una piccola agenzia di business development».

«Ti interessa il mondo aziendale?», azzardò. Un terreno comune che non c'entrava con gli orgasmi.

«Sì. Può succedere quando i tuoi gestiscono un'impresa. Tu puoi capirlo».

Annuì. «Certo. Ogni tanto, mi sembra di averlo nel sangue».

«Sì, diciamo che per me il discorso vale per la parte aziendale, ma non per gli affettati».

Di fronte al suo sguardo perplesso, Frankie scoppiò a ridere. «I miei genitori gestiscono una gastronomia a Brooklyn, a pochi metri da casa loro. Ora la gestisce mio fratello Marco. Ci sono cresciuta in quel negozio. So tagliare due etti di manzo sotto sale meglio di Marco e Gio».

«Ma tu non vuoi gestire una gastronomia?».

Frankie scrollò la testa. «Mi piace la parte gestionale. I conti, la pianificazione, il monitoraggio».

«E che ci farai col tuo master?».

Si strinse nelle spalle. «Mi piace molto il lavoro in agenzia per le piccole imprese. Molti pensano che l'America vada avanti grazie alle grandi aziende, alle società più potenti. Ma non è così. Succede grazie alla ditta di idraulica fondata da immigrati di seconda generazione, o alla gelateria aperta da quarant'anni, all'officina meccanica o al fioraio. Aiuto queste realtà col loro business».

Affascinato, Aiden si avvicinò e appoggiò il gomito sul tavolo. «E poi dici che non abbiamo niente in comune».

«Quanto costa questa bottiglia?», chiese, sollevando il bicchiere per studiare il vino.

Aiden scrollò le spalle. «Non ne ho idea».

«Be', io sì, perché l'ho cercato su Google mentre eri in bagno. Pago meno io di affitto».

«Perché ho il sospetto che i soldi saranno un terreno di conflitto con te? Non mi interessa ciò che hai né quanto guadagni o ciò che possiedi. Perché a te dovrebbe interessare delle mie finanze?»

«Aiden», disse ridendo. «Le tue finanze ti collocano in un mondo completamente diverso dal mio. Non credo che i nostri mondi possano andare d'accordo».

«Non lo sapremo se non ci proviamo».

Il cameriere servì gli antipasti a base di spiedini di pollo.

«Cosa vuoi che faccia, che partecipi alle serate di gala come la tua bella statuina? Sarò onesta. Cos'hai visto ieri sera? Tute da ginnastica e incontri di UFC e panini untissimi? Perché nel weekend preferisco fare questo anziché pavoneggiarmi come una delle amiche di Pru, vestite di tutto punto e pronte a farsi notare».

«Nel nostro accordo, Francesca, non devi fare nulla che tu non voglia. Non voglio fare di te l'ennesima Barbie dell'alta società. Mi piaci così come sei».

«Mmmm».

«Che c'è?», chiese lui.

«Sto pensando».

«Vuoi inventarti un'altra scusa. Provaci, Francesca. Esci con me. Scopami».

«Tu sì che sai come far perdere la testa a una ragazza», scherzò, bevendo un altro sorso di vino.

«Sono solo sincero».

Lei prese un pezzo di pane dal piatto e lo studiò attentamente. «Bene. Non voglio essere sfoggiata in giro come uno dei tuoi altri "appuntamenti". E la mia vita è qui. Non voglio andarmene in giro per Manhattan ai tuoi comandi».

«Affare fatto. Io non faccio casini. Né drammi. Se puoi accettare queste due cose, andremo d'accordo».

«La monogamia?», chiese Frankie, aggrottando la fronte.
«Un requisito per entrambi».
Lei annuì. «Bene. Allora siamo d'accordo».
Aiden cercò la sua mano. Ma anziché stringerla, la baciò delicatamente sulle nocche. «Ho idea che sarà un piacere fare affari con te», predisse.
Mangiarono e parlarono tra cucchiaiate di zuppa di pesce e frittelle di merluzzo, e si attardarono bevendo il caffè. Non era forte, non era amaro ma neanche dolcissimo, sulla lingua, e Aiden non poté fare a meno di pensare al sapore di Francesca. Lo aveva assaggiato da poco, e già ne voleva di più.
Lei prese il conto prima che potesse fermarla. «No no», disse, allontanando la ricevuta. «I soldi non sono un territorio di conflitto, vero?»
«Pago io, Francesca».
«Lo farai la prossima volta. Stasera pago io. E non fare quella faccia. Se per te è così importante, puoi comprarci il dolce».
Dolce. Quella parola gli fece pensare al corpo nudo di Frankie.
«Gelato, Kilbourn. So a cosa stai pensando».
Il cameriere tornò a portare il resto. «Lascio la mancia», disse Aiden, lasciando una banconota che in pratica valeva tutta la cena.
«Esibizionista».
Si alzarono, e lui la aiutò a mettersi il cappotto. Era un trench di lana ormai un po' vecchiotto.
«Ti manca un bottone», osservò, infilandosi il suo cappotto di cashmere.
«Ah, lo so. L'ho perso lo scorso inverno quando i miei fratelli mi hanno sfidata a uscire dalla finestra della mia vecchia cameretta e scendere dall'albero come un tempo. In mia difesa, era il Ringraziamento e avevamo già bevuto tre bottiglie di vino. Quel bottone non l'ho più ritrovato».

«Allora, dov'è la gelateria?», chiese Aiden. E fu contento quando lei lo prese per mano uscendo dal ristorante. Voleva chiederle quali erano i piani dopo il dessert. In macchina aveva una borsa col necessario per la notte e una buona scorta di preservativi. Voleva solo essere pronto, in caso... e un po' ci sperava anche.

Frankie lo guidò per il quartiere. «Oggi hai lavorato?».

Aiden annuì. Non era nei piani. In teoria sarebbe dovuto rientrare dalle Barbados solo quella mattina, ma Francesca aveva fatto saltare i piani scappando dal suo letto. «Sì. Dovevo assicurarmi che non fossero successe catastrofi mentre ero via».

«Hai deciso cosa fare con Elliot?».

Aiden si irrigidì, sospettava fosse una trappola. L'ennesima scusa per odiarlo. «L'ho colpito dove fa più male».

«Sul naso rotto?»

«Elliot è sempre stato un ragazzino problematico. È precipitoso nelle decisioni, e spesso lo fa con grosse somme di denaro. Gli è stata affidata una posizione nella società solo perché mio padre lo riteneva giusto. Ma i suoi soldi sono legati a un fondo revocabile. Mio padre non voleva che se li giocasse o che li prestasse a qualche prostituta per farle aprire il suo bordello».

«O a una ragazza che balla come una spogliarellista», disse Frankie, sbattendo le ciglia.

Aiden le picchiettò la spalla. «Mi dispiace per quello che ho detto. Era stata una giornata lunga, e l'ultima cosa che volevo era passare la serata a una festa tra gente che cercava di agganciarmi».

«E avevi l'emicrania».

«Sì, anche quello».

«Ti capita spesso?»

«Solo nelle occasioni speciali. Di solito quando ho a che fare con Elliot».

«Allora, secondo tuo padre qual è la punizione più giusta per un reato?»

«Ha congelato i conti di Elliot per un mese».

Frankie incespicò. «Tuo fratello ha rapito una persona per tentare una mossa di potere folle, e tuo padre gli toglie *la paghetta*?».

Aiden non le avrebbe detto che anche lui aveva reagito così quando suo padre aveva deciso per quella punizione. Erano affari di famiglia.

«Secondo mio padre era giusto così in questa situazione».

«E tu cosa pensi sia più giusto per "la situazione?". Tieni presente che la tua risposta determinerà se andrai oltre il gelato e questa serata».

«In tal caso, vorrei potermi appellare ai castighi medievali».

«Stai imparando, Aide. Stai imparando», disse, le brillavano gli occhi. Una delle vittorie più dolci che avesse ottenuto di recente. E senza pensarci, senza strane strategie, Aiden la strinse a sé.

«Ma adesso che usciamo ufficialmente posso baciarti ogni volta che mi va?».

Lei lo guardò, agganciando le dita nel bavero della sua camicia. «Senza un motivo, immagino».

Sentì il calore nei suoi occhi socchiusi, nelle sue labbra leggermente aperte. E quando avvicinò la bocca, assaporò la vittoria ancora una volta. Francesca Baranski si era arresa, almeno per il momento. Poteva baciarla, scoparla, stuzzicarla. E non avrebbe sprecato neanche un secondo del loro tempo insieme.

Stava indietreggiando, e lui la seguì finché la sua schiena non toccò i mattoni freddi del palazzo. Tenendola ferma, Aiden le sollevò il mento e sedusse la sua bocca. Aveva le labbra carnose e morbidissime. Si ricordò di com'erano scivolate lungo il suo cazzo, di come si erano spalancate nella scossa del suo orgasmo. E adesso si stavano cibando di lui.

Le mani di Frankie scivolarono dal petto ai fianchi di Aiden, dentro il cappotto. Lo strinse a sé e gemette quando sentì la sua erezione.

«Quanto ti piace il gelato?», domandò, liberandosi dalle sue labbra.

«Odio il gelato».

«Casa mia è a tre isolati».

«Ho i preservativi in macchina».

«Anche io ne ho alcuni».

Gli tornarono in mente le raccomandazioni di suo padre. Regola del ragazzo ricco numero diciassette. Non usare mai i preservativi di una donna. Potrebbe cercare di incastrarti facendosi mettere incinta.

«Andiamo».

Capitolo 28

Tre isolati sembrarono durare in eterno, sentiva il clitoride pulsare di desiderio e c'era un uomo sexy che le teneva la mano e che poteva porvi rimedio in modo molto efficace. Parlavano appena, la tensione tra loro cresceva di secondo in secondo.

Ogni volta che la sfiorava, Frankie si sentiva sempre di più sull'orlo di un desiderio doloroso.

Sarebbe stato bello come alle Barbados? Meglio? Sarebbe sopravvissuta?

C'era solo un modo per scoprirlo.

Armeggiò con le chiavi della porta, il nervosismo visibile dal modo in cui le sue dita tremavano. Aiden le prese le chiavi e aprì la porta. Fu l'ultimo gesto educato che fece per il resto della notte.

Frankie lo trascinò dentro e chiuse la porta dietro di loro prima che la signora Chu potesse sporgere la testa nel corridoio e offrire loro spuntini o consigli sul sesso. Aiden si stava già spogliando del cappotto e della giacca quando Frankie fece scivolare la catena della porta.

Si unì a lui, togliendosi strati e scarpe fino a quando tra di loro non rimase il minimo essenziale.

«Vieni qui», disse, la sua voce roca scandì l'ordine.

Avrebbe potuto rallentare, farlo aspettare, sfruttare il suo vantaggio un po' più a lungo finché lui non glielo avesse strappato con quelle labbra peccaminose e il suo bellissimo cazzo che fremeva per uscire dai confini dei suoi boxer sexy, stretti. Ma non lo fece. Frankie gli si offrì subito. Aiden, doveva dargliene atto, non cedette sotto il suo peso.

La prese in braccio, sollevandola dalle natiche, e le fece sentire quanto era duro.

Lei fu grata di essersi vestita in vista della notte di sesso. Per una volta, le mutandine si abbinavano al reggiseno. Per lei il pizzo nero era già una bella conquista. Ma a quanto pareva funzionava.

Aiden continuò a baciarla portandola in camera da letto. Stavolta, la fece stendere lentamente, sovrastandola con tutto il suo corpo. Il letto di Frankie era piccolo, non il materasso enorme dove si erano divertiti alle Barbados. Ma Aiden non sembrava farci caso.

«Preservativi?», chiese con voce rotta.

Lei indicò una scatola sul comodino.

«Spero che tu li abbia messi lì pensando a me», disse seccamente.

La stupì il fatto che riusciva a scherzare nonostante il cazzo duro che premeva contro di lei.

«No, tengo sempre una scatola xxl di preservativi sul comodino».

Lui le pizzicò il culo, e lei gridò.

«Ti voglio in ogni modo possibile», confessò Aiden.

«Da qualche parte devi pur iniziare», sospirò lei, un po' rideva, un po' era pronta a soddisfarlo.

«Come mi vuoi, Aiden?». Come aveva previsto, quella domanda fece brillare i suoi bellissimi occhi azzurri di un desiderio carnale. Serrò la mascella.

«Fammi vedere», incalzò lei. Gli stava dando il permesso. L'ultima volta era stata una specie di guerra di potere. Stavolta, lei voleva vedere quali fantasie oscure si celavano dietro quel viso d'angelo.

Lui lasciò andare un gemito gutturale e la mise in posizione prona. Le tenne la testa giù afferrando una ciocca di capelli, poi fece scivolare un braccio intorno al girovita, sollevandole i fianchi per farla inginocchiare.

«Va bene così?», sussurrò.

«Ti sto lasciando campo libero. Stanotte puoi fare ciò che vuoi». Certo, lo stava sfidando. Ma se non le avesse sbattuto il cazzo dentro nei successivi dieci secondi, probabilmente sarebbe morta.

«Tutto ciò che voglio?»

«Be', non mi piacciono le threesome o la pipì addosso».

«E che ne dici di…», le fece scivolare un dito lungo la schiena e poi tra le natiche. Quando le sfiorò l'ano con la punta, Frankie tese i muscoli.

«Vediamo dove ci porta la serata», disse Frankie.

«Credo che dovremmo sposarci», scherzò Aiden.

Frankie rise con la faccia sul cuscino. «Aide, dai sul serio, se non mi penetri in questo preciso istante, ti butto fuori e vado a prendermi il dolce da sola».

«Non possiamo permetterlo, vero?». E poi le mise quelle dita magiche tra le gambe.

«Oddio, sì». Il gemito di Frankie era attutito quando le fece scivolare le mutandine lungo le cosce. E poi rimase ammutolita per lo shock e il piacere quando finalmente le infilò due dita nella fica stretta, bagnata. Finalmente, non era più vuota. Spinse i fianchi contro di lui, voleva di più. Aiden spostò la mano destra dai capelli alla spalla di Frankie, per poi stringere il seno.

Massaggiandola con una mano e scopandola con l'altra, fece aumentare lentamente quel tormento. E Frankie continuò a gemere dentro il cuscino.

«Sei così bella, Francesca», sussurrò Aiden, coprendole la schiena di baci.

Dio, amava sentirlo curvarsi su di lei. Sentirlo spingere le dita dentro di lei e tirarle i capezzoli. *Voleva di più*. E lui era pronto a darglielo.

Frankie sentì il suo pollice stuzzicarla tra le natiche e si irrigidì.

«Ti fidi di me?».

Una domanda difficile.

Aiden avrebbe giocato sporco fino a ottenere ciò che voleva, avrebbe potuto persino rapire qualcuno come aveva fatto suo fratello. Ma si fidava del fatto che l'avrebbe fatta godere come mai prima.

«Sì, ok. Sì», disse con voce roca.

A lui non servivano rassicurazioni. Nel giro di pochi istanti, Frankie aveva ripreso a implorare mentre la penetrava con le dita in modi che lei non aveva mai provato. Quel pollice. Quelle dita portentose. La sensazione della sua erezione che spingeva contro di lei attraverso le mutande che non si era ancora tolto. Il suo respiro affannoso che sentiva contro la pelle nuda.

Una ragazza poteva resistere fino a un certo punto prima di esplodere.

Frankie urlò nel cuscino quando lui piegò le dita in modo particolarmente abile. Stava per esplodere e per far crollare tutto il palazzo.

Aiden lasciò andare un gemito basso e gutturale. «Sento che stai per venire». Si abbassò e le morse la spalla.

Bastò quella lieve fitta di dolore per farla scattare come la corda di una chitarra. Si lasciò andare e si abbandonò al suo orgasmo. Era una cosa ultraterrena. Aiden era il suo nuovo universo.

Continuando a riempirla di complimenti, spinse dita e pollice dentro di lei, che intanto tremava e sussultava di piacere. Aiden dirigeva il suo corpo come un direttore d'orchestra.

Sentì la sua erezione dietro di lei, pronunciò una supplica tra i gemiti quando lui si ritrasse. E poi sentì il rumore dell'incarto.

Lui le si strusciò addosso, preparandosi, e Frankie allargò

un po' di più le gambe, come un invito. Aiden appoggiò la punta del cazzo contro di lei, la prese per i fianchi e la penetrò.

Frankie accolse volentieri quell'invasione. I versi che salivano dalla gola di Aiden la facevano impazzire.

Frankie si sollevò, inarcando la schiena.

Lui le prese i capelli e li usò per tenerla ferma mentre iniziava a penetrarla con spinte lente, misurate. Era così felice di non aver insistito per il gelato.

Con l'altra mano, intanto, Aiden continuava ad accarezzarla e stringerla come se volesse esplorare ogni millimetro del suo corpo. Poi Aiden le lasciò i capelli e, quando la prese per i fianchi, lei li spostò su una spalla e si girò a guardarlo. Sembrava un dio perso nelle spire della passione. Aveva la mascella serrata. I nervi del collo tesi per lo sforzo. Gli occhi socchiusi.

«Adoro quando mi guardi così», disse a denti stretti.

«Così come?»

«Come se fossi al centro del tuo mondo».

Quella connessione, occhi negli occhi, li teneva prigionieri. Lui aumentò il ritmo in modo quasi impercettibile, poi accelerò, sempre più veloce. Le sue spinte erano così veloci da spingerla in avanti, finché non si ritrovò distesa sulla pancia, con tutto il peso di lui sulla schiena.

«Aiden!», gridò il suo nome. Era spaventata dalla sensazione che sentiva crescere dentro di sé.

Lui le sussurrò qualcosa all'orecchio, perso nel suo ritmo. *Prendilo tutto*, le diceva il suo corpo. E Frankie era ben felice di obbedire. La spingeva contro il materasso, senza concederle spazio per muoversi. Poteva solo accettare il piacere che lui era pronto a darle.

Aiden fece scivolare la mano tra le sue gambe, toccandola proprio nel punto in cui voleva. «Sto venendo, e voglio che vieni con me», le disse.

Si spinse dentro di lei – una volta poi due – e, alla terza spinta, rimase fermo urlando vittoriosamente. Lei lo assecondò, stringendo i muscoli intorno a lui mentre il suo corpo precipitava a caduta libera. «Cazzo. Francesca. Tesoro», le ringhiò all'orecchio.

E Frankie venne ancora più forte. Il suo cazzo pulsava dentro di lei, sentiva il respiro affannoso sul collo, tutto il suo peso addosso. Stringeva le lenzuola, con le nocche bianche anche quando le ondate di piacere iniziarono a placarsi.

La scopò finché lei non smise di vibrare sotto di lui, e poi le crollò addosso.

«Lo so che ti sto schiacciando», disse. «Ma al momento non ho alcuna intenzione di spostarmi».

«Va bene. Ho raggiunto tutti i miei obiettivi sessuali. Mi sta bene morire così», Francesca mormorò contro il cuscino. «Mia madre sarebbe fiera di me».

«A proposito...».

«Aiden, sei ancora dentro di me. Non mi pare il caso».

Lui rise sommessamente contro il suo collo. «Sono ancora invitato al pranzo di domenica?».

Capitolo 29

Frankie non aveva proprio previsto di farlo dormire lì. Ma rilassarsi a letto, con accanto Aiden nudo stretto a lei, era troppo bello per dire basta. E poi, il calore che emanava da quel corpo ridicolmente perfetto era più che sufficiente per tenerla al caldo nel suo appartamento gelido. Le finestre erano difettose, e la caldaia del palazzo era agli sgoccioli da anni. Ma l'affitto era abbordabile, e poi la casa era vicina a quella dei suoi genitori.

Così si vestiva a strati e metteva coperte su coperte sul letto. Lo stesso letto che Aiden aveva dominato con la sua stazza, durante la notte. Il letto di cui, da persona educata, non si era neanche lamentato nonostante il materasso floscio e le molle cadenti. Li avrebbe rimpiazzati una volta pagato il master. Certo. Aveva ottenuto dei prestiti studenteschi, ma perlopiù si era fatta carico di quella spesa da sola, pagando la retta di tasca sua più che poteva.

Frankie fece capolino dal bagno e lavandosi i denti studiò i danni lasciati da una notte di sesso selvaggio. Le lenzuola erano appallottolate sul pavimento, e a un certo punto qualcuno doveva aver urtato il comodino col piede o col braccio. Le serviva decisamente una lampada nuova.

Ne era valsa la pena.

Prima di andare via a un orario infame, le cinque, la baciò sulla fronte. Aveva delle riunioni quella mattina e doveva tornare a casa per farsi la doccia e cambiarsi.

Lei, dal canto suo, era rimasta a poltrire a letto per altre due ore tra le lenzuola che profumavano di lui, fino al suono della sveglia.

Si era fatta la doccia, senza fretta, poi aveva deciso di concedersi un caffè – di quelli costosi – al bar hipster, andando al lavoro.

«Buongiorno», disse Frankie, superando leggera la porta a vetri dell'ufficio. Brenda, receptionist e in parte proprietaria del Brooklyn Heights Small Business Development Center, tremò allo spiffero di aria gelida che Frankie si portava dietro e si rannicchiò più vicina allo scaldino sotto alla scrivania.

Era uno spazio accogliente, anche se non proprio chic. Solo l'anno prima Frankie era arrivata una domenica mattina per aiutare Brenda e suo marito a ridipingere i muri grigi di un bianco vivace, pulito. Li avevano decorati con delle opere d'arte di artisti del posto. Dipinti che rappresentavano negozi, schizzi dello skyline e delle strade. Brenda aveva aggiunto una ricca selezione di piante per dare un tocco di colore e per il "filtraggio dell'aria".

«Bella, tu morirai congelata mentre vieni al lavoro», la rimproverò Brenda.

Frankie rise e si tolse la sciarpa di lana, appendendola all'attaccapanni.

Dopo quella notte, sentiva di avere calore a sufficienza per affrontare i sei isolati a piedi, dopo averne fatto scorta grazie ad Aiden.

«Mi *piace* venire a piedi. Perché nel tragitto posso fare questo». Passò a Brenda il tè verde che le aveva preso.

La donna agitò le dita e le allungò verso la tazza. «Dammi qua! Dimentica quello che ho detto. Cammina pure quanto ti pare. Chi se ne frega dei geloni se mi porti il tè?»

«Com'è andata con le piccole scout ieri?», chiese Frankie, togliendosi il cappotto e lasciando la borsa sulla scrivania.

Brenda era stata chiamata a fare da babysitter al gruppo scout di sua nipote Daisy, perché il capo scout – cioè sua figlia – aveva dei posti in prima fila per il concerto di Bon Jovi.

«Quando se ne sono andate ho bevuto mezza bottiglia di vino. Tredici settenni». Brenda scrollò la testa e poi si tastò i capelli per assicurarsi che fossero rimasti al loro posto. Portava i capelli scuri legati in decine di treccine arrotolate in uno chignon all'altezza della nuca. «Sembra che sia scoppiata una bomba di brillantini sul tavolo in sala da pranzo».

«Te l'avevo detto di non fare lavoretti con cose scintillanti o appiccicose».

«Ho imparato la lezione», sospirò Brenda. «E tu? Che mi dici del tuo misterioso appuntamento?».

Frankie si era tenuta sul vago, e Brenda era subito scattata sull'attenti.

«Ehm, è andata… bene».

«Mmm».

Frankie sentì le guance arrossire. Quel giorno indossava un lupetto per coprire il livido tra collo e spalla nel punto in cui Aiden si era dato fin troppo da fare con la bocca. *La volta successiva avrebbe dovuto stabilire una regola chiara: niente segni visibili.*

E il pensiero di una prossima volta? Ora sì che le sue guance erano in fiamme.

«Ehi, stai diventando di un colore acceso che mi insospettisce parecchio».

«Ho cenato con… il ragazzo che… il mio ragazzo?». Tecnicamente lo era. O no? Sarebbe stato una specie di scioglilingua dire *il ragazzo con cui mi sto vedendo e temporaneamente godendo nudo*.

«Ragazzo?», Brenda drizzò le antenne. Tolse il tappo al suo tè verde e ci soffiò sopra. «Dettagli, prego».

«Non dobbiamo prepararci per il workshop sui social?», chiese Frankie speranzosa. Tirò fuori il computer dalla borsa e lo accese.

«Quello che hai ripetuto ogni mese nell'ultimo anno? Credo che ormai siamo diventate delle esperte. Sputa il rospo».

Cosa poteva dire per non dare l'idea di essere impazzita completamente? *Io e il mio ragazzo faremo sesso finché lui non si stuferà e passerà oltre. Ma va bene così perché mi ha promesso mille orgasmi e tutto quello che voglio.* No. Non avrebbe funzionato.

«Si chiama Aiden, ci siamo conosciuti al matrimonio».

«Dev'essere uno di quelli con la puzza sotto il naso, allora».

«Non so di preciso cosa faccia», precisò Frankie con aria evasiva. Non era proprio una bugia. I cuscini del divano di Aiden valevano più di tutti i suoi risparmi, ma comunque non le era chiarissimo cosa facesse per guadagnare tutti quei soldi.

«Non è da te. In genere hai un dossier di tutti i candidati papabili prima ancora di accettare un primo appuntamento», commentò Brenda.

«Ci lavorerò», promise Frankie.

«Ce l'ha un cognome?»

«Kilbourn. Aiden Kilbourn». Guai in vista.

Brenda si infilò un dito nell'orecchio, poco sopra le file ordinate di cerchi dorati che portava al lobo. «Scusa. A queste vecchie orecchie è sembrato di sentire il nome di Aiden Kilbourn».

«Ne hai sentito parlare?», chiese Frankie con fare innocente. Ovvio che ne aveva sentito parlare. In città tutti conoscevano i Kilbourn e il loro dominio su Manhattan.

Brenda si fiondò alla scrivania, le sue unghie ticchettavano sulla tastiera. Scuoteva la testa e borbottava qualcosa. Frankie si infilò nella minuscola cucina e sistemò il pranzo in frigo.

«Buongiorno, Raul», disse affacciandosi alla porta aperta.

Raul era un uomo dalla statura piccola e dal cuore grande. Si vestiva sempre di tutto punto con pullover sgargianti e occhiali da nerd. I capelli andavano ingrigendo. Raul trovava sempre il tempo per chiunque si presentasse sulla sua soglia e si considerava un appassionato di bottiglie di vino da meno di venti dollari.

«Giorno, Frankie. Pronta per il workshop?»

«Tutto pronto. Abbiamo dieci iscritti, quindi forse se ne presenteranno otto».

Una delle specialità di Frankie era insegnare il social media marketing ai proprietari di piccole attività o ai dipendenti incaricati di curare pagine Facebook o Instagram. Era lei a gestire il profilo della gastronomia dei suoi, dato che il padre si era accanitamente rifiutato di imparare ad accendere un computer. Sua madre era rapida con l'iPad ma non aveva alcuna voglia di "spifferare tutto quello che faceva" durante la giornata.

Ma così Frankie aveva una panoramica di quello che succedeva nella testa di un piccolo imprenditore. Era solo una delle aree di cui si occupava. Di gran lunga più divertente che insegnare a scrivere richieste di sovvenzionamenti e impartire tutorial sui software per la contabilità. Chi si rivolgeva alla sua agenzia di solito non poteva permettersi un commercialista costoso, e neanche si sarebbero fidati. Le piccole imprese erano molto diverse dalle grandi aziende, proprio come Frankie e Aiden.

Tornò alla scrivania e trovò una fila di fogli appena stampati.

Brenda aveva già iniziato a fare il dossier per lei.

Avrebbe voluto ignorarli, ma un titolo di giornale catturò la sua attenzione. E poi la foto di Aiden e di un altro tizio a un'asta di beneficenza. Lesse rapidamente la didascalia e cadde subito nella trappola. Aiden era il direttore operativo della Kilbourn Holdings, una mega società specializzata in fusioni e acquisizioni, nonché in finanza aziendale. E Aiden, per conto suo, si dilettava anche col mondo immobiliare. Era proprietario di alcuni edifici. A Manhattan.

E giocava anche a polo, ma solo a scopi benefici. *Neanche a dirlo.*

Passò a osservare un'altra foto, un gruppo di persone immortalate a un evento di gala. Assomigliava a sua madre, una delle donne che teneva sottobraccio il padre di Aiden. Gli stessi capelli spessi e scuri, lo stesso naso patrizio. Zigomi spettacolari. I capelli ramati di suo padre iniziavano a ingrigire. Una bella famiglia, pensò. I genitori di Aiden avevano divorziato anni prima. Ma bazzicavano ancora gli stessi ambienti.

Nella foto c'erano anche la matrigna di Aiden e quella carogna di Elliot. Le donne indossavano abiti pazzeschi, gli uomini smoking che portavano come se fossero nati per farlo.

Frankie fu sollevata dalla sua decisione di non intromettersi troppo nella vita di Aiden. Niente belle statuine. Aveva curato il catering di diversi eventi e ormai sapeva come funzionava tutta quella faccenda della donna trofeo. Stai ferma lì, sii bellissima ma tieni la bocca chiusa. Bevi, ma non troppo. Non mangiare nulla che scricchiola o si sbriciola o rischia di rovinarti il rossetto. Sorridi ma non troppo.

Bleah!

Non avrebbe mai accettato una vita in cui fare da accompagnatrice ogni martedì sera.

Controllò l'orario. Mancava ancora un'ora all'inizio del corso. Al secondo piano c'era una sala conferenze che di solito ospitava seminari di formazione. Frankie stava lavorando a un ciclo di lezioni online per quei piccoli imprenditori troppo impegnati per poter frequentare in presenza. Ma andava a rilento tra la tesi del master e il catering. Le mancava solo qualche lavoro già preso per rimettersi in pari con la carta di credito. E ancora pochi mesi per stringere tra le mani il suo diploma di master.

E poi?

Non lo sapeva nemmeno lei. Le sarebbe piaciuto rimanere lì, lavorare per Brenda e Raul. Erano il cuore della comunità di imprenditori di Brooklyn Heights. Ma il budget a loro disposizione era già striminzito. Se avessero perso anche solo una sovvenzione, avrebbero dovuto operare dei tagli e, purtroppo per lei, Frankie sarebbe stata la prima. Ecco perché ci teneva tanto a quei corsi online.

Avrebbe trovato qualcosa che la entusiasmava, che la spronava. E finalmente, a piccoli passi, sarebbe riuscita ad allontanarsi dall'esistenza scandita dalle buste paga.

Il campanello interruppe bruscamente quel sogno a occhi aperti. Era un corriere che trasportava una grossa scatola nera. «Sto cercando la signora Baranski», disse, togliendosi un auricolare.

Brenda puntò il dito verso Francesca. «L'hai trovata».

«Bene». Si avvicinò a grandi passi e lasciò la scatola sulla sua scrivania.

«Mi serve solo una firma». Tirò fuori un tablet e Frankie firmò col dito.

«Chi lo manda?»

«Il pezzo grosso alla Kilbourn Holdings. Ci vediamo», disse, accennando un saluto prima di dileguarsi.

Frankie rimase a fissare lo scatolone, aveva quasi paura ad aprirlo. Come aveva fatto a trovare il tempo di mandarle qualcosa nelle poche ore trascorse da quando si erano risvegliati nudi e avvinghiati? Nemmeno Amazon Prime era così veloce. *Oddio. Non erano mica sex toys?*

Brenda si avvicinò alla scrivania. «Muoviti. Non sto nella pelle».

Sarebbe morta di vergogna se si fosse trattato di una selezione di vibratori. Ma se non avesse aperto quel pacco, non si sarebbe mai liberata di Brenda. Con attenzione, Frankie sollevò il coperchio e sbirciò dentro.

«Allora?».

Frankie lasciò cadere il coperchio e tolse i delicati strati di carta velina. *Davvero, chi mai scartava un regalo come prima cosa al mattino?*

«Oohh», esclamò Brenda quando Frankie tirò fuori il cappotto. Era nero come il suo, ma le somiglianze si limitavano al colore.

Era di lana, e forse di cashmere? Con una morbida imbottitura a quadri.

«Quant'è morbido!», mormorò.

«Provalo», le ordinò Breda. «Porca troia. È di Burberry».

Brenda le infilò subito il cappotto. Era una favola. Ne accarezzò il tessuto. Il cappotto si stringeva un po' sui fianchi e le arrivava a metà coscia.

Brenda annuì in segno di approvazione. «Stai benissimo».

«Non ti permettere di cercare il prezzo», l'avvertì Frankie. Non era un cappotto da cento dollari di un grande magazzino.

Brenda infilò le mani nelle tasche.

«Che fai?»

«Vedo se ha riempito le tasche di diamanti».

Frankie scoppiò a ridere. Si sentiva stordita. Doveva accettarlo come un regalo? Come avrebbe fatto a ricambiare?

«Ah!». Brenda tirò fuori la mano con aria trionfante. «Niente diamanti, ma ho trovato questi».

Stringeva un paio di guanti lucenti.

Ovviamente erano di pelle imbottita di cashmere.

«Guarda! C'è anche un biglietto».

Frankie tirò fuori la busta nascosta dalla carta velina prima che Brenda potesse afferrarla.

Per tenerti al caldo quando non ci sono.
A.

Porca. Troia.

«Che dice? Che dice?». Brenda ballava spostandosi da un piede all'altro. Frankie si schiarì la voce. «Dice solo: "Per tenerti al caldo"».

Brenda strillò. «Ma è così eccitante! La nostra Frankie si è trovata un miliardario».

Raul fece capolino dal suo ufficio. «Come va la preparazione del workshop?», domandò, guardandole con sospetto.

«Benissimo», rispose Brenda dolcemente. «Grazie per averlo chiesto!».

«Sarà meglio che vada», disse Frankie, togliendosi il cappotto controvoglia.

«Tu vai pure. Io rimango qui ancora qualche minuto ad accarezzare il tuo cappotto».

Frankie mise giù il caffè e poi imboccò le scale strette che portavano al secondo piano. In sala conferenze, accese il termostato e dispose quaderni e penne. E poi si lasciò cadere su una delle sedie. Tirò fuori il telefono.

Frankie: Dove lo hai preso un cappotto Burberry prima delle nove di mattina, di martedì?

Aiden rispose subito, capì che si aspettava quel messaggio.

Aiden: Prego. Te l'ho detto. Tutto quello che vuoi.

Peccato che lei non lo avesse chiesto. Regali del genere? Un cappotto che costava forse più di mille dollari. Non aveva alcuna possibilità di poter competere con lui su quel piano del rapporto.

Aiden: Ti piace?

Non lo aveva ringraziato, questo faceva di lei una maleducata oltre che una poveraccia. Dovevano parlare di quell'aspetto. Del fatto che non si sentiva a suo agio nei panni della beneficiaria delle sue ricchezze. Ma per il momento, un po' di gratitudine era il minimo.

Frankie: È stupendo! Vorrei dire che non posso accettarlo. Ma credo che il mio capo abbia appena buttato il mio vecchio cappotto nell'immondizia insieme ai fondi di caffè. Grazie per aver pensato a me.

Aiden: Ho il sospetto che mi capiterà spesso.

Capitolo 30

«Porti il tuo uomo a pranzo domenica, vero?». La mamma di Frankie l'aveva beccata tra lavoro e lezione la sera dell'esame, garantendole così livelli altissimi di stress.

«Ma! Ha quarant'anni. Facciamo sesso, mica andiamo al ballo della scuola!».

«Ancora meglio. Avrà voglia di sistemarsi e regalare a sua suocera almeno cinque o sei nipoti».

«Torturi così anche Marco e Rachel? Aspettano già un bambino», commentò.

«Se quella spocchiosa di mia sorella mi ripete per l'ennesima volta quanto è sveglio il piccolo Nicky o che non vede l'ora di portare il piccolo Sebastian al parco, la brucio viva».

May Baranski aveva questa tendenza a esagerare.

«Non so se potrà venire, Ma», sospirò Frankie, correndo sulla scalinata d'ingresso del palazzo. Era l'unica lezione che doveva seguire in presenza. Il resto era tutto online, grazie a Dio. Quindi una volta alla settimana doveva trascinare il culo in centro per il corso di Responsabilità sociale d'impresa.

Imboccò le scale.

«Be', se non glielo chiedi non lo saprai mai».

«Ok, glielo chiederò».

«Bene. Ci vediamo domenica, con tutti e due». Sua madre riattaccò, e Frankie maledisse la famiglia e le sue complicazioni.

Era in anticipo di cinque minuti. E anziché ripassare gli appunti, aprì i messaggi.

Aiden: In bocca al lupo.

Come aveva fatto a ricordarsi dell'esame? Con la sua agenda così fitta, il fatto che avesse tenuto conto di quei dettagli marginali la turbava e la rallegrava al tempo stesso.

Frankie: Grazie. Adesso servirà a te il mio augurio. Sei stato convocato per il pranzo domenicale dei Baranski. Puoi dire di no. Ci sarà chiasso e si sta stretti. Urlano un sacco. Posso dire che sei occupato a comprare una nazione o cose del genere.

Non rispose subito, e Frankie silenziò il telefono e lo ripose in borsa. Sarebbe stato meglio se non ci fosse andato. Era un errore portarlo dai suoi. Sua madre avrebbe iniziato a costruire castelli in aria, e "finalmente" a pianificare il "matrimonio della sua unica figlia". E alla fine, quando lei e Aiden avessero preso strade diverse, May sarebbe stata distrutta più di loro. E poi, non voleva complicare le cose. E quella, in genere, era una specialità delle famiglie.

Stavano riuscendo a non complicare le cose. Quel martedì avevano cenato e fatto sesso (fenomenale) e da allora si erano scritti qualche messaggio. In pratica era una scopata rimediata su Tinder, se si escludevano il cappotto e i guanti, che amava così tanto che li avrebbe indossati per guardare la televisione in quella ghiacciaia che era il suo appartamento.

Fin lì, era tutto gestibile.

Il professor Neblanski si presentò in classe con un caffellatte stretto tra le mani, e lasciò cadere la valigetta sulla cattedra. «Bene, vediamo di sbrigarci».

Frankie odiava ammetterlo, ma un po' le era dispiaciuto non aver visto Aiden quel venerdì o sabato. Per il venerdì sera aveva già in programma di uscire con le amiche, avevano provato un nuovo wine bar a Clinton Hill. Mentre il sabato Aiden lo aveva passato metà in ufficio e metà a destreggiarsi tra le sue responsabilità da ricco. Aveva partecipato a una raccolta fondi e a una cena con alcuni clienti. In quel momento, Frankie era rannicchiata sul divano con Netflix in sottofondo e una bozza della sua tesi sul computer, ma in realtà stava pensando ad Aiden.

Avevano compensato la lontananza fisica con i messaggi. Frankie scoprì con gioia che Aiden era divertente.

Aiden: Uno dei commensali ha appena detto di aver un grosso affare tra le mani. Secondo te come dovrei rispondere? (A dirla tutta: questo cliente possiede diverse segherie).

Aiden: Sarei passato da te a farti una sorpresa, ma non frequento Brooklyn.

Aiden: Da quando ho mangiato quel panino di tuo fratello, tutti quelli che ho assaggiato mi hanno deluso.

E poi c'era il messaggio di quella sera.

Aiden: Mi sto preparando per il pranzo di domani. Cosa posso fare perché tua madre si distragga da Gio e dalla neo vedova? Dovremmo dirle che stiamo per adottare un bambino o che qualcuno ha diffuso un nostro video porno?

Frankie rise di gusto. Digitò subito la sua risposta.

Frankie: Quand'è stata l'ultima volta che hai conosciuto i genitori di una ragazza?

Aiden: Li conosco quasi tutti.

A Frankie non piaceva troppo quella notizia. Di certo non la faceva sentire speciale.

Aiden: Però, dopo aver sentito parlare di tua madre, sento forte la pressione. Come faccio a conquistarla? Chiedo per un amico.

Frankie rise ancora. Stava per rispondergli ma poi decise di mettere da parte gli indugi e di chiamarlo.

«Francesca». Aveva una voce allegra e seducente al tempo stesso.

Si sentiva come una ragazzina al telefono con la sua cotta.

«Ciao», disse, chiedendosi perché lo aveva chiamato. Ora erano costretti a fare conversazione. «Davvero sei in ansia per l'incontro con mia madre? Perché dovresti. Fa paura».

«Tu sottovaluti il mio fascino», incalzò Aiden.

Frankie scoppiò a ridere. «Tu sottovaluti la follia di mia madre. Ti chiederà di matrimoni e bambini».

«E io cosa dovrei dirle?».

Frankie si abbandonò sul divano. «Be', che facciamo sesso lo sa già; anzi, crede che io sia un genio diabolico che sta cercando di incastrarti per poi convincerti a sposarmi».

Aiden rise sommessamente.

«Non sei obbligato a venire, Aide», gli ricordò. Era agitata all'idea che avrebbe conosciuto i suoi, più di quanto lo era stata con i suoi fidanzati ufficiali dai tempi del liceo.

«Ma a me va».

«Non capisco perché. Sono dei casinisti, chiassosi e impiccioni, e di sicuro andrai via col mal di testa e forse anche con una sbronza e un'indigestione. Mia madre non farà che riempirti il piatto mentre mio padre ti riempirà il bicchiere».

«Vuoi dissuadermi? Perché il pensiero di alcol e cibo a non finire ha l'effetto opposto».

«Ma non sarà quello a cui sei abituato».

«Francesca, solo perché faccio un'esperienza per la prima volta non vuol dire che non mi piacerà. Ma se preferisci che non venga, dillo. Tutto quello che vuoi».

Fece una pausa, si morse il labbro. «Vieni. Vieni a conoscere la mia famiglia di matti».

«Ci sarò. E poi, qualcuno dovrà pur salvare Gio dalla vedova».

«Sei stranamente fedele a mio fratello».

«Quell'uomo mi ha fatto un panino che ancora popola le mie fantasie».

«Aspetta che sia io a prepararti un panino. Ti dimenticherai di Gio e della sua lattuga avvizzita e del pane molliccio».

«Anche tu sei un'artista dei panini? Ma c'è qualcosa che non sai fare?».

Era una critica alle sue umili origini? Preparatrice di panini e servizio catering?

«Be', se tu non fossi così impegnato a fare soldi, potresti imparare a farti un panino decente da solo», disse spensierata.

«Com'è andata la settimana?», le chiese, cambiando argomento di colpo.

«Be', è andata… bene».

«Che hai fatto?»

«Perché?». Frankie scoppiò a ridere.

«Mi interessi», disse senza mezzi termini. «Raccontami. Com'è andato l'esame?».

Lei raccontò e lui rimase ad ascoltarla. Non riusciva a inquadrarlo. Il suo era un approccio da relazione vera e propria. E lei non poteva permetterselo. Abituarsi a quelle telefonate notturne con un Aiden Kilbourn dalla voce suadente? E cosa avrebbe fatto quando non ci fossero state più telefonate?

Non faceva che pensarci e ripensarci. Anche se le piacevano le chiacchiere, le risate, l'interesse.

Capitolo 31

Frankie guardò fuori dalla finestra di casa dei suoi per la nona volta in due minuti.

«Qualcuno aspetta il suo ragazzo», canticchiò suo fratello Marco in un falsetto irritante.

«Chiudi il becco, Marco», sbottò sua moglie, nonché neo migliore amica di Frankie, Rachel.

«Tesoro, non gridare. Il dottore dice che non fa bene al bambino», disse Marco, massaggiandole la pancia rotonda.

«Ah, fermo lì, bello. Tu perché non la smetti di farti urlare addosso?». Rachel andava d'accordo con suo fratello in tutto e per tutto… compreso il volume della voce.

«Smettetela di urlare tutti e due, così posso sentire Drew». Il padre di Frankie era un uomo basso e tarchiato il cui posto preferito era la poltrona reclinabile col volume della televisione al massimo. Durante la settimana, registrava le puntate di *Ok, il prezzo è giusto* e poi le guardava tutte insieme la domenica. «E che cavolo, due dollari? Che problemi hai, donna, non vai mai a fare la spesa?», gridò disgustato alla tv.

«Ma! Quando si mangia?», gridò Gio dalla cucina dove probabilmente stava già sgraffignando qualche snack.

«Quando arriva il ragazzo di Frankie! Giù le mani dall'arrosto!». May Baranski aveva il dono della preveggenza su quello che succedeva tra le lenzuola dei suoi figli e nella sua cucina. La prima volta che Frankie aveva fatto entrare un ragazzo di nascosto in camera sua, May aveva improvvisamente sentito il bisogno impellente di "prendere in prestito" un maglione della figlia e aveva spaventato a morte il ragazzo nascosto nell'armadio.

«È lui?». May si lanciò sul divano di fronte alla finestra e sbirciò.

La famiglia di Frankie non andava in chiesa, ma era comunque una sostenitrice del vestito buono della domenica e indossava il suo miglior pantalone con la vita elasticizzata e un golfino comprati da JC Penney nel 1989.

La macchina che si era fermata valeva più della casa in cui abitavano. Doveva essere lui. Il telefono di Frankie squillò e Frankie si fiondò a prenderlo.

Aiden: Sono qui. Posso entrare?

«È lui?». May chiedeva insistentemente dal divano per guardare meglio. Seguiva lezioni di acquagym tre volte a settimana alla YMCA ed era più in forma di quasi tutti loro messi insieme.

Frankie: Ti vengo incontro così ti accompagno. Hai portato anche la scorta? Mia madre sta sfondando il divano nel tentativo di guardarti meglio. Non sono certa di riuscire a fermarla.

Frankie lasciò cadere il telefono sul tavolino e si fiondò fuori e lungo la scalinata d'ingresso. Aiden scese dalla macchina, bello che se lo sarebbe mangiato, in pantaloni grigi e maglione borgogna. Sua madre si sarebbe convinta che si era messo in tiro per loro e gli avrebbe dato cinque punti in più. Frankie non voleva ammetterlo, ma si era cambiata due volte, aveva di nuovo indossato reggiseno e mutandine coordinati, e si era truccata come nei giorni di lavoro.

Gli andò incontro sul vialetto d'ingresso che conduceva alla casa, ma si fermò di colpo. Ogni singolo membro della famiglia, escluso suo padre, stava appiccicato alla finestra. Avrebbe voluto baciarlo, ma non voleva dare spettacolo.

Percependo la sua esitazione, Aiden le sorrise. «Se mi stringi la mano, parleranno ancora di più».

«Mi porto avanti e mi scuso sin da ora. Perché è stato un grosso errore, e mi dispiace averti coinvolto».

«Rilassati, Francesca. È solo un pranzo, mica stiamo andando in guerra».

Lei sbuffò. «E tu che ne sai. In questo quartiere, è praticamente la stessa cosa».

«Ora ti bacio», la avvertì. «E poi entreremo e pranzeremo. E dopo ti porterò a casa e ti scoperò».

Si sentì fremere quando fece per toccarla.

«D'accordo. Ma niente lingua. Sai che mi cascano le mutande quando lo fai».

Le sorrideva con gusto, qualcosa di simile alla gioia. La baciò in modo molto pudico e poi si ritrasse.

«Andava bene?»

«L'effetto è lo stesso. Saltiamo in macchina e andiamo via, e passiamo direttamente al sesso», suggerì.

«Dopo», promise. «Prima abbiamo qualcosa di cui occuparci». Tirò fuori un mazzo di fiori e del vino.

«Gesù, Aide. Non avrai mica portato una bottiglia da mille dollari, vero?». Frankie era sconvolta. Neanche i fiori erano di quelli che compri su due piedi al supermercato. Gigli bianchi e foglie di agrifoglio di un verde acceso. *Ah. Sua madre li avrebbe adorati.*

«Rilassati. L'ho comprata in un negozio a un prezzo ragionevole».

«Mi auguro sotto i cento dollari».

«Se ti dico di sì, mi fai entrare in casa per favore?».

Frankie sospirò e raddrizzò le spalle. «Ricorda, ti ho dato l'occasione di scappare».

Gli fece strada, superando la controporta arrugginita che colpì Aiden sul culo quando lei si fermò di colpo perché ogni membro della sua famiglia si era riunito sulle dodici piastrelle in ardesia che fungevano da ingresso. Dio, perché non aveva notato i batuffoli di polvere sul battiscopa?

«Ah, bene. Siete tutti qui appostati come avvoltoi. Vi presento Aiden. Aiden, la mia famiglia».

«Aiden, è un vero piacere conoscerti», tubò la mamma di Frankie come se avesse appena conosciuto una star del cinema.

Suo padre borbottò e si girò dando le spalle al presentatore Drew Carey, il suo modo per dire "piacere di conoscerti".

«Ehi, piacere di conoscerti, amico», disse Marco, tendendogli la mano.

«Lei è la mia ragazza, Rach».

«In realtà sono sua moglie e futura madre di suo figlio», disse Rachel indicandosi la pancia.

Aiden strinse tutte le mani e li salutò più calorosamente di quanto Frankie ritenesse necessario.

«Ehi, felice di rivederti, Aide», disse Gio, stringendolo in uno di quegli abbracci amichevoli a un solo braccio.

«Rivederti?». Come volevasi dimostrare, May non si lasciò sfuggire quelle parole. «Vi conoscete».

«Sì», Gio si strinse nelle spalle. «Era a casa di Frankie la settimana scorsa».

«E non hai detto niente?». La voce di May stava raggiungendo le solite frequenze ultrasoniche. Diede uno schiaffetto a Gio sulla testa.

«Ahia! Ma! Ti ho mandato una foto di loro due!».

«Me ne ero dimenticata! Scusa!». Lo colpì di nuovo.

Aiden li fissava, e Frankie sperava che fosse divertito. Sua madre aveva già dato spettacolo.

«Per favore, per l'amor del cielo, possiamo comportarci da persone normali solo per un pomeriggio?», strillò Frankie. Si rivolse ad Aiden. «Vorrei poterti dire che di solito non fanno così. Ma questa è pur sempre la famiglia che è stata bandita da un ristorante su Atlantic Avenue».

Aiden le strinse la spalla e si avvicinò. «Signora Baranski, grazie per avermi invitato a unirmi a voi». Brandì fiori e vino come fossero uno scudo che avrebbe tenuto a bada quella minuta donna italiana.

«Oddio! Che gentiluomo», sospirò May tutta contenta. «Molto gentile. Voi due perché non portate mai dei fiori a vostra madre?», chiese, mentre ammirava i gigli e nel frattempo scatenava sensi di colpa nei suoi figli.

Gio e Marco balbettarono delle scuse che costarono uno scappellotto a tutti e due.

«Signor Baranski», disse Aiden. «Gio ha portato dei panini a Francesca in settimana. Mi ha spiegato che venivano dalla sua gastronomia. Il miglior panino che abbia mai mangiato».

Hugo gonfiò il petto tutto orgoglioso. «Il segreto è la carne. Ho un ottimo gusto in fatto di panini. Per me sei uno a posto». E subito riprese a guardare la televisione.

Frankie alzò gli occhi al cielo. «Benvenuto nel sesto girone dell'inferno», sussurrò.

Aiden ammiccò. «Perché ancora non hai conosciuto i miei».

Capitolo 32

«Meno male che hai trovato Frankie al momento giusto», disse May versandosi un altro bicchiere di vino. «Le sue ovaie iniziano a rattrappirsi».

«Mamma!», Frankie sembrava più infastidita che sorpresa. «Ti sembra il caso di parlare delle mie ovaie? Usciamo da pochissimo tempo. Aiden potrebbe essere un clown armato di ascia».

«Ma non lo è!».

«E come lo sai?»

«Ci ha portato fiori e vino. I pagliacci non si comportano così». A quanto pareva nessuno poteva sfidare la logica di May Baranski, concluse Aiden.

«Apprezzo la sua fiducia, signora Baranski».

«Chiamami Ma».

«Mamma!». Francesca si coprì il viso con le mani, e Aiden nascose una risata dietro il bicchiere di birra.

«Già che ci sei, perché non lo nomini nel testamento?»

«Lo farò appena ti vedrò con un anello al dito», la sfidò May con una testardaggine che chiaramente aveva tramandato alla figlia.

«Quindi, Aiden. Di cosa ti occupi?», domandò Hugo la cui soglia di attenzione era salita dopo la fine di *Ok, il prezzo è giusto*.

Frankie strinse la coscia di Aiden sotto il tavolo. Voleva inviargli un messaggio silenzioso, ma purtroppo per lei, fu intercettato dal suo uccello.

Si schiarì la voce e bevve un sorso di birra. «Anche io mi occupo di un'azienda».

Quando Frankie sbuffò, Aiden le appoggiò una mano alla base del collo e lo strinse leggermente.

Per lui, un'azienda era un'azienda a prescindere dal suo numero di impiegati o di uffici. Il padre di Frankie voleva essere il boss di sé stesso e offrire un servizio alla comunità. Aiden era in grado di riconoscerlo e rispettarlo.

«Papà, Aiden è il direttore generale della Kilbourn Holdings», spiegò Frankie. Non sembrava un motivo di vanto. Sembrava quasi volesse scusarsi.

Marco commentò con un fischio. «Cavolo. Possiedi degli isolati interi in centro».

May sgranò gli occhi e afferrò il bicchiere di vino. «Francesca, vieni un attimo con me in cucina?».

Aiden e Frankie si scambiarono uno sguardo.

«Il cibo è già tutto a tavola, Ma», fece notare Frankie.

«Adesso». Il suo tono non lasciava spazio a proteste.

Aiden cominciò a sentire la leggera pulsazione del mal di testa che Frankie gli aveva pronosticato. Ci risiamo, pensò. Non c'era madre al mondo che non si entusiasmasse al pensiero di sua figlia che si accaparrava un Kilbourn.

Frankie gli strinse la coscia e seguì sua madre in cucina.

«In che cosa ti sei cacciata?», urlò May Baranski dai confini della cucina.

«Ah, Ma crede che la cucina sia insonorizzata», disse Gio.

«Mi sa che avrai voglia di un'altra birra», commentò Marco.

«Meglio che prendi un giro anche a noi», sospirò Hugo. «Scusa Aiden».

«Dite che dovrei andare a vedere?», domandò Rachel.

Marco le cinse le spalle. «Sarebbe un rischio per il piccolo, credimi».

«In cosa mi sono cacciata? Che cavolo dici, Ma?», gridò Frankie.

«Quello lì è un milionario», disse May. «Non puoi gestirlo un marito così».

«Mi dispiace dovertelo dire, Ma, ma credo sia più corretto dire "miliardario", e non sto cercando marito. È un bravo ragazzo. Stiamo bene insieme».

Mai nessuno lo aveva descritto come un bravo ragazzo.

«Hai trentaquattro anni, Francesca. Quanto vuoi ancora aspettare per sistemarti?»

«Finché non trovo quello giusto, Ma! Non siamo tutti così fortunati da trovare la nostra anima gemella al liceo». Evidentemente, anche Frankie credeva che la cucina fosse insonorizzata.

«Viene da un altro mondo! Non ti aspetterai mica che sarete alla pari nella relazione!».

«Ma! Credi che mi lascerei mai bistrattare da un uomo?»

«Non mi piace, Francesca. Nemmeno un po'. Un conto è essere amica di Pru, ma frequentare un uomo che possiede mezza Manhattan?»

«Ora esageri».

«Esagero? Io? Io non esagero mai!».

«Esagera sempre», disse Rachel, sorridendogli con fare comprensivo.

«Ehi, Aide», intervenne Gio. «Che ne pensi dei Knicks?»

«I Knicks? Credo che quest'anno possano arrivare in semifinale, se non in finale». Aiden gli fu grato per quel salvataggio.

«Io e Marco abbiamo un biglietto in più per la partita di martedì. Vuoi venire?».

Aiden cercò di ricordarsi l'ultima volta in cui qualcuno lo aveva invitato a un evento non legato agli affari. Non gli venne in mente niente.

Le urla dalla cucina raggiunsero un crescendo. «Aiden è un bravo ragazzo e non mi sposerò, Ma. Datti una calmata, cavolo».

«Non imprecare con me, Francesca Marie!».

«Sei tu quella che si comporta da pazza di fronte a un bravo ragazzo che mi piace un sacco!».

«Non mi comporto da pazza! Voglio solo assicurarmi che mia figlia non si immischi con gente al di sopra della sua portata! E se lui volesse andare a Monaco o a St. Barths? O diventare dipendente dalle droghe? Tutte le celebrità vanno in rehab, sai».

«Gesù, non ho mica tredici anni, Ma! E poi Aiden non mi causerà nessuna dipendenza dalle droghe».

«Non voglio che perdi di vista la tua istruzione per un bel faccino con le tasche gonfie di soldi».

«Mamma! È da quando avevo ventidue anni che mi parli solo di matrimonio».

«Sì, ma immaginavo un bravo ragazzo di Brooklyn che può darti una famiglia e una bella casa a tre isolati da qui. Non un riccone che ti tratterà come una specie di trofeo».

«Ah, io non sono una da trofeo?», chiese Frankie con tutto il fiato che aveva.

«Pensavo non volessi sposarlo».

«Lo sai come sono fatta! Se mi dici che non posso fare una cosa, io vorrò farla».

«Martedì va benissimo», disse Aiden.

«Fantastico», annuì Marco.

«Ci vediamo al Garden?», propose Gio.

«Per me va bene», fece Marco.

«Anche per me».

«Chi si immola per andare a prendere un altro giro di birre?», domandò Hugo.

«Oddio, ci vado io», disse Rachel, alzandosi.

«Stai attenta lì dentro, tesoro», le raccomandò Marco, che in vista della birra non era più così preoccupato per la salute del nascituro.

Rachel avanzò lungo il corridoio sorreggendosi il pancione.

«Sentiamo tutto quello che state dicendo», annunciò.
«Invece no», replicarono in coro le Baranski.
«Invece sì», risposero i Baranski dalla sala da pranzo.
«Visto che hai fatto, Ma?»
«Io? Sei tu quella che porta i miliardari a pranzo!».
«Ti sentiamo ancora», urlò Gio.
«No, invece no», incalzò May.
Ma le grida finirono, e dopo qualche parola sussurrata lungo il corridoio, Frankie, Rachel e May riemersero. Frankie e May si erano versate due calici di vino fino all'orlo.
Rachel, intanto, si destreggiava tra quattro birre che poi distribuì ai commensali.
Aiden buttò giù quello che rimaneva della sua birra e si allungò a prendere quella fresca. «L'arrosto è delizioso», esclamò.
Marco sbuffò e si strozzò.
«Siamo felici che tu sia qui con noi a gustarlo», disse May, con un sorriso dolce.
Frankie mostrò il dito medio a suo fratello.
Marco ricambiò ma si fece beccare da sua madre. May si alzò e si avvicinò disinvolta a suo figlio, e proprio quando le spalle di Marco sembrarono rilassarsi, gli assestò uno scappellotto dietro la testa.
«Comportati bene!».
«Ha cominciato Frankie!», protestò Marco. Frankie gli mostrò di nuovo il dito medio.
«Visto, Ma? Guarda!».
Frankie impugnò la forchetta e continuò a mangiare con aria innocente. «Marco, hai le allucinazioni».
May diede uno scappellotto anche a Gio tornando al suo posto.
«E io che ho fatto?»
«Ho visto che hai mosso il dito», spiegò. «La mia era un'azione preventiva».

May si accomodò cerimoniosamente. Frankie e i suoi fratelli la osservavano attentamente, e non appena abbassò gli occhi sul piatto, intorno alla tavola spuntarono tre dita medie.

«Oh, per la miseria. Quand'è che vi siete trasformati in tre idioti?», sospirò Hugo senza alzare la testa dal piatto.

«Cosa? Che hanno fatto?», intervenne May.

«Niente», risposero in coro i tre fratelli Baranski.

«Sicuro che vuoi sopportare tutto questo?», Rachel si rivolse ad Aiden dall'altra parte del tavolo. «Fai ancora in tempo a tirartene fuori».

Aiden soffocò una risata in un colpetto di tosse.

«Non spaventare il miliardario. Per Frankie è l'ultima occasione prima dell'inseminazione artificiale», scherzò Marco.

Aiden mostrò il dito medio a Marco, e tutti i commensali scoppiarono a ridere. Tranne May. Si alzò in tutta calma e gli assestò uno schiaffo sulla testa.

«Ma!». Francesca era sconvolta.

«Non me ne importa niente se è un miliardario. Niente gestacci alla mia tavola!».

Appena abbassò lo sguardo sul piatto, si alzarono sei dita medie.

Capitolo 33

Alla fine della fiera, toccò a Frankie accompagnare a casa Aiden nella sua macchina perché si era fatto qualche birra di troppo con suo padre e quegli idioti dei suoi fratelli. Da ubriaco era dolce, le fece i complimenti per la frenata per tutti gli otto isolati che li separavano dall'appartamento di lei.

Frankie infilò la chiave nella toppa e lo spinse dentro casa. Lasciò le chiavi sul ripiano della cucina e si tolse le scarpe. «Be', serata movimentata», esclamò.

«Non saprei. Ho superato il test?», chiese, sfilandosi il cappotto e appendendolo all'attaccapanni che pendeva come la Torre di Pisa.

«Quale test?», rispose Frankie, prendendo due bicchieri dal mobiletto in cucina.

«L'esame dei tuoi genitori».

Frankie scoppiò a ridere. «Mia madre ti ha dato uno schiaffone in testa. È un sigillo d'approvazione di primo livello».

«Da quello che vi siete dette in cucina, non si direbbe».

Frankie gli porse un bicchiere d'acqua e dell'ibuprofene. «Ci hai sentite, eh?». Si raggomitolò sul divano a gambe incrociate.

Aiden si abbandonò accanto a lei e fissò le pillole che aveva in mano.

«Forza. Anche a me fanno venire sempre il mal di testa», scherzò Frankie.

«Sei molto premurosa», disse Aiden, sorridendole dolcemente.

Lei si lasciò andare e gli passò le dita tra i capelli folti.

Lui si appoggiò allo schienale e chiuse gli occhi. «Che bello», mormorò.

C'era qualcosa di irresistibile nell'Aiden alticcio, vulnerabile.

«Ti importa davvero della loro opinione?», gli domandò, chiedendosi se non la stesse prendendo in giro.

«Certo che sì», rispose, inclinando la testa da un lato per studiarla. «Se sono importanti per te, lo sono anche per me».

«Per caso tu e mio padre avete bevuto bourbon di nascosto?»

«Giusto un paio di volte», rispose, non riusciva a stare dritto. «Ehi, lo sai cosa fa la gente la domenica pomeriggio?»

«Compra intere nazioni?», scherzò Frankie. La testa di Aiden le si adagiò sul petto mentre lei continuava ad accarezzargli lentamente i capelli.

«Ah. Che simpatica. No, schiaccia un pisolino, così dicono».

Lei strinse i suoi capelli in un pugno e glieli tirò fino a convincerla a guardarla. «Hai mai fatto un riposino domenicale?».

«Certo. Quando avevo tipo tre anni».

«I pisolini della domenica pomeriggio sono i migliori. E se i ricchi non possono permetterseli, allora non voglio essere ricca».

Aiden le si accoccolò accanto, la faccia premuta contro il suo seno. «Ti va di fare un pisolino con me?»

«Togliti le scarpe, Aide».

«Ok». Si sfilò i mocassini Ferragamo, che toccarono terra uno alla volta.

«Sei sempre così adorabile quando bevi?», scherzò lei, prendendo la coperta dallo schienale per coprirlo.

«Bevo troppo», mormorò. Aveva gli occhi chiusi.
«Davvero?»
«Automedicazione».
«Non ti ho mai visto ubriaco», commentò Frankie sistemandosi il cuscino dietro le spalle.
«Non mi piace quando divento sdolcinato», disse sbadigliando.
«Non sei una persona sdolcinata».
«Ehi, ti va di venire a cena con me in settimana?»
«Dove?»
«In un museo. È un ricevimento per una non profit. Mia madre fa parte del consiglio».
«Ci saranno anche i tuoi?»
«Mmm-mmm. Tutti quanti. Anche quello stronzo di Elliot».
Frankie rise sommessamente. «Mi sa che passo».
«Perché?», sembrava deluso.
«Non credo sia una buona idea, Aiden. Meglio tenere la nostra relazione… privata».
Sollevò la testa e la guardò accigliato. «Ma ho appena conosciuto i tuoi».
«Lo so. Ma è diverso. Non credo che dovrei frequentare il tuo mondo. Ok?».
Era tutto temporaneo, e lei non voleva che se ne dimenticassero. Conoscere la sua famiglia era un conto. Sua madre aveva perso la testa. Missione compiuta. Se avesse conosciuto la famiglia di Aiden, sarebbe stato come fare una dichiarazione. E lei non era quel tipo di donna.
«A me piacerebbe, invece. I tuoi mi sono piaciuti, e i miei almeno non prendono a schiaffi».
Frankie rise ancora. «Significa che piaci a mia madre».
«Anche se sono un miliardario?»
«Non ti avrebbe dato quello schiaffo se non le fossi piaciuto».

«Me lo giuri?»
«Giuro». Contro ogni buonsenso, Frankie lo baciò delicatamente sulla fronte. Aveva i capelli morbidi, setosi al tatto.
«Cosa usi sui capelli?»
«Mmm, della roba. Ora possiamo dormire?»
«Sì, ora possiamo dormire».
Le cinse i fianchi, e si spense nel giro di pochi secondi. Frankie cercava di non pensare a quanto fosse bello. Un riposino domenicale sul divano col suo ragazzo sexy. Non era reale, ma questo non lo rendeva meno bello.
Una carezza leggera la fece svegliare lentamente. Già sapeva che erano le mani di Aiden tra i suoi capelli.
«Mmm», sospirò.
«Non ricordo l'ultima volta che ho fatto un pisolino», mormorò lui.
In qualche modo, si era spostata nel sonno e ora Aiden la stava abbracciando da dietro e le accarezzava i capelli spessi, indomabili.
«Non sai cosa ti perdi», disse lei, concedendosi il lusso di una bella stiracchiata.
«Non ne ho idea», rispose Aiden, sfiorandole l'orecchio con le labbra. Lei ancheggiò contro di lui e fu ricompensata dalla sua eccezionale erezione.
«Ti svegli sempre così?».
Aiden fece scivolare la mano verso il basso per stringerle il seno.
«Quando mi sveglio accanto a te, sì».
Sembrava assonnato, ma sobrio. E c'era qualcosa di irresistibile nelle sue labbra che si muovevano sui suoi capelli, sul suo collo.
«Sicura che non vuoi ripensarci sulla cena?», le chiese, la sua mano strizzava la pelle morbida del suo seno.
«Mmm. A conoscere i tuoi? Affrontare i fotografi? A fare tappezzeria mentre tu incanti i presenti? No grazie».

Lui sospirò. Per delusione? Sollievo?

«Ma forse posso fare qualcosa per farmi perdonare», disse lei, girandosi a guardarlo e abbassando la mano tra di loro per agguantare la sua erezione.

Capitolo 34

Aiden infilò le mani guantate in tasca e osservò la folla avanzare a fatica verso il Madison Square Garden. Ancora nessuna traccia dei fratelli Baranski, e per un attimo gli venne un dubbio, si chiese se quell'invito era stato serio o meno.

A lui non succedevano certe cose. Non quando ti chiami Kilbourn. Da piccolo, non c'era festa di compleanno, bar mitzvah o matrimonio a cui non lo invitassero. Tuttavia, di solito quegli inviti comportavano anche degli obblighi. Ecco perché aveva aspettato con ansia quella partita. Gio e Marco non sembravano celare tranelli. E chissà come sarebbe stato trascorrere una serata come un ragazzo qualunque.

Frankie era rimasta simpaticamente scioccata quando le aveva detto che quella sera non se la sarebbero spassata, dato che aveva appuntamento coi suoi fratelli. Era bello tenerla sulle spine. Ultimamente, aveva come l'impressione che Francesca detenesse tutto il potere nel loro rapporto. Bidonarla quella sera gli era sembrato un passo verso un ripristino degli equilibri di potere.

«Ehi, Kilbourn!».

Sentendo il suo nome si voltò sollevato e intravide Gio e Marco che si facevano largo nella calca.

«Bello rivederti, amico», disse Gio, dandogli una pacca sulla spalla.

Si scambiarono i saluti del caso. I fratelli si erano agghindati con le maglie dei Knicks. Aiden, non sapendo quale fosse il protocollo delle uscite con i fratelli della sua ragazza, si era tenuto sul casual con jeans e maglione.

«Siamo pronti a buttarci in questo freddo che ti gela le palle?», chiese Marco, pescando i biglietti nelle tasche del cappotto.

«Che posti abbiamo?», chiese Gio, soffiandosi sulle mani e sfregando i palmi. Aiden si chiese se qualcuno dei Baranski si ricordasse mai dei guanti.

«Be', non siamo in piccionaia, ma neanche in prima fila», disse Marco, sventolando i biglietti.

Aiden tentennò un secondo prima di pescare nelle sue tasche.

«Invece sì», disse, tirando fuori i biglietti. Non voleva che sembrasse un gesto esagerato. Ma quando lo avevano invitato, si era sentito davvero contento e per una volta non c'entrava niente col mondo degli affari. A parte Chip, i suoi amici erano pochi e rari, e nei fratelli di Frankie c'era una normalità rassicurante.

«Mi prendi in giro, cazzo?». Gio gli strappò di mano i biglietti. Non capiva se volesse picchiarlo o abbracciarlo.

«In prima fila?», gridò Marco.

«Spero che non vi dispiaccia…».

«Perché dovrebbe?». Aiden si ritrovò stretto in un abbraccio maschile che lo sollevò letteralmente da terra.

«Mi sembra un sogno che diventa realtà, cazzo», disse Gio, lo sguardo ancora fisso sui biglietti. Aiden non ne era sicuro, ma gli sembrava che avesse gli occhi un po' lucidi.

Marco lo rimise a terra e diede a suo fratello una pacca sulla spalla. «Frankie se li sceglie bene, o no?»

«Diteglielo anche voi», si lasciò sfuggire Aiden.

«Ti sta dando filo da torcere?», chiese Gio con fare comprensivo.

Aiden esitò. Secondo il codice di famiglia, i fratelli di Frankie avrebbero parteggiato per lei al cento per cento.

«È fantastica», Aiden si tenne sul vago.

«Un po' difficile da inquadrare», disse Marco. «Se vuoi che duri, ti farà faticare».

«Ti farà fare gli straordinari», aggiunse Gio.

«Un bell'osso duro», disse Marco.

«Non capisco se vuole che questa relazione duri, o se sta solo aspettando che finisca».

I fratelli si scambiarono un'occhiata e una risata. «Perché non entriamo e ne parliamo davanti a un paio di birre e dei panini con la bistecca?»

«Un attimo solo», disse Gio, strappando di mano a Marco i vecchi biglietti.

«Ehi, ragazzino». Fermò un adolescente allampanato con indosso una casacca.

«Ce l'hai il biglietto?».

Il ragazzo scrollò la testa. «No, amico».

«Adesso sì». Gio gli porse i biglietti con un gesto plateale.

«Sul serio?». Il ragazzino si guardò la mano esterrefatto come se Babbo Natale in persona gli avesse appena consegnato un dono magico.

«A buon rendere», annunciò Marco allegramente. «Andiamo». Fece strada.

«Mi sento come Oprah», scherzò Gio, che chiudeva la fila.

La partita fu parecchio movimentata. I posti a bordo campo valevano il prezzo astronomico; Gio e Marco non riuscivano a smettere di darsi gomitate per la contentezza.

«La serata più bella della mia vita», esclamò Gio quando una delle ballerine dei Knicks gli mandò un bacio.

«Di sicuro nella top ten», gli fece eco Marco, mordendo la bistecca.

Insieme, incitavano i giocatori e urlavano in coro con la folla. E Aiden si sentiva parte di quell'unità. Se la sognava una serata così col suo fratellastro. Lui ed Elliot avevano poco o nulla in comune. Erano leali perché era necessario. Ma non erano uniti come i fratelli Baranski.

«Sei contento di diventare padre?», Aiden chiese a Marco.

«Cavolo, sì. Non me lo sarei mai aspettato. Ma Rachel? Mi ha migliorato la vita di mille volte. E prima non me la passavo male, eh».

«Sapete il sesso?»

«Una femminuccia», rispose tutto fiero e poi puntò un dito contro la faccia di Aiden. «Ma Rachel vuole la sorpresa, quindi non ha aperto le analisi. *E nemmeno io.* Intesi?».

Aiden sogghignò. «Il tuo segreto è al sicuro. Frankie lo sa?»

«Non ancora». Dal modo in cui lo disse, Aiden capì che tra i fratelli Baranski non dovevano esserci molti segreti.

Era una dinamica affascinante, pensò. Aveva passato tutta la vita con una famiglia che dettava decisioni, con amici di cui a stento poteva fidarsi, e centinaia di conoscenti che se lo sarebbero venduto per niente. Niente in confronto al legame condiviso da Gio e Marco.

Tra un'azione e l'altra, i due fratelli gli fecero un po' di scuola su Frankie.

«Devi capire, Frankie cerca quello che hanno i nostri genitori», disse Marco, innaffiando il resto del suo panino con della birra pagata troppo cara.

«Un'alleanza», aggiunse Gio. «Non si accontenterà di nulla di meno».

E il loro accordo si fondava proprio su quel "meno".

«E quindi come si fa a dimostrarle di essere un buon partner?»

«Prima cosa, non fare il pollo. Non darle tutto quello che chiede. Quando ti chiamerà più tardi e ti chiederà di andare da lei, dille che non puoi, e non spiegarle il perché».

«La farà impazzire, cavolo», Marco sorrideva con fare complice.

«Non è che mi date consigli sbagliati per farmi fallire, vero?», domandò Aiden sarcasticamente.

Marco si avvicinò, aveva il volto serissimo. «Con i posti che ci hai rimediato? No, amico. Non ti distoglieremo dalla retta via. Anzi, speriamo che vi sposerete e che farete otto bambini».

«Frankie è cresciuta con noi. In pratica è un ragazzo ma senza tutto l'equipaggiamento», notò Gio, riportandoli sull'argomento in questione. «Parlale come faresti con un dirigente della tua azienda. Non mostrarti superiore. Oppure ti chiuderà le palle in un barattolo di burro d'arachidi».

Marco annuì. «Sì, è una ragazza in gamba. Parlale come se fosse unica».

La folla intanto esplose su un attacco bloccato.

Gio mise la mano sulla spalla di Aiden. «Ascolta, amico. Non cazzeggiare se non vuoi qualcosa che sia per sempre. Vuoi una cosa senza impegno? Ok, fallo. Ma non entrarle in testa se la settimana prossima salterai su un'altra barca, chiaro?»

«Mi pare giusto», concordò Aiden. Non era certo di voler quel "per sempre", ma di sicuro non si sarebbe accontentato solo di un'altra settimana.

«Bene. Perché mi dispiacerebbe picchiarti a morte dopo questi posti in prima fila», intervenne Marco. «Cioè, lo farei comunque. Ma forse ci andrei giù un po' meno pesante».

«Ehi, quindi cosa si prova a potersi permettere tutto ciò che vuoi?», chiese Gio.

«Ciao, bellezza», Aiden rispose alla chiamata di Frankie, tappandosi l'altro orecchio col dito per poterla sentire nonostante tutto quel chiasso.

«Ti ho visto alla televisione con quei due tirapiedi», gli disse.

«Spero tu abbia registrato la partita».

«Certo. Ho anche fatto degli screenshot di loro che si arrampicano su di te come se fossi un albero quando c'è stato quel tiro da tre. Ti ricordi che stai frequentando un altro membro della famiglia, vero?».

Aiden sorrise.

«Chi è, Frankie?», sibilò Gio.

Aiden annuì. Marco strappò una penna a una cameriera e scrisse un appunto su un tovagliolo.

Non dirle di sì.

«Allora, dove siete?»

«In un bar a festeggiare con mezzo Madison Square Garden a quanto pare».

«Stai bevendo?».

Aveva un vago ricordo della confessione fatta prima di addormentarsi su di lei. Non sapeva se sentirsi irritato o contento per quella premura.

«Una birra durante la partita. E una qui».

«Bravo ragazzo».

Odiava il fatto che quel complimento glielo facesse diventare duro. Gli faceva venire voglia di vederla, toccarla, assaporarla.

Marco gli piazzò un altro tovagliolo davanti alla faccia.

Tieni duro!

«Vivo per servirla», disse sottovoce.

Affranti, Marco e Gio scrollarono la testa.

«Torni a Brooklyn con loro?», chiese lei con aria innocente. «Potrei aver messo una bella sottoveste di pizzo».

Stava bleffando, e lui lo sapeva. In realtà era rannicchiata sotto un mucchio di coperte in canotta e leggings.

«Non credo, ma se vuoi puoi venire in città», propose.

Pensava a lei sul suo letto, i capelli scuri sparsi sulle lenzuola bianche, le luci della città che filtravano dalle finestre. Aiden voleva che gli dicesse sì. Più di ogni altra cosa.

«Domattina devo svegliarmi presto», disse invece. «Non fate tardi».

«Ci sentiamo domani», rispose lui, sperando che cambiasse idea.

«Buonanotte Aiden».

«Buonanotte Francesca».

Capitolo 35

Aiden aprì la porta di casa e, ignorando i fiori freschi sul tavolo all'ingresso, percorse il corridoio fino in camera da letto. Lasciò portafogli e gemelli al loro posto nell'armadio. Si tolse giacca e scarpe, riponendole nei loro spazi dedicati prima di infilarsi un paio di jeans e la sua felpa di Yale preferita.

Vestiti comodi.

Era stata un'altra dura giornata di lavoro. Il consiglio aveva finalmente deciso per un candidato alla posizione di direttore finanziario che andasse bene a tutti. Tutti tranne Elliot. Aveva abbandonato la riunione in tutta fretta come un bambino in preda a una crisi di pianto. Il padre aveva ignorato quello scatto d'ira ed era passato a discutere dell'argomento successivo all'ordine del giorno.

Erano stati tutti fin troppo clementi con Elliot, ignorando la sua incapacità totale. Incapacità che Aiden sapeva gestire. Non gli piaceva, ma poteva accettarla. Ma il danno intenzionale che suo fratello stava causando alla famiglia e alla società? Quella era un'altra storia. I Kilbourn erano tante cose. Bastardi manipolatori, figli di puttana spietati, nemici competitivi. Ma non voltavano mai le spalle alla famiglia.

Aiden ne aveva parlato con suo padre dopo la riunione. Ferris lo aveva zittito con un "non ora, figliolo", e lo aveva invitato a uscire.

Nonostante tutti i soldi che faceva guadagnare alla Kilbourn Holdings, nonostante il suo valore aggiunto, suo padre lo considerava ancora un ragazzino da indirizzare.

Ma l'ansia che sentiva nello stomaco aveva a che vedere più che altro con Francesca. Lo teneva a distanza in tutto, tranne che a letto. Lo infastidiva elargire inviti solo per vedersi costantemente rifiutato. Si comportava come se non le importasse nulla della sua vita. Eppure quando erano insieme era sicuro che *anche lei* la sentiva. Quell'attrazione magnetica che li faceva orbitare l'uno verso l'altra. C'era una connessione, e anche se lei sembrava interessata ad approfondirla solo quando le infilava il cazzo dentro, per Aiden non era abbastanza.

E questo lo turbava.

Andò in salotto a passo felpato, posando lo sguardo sul decanter sopra il tavolino. Aveva preso l'abitudine di farsi un bicchiere appena rientrato in casa. E un altro mentre lavorava per un altro paio d'ore nello studio, sbrigando le ultime incombenze della giornata. E un terzo mentre leggeva o recuperava una partita.

Non beveva per ubriacarsi. Beveva per non pensare. Non era dolore quello che sentiva. Ma qualcosa di più indefinito. Insoddisfazione? Vuoto? Solitudine?

C'era da stupirsi? Pensò guardandosi intorno. Aveva assunto un designer. Quelli come lui non sceglievano il mobilio da soli. L'azienda aveva fatto un buon lavoro, riempiendo casa sua di cose che perlopiù gli piacevano, o che almeno gli erano indifferenti. Il divano in pelle era un po' troppo moderno, un po' troppo duro. Ma ci stava bene lì.

Suo padre diceva sempre che i ricchi non hanno il tempo di poltrire sul divano. Sono troppo occupati a far soldi.

La madre di Aiden non era mai stata d'accordo con quel ragionamento, e insisteva sempre perché Ferris si prendesse qualche minuto per parlare. Di solito riuscivano a strappargli cinque, dieci minuti prima che lui si alzasse dalla poltrona rivestita e tornasse al lavoro. Per suo padre esisteva solo il lavoro. Il successo dipendeva dal tempo che un uomo vi investiva e dal numero di zeri nel suo patrimonio. Una visione fredda del mondo. E Aiden era finito nella stessa trappola.

Passò un dito sulla mensola di marmo del caminetto che non accendeva mai. Nessuno si era mai seduto sulle poltrone accanto al fuoco. Il bar ben rifornito, incastonato nella libreria, serviva solo una persona.

Considerava quel posto come il suo rifugio, ma quel giorno gli sembrava un'imitazione bidimensionale di una casa, di una vita.

Spostò lo sguardo sullo scotch. Non c'era nessun incantesimo nel bicchiere di cristallo. Era solo un vizio. Odiava le debolezze, e lo imbarazzava aver bisogno di quel supporto. Aveva confessato a Frankie che credeva di bere troppo. *Perché glielo aveva detto? Perché le aveva concesso quel vantaggio?*

Si strofinò la faccia e avanzò lento verso il pianoforte che non sapeva suonare. Condividere i suoi segreti con lei non lo faceva sentire al sicuro. Non quando lei non aveva alcuna intenzione di ricambiare. Ma non riusciva a smettere di offrirle delle parti di sé. Sacrifici a una dea crudele, pensò.

Solo che lei non era crudele. Non era disinteressata. Era… prudente. E forse aveva la giusta idea di rimanere sospettosa.

Qualcuno suonò il campanello, e Aiden si accigliò. A quel piano avevano accesso pochissime persone. E sua madre lo avrebbe chiamato prima.

Andò verso la porta e vide che dall'altra parte c'era suo padre.

Ferris Kilbourn entrò spavaldo, con le mani infilate in tasca in un atteggiamento ingannevolmente rilassato. Ferris e sua moglie, la madre di Elliot, vivevano a due isolati da lì in un magnifico attico a due piani. Ma nonostante la vicinanza, andavano a trovarsi di rado.

«Che sorpresa», disse Aiden chiudendo la porta.

«Ho pensato fosse meglio parlare lontano dall'ufficio», Ferris si guardava intorno come se fosse un turista annoiato in un museo.

«Posso offrirti qualcosa da bere?».

«Macallan?»

«Subito».

Aiden gli fece strada in salotto e versò un bicchiere di whiskey. Esitò e poi ne versò un secondo. Ne porse uno al padre e poi andò a sedersi di proposito su una delle poltrone di fronte al caminetto.

Ferris si sbottonò la giacca e si accomodò sul divano, allungando le braccia sullo schienale. Aiden assomigliava alla madre, capelli scuri e occhi azzurri. Suo padre aveva i capelli rossicci di discendenza irlandese, ormai molto radi. Quelli che gli restavano erano tagliati molto corti. Era ben rasato e indossava sempre, sempre, un completo. Suo padre era quel tipo di uomo che indossa la cravatta anche la mattina di Natale. E non una di quelle stupide cravatte natalizie con Babbo Natale. Lui preferiva Hermes.

Aiden aspettò che suo padre raccogliesse i pensieri. E poi non gli piaceva la banalità dei convenevoli. Nel silenzio c'era un certo potere.

«Sto pensando di andare in pensione», annunciò Ferris senza preamboli.

«Stai pensando cosa?». Per sganciare quella bomba, suo padre doveva aver già superato la fase delle riflessioni e aver raggiunto quella della pianificazione e della messa in atto. Ma la parola "pensione" non apparteneva al suo vocabolario, in teoria.

Ferris osservò il suo bicchiere. «Ho dato la vita a questa società. Abbiamo raggiunto traguardi che tuo nonno e il tuo bisnonno non si sarebbero mai sognati».

«E ti sta bene lasciare tutto così?», chiese Aiden. Adagiò il drink ancora intatto sul tavolino in noce, e appoggiò i gomiti sulle ginocchia. Le mani penzolavano tra le gambe.

«Io e Jacqueline stiamo per divorziare», rivelò, sganciando quella seconda bomba come se fosse un commento qualsiasi sul tempo.

«Come hai detto?»

«Ho conosciuto un'altra. La relazione con la tua matrigna ha fatto il suo corso. Abbiamo già parlato con gli avvocati e lasceremo che siano loro a stabilire un accordo».

«Papà, che diavolo succede?».

Ferris sorseggiò il suo scotch e sospirò. «Forse è una crisi di mezza età, ma figliolo, non mi sono mai divertito tanto in vita mia. Credo di meritarmelo ormai».

«Sono felice per te». E forse lo era. Non ne era sicurissimo. Con la sua matrigna aveva solo un rapporto superficiale. E lei giustamente preferiva suo figlio ad Aiden. Di certo non poteva dire che gli sarebbero mancate le incessanti liste di cose da fare di cui lei blaterava in continuazione.

«Devo andare dal barbiere e poi dal dermatologo. E poi a pranzo in un certo club. E dopo al Soul Cycle. Poi c'è la riunione del consiglio. Non so dove troverò il tempo per la cena. La gente mi chiede come faccio. Non capiscono che mi sento appesa a un filo!». Sempre una martire.

«Lei si chiama Alice, e fa la stilista. Non di alta moda, ma di linee sportive e per l'outdoor. Sveglia, simpatica. Quest'estate salperemo dalla costa e navigheremo fino alle Bahamas».

Aiden prese l'appunto mentale di contattare subito i loro legali e far mettere nero su bianco un accordo prematrimoniale di ferro prima che Alice diventasse una Kilbourn. Aiden fissava l'uomo che somigliava a suo padre ma sembrava un perfetto sconosciuto. Tuttavia, come Ferris gli aveva insegnato, mostrarsi sorpresi o confusi non pagava mai. Anche di fronte alle follie di suo padre.

«Congratulazioni».

Ferris alzò il bicchiere per proporre un brindisi. «Ho costruito un impero. Credo sia giunto il momento di godere dei suoi vantaggi».

Crisi di mezza età? O forse un tumore al cervello non diagnosticato? Forse era il caso di chiamare il suo medico personale.

«Di certo ti meriti di usare il tuo tempo come meglio credi».

«Non farei niente del genere se non ti credessi capace al cento per cento di subentrare a me nel ruolo di amministratore delegato. Sei stato cresciuto per questo, Aiden. So che non mi deluderai».

«Che mi dici di Elliot?»

«So che non sei contento di come ho gestito quello che ha fatto alle Barbados...».

«Ha rapito una persona, papà».

Ferris ebbe almeno la decenza di mostrarsi mortificato. «Si è trattato di una questione di famiglia sfuggita di mano».

«Si è trattato di un reato, a prescindere dall'esito».

«Lui ha sempre voluto essere come te, figliolo. E, purtroppo per lui, non lo sarà mai. Non puoi biasimarlo per l'avventatezza delle sue decisioni, dato che vive nella tua ombra. Si comporta male perché non è come te, e non vedo l'utilità di punirlo per questo».

«Elliot non mette la famiglia al primo posto. Ci mette gli affari. E sé stesso».

«Ed è per questo che conto su di te per fargli da guida. Farlo diventare un Kilbourn. Sarà il primo ad ammettere che è motivo di imbarazzo».

Imbarazzo? Di colpo Aiden voleva quel drink, ma si costrinse a ignorarlo.

«Non è solo imbarazzante. È un pericolo. C'era un motivo se voleva fare affari con Boris Donaldson». Motivo che Aiden non aveva ancora scoperto.

«Elliot è innocuo e malaccorto. Ho bisogno che tu lo prenda sotto la tua ala. Devi farlo per me, Aiden. So che non è facile. Ma quando mio padre ha lasciato, anche io ho dovuto fare scelte durissime. Fa parte del passaggio di testimone. Un giorno sarai tu a chiederlo a tuo figlio».

Aiden si trattenne dal rispondere. Aveva quarant'anni, cazzo. La sua ragazza non voleva nemmeno conoscere i suoi genitori, anche se in quel momento non poteva biasimarla. Tirare su una nuova generazione, che potesse portare il peso del retaggio familiare, non era nei suoi piani.

«Farmi una famiglia è l'ultimo dei miei pensieri».

«Ma non esci con qualcuno?».

Aiden aggrottò la fronte. Suo padre riusciva sempre a intuire qualcosa, che si trattasse di affari o di famiglia. «Chi te lo ha detto?»

«So che passi tanto tempo a Brooklyn».

«E?»

«Sei sulla difensiva», pensò Ferris. «Assicurati solo di fare una scelta responsabile per la tua famiglia».

Aiden si adirò. «Papà, sei piombato qui per dirmi che lasci tua moglie per una donna che disegna pantaloni cargo».

«Ho fatto il mio tempo. Negli ultimi cinquant'anni, ho preso ogni singola decisione pensando alla famiglia e alle responsabilità», rispose Ferris freddamente. «Ora tocca a te. E sappiamo entrambi che quella Baranski non è la donna che un Kilbourn deve avere al suo fianco».

Aiden scrollò la testa incredulo. No. Frankie non era il tipo da rimanere dietro le quinte. Il suo posto era il palcoscenico.

«Ti sto chiedendo di darmi questo, Aiden». Ferris non si perdeva in inutili convenevoli. «Ti chiedo di mettere la famiglia al primo posto».

Capitolo 36

Aiden fissava il bicchiere sul tavolino. Suo padre era tornato a casa per prepararsi a un evento con Jacqueline. Avevano deciso di salvare le apparenze fino alla fine del mese, prima di separarsi in gran silenzio. Jacqueline avrebbe passato qualche settimana nella casa di famiglia (anche se non c'era più una famiglia) in Provenza. Ferris avrebbe annunciato la decisione di ritirarsi e poi avrebbe portato Alice nella casa di St. Barths. Tutto il polverone si sarebbe sgonfiato mentre loro erano via.

E Aiden sarebbe rimasto a raccogliere i cocci.

Prese il bicchiere e lo portò in cucina. Tutta legno nero e marmo bianco. Una stanza che non usava praticamente mai. Di tanto in tanto, quando non riusciva a dormire, improvvisava un toast con prosciutto e brie. Aveva il sospetto che quella notte sarebbe stata una di quelle.

Suo padre aveva smarrito ogni senso del dovere. Gli aveva confessato che gestire quella società aveva ucciso la sua anima, e poi aveva passato le chiavi ad Aiden senza pensare alle conseguenze su di lui. Nessun "la vita non è solo business, figliolo". Nessun "hai fatto tanto per noi, ora ti meriti di fare un passo indietro e concentrarti su altro". Ma quello era suo padre: un egoista incapace di autocritica. Perché disturbarsi a pensare agli altri quando li pagava perché pensassero a lui?

Aveva degli assistenti incaricati di portargli il suo spuntino al caramello ogni pomeriggio. Uno chef personale che gli cucinava i suoi piatti preferiti in una successione attentamente studiata. Una moglie che gli organizzava il calendario sociale in modo che includesse solo gli eventi più vantaggiosi. E un figlio che avrebbe gestito l'azienda di famiglia mentre lui abbandonava ogni responsabilità per una nuova ragazza che disegnava pantaloni cargo e giacche a vento.

Fissò il bicchiere in cagnesco, indirizzando tutta la sua rabbia verso il bicchiere di cristallo e il Macallan. E non si sentì meglio quando distrusse il bicchiere nel lavandino. Ma almeno, non aveva provato il desiderio soverchiante di affogare nell'alcol i dispiaceri.

Pensò a Frankie. Alla fuga dalla propria vita che lei gli offriva. Lei era una pausa dagli affari di famiglia. Dalla battaglia costante per il successo. Forse poteva investire il suo tempo in un modo più produttivo.

Non si disturbò a ripulire, prese l'acqua dal frigorifero, e percorse il corridoio verso il suo ufficio privato.

Il file era dove l'aveva lasciato, al centro della scrivania. Lo aprì e appoggiò i piedi sull'angolo della scrivania. Tra le società che controllavano c'era anche una piccola agenzia investigativa che riusciva abilmente a scavare nella vita della gente.

Frankie aveva un debito di ventunomila dollari in prestiti studenteschi. Poteva farlo sparire nel giro di poche ore. Voleva farlo. Se avesse potuto suscitare in lei anche il minimo interesse. Per lui era motivo d'orgoglio prendersi cura dei suoi cari. Ma quando una di quei pochi eletti faceva il possibile per tagliarlo fuori, procedeva con cautela.

Forse c'era un altro regalo di cui avrebbero potuto godere entrambi? Si mise al telefono.

«Sono Aiden Kilbourn. Quanto tempo ti ci vuole per una consegna?».

Aiden mise da parte il contratto che il suo team di avvocati ben pagati aveva trascorso settimane a sezionare ed era passato ai nuovi candidati per il ruolo di chief information officer di un'altra delle loro società. Per essere un'azienda di software, la loro gestione era tristemente antiquata. Inviò un'e-mail all'amministratore delegato, dicendogli che trovava difficile credere che gli unici candidati papabili fossero uomini bianchi di età superiore ai cinquant'anni. Propose di avviare nuovamente la ricerca con un gruppo di candidati più "interessanti e vigorosi".

La partita dei Knicks andava in sottofondo, attirando la sua attenzione più spesso del solito, dato che i fratelli di Frankie lo avevano aggiunto alla loro conversazione sulla partita.

Erano le dieci passate, non abbastanza tardi per prendere in considerazione l'idea di andare a letto. Dormiva in media cinque, forse sei ore a notte. Ma quel giorno, e quella sera, si facevano sentire.

Il suo telefono vibrò sotto una pila di fogli. Di riflesso, controllò la televisione per vedere come andava la partita, ma c'era un time out.

Frankie: Perché ci sono tre uomini con un materasso davanti alla porta di casa mia alle dieci e mezza di sera?

Aiden: Il tuo letto è la vergogna dei letti.

Frankie: È il mio letto!

Aiden: Be', ormai non sei più la sola a dormirci.

Frankie: Non credi che avresti dovuto avvisarmi prima?

Aiden: Sì, la conversazione sarebbe andata così. Tu: no. Io: sì. Tu: fottiti, Aiden. Io: ok, ma lo farò su questo bel king size. Tu: – dopo aver avuto ripetuti orgasmi sul nuovo letto – ok, possiamo tenerlo.

Frankie: Sei pazzo.

Aiden: Non c'è di che.

Pochi secondi dopo gli inviò un altro messaggio. Un selfie sul nuovo materasso.

Frankie: Mi sa che darò una possibilità a questo letto e a quegli orgasmi che dicevi.

Lui rise suo malgrado. Sapeva quello di cui aveva bisogno. Non vedeva l'ora di darglielo. Ma con Frankie era tutto una battaglia.

Iniziò a digitare una risposta ma cambiò idea. Si sarebbe fatto una doccia e avrebbe letto fino a non pensare più.

Arrivò fino in camera da letto, poi squillò il telefono.

Frankie.

«Ciao».

«Ciao, distributore di letti. Dove hai rimediato un letto king size e un materasso alle dieci di sera?»

«Conosco un tipo», scherzò Aiden.

«Tutto bene? Sembri… strano».

Aiden si sedette sul bordo del letto e allungò le gambe. «Niente di irrimediabile», disse evasivo.

«Ne vuoi parlare?», gli chiese Frankie dopo un silenzio.

Voleva?

«Non saprei neanche da dove iniziare».

«Non ti permetterò di congedarmi con un buffetto sulla testa mentre mi dici che sono cose da uomini, intesi?».

Era esattamente il modo in cui Ferris trattava le sue mogli.

«Tesoro, tu ne sai più di me».

Lei rise sommessamente, e quella risata gli arrivò dritta al cuore.

«Speriamo che il professore di Responsabilità sociale d'impresa la pensi come te. Allora, che è successo?»

«Prima è passato mio padre».

«Mmm, non riesco a farmi un'idea e a offrire consigli non richiesti da questa informazione. Continua».

Aiden si coprì gli occhi e si abbandonò al suono della sua voce.

«Mi ha comunicato che andrà in pensione a fine mese».

«Porca troia, e lascia il comando?»

«Lascia tutto. Ah, e lui e la mia matrigna stanno per divorziare».

«Crisi di mezza età?»

«Non so se sia possibile a sessantacinque anni. C'è una ragazza».

«Ovvio. Fammi indovinare, una ballerina? No, aspetta, non è abbastanza elegante. Ah! Curatrice di museo?»

«Una designer di abbigliamento sportivo».

«Bello! Così finalmente avrai tutti i reggiseni sportivi che vuoi».

Aiden accennò un sorriso. «Vorrei che fossi qui». Si lasciò sfuggire quelle parole prima di riuscire a fermarle.

Lei sospirò. «Magari un'altra volta. Ma per adesso, vorrei che tu fossi in questo letto enorme».

Immaginarla sdraiata, coi capelli selvaggi che andavano in tutte le direzioni, lo agitava.

«Quindi, questo cosa comporta per te? Sei già direttore operativo – ti ho googlato – e ora che succede?»

«Diventerò amministratore delegato, avrò più responsabilità, incluso il mantenimento di un certo Elliot Kilbourn».

«Mi prendi in giro. Quello lì è uno stronzo epico. Perché tuo padre gli permette ancora di avvicinarsi alla società?»

«Sarà accecato da Alice, la designer di reggiseni sportivi».

«Simpatico. Quindi tuo padre ti scarica addosso tutte le responsabilità per fare cosa? Andare in pensione su una spiaggia di nudisti a Boca?»

«Navigare in acque internazionali e passare l'estate alle Bahamas».

«Cambierà idea?», fu la domanda speranzosa di Frankie.

«Non credo. Vuole che sia io a farmi carico dell'azienda e della famiglia».

«Ah», disse seccamente. «Significa che devi trovarti una bella debuttante miliardaria e dare alla luce i perfetti eredi».

Era incredibile come Frankie capisse tutti i meccanismi interni, le aspettative sulla sua vita.

«Una cosa del genere».

«Mi hai comprato un letto per rompere con me?».

Aiden rise, e il suono riecheggiò nella stanza silenziosa. «Ti ho comprato un letto per scoparti senza ritrovarci a terra».

«Io non sono fatta per fare l'amante, Aide».

«No, per niente.» Mio padre vuole anche che prepari Elliot a prendere il posto di vice presidente. Qualcosa di rispettabile».

«Sì, vabbè. È come chiedere un unicorno per Natale. Non accadrà mai».

Per lei era semplice. Messa di fronte a una scelta, poteva passare oltre se non la trovava soddisfacente. Ma la sua vita era molto più complicata. Dov'era la gratitudine per tutti i vantaggi concessi dalle generazioni precedenti? Non avrebbe dovuto essere felice di sacrificarsi per quell'eredità come aveva fatto suo padre?

«Quindi non ti metterai alla ricerca di una moglie subito?», domandò Frankie.

«Non è che si trovano nei negozi», disse seccamente.

«Ah, questo non lo so. Tutto ha un prezzo».

«E il tuo qual è, Francesca?»

«Mmm. Credo dipenda dalla valuta».

Capitolo 37

Gennaio cedette il passo al gelo di febbraio. I newyorkesi passavano il mese a spostarsi tremanti da un edificio all'altro sui marciapiedi grigi e fangosi. Ma Frankie stava al calduccio con Aiden a casa sua almeno tre volte a settimana.

Andavano d'accordo molto più di quanto si era immaginata. Lui era intelligente e simpatico e schifosamente generoso. Il nuovo letto era stato rodato, e adesso quando Frankie dormiva da sola, si metteva al centro, abbracciando il cuscino che Aiden aveva usato.

Cercava di non pensare al conto alla rovescia. Di solito i rapporti di Aiden non duravano più di due o tre mesi. Ormai andavano forte da sei settimane. Non pensava avrebbero resistito così a lungo. Anzi, nessuno dei due sembrava intenzionato a rallentare.

Frankie finì di scrivere una e-mail e la inviò. Quel giorno lavorava part-time, e dato che le lezioni serali erano state cancellate, poteva godere di un lusso a cui non era abituata. Diverse ore libere. Pensò di scrivere ad Aiden per chiedergli di uscire, ma si erano visti la sera prima quindi era improbabile.

Si voltò a guardare i fiori che gli aveva mandato quella mattina. A Raul piaceva scherzare sul fatto che se Brenda aveva già trasformato l'ufficio in una serra mettendo piante ovunque, il ragazzo di Frankie l'aveva reso una foresta tropicale. Erano fiori esotici e colorati con spine verdi.

Selvaggi e stupendi. Proprio come te.
A.

Il telefono di Frankie squillò nel cassetto della scrivania.

«Be', mi sembra proprio la mia cara amica, la signora Stockton-Randolph», rispose.

«Frankie! Dimmi che sei libera a pranzo», Pru strillò al telefono. «Non ti vedo da mille anni, e devi dirmi se assomiglio a una di quelle vecchie signore sposate».

«Mandami un selfie così faccio prima. Non voglio che mi vedano in giro con una vecchia ciabatta», scherzò Frankie.

Sempre accondiscendente, Pru le inviò un selfie in cui arricciava il naso e incrociava gli occhi.

«No, non mi farò vedere in giro con questa qui».

«Ah, ah. Oggi non fai mezza giornata?»

«Sì. Escc tra venti minuti».

«Be', sbrigati e porta quel culo in centro. Voglio tutti i dettagli su di te e un certo scapolo ambito che è stato visto sorridere più volte dopo il mio matrimonio».

«Sorridere, dici?». Quindi non era l'unica ad andarsene in giro con uno stupido sorriso stampato in faccia.

«Ci vediamo al Courtyard tra un'ora».

«Sissignora».

Il cameriere scortò Frankie nel ristorante con le pareti di bambù e i lampadari eccentrici fino all'area bar dove l'aspettava Pru. La sua amica indossava un paio di pantaloni che la fasciavano come una seconda pelle e un lupetto di cashmere avvolgente.

Si abbracciarono come se fossero passati anni e non solo poche settimane.

«Be', il matrimonio ti dona», commentò Frankie, accomodandosi sulla sedia dallo schienale in pelle.

«E io direi che uscire con Aiden ti dona», disse Pru, adocchiando il suo cappotto.

«Sì, abbassa la voce, ok?». Frankie si guardò intorno. Era uno di quei posti in cui i giornalisti di gossip ascoltavano per caso importanti conversazioni private.

«Dimmi tutto», ordinò Pru.

«Non c'è molto da dire», mentì Frankie. Non era pronta a esprimere a parole i sentimenti che provava per Aiden. Non erano ancora ben definiti, e lei non aveva alcuna fretta di chiarirli.

«Sono sei settimane che frequenti lo scapolo più ambito della costa est, e non è ancora uscita una vostra foto insieme. Non ne parli mai. E questo succede di solito quando fai sul serio».

«Non facciamo sul serio», disse Frankie. «Ci divertiamo e basta, ci godiamo il viaggio».

«Ah, ci scommetto».

«Lui è perfetto, ok? È sveglio e divertente, è molto di più dell'affascinante figlio di puttana che credevo. Contenta?».

La cameriera arrivò a snocciolare i menù del giorno. Pru ordinò insalata di kale con pollo al vapore. Frankie prese una birra e un panino al tacchino con patatine fritte.

«Perché mi fai questo? Tutte le mie amiche ricche e snob ordinano centrifugati e piatti di aria», si lagnò Pru.

Frankie staccò un pezzo di uno dei grissini serviti dalla cameriera. «Io sono la tua amica povera e amo i carboidrati. Pensavo che la tua stupida dieta fosse finita nel momento in cui ti sei tolta l'abito da sposa».

«Ora ne sto seguendo una nuova che si chiama brucia i chili presi in luna di miele».

Frankie sventolò il grissino davanti alla faccia di Pru. «Mangiami. Mangiami...».

«Dio, mi sei mancata», sospirò Pru, agguantando il grissino e strappandone un pezzetto minuscolo.

«Che ribelle», scherzò Frankie. «Anche tu mi sei mancata».

«Dimmi di San Valentino. Cos'ha fatto lo scapolo incallito per te?»

«Be', ha provato a sorprendermi con un weekend lungo a San Francisco. Doveva andarci per lavoro, ma io non potevo. Così alla fine mi ha portato del cibo da asporto al ritorno, e un braccialetto».

Un braccialetto *molto* bello. Persino troppo per poterlo indossare. Ma apriva la scatolina elegante ogni sera e fissava i diamanti.

«Siamo già ai gioielli? Margeaux sarebbe colpita e livida di gelosia. E tu cosa gli hai preso?»

«Un cappello dei Knicks».

Pru rimase in silenzio, come in attesa. «E poi?».

Frankie scrollò le spalle. «E basta. Be', gli ho mostrato le tette dalla scala antincendio quando è arrivato da me».

Pru aveva la faccia di chi sente uno strano odore. Era la sua espressione concentrata che Frankie ormai conosceva bene.

«Che c'è?».

Pru scrollò la testa, i capelli color miele non si mossero di un millimetro dallo chignon perfetto alla base del collo. «Niente. Ehi, usciamo a cena stasera. Tutti e quattro! Possiamo andare all'Oak Leaf».

Frankie storse il naso. «Eh. Ma quelli dei gossip in pratica sono accampati lì».

Pru alzò gli occhi al cielo. «Chi se ne importa? Hanno degli sformati di granchio da paura, e mi manchi e voglio vedere te e Aiden insieme per darvi la mia benedizione ufficiale. Ora scrivo a Chip».

«Non so se Aiden è libero stasera», protestò Frankie.

«Be', scrivigli. Scoprilo», disse Pru senza alzare gli occhi. «È venerdì. Tu sei già qui. Puoi dormire a casa di Aiden».

«In realtà non ci sono mai stata», confessò Frankie, strappando un pezzo di grissino più grande. Le si incastrò in gola.

Pru fece cadere il telefono sul tavolo con un tonfo. «Come hai detto, scusa? Uscite insieme da quasi sei settimane, e non hai mai dormito da lui? Ti porta in albergo come una puttana qualsiasi?».

Alcuni clienti le guardarono di sottecchi.

«Non sono una puttana», li rassicurò Frankie. «Sta solo ripetendo le battute per uno spettacolo». I presenti ripresero a mangiare. «Vuoi abbassare la voce, per favore?»

«Non ci credo che non ti abbia invitata. Credevo che stavolta fosse diverso. Chip dice di non aver mai visto Aiden così...».

«Rilassati, segugio. Mi ha invitata tantissime volte».

«E?». Pru la guardava come se parlasse con un'idiota.

«Io vivo a Brooklyn. Tempo che arrivo lì e facciamo le nostre cose, dovrei passare la notte da lui e andare dritta al lavoro. Prendere il treno...», si interruppe, avvertiva una sensazione spiacevole.

«Capisco. E quindi quando vi vedete?».

Frankie cambiò posizione, era a disagio. «Quando viene lui a Brooklyn».

«E quanto spesso capita?»

«Tre o quattro volte alla settimana», rispose. Cinque volte la settimana precedente.

«Capisco», disse Pru falsamente. «E a quali eventi avete partecipato? Una raccolta fondi? Serate di gala? Teatro?».

Frankie scrollò la testa.

«Hai conosciuto i suoi?»

«Ehm, no. Lui me lo ha chiesto, ma non era il momento giusto. Però lui ha conosciuto i miei».

Pru si illuminò. «Sul serio? E com'è andata?»

«Be', l'ho fatto principalmente per far incazzare mia madre. Del tipo "ehi, Ma, ecco il bellissimo ragazzo con cui esco. Ma indovina un po'? Non facciamo sul serio. Non c'è alcun futuro qui"». Frankie rideva nervosamente ma si fermò quando Pru non si unì a lei.

Pru si pizzicò la punta del naso. «Frankie, te lo dico con amore perché ti voglio bene davvero, e voglio che tu sia felice. Devi smettere di fare la parte della Stronza Regina di Ghiaccio prima di rovinare qualcosa di meraviglioso».

«Come hai detto?».

La cameriera riapparve con le portate. «Allora vi lascio eh», disse quando il silenzio al tavolo si fece imbarazzante.

«Stronza Regina di Ghiaccio?», ripeté Frankie.

«Non fingere di non sapere di cosa sto parlando. Stai tagliando fuori Aiden. E non ho la più pallida idea del perché. Ma stai provando a sabotare questa cosa. Ti interessa così tanto dimostrare di avere ragione?».

Frankie aveva la mascella praticamente sul tavolo.

«E già che ci sono: Aiden ti ha invitato a casa sua, a conoscere i suoi, ad andare a San Francisco? Sta cercando di farti entrare nella sua vita, cretina. E tu gli stai gettando solo sabbia negli occhi».

«Non è...».

«Cazzate». Pru inforcò l'insalata con una tale violenza che Frankie poteva giurare di aver visto le foglie essiccarsi. «Capisco che tu voglia proteggerti, ma non devi ferirlo per questo».

Frankie deglutì. «Ma è solo una storiella». Lo disse per ricordarlo a Pru e a sé stessa.

«Non è un buon motivo per trattarlo come Margeaux tratta la sua domestica».

Frankie si prese il viso tra le mani. Stava cercando di proteggersi. Ma quella non era una buona scusa per respingerlo. Aveva ferito Aiden? Non era sua intenzione. Anche se a parti inverse...

«Sono proprio una stronza».

«Una Stronza Regina di Ghiaccio», la corresse Pru un po' meno aggressiva.

«Sta facendo di tutto per me, e io non faccio che respingerlo».

«Bene», disse Pru, puntando la forchetta verso Frankie. «Ecco il senso di colpa che voglio vedere. Non è da te trattare le persone come se non valessero niente».

«Come posso rimediare?», chiese Frankie.

«Cominciamo dalla cena di stasera?»

«Vuoi ancora uscire con me anche se sono la Stronza Regina di Ghiaccio?». Pru la guardò dall'alto in basso.

«Mia cara, c'è chi può permettersi di perdonare».

«Ah, carina. Chi è la stronza adesso?»

«Non volevo che ti sentissi sola, lì sul piedistallo».

«Gli dirò della cena. Ma lo farò di persona», decise Frankie.

«Brava. E dopo possiamo vederci dal parrucchiere, e poi andremo a fare shopping così inizierai il tuo giro di scuse con indosso un vestito magnifico».

Frankie studiò il panino. «Tu, ehm, non è che per caso sai dove lavora?»

«Sei pessima».

Capitolo 38

Aiden uscì dalla sala conferenze leggermente infastidito. Non aveva mai creduto nel vecchio adagio "chi fa da sé, fa per tre". E tuttavia, con le nuove assunzioni nelle risorse umane e nel settore marketing, sentiva che sarebbe stato molto più veloce fare il lavoro al posto loro.

Si era prefissato di incontrare i nuovi assunti periodicamente durante il loro primo anno nella società. Credeva che ritrovarsi tutti sul medesimo piano giovasse alla comunicazione aziendale e alla migliore assimilazione della cultura della società.

Ma le prime riunioni erano sempre una rottura di palle. No, alla Kilbourn Holdings non serviva un podcast. E no, non avrebbero sostituito tutte le sedie con pouf a sacco e palle da fitness, né avrebbero aperto un bar salutista al piano terra.

Fece un cenno al suo assistente, Oscar, un dittatore magro e alla moda dall'accento francese che gestiva l'agenda di Aiden con una curatissima mano ferrea.

«Be', è durata parecchio», esclamò Oscar, adocchiando il Rolex, un regalo da parte di Aiden per aver resistito dieci anni ai drammi della Kilbourn.

«Immagino che tu non abbia provveduto al mio pranzo come un bravo assistente», replicò Aiden. Il loro rapporto somigliava più a quello dei fratelli di Frankie che a una relazione tra capo e dipendente.

«Ah, c'è qualcosa di meglio che ti aspetta», disse, indicando la porta dell'ufficio di Aiden. «E comunque, sappi che approvo».

Aiden entrò in ufficio accigliato. La visione di Frankie dietro la scrivania, che si dondolava sulla sedia, lo scosse tanto che per un istante rimase immobilizzato. Oscar richiuse la porta sussurrando platealmente. «Divertiti».

«Ciao», disse Frankie, smettendo di oscillare.

«Ciao», era ancora scioccato. Frankie indossava un ordinato tailleur da lavoro, che gli faceva venire voglia di sbottonare la giacca e infilarci le mani dentro. Sembrava agitata. Non era abituato a vederla così. Non la sua Francesca sempre sicura, vigorosa.

«Spero che non ti dispiaccia se sono passata», disse alzandosi.

«No! Per niente! Cioè...». Non riusciva a ricomporsi. Era troppo felice di vederla. «Sono molto felice di vederti», ammise.

«Sì?», chiese lei raggiante. «Ero in città per un pranzo con Pru, e be', noi... hai da fare per cena?».

Aveva da fare. Sempre per affari. Ma ritrovarsi lì Frankie con quella richiesta, superava qualsiasi cosa.

«Sono tutto tuo». E diceva sul serio.

Lei arrossì e lo raggiunse a passo felpato, con un sacchetto in mano. «Speravo di andare a cena insieme a Pru e Chip».

«Cosa c'è nel sacchetto?»

«So che di solito non hai molto tempo per il pranzo, quindi ti ho portato un sandwich casomai non avessi ancora mangiato».

«Un panino dei Baranski?», chiese strappandole il sacchetto.

Scoppiò a ridere. «Gio ti ha proprio conquistato, vero? Ricordami di portarti un club sandwich un'altra volta. Mi venererai».

In realtà, lo stava già facendo. E dal suo sguardo lei doveva averlo capito, perché abbassò gli occhi e poi guardò il sacchetto. «Non è uno dei nostri, ma viene da una gastronomia buona quasi quanto la nostra. Ma non dirlo a mio padre».

«Il tuo segreto è al sicuro».

«Perché Oscar mi ha lasciata entrare?»

«Ho detto alla security e alla reception che sei libera di entrare e uscire quando ti pare».

«E quando glielo hai detto?»

«Il giorno dopo essere rientrato dalle Barbados».

Lei si morse il labbro e abbassò la testa.

«Qualcosa non va?», le sollevò il mento per guardarla negli occhi.

«Prima sì, ma ora non più», rispose convinta.

«Posso chiederti cos'era?».

Scrollò la testa. «Ehm. Meglio che ti fai bastare questo».

«Allora è quello che farò». Le afferrò il polso e la trascinò verso la scrivania, dove tirò fuori il panino e lo appoggiò sul sacchetto. Roast beef e… quello era odore di rafano?

«Gli ho detto di evitare le cipolle nel caso avessi riunioni in programma», disse Frankie. Si stava mordendo di nuovo il labbro inferiore.

«Devo condividerlo con te, oppure posso sbafarmi tutto?», chiese allegramente.

«Sbafati tutto. Ho mangiato un panino al tacchino mentre guardavo Pru che buttava giù mezzo chilo di kale».

«Come stanno gli sposini?»

«Raggianti come tutte le luci di Parigi», sospirò Frankie e si appollaiò sul bordo della scrivania. «Lei sta benissimo e dice che l'occhio di Chip è guarito. Ti va bene se andiamo all'Oak Leaf alle otto?».

Avrebbe riorganizzato tutti gli appuntamenti pur di tenersi libero. Oscar avrebbe brontolato per quei cambiamenti all'ultimo minuto, ma finalmente Aiden aveva un'occasione che batteva ogni incontro d'affari.

«Va bene».

«C'è un'altra cosa», disse. Frankie lo guardava intensamente. «Ti sta bene se passo la notte da te? Dato che sono giù qui…».

«Mi farebbe tanto piacere», disse, prendendole la mano e baciandole le nocche. Sentiva già il sangue ribollire nelle vene al pensiero di Francesca nuda nel suo letto. Francesca che faceva colazione al suo tavolo. Francesca che si rilassava sul suo divano o che discuteva con lui per qualche particolare del suo studio.

Non sapeva cosa avesse scatenato quel cambio di rotta improvviso, ma ne era contento.

Frankie guardò rapidamente l'ora. «Mi sa che fra poco devo andare. Vado a fare shopping con Pru».

Aiden prese il portafogli ma fu fermato dal tacco di Frankie sul suo petto. Gli regalava una bella panoramica sotto la gonna. «Posso comprarmi un vestito anche da sola, Kilbourn».

Non sapeva se essere terribilmente eccitato per via di quel tacco affondato nei pettorali o infastidito perché, ancora una volta, lei lo stava respingendo. Decise che andavano bene entrambe le reazioni.

«Fanculo. Francesca, questa è l'unica cosa che posso offrirti, e quando la rifiuti, mi fa male».

«Aiden!», esclamò il suo nome con tono sorpreso e, gli sembrava, anche un po' arrabbiato.

Dannazione. Perché aveva dovuto parlare? Mostrarsi vulnerabili non pagava mai. Frankie spostò la scarpa e con sua sorpresa, gliela fece scivolare lungo la pancia. «Pensi che gli unici motivi per cui sto con te siano i tuoi soldi e il tuo cazzo?».

A quelle parole, sentì il cazzo ingrossarsi. Sapeva che lei poteva sentirlo sotto il piede, aveva la gonna sollevata intorno ai fianchi.

«Lo pensi davvero?». Sotto le luci dell'ufficio, i suoi occhi erano più azzurri che verdi stavolta. E gli facevano a pezzi l'anima.

Scrollò le spalle. «Non lo so. Forse. Sì».

«Allora non ho fatto un buon lavoro come tua ragazza», sospirò. Lo afferrò per la cravatta, provocandogli un'erezione completa.

«Nuovo patto, Aide. A partire da adesso, non sarò la sola ad accettare regali».

Stava ancora cercando di toccarla, quando lei allontanò dalla scrivania la sedia su cui era seduto.

Quando gli cercò la cintura con le dita rimase senza fiato, si irrigidì come fosse morto. «Che… non possiamo… e se…». Tutti i pensieri e le parole per esprimersi lasciarono il suo cervello insieme all'ultima goccia di sangue che cadde verso il suo cazzo pulsante. Come faceva quella donna a farlo sentire così libero, così terrorizzato?

Nel giro di pochi secondi, gli tirò fuori il cazzo dai pantaloni. «Sicuro che il tuo uomo là fuori terrà lontani i visitatori?», chiese Frankie. Ma non lo guardava. Aveva gli occhi fissi sulla sua erezione che teneva stretta in mano.

Aiden non riusciva neanche a formulare una risposta, ma Frankie non sembrava averne bisogno perché stava già aprendo la bocca e passandogli la lingua sul cazzo, dalla base alla punta sensibile.

Lui si lasciò andare contro lo schienale e osservò incantato le magie che faceva con quella bocca.

«Voglio toccarti», disse a denti stretti quando lo fece arrivare fino in gola.

«Mmm, stasera. Per adesso, questo è solo per te». La bocca di Frankie era troppo occupata per parlare.

Era calda e scivolosa, e la sensazione di toccarle il fondo della gola quasi lo fece fuori.

In estasi, Aiden lasciò andare la testa sul cuscino di pelle della poltrona. Lei muoveva la mano su e giù e intanto usava la bocca, una combinazione inebriante. Era entrato in quella stanza stanco e demoralizzato, e lei gli aveva stravolto la giornata.

Gli fece qualcosa di particolarmente incredibile con la lingua, sulla punta del cazzo, e lui sentì le palle stringersi.

«Francesca».

«Ci penso io, tesoro», gli baciò l'uccello prima di riprendere il lavoro di bocca. Non erano più colpi languidi. No. Frankie succhiava così forte da fargli vedere le stelle.

Ma lui non riusciva a chiudere gli occhi. Voleva godersi quello spettacolo di lei inginocchiata che glielo succhiava. Lo voleva per sempre.

Aiden affondò i piedi nel tappeto per tenersi fermo, temeva di diventare leggerissimo e volare via. Lo sentì arrivare alla base della schiena e si stupì per quella magia che lo portò all'orgasmo così velocemente.

Abbandonando ogni indugio, le afferrò la testa con tutte e due le mani ed emise un gemito gutturale quando lei lo lasciò fare. Scopandole la bocca con spinte brevi, superficiali, si abbandonò al momento. Voleva uscire. Ma venne un attimo dopo, contorcendosi convulsamente e riversando tutto lungo la gola di lei.

Rimase in silenzio mentre l'orgasmo lo devastava, scavandolo mentre riempiva la bocca di lei.

Niente. *Niente* al mondo avrebbe potuto prepararlo a quello spettacolo di Francesca che prendeva quello che lui le dava senza chiedere niente in cambio. Sussultò e poi crollò contro lo schienale, sentiva il sangue fin dentro le orecchie.

Lei si alzò, una dea nonostante la posizione. Attraversò la stanza guardandosi intorno, e trovò il bagno privato. Aiden glielo avrebbe indicato, ma in quel momento era solo l'involucro di un uomo. Demolito da bellezza e desiderio.

Francesca tornò con un asciugamano caldo e umido e lo ripulì tutto.

«Non sono stata una brava fidanzata. Spero di migliorare il punteggio», confessò, infilandogli le mutande con un gesto delicato. «Sei un brav'uomo Aiden. Sei intelligente, simpatico, e molto paziente. Se ti chiedessi l'intera città di Cleveland, troveresti un modo per farmela recapitare. Sei incredibilmente generoso e sorprendentemente dolce, e scusa se non l'ho apprezzato abbastanza».

«Ahhh». Era l'unica risposta che riusciva a formulare dopo essere stato completamente distrutto.

«Quindi vedrò di fare meglio, e mi aspetto che tu pretenda di più da me». Si accomodò sulla scrivania, e gli parve di sentire l'odore della sua eccitazione. Se la sarebbe scopata. Le avrebbe dato tutto quello che voleva solo perché era passata da lui. Ma lei voleva qualche cambiamento.

Aiden riuscì a malapena a riprendere fiato, respiro dopo respiro, e lentamente sentì il suo corpo riprendere vita. «Anche io ho una clausola da aggiungere».

Lei lo guardava attentamente.

«Non dico che sarà per sempre. Ma vorrei rivedere l'aspetto "temporaneo" della nostra storia».

Lei rimase senza fiato, immobilizzata come un coniglio davanti al predatore.

Aiden spostò la sedia così da poterla guardare in faccia. «Sei speciale per me, Francesca. E non riesco a vedere un momento in cui non lo sarai più».

«Però!», disse lei senza fiato. «Dev'essere stato proprio un bel pompino».

«Vedi? È di questo che parlo».

«Del pompino?».

Lui le diede un pizzicotto.

«Ahia! Sto scherzando».

«A parte il fatto che sei bella che non ci si crede. Sei anche acuta e scaltra quando necessario. Non hai filtri. Non conosco nessuno che non pesi cautamente ogni parola. Sei una ventata di aria fresca nella mia vita, cazzo».

«Aide, mi stai facendo paura», ammise.

«Rischiamocela, Francesca. Io e te».

Lei espirò lentamente e guardò il soffitto. «E se mandiamo tutto in merda?».

Lui le strinse i fianchi. «Non te lo permetterò».

Lei rise. «Scemo».

Intravide un baluginio di lacrime sotto le sue ciglia lunghissime. «Ti sto chiedendo di provarci fino in fondo», le disse.

«Hai mai avuto una conversazione simile prima d'ora?».

Scrollò la testa. «Neanche per sogno. Io e te, Frankie».

«Sento che potrei vomitare», confessò, stringendosi la pancia. Fu allora che Aiden vide la paura e la tensione. E prese la decisione consapevole di spingersi ancora oltre. «Mai avrei creduto di vedere una Francesca Baranski troppo impaurita per prendersi ciò che vuole».

Era una manipolazione ma, accidenti, ne aveva bisogno. Aveva bisogno di lei.

Frankie annuì, le labbra serrate. «Ok. Rischiamocela».

Lui si alzò, e la sollevò dalla scrivania stringendola in un forte abbraccio.

«Non te ne pentirai, Francesca».

Capitolo 39

«A giudicare dai segni che hai sul collo, è andata bene con Aiden», disse Pru, osservando Frankie mentre si stravaccava accanto a lei sulla poltrona del salone di bellezza.

Frankie era emotivamente troppo esausta per discutere. «Hai ragione, mi sono comportata malissimo», ammise, guardandosi allo specchio con un broncio.

«Quando ho ragione, ho ragione», cinguettò Pru sotto la carta stagnola della tinta.

«Adesso siamo in una relazione "ufficiale", e venendo qui ho vomitato il panino».

«Ma tu hai uno stomaco di ferro», commentò Pru.

«Sì, vabbè, non è andata proprio così. Ma grazie a te, io e Aiden siamo», deglutì compulsivamente, «una coppia».

«Mi viene in mente un modo perfetto per ringraziarmi».

«Mi sono appena fatta perdonare da Aiden, sotto la sua scrivania. Che cavolo vuoi da me?».

Pru indicò Frankie. «Oh, Christian! La mia amica qui ha bisogno di una sistemata alla chioma».

Un uomo vestito di nero da capo a piedi e con la testa rasata – tu guarda l'ironia – apparve alle sue spalle come per magia.

«Tesoro», disse, tirandole un ricciolo tra le dita. «Possiamo fare molto meglio».

In quei posti ti chiedevano quattrocento dollari appena mettevi il culo sulla sedia, pensò Frankie. Provò ad alzarsi, ma Christian era bello muscoloso sotto quella t-shirt nera.

«Pago io», gongolò Pru.

«Sai che non mi piace quando lo fai», le ricordò Frankie.

Christian l'avvolse in una mantella. «Bene, cosa avevi in mente?», chiese, prendendole i capelli a diverse lunghezze e fissando lo specchio come se cercasse l'ispirazione creativa.

«Pensavo giusto a una spuntatina», rispose Frankie, cercando di riprendersi il controllo dei capelli.

Ma lui li afferrò di nuovo. «Una spuntatina?», sbottò studiando le punte. «Avrai tipo, otto mesi di danni».

«Non credi che sarebbe bellissima con qualche riflesso?», suggerì Pru.

«Quella tinta ti sta incasinando il cervello», replicò Frankie.

«Non badare a lei, Christian. Di solito non è così burbera. E poi, è di Brooklyn», disse Pru.

Christian roteò la sedia e la fermò con le braccia. Erano a pochi centimetri di distanza. «Devi fidarti di me. Io non deludo mai. Non faccio tagli mediocri. Se ti faccio i riflessi, desidererai esserci nata. Trasformerò i tuoi capelli in un miracolo, ma devi fidarti di me».

«Fallo!», sibilò Pru.

Frankie gli puntò l'indice contro. «Fai cazzate coi miei capelli, e fra qualche mese, quando ti sarai dimenticato di me, quando sarai tutto compiaciuto, ti aspetterò in un vicolo, e ti butterò in un cassonetto pieno di capelli e di prodotti chimici per la permanente».

«E se io ti farò uscire da qui come una donna che la gente si gira a guardare facendosi venire il torcicollo, tornerai qui e mi permetterai di ritoccarti i riflessi», fu la sua controproposta.

Lei gli tese la mano. «Affare fatto».

«Al suo ragazzo piacciono lunghi e ondulati», aggiunse Pru.

«Ah, quindi ora che ho un fidanzato, devo sistemarmi i capelli per compiacerlo?», replicò Frankie.

Pru e Christian alzarono gli occhi al cielo.

«Ci penso io», sospirò Pru. «Senti, Frankie. Quando hai una relazione, non vivi per compiacere il partner. Ma di certo non fai esattamente l'opposto di quello che gli piace solo per mantenere un'apparenza di indipendenza».

Christian le infilò le dita nei capelli come se stesse lavando i panni in un fiume, girandole la testa a destra e a sinistra. «Uno dei regali più belli in un rapporto è una cosa così piccola che non ti costa niente».

Be', a Pru sarebbe costato quattrocento dollari.

Stupendo. Si sarebbe fatta tagliare i capelli da una versione modaiola e newyorkese di Pablo Neruda.

Chiuse gli occhi e gli lasciò fare il danno. Sussultando a ogni sforbiciata e agli strattoni del pettine. Non riusciva a smettere di pensare alla faccia di Aiden quando l'aveva trovata seduta alla sua scrivania. Si era illuminato come Times Square. Come se la sua sola presenza fosse un regalo.

Si era attaccata alla speranza che Pru avesse torto. Che lei e Aiden si stessero solo divertendo come concordato. Che lui non volesse di più. Che lei non stesse sperando in segreto di vederlo sparire solo per avere ragione. Avere ragione avrebbe confortato il suo cuore ferito, se fosse riuscita ad allontanarlo?

Non era una persona crudele, maligna. Non era una che distruggeva un'altra persona solo perché poteva farlo. Eppure, era così decisa a tenere Aiden a debita distanza, da respingerlo a ogni tentativo. E lui era rimasto.

E la sua reazione nel vederla? Una gioia mai provata. E se lui era disposto a mostrarsi così vulnerabile, come minimo gli doveva altrettanto.

Dopo quelle che le sembrarono ore e ore di preoccupazioni inutili, sentì la sedia girare.

«Ok, apri gli occhi e ammira il mio genio».

Aprì solo un occhio, con cautela, pronta a ritrovarsi di

fronte un mohawk viola o qualcosa di altrettanto pacchiano. Invece erano i suoi capelli. Qualche centimetro più corti, con i ricci più definiti e di sicuro più lucenti. Ma era sempre lei.

«Quelli sono riflessi caramello?», chiese, voltandosi.

Christian sbuffò. «I riflessi caramello sono per i novellini. Quelle sono sfumature color latte macchiato».

Era più elegante, più curata, ma sempre sé stessa. L'elettricità statica dell'inverno non decideva più dei suoi capelli.

«Cavolo, Christian. Speravo proprio di buttarti in un bidone».

«Aiden ti trascinerà in un posto buio e seminascosto quando ti vedrà così», predisse Pru, facendo capolino nel camerino di Frankie. Per essere una boutique d'alta moda, la security lasciava a desiderare.

Frankie si girò di lato per guardarsi il culo fasciato nel vestito scarlatto. Abbracciava le sue curve, con una scollatura generosa sul seno, più morbido su fianchi e girovita.

«Siamo a febbraio. Non posso mettermi un vestito senza maniche», protestò. «E poi, questo scampolo di tessuto costa poco meno di mille dollari». Aiden le aveva messo in mano una carta di credito e le aveva ordinato di usarla. Ma era… strano. Un pompino e una carta di credito? Un po' troppo ravvicinati. Doveva ricordarsi che non era Vivian di *Pretty Woman*.

«Ma avrai anche il cappotto, e ho chiesto un tavolo accanto al camino. Probabile che suderai alla fine della cena», precisò Pru, sculettando in una raffinata guaina nera.

«Perché le tue tette non sono mai in bella mostra?», chiese Frankie, guardandosi il décolleté strabordante.

«Sono una donna sposata e porto la seconda, tesoro. Non c'è molto da mostrare. E sei pazza se non ti compri quel vestito».

Frankie si guardò attentamente allo specchio, a stento si riconosceva. I capelli, il vestito, i diamanti del braccialetto – Dio, quello era platino? – che guarda caso si era ritrovata in borsa.

«Sai cosa ci servirebbe adesso?»

«Spero che dirai un gelato, ma ho la sensazione che invece tu voglia delle scarpe», sospirò Frankie.

«Scarpe!».

Quando Pru se ne andò dal camerino, Frankie controllò di nuovo il prezzo del vestito. Roba da starci male. Tirò fuori il telefono.

Frankie: Quando mi hai dato la carta, che budget avevi in mente?

Aiden: Dubito fortemente che potrei scompormi di fronte a un tuo acquisto.

Frankie guardò di nuovo il vestito. *Vuoi scommettere?*

Frankie: Mi sentirei meglio se tu potessi darmi una cifra da rispettare. Ho trovato un vestito, ma ci sono più numeri del solito per me. E c'è Pru che ripete "scarpe, scarpe, scarpe", nel camerino accanto.

Se lo immaginava mentre rideva della sua ragazza zoticona che andava nel panico per pochi spiccioli.

Aiden: Mi piace quando ti vizi. E mi piace ancora di più se posso contribuire. Che ne dici di rimanere sotto i cinquantamila dollari per oggi?

La stava prendendo per il culo. Frankie non riusciva neanche a immaginare un mondo in cui cinquantamila dollari fossero soldi da buttare via. Certo, conoscendolo, Aiden aveva indicato una cifra molto più bassa del solito solo per assecondarla.

Frankie: Ah, quindi non posso comprare questo vestito da settantacinquemila dollari? Che peccato.

Aggiunse una faccina triste.

Aiden: Magari se mi mandi una foto del vestito, potrei ripensarci.

La sua vivacità allentò un po' l'agitazione. E forse anche lei poteva farlo agitare un po'. Si scattò un selfie in pratica solo alle tette e glielo inviò.

Aiden: Mai avuta un'erezione durante una riunione di mercato. Interessante.

Frankie scoppiò a ridere. Non sapeva se stesse scherzando, o se davvero le avesse scritto durante una riunione. In ogni caso, si sentì più leggera. E se davvero pensava che cinquantamila dollari fossero una cifra accettabile, allora quel bel vestito e un paio di scarpe non avrebbero ucciso nessuno dei due.

«Ok, Pru. Dove andiamo per le scarpe?».

Capitolo 40

Frankie impiegò più tempo a prepararsi per quell'uscita a quattro di quanto non avesse fatto per il ballo della scuola e i due matrimoni a cui era stata. Era depilata, lucidata, incremata, e lisciata, e quando la macchina parcheggiò davanti al ristorante stava morendo di fame.

Chip e Pru si staccarono da quell'abbraccio costante in cui il matrimonio sembrava averli incastrati.

«Aiden è qui», disse Pru, indicando la limousine davanti a loro. Per lei tutte le limo erano uguali, perciò si fidò sulla parola.

Frankie sentiva il sangue ribollire. Voleva vederlo lì, nel suo territorio. Vedere quello che si era persa. Vedere le sue pupille dilatarsi quando l'avrebbe ammirata in quel maledetto vestito. Voleva che fosse fiero di averla accanto.

E voleva anche mangiare qualcosa.

«Solo due fotografi», disse Chip, sbirciando dal finestrino. «Ancora non avranno visto Aiden».

Frankie sussultò. «Perché? Attira tutte queste attenzioni?».

Pru e Chip si scambiarono uno sguardo. «Andrà tutto bene. Sii te stessa», disse Chip, dandole un colpetto al ginocchio. Uscì dalla macchina per primo e porse la mano a Pru.

Frankie vide il flash della fotocamera e alzò gli occhi al cielo. Quale persona sana di mente si sarebbe accampata fuori da un ristorante, a febbraio, solo per rubare degli scatti?

Lei uscì dopo di loro e si dimenticò immediatamente dei fotografi. Sul marciapiede di fronte c'era Aiden Kilbourn, e la marcava stretto come un leone con una gazzella lenta e grassa. Dal suo sguardo capì che anche lui era affamato. Ma non di cibo. Frankie sentì uno spiffero d'aria fredda e si rese conto di non aver abbottonato il cappotto. Anche Aiden notò il vento che agitava il cashmere.

Si era leccato le labbra, avrebbe potuto giurarlo; dopodiché la abbracciò e la baciò. Il tocco incendiò ogni terminazione nervosa del suo corpo, come se stesse aspettando solo quel momento. Era chimica, biologia. Qualcosa d'innato in entrambi, e Frankie non ne aveva mai abbastanza.

La baciò con passione, avvolgendole la lingua, per non lasciare alcun dubbio ai presenti: lei apparteneva a lui. La rivendicava.

A lei non piaceva mettersi in mostra. Non le piacevano le attenzioni. E glielo avrebbe anche detto se non fosse stata abbarbicata a lui come una pianta rampicante.

«Allora noi andiamo a prendere da bere», disse Chip, puntando al ristorante e trascinandosi dietro una Pru tutta sorridente.

«Ci vediamo dentro, pazzerelli», gridò Pru.

«Arriviamo», rispose Aiden senza staccarle gli occhi di dosso. Li raggiunsero dei flash, e Frankie a malapena si rendeva conto delle domande che gli urlavano. E poi, Aiden l'abbracciò e la guidò verso la limo. Aprì lo sportello e la invitò a entrare.

«Guida finché non ti dico di fermarti», ordinò seccamente e poi fece scorrere il vetro separatore.

«E la cena?», chiese Frankie, scivolando lungo il sedile per fargli spazio.

«Mangiamo prima il dolce», sospirò lui, togliendole il cappotto. Con le mani esplorò il vestito, fermandosi appena sotto il décolleté abbondante.

«Sai cos'è successo dopo che mi hai mandato quella foto oggi?»

«Cosa?», ansimò lei, desiderava che la toccasse. Fece scorrere le mani lungo le sue cosce.

«Mi sono dovuto assentare dalla riunione per andare a farmi una sega in bagno».

Le tremava il respiro. «Hai pensato a me?»

«Bellezza, io penso sempre a te». Abbassò la mano e si tastò l'erezione sopra i pantaloni.

Frankie si bagnò all'istante. «In macchina?», sibilò. Odiava ammetterlo, ma fare sesso in una limousine era nella lista dei suoi desideri.

«Dobbiamo farlo adesso, oppure non supererò la cena. Non con te in quel vestito».

La sua sincerità la attraeva almeno quanto lo sguardo predatore nei suoi occhi.

Frankie si mise a cavalcioni su di lui, lasciandogli lo spazio per liberarsi dalla costrizione dei pantaloni. Il suo grosso membro le ricadde sulla mano.

Era già umido, e Frankie sentì un brivido di potere. Tenendola ferma, Aiden infilò la mano in un cassettino e tirò fuori un condom.

Aveva fatto sesso in quella macchina centinaia di volte, pensò Frankie. Ma quella gli sarebbe rimasta impressa nel cervello per sempre.

Mentre lui si infilava il preservativo e si toccava, lei sollevò il vestito fino ai fianchi. Poi abbassò l'ampio scollo a V fino a scoprire le spalle e farlo scivolare lungo le braccia. Il tessuto le copriva a malapena il seno. Lui ci infilò la faccia dentro, la barba ispida contro la sua pelle. Frankie si avvicinò, e i colpi energici della mano di Aiden avvicinarono il suo cazzo al punto in cui lei lo desiderava.

«Sarà veloce e brutale, Francesca», la avvertì. «Una volta dentro di te, non mi fermerò finché non verrai».

«Scopami, Aiden». Era un ordine, una supplica.

Le afferrò i fianchi, posizionandola in modo da stuzzicarla

con la punta, appena fuori dalla sua umida entrata. Con una mano, spostò da un lato le mutandine sottili.

Aveva il petto ansimante, la mascella serrata, e non aveva ancora iniziato. Aiden Kilbourn in estasi era una visione inebriante.

Fu il suo ultimo pensiero razionale quando lui la sollevò dai fianchi, entrandole dentro con forza brutale. Non le concesse neanche un attimo per abituarsi, per rilassarsi. Le martellò dentro e usò l'altra mano per scoprirle il seno. Il vestito aveva un reggiseno interno, quindi non c'era altro a separarlo dalle sue tette grosse, vogliose.

«Aiden», sospirò quando lui prese in bocca un capezzolo e iniziò a succhiarlo. Le sue spinte erano incessanti. Gemette nel suo seno, stringendole i fianchi così forte da farla gridare.

E lui la scopò ancora più forte.

Era fuori controllo, succhiava e spingeva, facendola impazzire. Frankie gli si aggrappò alle spalle per tenersi ferma e non farsi male.

Non riusciva a respirare, a pensare. Poteva solo prendere quello che lui le stava regalando. Vita. Fuoco. Desiderio.

«Sei perfetta, cazzo», mormorò lui contro la sua carne.

Quel vestito era stato il miglior acquisto folle di tutta la sua vita. Lo sentiva irrigidirsi dentro di sé, sentiva il suo respiro affannoso, e capì che stava per venire. Desiderava ardentemente quell'orgasmo. Era appeso a un filo.

Lui la teneva stretta, allentò le spinte per sfregarsi contro di lei. Era bellissimo, primitivo.

Lasciò il capezzolo con un risucchio, e passò all'altro seno, gli occhi la fissavano luminosi. Lo guardò prendere la punta in bocca, sentì i colpetti della lingua. Nelle vene le scorreva oro colato. E tutto intorno a lei si fece bianco, caldo e splendente quando l'orgasmo esplose di colpo.

«Aiden!». Gridò il suo nome mentre lui spingeva fino in

fondo. I suoi gemiti erano bassi e gutturali mentre si svuotava dentro di lei. Nonostante il condom, lo sentiva pulsare dentro, liberandosi in un orgasmo infinito.

Lei venne di nuovo, o continuò a venire, quando lui finì. E quando finalmente si rilassò sotto di lei, Frankie gli crollò addosso.

Le cinse il girovita e la strinse forte, premendo i seni contro la sua camicia perfetta. Le accarezzò la schiena con movimenti lenti e dolci. I complimenti che le sussurrava all'orecchio la fecero arrossire. Il suo ragazzo ci andava giù pesante con le parole. E a dirlo era una donna che aveva imparato a dire "cazzo" come seconda parola, da bambina.

Si sentiva come se l'avesse distrutta e ricostruita. Niente era come sentire Aiden dentro di lei. Persino adesso, dopo un orgasmo che gli aveva scavato l'anima, era ancora un po' duro.

«Grazie per il vestito», sussurrò, aveva la voce troppo impastata per parlare più forte.

Lui rise sommessamente tra i suoi capelli. «Grazie perché ci sei».

Capitolo 41

Ovviamente Aiden aveva un certo prestigio all'Oak Leaf. Il maitre non fece una piega quando la limousine parcheggiò nel vicolo. Si limitò a farli passare dalla cucina, oltre il bar, fino al tavolo dove Chip e Pru stavano litigando per le tapas.

Frankie cercò di ignorare gli sguardi curiosi. Aiden era il più noto tra i Kilbourn ed era anche uno scapolo incallito. Quell'attenzione era inevitabile.

Frankie prese posto per prima e Aiden la seguì, stringendole la coscia sotto il tavolo. Lei prese il menù e finse di leggerlo con attenzione, ignorando lo sguardo indagatore di Pru.

«Come sono le vongole qui?», fu la sua domanda innocente.

«Oh, ciao. Com'è stato il sesso in limousine?».

Frankie alzò gli occhi e trovò Pru con il mento appoggiato sulla mano e un sorriso sardonico.

«Bello. Vero, Aiden?», disse Frankie altezzosamente, guardandolo. Aveva i capelli arruffati, ma sembrava fatto apposta. La cravatta un po' spiegazzata. Ma il resto era, come sempre, perfetto. Mentre lei sembrava una che era stata appena investita da un'aspirapolvere e poi tagliata in mille pezzi.

«Molto bene. Ve lo raccomando», disse, prendendo il bicchiere d'acqua e buttandone giù metà.

Le strizzò la coscia e portò la mano un millimetro più su.

Stuzzicandolo, lei gli agganciò la scarpa al polpaccio, aprendo le gambe.

A guardarlo nessuno lo avrebbe detto, ma lui era già pronto a ricominciare. C'era il rossore sul collo, le narici allargate. Avrebbe voluto dargli un'occhiata laggiù, avrebbe scommesso che ce l'aveva di nuovo duro. Quell'uomo era meraviglia. Probabilmente anche i suoi orgasmi avevano degli orgasmi.

«Allora...», esordì Pru platealmente. «Come va la vita?».

Mangiarono cibo favoloso, innaffiato da vini dal prezzo astronomico, e in generale, si divertirono molto. Frankie alla fine si dimenticò delle occhiate curiose e si limitò a godersi un Aiden rilassato. Con Chip il suo riserbo spariva. E rideva di più, sorrideva di più, con quelle rughette sexy ai lati degli occhi. Anche mentre era impegnato a parlare col suo amico, Aiden manteneva sempre un contatto fisico con lei. Giochereliava coi suoi capelli, le accarezzava la spalla col pollice, oppure faceva scorrere le dita più in alto sulla coscia.

Pru raccontò tutta la luna di miele. Quando gli abitanti dell'Upper West Side si sposano alle Barbados, mica ci rimangono anche in vacanza. Pru e Chip avevano trascorso altri dieci giorni alle Maldive. Frankie non era neanche sicura della collocazione geografica delle Maldive, ma le foto sul telefono di Pru erano sbalorditive.

Sembrava tutto... normale. Tutto bello.

Be', per quanto sia normale un piatto di pasta a settantatré dollari. Un venerdì sera tra amici. Per la prima volta, Frankie sentì che erano una coppia. Non era la ragazza povera di Brooklyn. E lui non era l'amministratore delegato e il neo-nominato capo famiglia.

Era suo, semplicemente. Aiden, lo stesso uomo che attirava lo sguardo di ogni donna e poteva permettersi di strappare il conto dalla mano di Chip dicendo che era un regalo di bentornato, apparteneva a lei.

Frankie fu colta da un'ondata di fremito adolescenziale. Come se avesse appena avvistato John Mayer prima di Jessica Simpson.

«Pausa bagno tra ragazze», annunciò Pru, spingendo Chip più in là per poter passare. «Andiamo Frankie. Facciamogli sentire la nostra mancanza».

Pru trascinò Frankie in bagno e poi la strapazzò in un abbraccio.

«Ok, che cavolo succede?», chiese Frankie, dandole goffe pacche sulle spalle.

«Lo ami!», strillò Pru. «Ho aspettato per anni il giorno in cui avresti guardato un uomo come guardi Aiden stasera».

«Non lo amo», protestò Frankie.

«Ma sei raggiante», disse Pru, voltandosi per controllare il trucco allo specchio.

«Per via dell'orgasmo. Mi ha trascinato nella limousine per farlo, Pru. Non stiamo mica arredando casa al mare o scegliendo i nomi dei bambini».

«E il modo in cui ti guarda? Ti giuro, mi ha incenerito le sopracciglia. Vuole mangiarti viva».

«Smettila, sei solo annebbiata dalla gioia da neo-sposa, e vuoi che tutti siano innamorati insieme a te».

«Dovremmo avere figli nello stesso momento», decise Pru, rimettendosi il rossetto. «Potremmo condividere la tata».

«Ti voglio bene, Pruitt, ma ti sei fottuta il cervello».

Pru sorrise allo specchio. «Mi piace vederti felice. Tutto qui. Giuro. Perlopiù sto solo scherzando».

«Sei proprio un'idiota», disse Frankie ridendo.

«Io sarò anche un'idiota, ma di certo tu vieni bene in foto», disse Pru, passandole il telefono.

«Mi prendi in giro?», Frankie scrollò il post. Era un blog di gossip con una sfilza di foto in cui lei e Aiden si palpeggiavano sul marciapiede.

«Oddio, le vedrà mia madre!».

«Tua madre e tutto il resto della città», disse Pru, mostrandosi irritabilmente gioiosa.

«Ma è appena successo! Come mai c'è persino un articolo con...», scrollò di nuovo, «*tre* aggiornamenti da quando è stato postato?».

Pru alzò gli occhi al cielo. «Ehm, ma tu non tieni workshop sui social media?»

«Sì, ma agli imprenditori e sulle loro attività! Non per dei lettori insulsi che hanno un'opinione su cosa... su quello che ho ordinato? Che problema ha questa gente?»

«Sei una sconosciuta esotica accanto allo scapolo più ambito. Che ti aspettavi?», chiese Pru. Il telefono di Pru vibrò nelle mani di Frankie, e sullo schermo spuntò un messaggio.

«Come mai quella cagna mezza africana esce con Aiden Kilbourn?». Frankie lesse ad alta voce.

«Cosa?», strillò Pru. «Lo hanno scritto nei commenti?».

Frankie le mostrò il telefono. «Ehm, no. È la tua migliore amica Margeaux che ti scrive».

«È il peggior essere umano nella storia dell'umanità. Il mondo è fortunato che non abbia altra ambizione se non quella di accalappiare un altro marito, perché se avesse un qualsiasi tipo di slancio, diventerebbe la nuova Hitler».

«Perché siete amiche?»

«Non lo siamo, proprio per niente. Mio padre e suo padre sono soci in affari. Ero al suo primo matrimonio con un cocainomane, puttaniere e dipendente dal gioco. Erano proprio una bella coppia».

Frankie si accasciò contro il muro. «Qualcuno sta dicendo ai paparazzi quello che sto mangiando. E centinaia di persone danno di matto per questo, inclusa la piccola Hitler. Non sono pronta».

Pru le si avvicinò a passo di marcia e le piantò un dito nella spalla. «Ascoltami, Francesca Marie, tu puoi gestirla e lo farai. Tu sei proprio il tipo di persona capace di farsi scivolare addosso questo tipo di attenzioni. E se sopravvivi, il tuo premio è Aiden. Quindi resisti. Stai uscendo con uno che ti offre una scusa per vedere me e Chip a Manhattan il venerdì sera. Non ti permetterò di rovinare tutto».

«Non dirmi che eravate stanchi di trascinarvi a Brooklyn per un film e una pizza scadente?», scherzò Frankie, ma sentiva ritornare il vecchio malessere. Un altro monito che lei non c'entrava niente con quel mondo. Alla fine della fiera, era solo una ragazza che giocava a fare la principessa per una sera.

Ce l'avrebbe fatta a stare con due piedi in due mondi diversi?

Capitolo 42

«È ancora presto», disse Pru, guardando l'orologio di Chip.

Non era affatto presto se una cena finiva alle undici passate, pensò Frankie, soffocando uno sbadiglio. «Ragazzi volete un caffè, oppure vi va di andare in un locale?», chiese Chip.

Frankie incrociò lo sguardo di Aiden. «No grazie», dissero in coro.

«Si preparano al secondo round», Pru spiegò a Chip ammiccando.

«Non è una brutta idea», rispose lui, ammiccando a sua volta.

«Sai, un po' mi manca quella benda sull'occhio», fu la battuta di Frankie.

Aiden scrisse all'autista di farsi trovare sul retro e aiutò Frankie a mettersi il cappotto. Il ristorante era molto meno affollato, ma fuori la folla sembrava più numerosa di prima. Il maitre bisbigliò qualcosa all'orecchio di Aiden, che annuì accigliato. Arrivarono due uomini in giacca e cravatta.

«Che succede?», chiese Frankie.

«Ci sono altri paparazzi fuori», disse Aiden, sbirciando dal vetro. «La security ci scorterà».

«Scortarci? Come cazzo è possibile che ci sia tutta quella gente», chiese Frankie.

«Non così tanta, dai», disse seccamente. «Mica sto in una boy band».

Ma per come la vedeva Frankie c'erano fin troppe persone

che gironzolavano lì fuori. Certo, Bieber avrebbe scatenato l'inferno, ma c'erano comunque una ventina di passanti e sette tizi armati di fotocamera quando lasciarono la privacy del ristorante. La security gli fece largo tra la folla, scacciando gli obiettivi mentre Aiden la prendeva sottobraccio e la guidava verso la limousine.

Era accecata dai flash, ma almeno era sana e salva. E nell'attimo in cui Aiden scivolò accanto a lei lo sportello si chiuse, riparandoli dagli occhi indiscreti.

«Perché vieni a mangiare qui, se la reazione è questa?», chiese, abbandonando la testa allo schienale. Il retro della limousine aveva ancora un labile odore di sesso e sudore.

«Sono più interessati a te che a me», le disse Aiden.

«Be', meglio che si preparino alla delusione», replicò Frankie.

Aiden la strinse a sé e infilò la mano nel cappotto per cingerla intorno ai fianchi.

«Fa parte dell'ambiente. Proprio come tua madre che schiaffeggia tutti. È una di quelle cose che dobbiamo tollerare tutti».

Frankie scoppiò a ridere e appoggiò la testa al suo petto. Quasi si aspettava che le saltasse addosso di nuovo appena entrati in macchina. Ma era bello anche così. Molto bello.

«Mi togli il fiato, Francesca».

«Aide», disse lei dolcemente.

Lui scrollò la testa. «Non sto cercando di farti un complimento. Il mio è un avvertimento. Scopriranno chi sei. Vorranno sapere tutto di te e gettarlo in pasto al pubblico».

«Perché?»

«Perché sei mia».

Il suo modo di constatare la cosa era arrogante. Ma, cavolo, quanto le piaceva sentire quelle parole di rivendicazione. Fece per parlare.

«Non discutere con me», la ammonì.

«Ma è quello che mi riesce meglio», scherzò lei, giocherellando con i bottoni della sua camicia.

«Non discutere sul fatto che non mi appartieni. Io ti appartengo. Sono tuo. Rischiamo tutto, ricordi? Vale per entrambi».

«Rischiamo tutto», mormorò Frankie.

Il palazzo di Aiden era nel bel mezzo di tutti i luoghi più importanti. A soli tre isolati dal suo ufficio, avrebbe potuto andarci a piedi se avesse deciso di sfidare la folla. Anche se, dopo aver toccato con mano le attenzioni che attirava, Frankie non poteva biasimarlo per la scelta di noleggiare un'auto privata. Non dev'essere divertente sentirsi come un pesce rosso in una vasca mentre vai al lavoro. Se in città gli altri erano degli emeriti sconosciuti, la faccia e il nome di Aiden erano ben noti a tutti.

E adesso anche Frankie stava entrando in quell'orbita. E di sua volontà.

L'ingresso era piantonato da un usciere in uniforme e da una donna vestita di nero dietro un'elegante scrivania a forma di U.

«Buonasera, signor Kilbourn», lo accolse con un sorriso professionale.

«Buonasera, Alberta. Ti presento la signora Baranski», disse, indicando Frankie mentre le faceva strada, senza rallentare il passo.

«Piacere, signora Baranski».

«Piacere di conoscerla», rispose Frankie voltandosi, correndo per stare al passo con lui.

Aiden la trascinava verso il blocco di ascensori come se fossero inseguiti da un branco di iene.

Entrarono, poi Aiden tirò fuori una chiave dalla tasca del cappotto.

«Non ci credo», disse Frankie, scrollando la testa.

«Cosa?», disse lui, inserendo la chiave nel quadro di controllo dell'ascensore e schiacciando su A.

«Ma dai! L'attico? Sul serio? Puoi almeno fingere di essere una persona normale?».

La guardò negli occhi azzurri, divertito. «Tu sei la prima che si lamenta dell'attico», commentò.

«Non vado pazza all'idea di rivangare le orde di donne che hai portato qui per andarci a letto, Aide».

«Ma con quante donne credi sia stato di preciso?», chiese lui ridendo.

«Abbastanza».

Un secondo prima era fermo davanti al quadro di controllo, e quello dopo l'aveva spinta contro il muro.

«Sai cosa non ho mai fatto?».

Le prese la testa fra le mani. Era a un soffio di distanza, così vicino da toccarla da capo a piedi senza però stabilire un vero contatto.

«Cosa?», sospirò lei.

«Non ho mai baciato nessuno in questo ascensore». Fece scorrere la bocca lungo il mento e fino al collo, e di nuovo.

«Ma possono vederci?», chiese lei, indicando la telecamera di sicurezza.

«Ti importa davvero?».

La morbidezza delle sue labbra, la ruvidezza della barba – un contrasto di sensazioni.

Frankie si appoggiò al corrimano alle sue spalle. E quando lui posò le labbra sulle sue, fu felice di avere quel supporto.

Non fu un bacio violento, passionale. Fu qualcosa di diverso, qualcosa che andava più a fondo e le faceva vibrare le ossa.

Quel bacio sbocciò come una rosa al calore del sole. Si schiudeva e ne voleva ancora.

La lingua di Aiden scivolava lentamente contro la sua, era allo stesso tempo languida ed eccitante.

«Sono così felice che tu sia qui». Lo disse come una confessione. Una confessione oscura.

«E io sono felice di esserci. Forse stanotte ti troverò un difetto. Magari sei un accumulatore compulsivo. Oppure hai pessimi gusti per i quadri. Magari hai sedici gatti». Gli gettò le braccia al collo. «Troverò qualcosa che ti rende umano, Kilbourn».

Le porte dell'ascensore si aprirono, e Aiden la condusse per mano nell'ampio foyer. Bianco su bianco su bianco.

«Mmm. Per ora niente gatti», commentò.

Lui girò la chiave nella serratura e aprì la porta. «Forse si nascondono dentro insieme alla mia collezione di musicassette anni Ottanta usate».

Gli diede uno schiaffo sulla spalla. «Visto? Ecco il tipo normale».

«La tua concezione di normalità è tristemente strana».

Gli fece una linguaccia e lo superò con passo rilassato. Solo l'ingresso era grande quanto il suo appartamento, con una distesa di marmo bianco splendente, con venature grigie. Al centro della sala c'era un tavolo a piedistallo con un vaso di fiori. Toccò un petalo. Fiori freschi.

Niente pile di posta non aperta, nessun giornale sparso in giro, nessun mazzo di chiavi o di coupon. Il salotto le si aprì davanti. Un open space con un muro di finestre. *Ovviamente* il panorama era mozzafiato.

Da lì, anche loro facevano parte dello skyline.

I mobili erano neri, di pelle, e disposti con precisione. Aveva un bar fornito delle migliori bottiglie in circolazione. Un caminetto di marmo. Librerie che ospitavano libri e foto. Era tutto ordinato, pulito, e anche un po' freddo. Niente cuscini o coperte sul divano. Il tappeto bianco del salotto era soffice come una nuvola. Le pareti erano scure – in contrasto, dedusse, col bianco del pavimento e col sole che filtrava dalle finestre.

Lui la seguì quando entrò in cucina. Era elegante, moderna, e molto probabilmente mai usata. L'isola che separava i fornelli dalla sala da pranzo era praticamente infinita. Avrebbe potuto arrampicarsi sul granito e allungare le braccia e comunque non sarebbe riuscita a toccarne le estremità.

Il tavolo era altrettanto lungo. Di vetro con le gambe in metallo. Circondato da sedie con lo schienale alto, pronte per una festa di dodici persone. C'erano altre mensole. Altre foto. Qualche opera d'arte, colorata al punto giusto.

Lanciò un'occhiata lungo il corridoio ma decise di rimanere nella zona living principale. Con quel vestito, rischiavano di uscire dalla camera da letto solo l'indomani.

Era tutto fico, bello, proprio come lui. Ma c'era anche un senso di vuoto, di solitudine. E Francesca si domandò se anche quello non fosse un riflesso del proprietario.

Aiden la osservava, mentre si allentava la camicia appoggiato all'isola. Si tolse la cravatta di seta dal collo e la avvolse a spirale sul ripiano.

«Che te ne pare?»

«Molto molto bella». Lo era davvero. Un'attrazione turistica. Non voleva nemmeno sapere quanto valesse. I prezzi degli immobili in quella zona della città erano più che astronomici. Sarebbe costato meno farsi una casa estiva sulla luna. Ma in quel posto mancava la vita, e questo la rattristava.

Il pensiero di Aiden che tornava da solo in quella specie di freddo museo… chissà se lui si sentiva a casa lì, se riusciva a rilassarsi.

«Grazie», disse.

Lei sollevò una cornice dorata. Una foto del padre di Aiden dietro la sua scrivania, alle sue spalle lo skyline della città.

«Parlami della tua famiglia», gli chiese.

«Perché?»

«Così saprò cosa aspettarmi all'evento di gala che abbiamo in programma questa settimana».

Capitolo 43

Aiden non era uno che si affidava alla fortuna. La fortuna, per quel che ne pensava, era una stronza capricciosa. Di solito il tempismo, la preparazione e l'aggressività giocavano a suo favore. Ma per qualche motivo, quella stronza capricciosa quel giorno gli sorrideva. Frankie era a casa sua, pronta a entrare nel suo mondo.

Rischiando tutto.

«È la tua prima volta a casa mia e vuoi parlare dei miei?», la provocò Aiden, togliendosi la giacca. Notò il suo sguardo affamato che lo deliziò. Per lui era una novità desiderare ed essere desiderato con tale intensità. E lo rendeva più umile, anche.

«Vuoi qualcosa da bere?»

«E tu?»

«Che ne dici se beviamo acqua tutti e due?».

Lo seguì in cucina e curiosò nel frigo e nella dispensa.

«Be', c'è del cibo vero qui», disse, sembrava sorpresa.

«Che ti aspettavi? Sacche di sangue?»

«Ah, la dieta del vampiro. No, cioè, non ero sicura che *vivessi* qui per davvero».

La guardò di sottecchi riempiendo di ghiaccio due bicchieri.

«Certo che vivo qui».

«Sì, di certo dormi qui. Ma metti i piedi sul tavolino? Ti prepari delle uova a mezzanotte su questo piano cottura con cinquanta fornelli? Paghi le bollette e imprechi contro la televisione quando giocano i Giant?».

La sua idea di stile di vita lo affascinava.

«Dormo qui. Lavoro qui. Ogni tanto ci mangio anche. Non mi pare di aver mai messo i piedi sul tavolino, ma sarà perché il designer lo ha definito un pezzo "unico e inestimabile", e credo che mi abbia convinto a tenere i piedi sul pavimento».

«Allora ti gingilli vestito di tutto punto, ben dritto con la schiena mentre sei intento a contare monete d'oro?».

Aiden scoppiò a ridere e le porse il bicchiere. «La tua mente è affascinante».

Frankie tornò nel salone e si abbandonò sul divano. Si stiracchiò sullo schienale imbottito e poi infilò un piede sotto il sedere.

«Non è che sia comodissimo», si lagnò.

«Il tuo divano praticamente ti ingoia tutto intero», le fece notare.

Lei lo scrutò da sopra il bordo del bicchiere e sospirò. «Sei così perfetto che vorrei scompigliarti un po' e vedere che succede».

«Cosa c'è di sbagliato in ciò che sono?», chiese Aiden, divertito.

«Niente, assolutamente niente».

Si sedette accanto a lei e si tirò i suoi piedi sulle gambe.

«Sto cercando di capire come possiamo incastrarci. Perché se pensi che quando saremo da soli in casa mi pavoneggerò in giro indossando abiti sexy e tacchi altissimi, e unghie e capelli perfetti, resterai profondamente deluso».

Lui scrollò la testa. Quando se la immaginava lì, non se la immaginava con un vestito d'alta moda e il trucco impeccabile. Ma in tuta e piedi nudi, che mangiava cibo da asporto sul tavolino del salotto. Oppure la immaginava con la testa sulle sue gambe mentre lui leggeva o guardava la tv. Oppure nuda e ansimante a letto.

«Stai cercando di chiedermi cosa mi aspetto da te?».

Lei annuì, aveva un'espressione tesa.

«Francesca», le spostò i capelli dietro l'orecchio. «Voglio che tu sia te stessa. Mi piace passare il tempo con te. E non con una fotocopia di qualsiasi altra it-girl della zona».

«Non riesco a credere che tu conosca quel termine», scherzò lei. Ma gli stava strofinando la guancia contro il palmo, e lui vedeva l'agitazione sul suo bellissimo volto.

«Stasera ci siamo divertiti. E no, non solo in macchina. Mi è piaciuto portarti fuori, mostrarti alla gente, e stare con persone a cui teniamo entrambi».

Lei annuì, sembrava diffidente.

«Ma mi piace anche stare con te a Brooklyn. Esplorare quei ristorantini minuscoli, dormire in quell'edificio fatiscente e pieno di spifferi. Uscire con i tuoi fratelli. Mi piace anche tutto questo».

«Le farai ancora tutte queste cose, anche se sono venuta sull'altra sponda del fiume?»

«Tesoro, pensi che smetterò di dare solo perché hai iniziato tu?».

Non sapeva chi tra i due fosse più sorpreso, quando gli occhi di Frankie si velarono di lacrime.

«Ehi, che c'è?», le chiese, facendola sedere sulle sue ginocchia.

Lei scrollò la testa, facendo ondeggiare i ricci.

«Mi sento orribile. Mi piacerebbe dirti che volevo solo proteggermi, ma credo che una parte di me volesse farti rimangiare quello che hai detto sul fatto che tutto ha una scadenza. Dimostrarti che potevo essere importante per te».

«Be'. Missione compiuta. Francesca, sei molto importante per me. Non dubitarne».

«Sento di averti Aidenizzato».

Lui rise sommessamente. «Non so cosa significa».

«Significa che ti piacciono le sfide, e io ti ho fatto sudare. Credo di averti manipolato, non saprei se consapevolmente o meno».

«E credi che ora che la caccia è finita, non sarò più interessato».

«Non lo so. Solo che, non è da me ferire gli altri di proposito. E mi dispiace, Aiden. Davvero. Più ti conosco, e più capisco che sei... fantastico».

«Fantastico?».

Annuì, ricacciando indietro le lacrime. «Sì, davvero».

«Non dev'essere per forza complicato, Francesca».

Lei si irrigidì tra le sue braccia.

«Aspetta, prima di partire in quarta. Voglio dire, non deve essere complicato. Non vuoi rinunciare alla tua vita solo per stare con me, e voglio che tu sappia che non te lo chiederei».

«Non so se riuscirò a incastrarmi alla perfezione con il tuo mondo».

«Se ti dico un segreto, mi prometti che non uscirà da questo appartamento?»

«Non osare definire "appartamento" quest'esempio mirabile di immobile newyorkese. E sì, te lo prometto».

«Nemmeno io mi ci incastro alla perfezione».

«Che cazzate. La tua famiglia in pratica lo ha costruito, il vostro mondo».

«Questo è vero. Il mio bisnonno è arrivato a fare il presidente di banca tra ricatti e truffe, e la storia dei Kilbourn inizia lì. Suo figlio, cioè mio nonno, ha contribuito alle fortune di famiglia lasciando la moglie e due figli per una ricca ereditiera, il cui padre aveva bisogno di qualcuno che subentrasse e gestisse gli affari. Mio padre ha portato avanti il grande nome dei Kilbourn imbrogliando per ottenere una laurea a Yale e poi comprandosi l'ufficio ammissioni con una donazione cospicua perché accettassero suo figlio anche se aveva voti molto sotto la media e qualche trascorso con la commissione disciplinare della sua scuola privata».

«Tu? Un cattivo ragazzo? Mi sa che questa me la devi raccontare».

Le sorrise. «Non definirei i Kilbourn dei sociopatici. Ma direi che per noi gli affari vengono prima di tutto il resto. Nel nostro caso, la famiglia è indistricabilmente legata agli affari. Per mio padre, è stato l'accumulo di vittorie e successi. Per me è l'idea della caccia, della preda da uccidere. E poi ci sono gli altri. Ho degli amici, incluso Chip, che non lavorano davvero. C'è chi gli gestisce i soldi, e loro vivono e basta. Sposano donne bellissime e mettono su famiglie bellissime ed estendono la dinastia».

«Ma i soldi ce li avete tutti», gli ricordò.

«Sì, ma quello che voglio dire è che non mi sento parte di questo mondo. Non voglio chiacchierare di corse di cavalli o dell'ultimo Van Gogh comprato all'asta. Non voglio mettere a confronto patrimoni interi o scoparmi una caterva di donne. Non voglio far festa come se avessi sempre vent'anni grazie all'American Express di papà. Io voglio vincere».

«Perché?»

«Perché non so fare altro».

La Kilbourn Holdings annuncia che l'erede al trono frequenta una studentessa di Brooklyn

Cinque cose da sapere sulla nuova fiamma di Aiden Kilbourn

Ti presento i miei: Aiden Kilbourn presenta la sua nuova fidanzata ai suoi genitori

Capitolo 44

«Fa un po' troppo *Pretty Woman*», si lamentò Frankie da dentro l'armadio di Aiden.

«Ti stai definendo una prostituta?», rispose lui dalla camera da letto.

Frankie indossò il vestito e si scrutò nello specchio a figura intera. Non aveva avuto il tempo per comprarsi un abito da evento di gala… e nemmeno di scoprire quale fosse l'abbigliamento richiesto per un evento del genere. Quindi era toccato ad Aiden trovarle il vestito giusto.

Era blu notte con maniche di pizzo fino al gomito e una gonna vaporosa. E, ovviamente, era della sua taglia. «Mi si congelerà il culo lì stasera?».

Aiden fece capolino sulla porta e fissò lo specchio con aria soddisfatta. «Congelarti il culo?», ripeté.

«Sì, sai quando certi ristoranti sono pieni di spifferi, e quindi ti metti qualcosa di più caldo? Oppure certi uffici con il riscaldamento a palla, allora magari ti vesti a strati così non muori in un bagno di sudore».

Lui scoppiò a ridere. «Il tuo senso pratico è una boccata d'aria fresca. Una volta sono uscito con una donna che aveva un vestito che le impediva di sedersi. Il tragitto verso l'evento è stato memorabile». Si appoggiò alle mensole, tenendo il corpo molto rigido per imitare la posizione della donna.

«Non ci credo!».

«Giuro. Poi ha sorriso agli obiettivi per venti minuti e ha

passato il resto della serata a lamentarsi e si è rifiutata di mangiare».

«Bah. Che senso ha indossare un abito che non ti permette di sederti e, peggio ancora, di mangiare?»

«Ti prometto che sceglierò sempre vestiti che ti consentano di fare entrambe le cose».

«Sei il mio eroe. Allora, che te ne pare?», chiese Frankie, girandosi da un lato all'altro.

Aiden si avvicinò e le chiuse la zip sulla schiena.

«Ah, così va meglio».

Aveva il girovita più snello, il seno ben sostenuto e la gonna che la circondava vaporosa. «Sei proprio bravo, Kilbourn».

«Mmm, da come mi guardi mi sa che non parli solo del vestito».

Si avvicinò e la baciò sulla spalla.

«Ora non dovresti ricoprirmi di gioielli che valgono mezzo milione di dollari?», scherzò.

«A proposito», si frugò in tasca e tirò fuori una scatolina di gioielleria.

«Vai via, cazzo. Non ti avvicinare con quel coso, qualsiasi cosa sia. Lo perderò, mi farò rapinare oppure mi verrà uno sfogo cutaneo. La mia pelle non è abituata al platino».

Indietreggiò nell'angolo dell'armadio, facendosi scudo con le mani.

«Sei ridicola».

«Tu hai un gioiello costoso lì dentro, ed è mio diritto rifiutarlo. Sarò un fascio di nervi con qualcosa di sbrilluccicoso che hai noleggiato per la serata».

Lui aprì la scatolina.

«Oh», sospirò lei, allungando la mano. «Se mi ci chiudi le dita dentro, ti tiro un pugno su quel bel naso sexy».

«Non ci penso nemmeno. Ti piacciono?».

Erano un paio di orecchini pendenti. Non erano ricoperti di diamanti, ma di un arcobaleno di pietre luccicanti.

«Aiden, sono bellissimi».

Glieli passò uno per volta, e lei se li infilò ai lobi.

«Non sono noleggiati. Li ho visti e ho pensato a te. Colorati. Interessanti. Caldi».

«Oh, buon Dio. Aide! Quanti soldi sto indossando esattamente?», domandò, ammirando il brillio allo specchio.

«Dobbiamo farlo ogni volta che ti compro qualcosa?»

«Sì, a meno che non si tratti di una barretta di cioccolato, di un pezzo di pizza o di un articolo sotto i dieci dollari».

«Allora sarà meglio abituarsi a questa conversazione. E poi, hai elencato dei cibi molto specifici. Devo darti da mangiare prima di uscire?»

«Puoi giurarci».

«Mi faccio consegnare qualcosa». Si fermò sulla soglia. «Oppure posso farti del formaggio grigliato».

Lei drizzò le antenne. «Formaggio grigliato?».

Lui annuì.

«Sarebbe perfetto».

Fece per andarsene, ma lei lo richiamò.

«Ehi, Aiden? Grazie».

Le fece quel sorriso caloroso che gli stropicciava gli occhi, quello che sospettava riservasse soltanto a lei. Si guardò riflessa allo specchio e respirò a fondo, si riconosceva a malapena. I soldi potevano davvero comprare l'eleganza.

«Chi è che fa queste cose di giovedì sera?», mormorò rivolta al suo riflesso.

Da quando la Kilbourn Holdings aveva rilasciato una dichiarazione, annunciando che Aiden frequentava la studentessa di economia aziendale e professionista delle piccole imprese Francesca Baranski, l'attenzione aveva subìto un'impennata.

Brenda doveva filtrare le telefonate che arrivavano in ufficio, mentre e-mail e social debordavano di richieste di amicizia e interviste. Un paio di volte aveva anche beccato un fotografo davanti casa sua, ma il suo quartiere non era proprio accogliente con i guardoni. Uno dei vicini aveva chiamato la polizia, e risolto il problema.

Ma niente di tutto questo poteva preparare Frankie alla follia generale che li accolse al Lighthouse di Chelsea Piers.

C'era un vero e proprio tappeto rosso sotto i suoi piedi. E il braccio di Aiden che le cingeva il punto vita, trattenendola in quello spettacolo di flash e domande urlate.

«Aiden, qual è il tuo rapporto con la Big Apple Literacy?»

«Mia madre supporta la loro causa da tempo. E la nostra famiglia è orgogliosa di poter sostenere le sue iniziative educative», rispose Aiden con estrema calma.

«Francesca, di chi è il tuo vestito?».

Lei si osservò l'abito. «Non lo so, lo ha scelto Aiden».

La folla di fotografi ridacchiò come se fosse una comica nel bel mezzo del suo numero.

«Carolina Herrera», intervenne Aiden. «Adesso, se volete scusarci». Trascinò Frankie via da obiettivi e microfoni.

«Ecco. Non è andata così male, no?»

«Sono tenuta a rispondergli quando mi chiedono qualcosa?», Frankie si accigliò.

«Puoi fare quello che ti pare. Non ti tratterò come una specie di marionetta imbeccandoti le battute».

«Ma mi dirai se c'è qualcosa che è meglio non dire?»

«Sempre meglio evitare la parola "cazzo" sul tappeto rosso».

Frankie alzò gli occhi al cielo. «Mi sei davvero di grande aiuto».

Gli si aggrappò stretta al braccio. Sarebbe stato già un miracolo se non fosse caduta da quei punteruoli maledetti andando a sbattere contro una scultura di ghiaccio o qualche miliardario.

Miracolosamente, arrivarono indenni. Aiden la aiutò a sistemarsi la gonna. «Pronta?».

Lei guardò la folla alle sue palle. Almeno era vestita in modo consono all'occasione.

«Sì, facciamolo».

«Sarai fantastica. Potresti perfino divertirti».

Non credette neanche per un secondo a quel suo discorso d'incoraggiamento, ma gliene fu grata lo stesso.

«Sì, pure tu».

«E quando sarà tutto finito, ti porterò a prendere del cibo take away, e lo mangeremo in pigiama a casa».

«Affare fatto».

Riconobbe Ferris Kilbourn grazie alle foto a casa di Aiden. Sfiorava il metro e novanta, e i capelli rossi tendenti al grigio tradivano le sue origini irlandesi. Indossava uno smoking che sembrava stargli comodo come se fosse in tuta. Stringeva una bionda scheletrica che si era tirata a lucido al limite dell'eccesso. Aveva un abito dorato ed era ingioiellata di diamanti.

«Mio padre e la mia matrigna», le sussurrò Aiden all'orecchio mentre si avvicinavano.

«Ma non stavano divorziando?»

«Le apparenze».

«Ah, giusto».

«Papà, Jacqueline», li salutò Aiden. Abbracciò rapidamente suo padre e baciò elegantemente la guancia della matrigna. «Lei è Francesca, o Frankie se preferite».

«Frankie?», Jacqueline la squadrava come una gomma da masticare che qualcuno ha sputato sul marciapiede. «Ma che… carino». Dal suo tono si capiva che non lo trovava affatto carino.

Frankie ignorò quella frecciata. Era dura prendersela con una donna appena scambiata col modello più giovane e alla moda.

Frankie porse la mano a Ferris. «Piacere di conoscerla».

«Mi è giunta voce che mio figlio ormai sorride da settimane», disse Ferris con fare amichevole. «Immagino che dobbiamo ringraziare te». Anziché stringerle la mano, se la portò alle labbra.

Oh. Ok, quindi siamo nel 1800.

«Sono sicura che ci siano anche altri motivi», rispose Frankie.

Aiden le cinse i fianchi. «No, per niente. Ah, e questa adorabile signora è mia madre», disse, indirizzando Frankie verso un'adorabile donna bruna in un vestito verde bosco. «Cecily, Francesca. Francesca, Cecily».

Cecily era una splendida donna sulla sessantina. Sul suo viso non si intravedevano ancora i segni del bisturi. Era alta, regale e adorabile.

«Francesca. Ho sentito tanto parlare di te. Posso chiamarti Frankie?».

Se Jacqueline era un vento gelido, Cecily era una brezza calda di mare.

Frankie le prese la mano e gliela strinse.

«E mi sa che già conosci il mio fratellastro», disse Aiden.

Frankie avvertì la tensione nella voce di Aiden e gli infilò una mano sotto la giacca. Quella sera non avrebbe rotto nasi né lo avrebbe messo a disagio. Se non provocata, almeno.

Elliot arrivò con andatura spavalda, le mani in tasca e un'espressione insolente.

«Francesca», disse, passandosi un dito sul naso leggermente storto. «Che bello rivederti».

«Ehi, Elliot, come va il naso?».

Sentì Aiden irrigidirsi, ma poi lui camuffò la sua risata con un colpo di tosse.

«Se lo è rotto giocando a polo», esclamò Jacqueline convinta. O era un idiota oppure voleva negare l'evidenza.

Frankie non sapeva chi avesse iniziato, ma di lì a poco tutti i Kilbourn si misero a ridere. Non era una risata genuina, di pancia, quella che contagiava tutti i commensali al tavolo dei suoi genitori, ma una risata soffocata, imbarazzata, quella risatina che dice “io so qualcosa che tu non sai”, che immaginava andasse forte su quella sponda dell’East River.

I Kilbourn erano estremamente civili tra di loro, per essersene fatte di tutti i colori. Era come se ciascuno fosse ben consapevole del suo ruolo specifico e vi tenesse fede.

«E tu che pensavi che i miei fossero strani», sussurrò all’orecchio di Aiden.

«Perché non ci avviamo verso l’asta silenziosa?», disse Ferris allegramente, porgendo il braccio alla ex moglie e alla sua futura ex moglie.

Capitolo 45

Francesca si lasciò trascinare dal Signor Piedi Veloci in un altro giro di danze. Era un ragazzo sulla trentina, molto vivace. Ma era anche spinto da altri fini. Se le avesse detto ancora una volta: «Credo che ad Aiden potrebbe interessare molto questa opportunità d'investimento», gli avrebbe pestato i piedi e sarebbe andata a cercarsi della tequila.

«Sai, non posso fare a meno di pensare che Aiden sarebbe...».

Frankie fermò il ballo di colpo. «Sì, non è che tu sia proprio discreto. Se vuoi parlare con Aiden di un investimento miliardario, vai da lui. Non usare me come tramite».

Piedi Veloci era mortificato. «Ma è un'opportunità davvero allettante...».

«Davvero, amico». Frankie cercò Aiden tra la folla, e quando i loro sguardi si incrociarono, gli fece segno di avvicinarsi. «Digli cos'hai in serbo per lui e perché pensi che gli piacerebbe... qualsiasi cosa tu stia facendo», gli ordinò. «Se dice di no, ti offro da bere. Però, per l'amor del cielo, smetti di parlarne con me».

Aiden sopraggiunse al suo fianco.

«Aiden, lui è il signor...».

«Finch. Robert Finch», rispose Piedi Veloci.

«Giusto, Finch vorrebbe parlarti di una cosa». Ammiccò ad Aiden mentre prendeva la strada del bar. Non sapeva se la tequila fosse un drink elegante da ordinare a un evento chic come quello.

«Cosa le porto, signora?», chiese il barista, educato e professionale.

«Ascolta, sono nuova qui. Secondo te è possibile ordinare uno shot di tequila senza farmi sparlare dietro da mezza sala?».

Il suo sorriso si fece più affabile. «Che ne dici se te la verso in un bicchiere con ghiaccio, e tu fingerai che sia uno scotch di prim'ordine?»

«Andata», rispose lei, dando un colpetto al bancone. Infilò cinque dollari nel bicchiere delle mance.

Lui fece sfoggio delle sue abilità, lanciando in aria la bottiglia e poi riafferrandola dietro la schiena. Tentativi di rimorchio da bartender.

Frankie lo osservò con l'aria di chi apprezza e nascose il sorriso quando si accorse che il barista stava attirando l'attenzione di altre signore presenti. A quegli eventi c'era sempre qualcuno abbastanza ubriaco da scoparsi membri dello staff in un armadio o in bagno prima della fine della serata.

Ormai, dopo tutte le proposte ricevute agli eventi a cui aveva lavorato, le era chiaro che faceva parte del gioco. Tranne quando le proposte erano troppo aggressive.

Accettò il bicchiere che il barista le porse con un gesto plateale. Una tequila doppia. E lo salutò con un sorriso e un rapido cenno col capo lasciandolo alle sue nuove ammiratrici.

Quell'evento sembrava un matrimonio. Bianco e cristallo e argento dappertutto. Paesaggio invernale, doveva essere il tema. Il biglietto doveva costare cinquecento dollari a testa, e Frankie si chiese quante persone lì dentro sarebbero state più felici di sborsarne duecentocinquanta solo per il privilegio di restarsene a casa.

Ma immaginava che esporsi pubblicamente a sostegno di una causa fosse parte integrante delle responsabilità della ricchezza. Aiden e Piedi Veloci stavano ancora chiacchierando accanto alla scultura di ghiaccio del buffet degli antipasti.

Un uomo in giacca e cravatta le arrivò alle spalle. «Allora, Francesca, quand'è che ti scuserai per avermi rotto il naso?».

Elliot cercava di essere affascinante, ma sembrava solo un lumacone che trasudava melma. Era biondo come sua madre, con i lineamenti più morbidi rispetto ad Aiden. Era carino, non bellissimo. La sua presenza non era imperiosa come quella del fratellastro. Era più che altro un eterno secondo.

«Forse quando ti scuserai per aver commesso un reato e aver quasi rovinato il matrimonio della mia migliore amica».

Lui scrollò le spalle strette con disinvoltura. «Tutto è bene quel che finisce bene».

Lei si voltò a guardarlo. «Invece poteva finire malissimo», controbatté.

«Sono venuto per fare pace. Adesso che fai parte della famiglia, è bene che non ci siano malumori tra noi. Che ne dici?»

«A me stanno benissimo i malumori».

Lui scoppiò a ridere, ma era una risata forzata.

«Credo che dovresti ballare con me», esclamò Elliot.

«Per caso hai avuto un trauma cranico quando ti ho colpito?»

«Ma è solo per fare scena». Con un braccio indicò la pista da ballo. «Non vuoi dimostrare che sai stare al gioco?».

Frankie buttò giù la tequila in un sol sorso e sollevò il bicchiere vuoto verso il barista. Lui annuì e cominciò a versare.

«Solo un ballo, e non mi toccherai il culo, né mi farai incazzare né rapirai qualcuno, intesi?»

«Hai la mia parola», disse, disegnandosi una croce sul cuore.

Lui la condusse in pista e le appoggiò una mano sul girovita. A lei dava un po' fastidio. C'era solo un Kilbourn che poteva metterle le mani addosso.

Si lasciò guidare, grata per le tre settimane di ballo da sala che la sua scuola imponeva agli studenti ogni anno.

«Allora, cosa vuoi Elliot?»
«Magari solo stare un po' con la ragazza di mio fratello».
«Oppure vuoi qualcosa. Mi piace la gente che va dritta al punto e che non mi fa perdere tempo con lusinghe o minacce».
«Voglio qualcosa da mio fratello».
«Chiedilo a lui, allora».
«Non è così semplice», protestò Elliot.
«Invece sì».
«Mi serve un favore che non mi concederà».
«Allora perché stai ballando con me? Vuoi chiudermi in un van e farmi addormentare col cloroformio finché non ti darà ciò che chiedi?»
«Dove ti ha trovata mio fratello?»
«A una festa di fidanzamento, mentre ballavo come una spogliarellista».
Elliot rise. «Sei una ventata d'aria fresca».
«E tu mi stai soffocando. Non usarmi per arrivare ad Aiden. Comportati da adulto e parla con tuo fratello».
La canzone finì, Frankie lasciò Elliot al centro della pista e lei puntò dritta al bar. Era quasi arrivata, ma qualcuno la intercettò.
«Francesca, cara. Eccoti qui», disse Ferris Kilbourn. «Se mi consenti. Un bicchiere di vino per la signora», chiese con fare galante. Frankie fissò tristemente le sue due dita di tequila rimaste dietro il bancone.
«Facciamo due passi, ti va?», propose Ferris, porgendole un calice di vino bianco.
«Certo».
Lo seguì in fondo alla sala dove una serie di finestre e porte davano su un cortile in pietra. Le porse la sedia di un tavolo vuoto.
Felice di riposarsi, Frankie si accomodò volentieri e si tolse le scarpe sotto il tavolo.

«Spero che tu non ti sia offesa per i timori che ho esternato ad Aiden», esordì Ferris.

Frankie capì subito dove voleva andare a parare.

«Timori?», gli fece eco con aria innocente.

«Sono certo che sei una ragazza adorabile».

«E come donna sono ancora meglio». A Frankie non piaceva quando degli uomini più vecchi cercavano di metterla nella stessa categoria di una cuginetta tredicenne ossessionata da Harry Styles e TikTok.

«Certo, certo. Intendo solo che non voglio che tu prenda sul personale il fatto che non ti ritengo adatta per questo mondo. Anzi, sarei sorpreso se tu non convenissi con me». Non c'era alcuna cattiveria nelle sue parole. La manipolazione, quella sì. Ma nessuna reale volontà di ferire.

Aveva passato quaranta minuti a truccarsi per quello, cazzo. Avrebbe potuto benissimo spalmarsi un ombretto azzurro e del bronzer in cinque minuti, dato che comunque la vedevano solo per quello che era. Una ragazza di Brooklyn con debiti studenteschi e nessun patrimonio.

«Be', allora immagino che la lascerò sorpreso. Non ho intenzione di sloggiare come altri membri della famiglia», disse Frankie fissando di proposito Jacqueline.

Per un attimo Ferris sembrò confuso.

Ecco, non te lo aspettavi, furbacchione?

Aveva sganciato la bomba ad Aiden sicuro che suo figlio non avrebbe parlato di quella particolare conversazione con lei. Ma lei aveva fatto la sua contromossa.

«Non credo di essere la persona giusta per questa conversazione. Se è così in pensiero per la sua famiglia, forse dovrebbe pensare di rimanere nei paraggi».

Ferris sospirò e sollevò il bicchiere. «Ho dato abbastanza. È arrivato il momento di divertirmi. Mio padre non ci è mai riuscito. Un infarto in ufficio, a settantuno anni. Non voglio fare la stessa fine».

Frankie si girò a guardarlo. «Ferris, credo che nessuno ti negherebbe l'opportunità di fare ciò che vuoi. Ma non provare a decidere della vita di Aiden. È tuo figlio, non solo un socio in affari. Fidati della sua capacità di giudizio e non solo quando ci sono in ballo ragazze di Brooklyn».

Lui sospirò. «Non mi aspetto che tu capisca le complicazioni della nostra famiglia», disse Ferris. «Il nostro business e la nostra famiglia sono inestricabilmente intrecciati. L'uno non esiste senza l'altra. Mio figlio ha la responsabilità di fare scelte che giovino sia all'azienda che alla famiglia». Anche adesso, nelle sue parole non c'era malvagità. Era solo un uomo che condivideva la sua verità.

«E in quale delle due io sono di troppo?», chiese Frankie.

«Ma vuoi davvero far parte di questo mondo?», chiese Ferris, rivoltando la domanda.

«Voglio che Aiden sia felice».

«A volte, la felicità è un lusso che nessuno può permettersi».

Frankie sogghignò. «Mi sa che i Kilbourn sarebbero capaci di trovare un modo per comprarsela». Se i soldi di Aiden rappresentavano anche solo una parte del patrimonio di famiglia, allora avrebbero anche potuto smettere di lavorare e andare a vivere in una comune multimilionaria a Dubai senza neanche battere ciglio.

«Sto solo cercando di farti risparmiare tempo e sofferenze», aggiunse. «Non capisco perché una donna che potrebbe fregarsene delle apparenze, voglia entrare in questo mondo volontariamente. Dobbiamo essere all'altezza di determinate aspettative».

«Vuole dirmi che il vostro mondo rischia di sgretolarsi se la ragazza del vostro amministratore delegato non spende cinquecento dollari per farsi unghie e capelli ogni due settimane? A qualcuno importerebbe davvero se mi presentassi a una cena di famiglia con indosso un paio di jeans da venticinque dollari preso al centro commerciale?»

«Onestamente, sì», disse ridendo. «Dobbiamo soddisfare certe aspettative. Per i Kilbourn, il lavoro è la prima cosa. Mi sono perso quasi tutti i compleanni, le partite di baseball, e anche più di un Natale. Era il prezzo da pagare. Ma ho costruito qualcosa che possono avere anche dopo che me ne sarò andato. Aiden farà lo stesso. E avrà bisogno di una donna che capisca tutto questo, che lo accetti, che lo faccia suo».

«Le capita mai di pensare che forse Aiden preferirebbe avere qualcosa di suo padre anziché un'eredità?», suggerì Frankie. «Magari preferirebbe uscire a cena con lei, invece che vederla fremere per un maledetto yacht, dal momento che ora deve soffrire per i prossimi vent'anni mentre lei finalmente vive la sua vita».

«Mi credi molto egoista, vero?».

Frankie mise giù il bicchiere. «Non la conosco ancora così bene per giudicare».

«Touché».

«Grazie. Per la cronaca, non mi interessa con chi sta divorziando e con chi salperà. Ma se tiene a suo figlio più di una serie di zeri, di proprietà, o di qualsiasi altra diavoleria, non lo chiuda nella stessa prigione da cui lei è appena evaso».

Ferris la osservò. «Forse ti ho sottovalutato».

«Succede spesso. Ma questo mi facilita la vittoria».

Ferris sollevò il suo calice. «Forse riuscirai a inserirti».

Frankie brindò con lui. «Per il futuro, preferisco la tequila al vino».

«Francesca», il solo suono della voce di Aiden era come una carezza sulla sua pelle.

Si alzò, dimenticandosi di essersi tolta le scarpe.

«Oops. Scusate. Troppi balli», disse, recuperando i tacchi sotto il tavolo.

Lui la strinse a sé. «Interrompo una riunione privata?», era sulla difensiva.

«Io e tuo padre stavamo discutendo di preferenze in fatto di drink».

Ferris si alzò in piedi. «Francesca, è stato… rinvigorente parlare con te».

«Illuminante», concordò Frankie. Lo guardarono allontanarsi, mentre si univa a un gruppo di uomini riuniti intorno a un quadro di quella che sembrava un'orgia romana.

«Mio padre ti stava infastidendo».

«Non proprio. È piuttosto educato nel suo discorso "non sei abbastanza per mio figlio"».

Aiden socchiuse gli occhi. «Gli parlerò».

Lei scrollò la testa. «Non ce n'è bisogno. Gli ho detto che dovrebbe abituarsi a me perché ho bucato i tuoi preservativi per settimane, ed è solo questione di tempo prima che si ritrovi ad avere a che fare con un nipote».

La sua risata fragorosa attirò l'attenzione degli ospiti più vicini. «Pronta ad andare?», chiese Aiden, giocherellando con uno dei suoi orecchini.

«Dio, sì. Mi fanno male i piedi, e se un altro idiota prova ad arrivare a te tramite me, gli spacco una bottiglia di cristal su quel muso compiaciuto».

«Dammi solo un segnale così chiamo il mio avvocato».

«Perché non parlano direttamente con te?», borbottò Frankie.

«Perché sono molto potente e minaccioso. E perché vedono che tu hai una certa influenza su di me».

«Posso usarla per convincerti a prendere del cibo Thai tornando a casa?».

Capitolo 46

«Allora, è stato un bagno di sangue?», chiese Oscar, porgendo ad Aiden un flacone di farmaci per l'emicrania.

«Peggio», rispose Aiden, cercando di lottare contro il dolore che gli pulsava dietro gli occhi. La Worthington Financial, una società di consulenza contabile, non aveva preso seriamente i suoi criteri di ricerca di un candidato per il posto di direttore informatico e gli aveva proposto sempre gli stessi maschi bianchi e vecchi. Lo avevano fatto incazzare tanto che Aiden aveva nominato una squadra che analizzasse la struttura aziendale.

Con un po' di indagini interne e una certa pressione ben indirizzata, Aiden scoprì una cultura di molestie e comportamenti misogini. Aveva licenziato sette top manager dell'azienda nel giro di mezz'ora. Con le minacce di cause legali dei neo-licenziati che ancora gli riecheggiavano nelle orecchie, Aiden aveva convocato una riunione generale e annunciato una ristrutturazione immediata. Due assistenti amministrative erano scoppiate in lacrime mentre lo ringraziavano. E una vicepresidente junior – proprio il tipo di persona che voleva nel ruolo di direttore informatico – revocò le dimissioni rassegnate due giorni prima.

Assunse un consulente delle risorse umane indipendente, incaricato di gestire le ricadute interne e allertò della situazione gli avvocati della Kilbourn Holdings.

«Hai dato il benservito a tutti?», gli chiese Oscar. Quell'uomo amava due cose nella vita. Il suo compagno Lewis e i succulenti gossip aziendali.

«Quasi tutti». Aiden controllò l'ora. I due meeting del pomeriggio erano stati compressi in una call frettolosa in macchina e in una cena tardiva, anche se per colpa dell'emicrania non aveva mangiato nulla. «È tardi, dovresti andare prima che Lewis venga a cercarti».

«Ci vediamo per un brindisi per festeggiare un'altra settimana in cui sua madre non si è ancora trasferita da noi». Oscar prese il cappotto dall'appendiabiti e lo indossò. «Non lavorare fino a tardi», raccomandò ad Aiden. «Sono sicuro che c'è una ragazza di Brooklyn che ti aspetta».

Aiden si sentì meglio al solo pensiero di Frankie. Quella sera aveva un impegno col catering. Uno degli ultimi lavori, quindi non si sarebbero visti. Ma poteva sempre chiamarla.

«Vai a casa, Oscar», ripeté. «E domattina come prima cosa potrai aiutarmi nella ricerca di tutti i nuovi senior manager. Magari troveremo già qualcuno tra le nostre risorse».

«Ma certo. Mi assicurerò che quelli che hai licenziato siano osteggiati anche altrove».

«Sei un francese malefico, lo sai», disse Aiden abbozzando un sorriso.

«Il più malefico».

Aiden guardò Oscar avviarsi verso gli ascensori. Tutti gli altri uffici erano al buio. Erano quasi le nove, e Aiden aveva ancora qualche ora di lavoro da recuperare. Se solo fosse riuscito a liberarsi del mal di testa… e a smettere di pensare agli eventi della giornata.

Due uomini avevano pianto quando aveva premuto il grilletto. Nessuno era innocente, ma c'era qualcosa di insoddisfacente nel punire qualcuno che si riteneva una vittima.

«Ho due figli al college», lo aveva supplicato uno di loro.

«Allora non avresti dovuto dire alle risorse umane di ignorare i reclami su di te e i tuoi colleghi», era stata la dura risposta di Aiden. Era efficiente e freddo. Senza pietà. Era più minaccioso così, quando trattava le persone come moscerini così insulsi che non valeva neanche la pena arrabbiarsi.

Ma dentro, era tutto fuorché freddo. Quegli uomini avevano creato un ambiente di lavoro così ostile che era già un miracolo che avessero ancora dei dipendenti.

Era la decisione più giusta. Forse un po' improvvisa, ma avrebbe dato l'abbrivio per l'anno a venire. Erano una nuova acquisizione, e quello era il modo più rapido per far passare il messaggio che la Kilbourn Holdings non avrebbe tollerato nulla che non fosse uguaglianza, nient'altro che giustizia.

Dover difendere la sua decisione al telefono col padre non era stata una passeggiata.

Ferris era d'accordo sul fatto che si doveva fare "qualcosa", ma non in quel momento e di sicuro non con una simile dichiarazione. «Stiamo già attraversando grandi cambiamenti», aveva commentato. «Non capisco perché devi imbarcarti in un progetto di questa portata che non farà altro che distrarti da cose molto più urgenti».

Per farla breve, per Ferris quelle donne avrebbero dovuto resistere ancora un po', almeno finché lui non fosse stato su una barca a fumare un sigaro senza preoccuparsi più di nulla.

Aiden aveva, in maniera non troppo rispettosa, dissentito.

Voleva tornarsene a casa. Dimenticarsi di tutto. Voleva andare da Francesca e sdraiarsi accanto a lei finché non fosse tornato tutto a posto.

«Be', ma questo è proprio il mio fratellone tutto lavoro e niente divertimento», disse la voce beffarda di Elliot sul ciglio della porta.

E di colpo, la serata di Aiden era peggiorata.

«Guarda un po' chi ha smesso di evitare le mie chiamate». Da quando il padre aveva deciso di lasciare, Aiden aveva provato a organizzare un incontro con Elliot. E, fino a quella sera, il suo fratellastro non aveva fatto altro che evitarlo.

Era vestito per uscire. Un blazer con bavero di velluto e un vivace papillon a quadri. Sembrava proprio un idiota patentato.

Elliot spazzò via un pelucco dalla giacca. «Scusa, *capo*. Avevo da fare».

«Fare cosa, di preciso?». Ferris aveva concesso a Elliot di tenersi una carica e un ufficio solo per lui, nel caso in cui avesse mostrato un qualche segno di interesse per l'azienda.

Elliot si stravaccò su una sedia e appoggiò i mocassini nuovi di zecca sulla scrivania di Aiden. «Mah, sai, un po' di questo, un po' di quello».

«Andiamo dritti al punto. D'ora in poi, sei chiamato a essere un membro attivo di questa famiglia, di quest'azienda».

Elliot sogghignò. «Vuoi che lavori di più? Allora voglio un ufficio più grande e un assistente. Voglio avere voce in capitolo nelle operazioni».

Aiden rimase impassibile. «Ti guadagnerai queste cose sul campo. Non solo perché hai il cognome giusto».

«Bene. Allora liquidami». Elliot incrociò le braccia con aria tronfia. Indicò una cifra fin troppo precisa per essere spuntata fuori dal nulla. «Ecco quanto costa sbarazzarti di me».

«Non se ne parla». Aiden avrebbe tanto voluto firmare un assegno lì, su due piedi, ma aveva promesso un altro anno a suo padre. Un anno intero per dare a Elliot l'occasione di provarci e fallire.

«Allora li venderò a qualcun altro».

Aiden guardò fisso suo fratello. «Ti consiglio di riflettere bene prima di fare qualcosa di irreversibile. La Kilbourn detiene le quote di maggioranza. Se svendi la tua percentuale, non sarà più così. E potresti mettere a rischio l'azienda».

Elliot scrollò le spalle, ma Aiden intravedeva le goccioline di sudore sulla sua fronte. Elliot era tante cose, più che altro terribili e offensive, ma la smania di essere riconosciuto come un Kilbourn che contava veniva prima di tutto. Se qualcosa lo aveva spaventato tanto da convincerlo a vendere il suo unico pezzo di torta, allora doveva essere una minaccia seria. E questo incuriosiva parecchio Aiden, abbastanza da iniziare a scavare.

«Se vuoi vedere ancora una busta paga, dovrai fare qualcosa per guadagnartela. Non mi interessa se dovrai metterti a fare caffè nella sala comune o svuotare cestini della spazzatura in sala conferenze. Dovrai contribuire, oppure per te non ci sarà posto qui».

«Muori dalla voglia di liberarti di me, fin dalla mia nascita», piagnucolò Elliot. «Ora puoi farlo».

«Un anno. Sai che direzione ha preso l'azienda. Che futuro ci attende. Saresti un idiota a vendere adesso».

«Alcuni di noi non hanno scelta», sibilò Elliot. Appoggiò i piedi a terra e si sporse in avanti. «Alcuni di noi non sono mai stati i preferiti. Si sono dovuti accontentare degli avanzi. E alcuni fanno quello che devono per sopravvivere».

«Ti è stato concesso tutto ciò che volevi», precisò Aiden.

«Non tutto. E il resto non era mai abbastanza. Quindi mi liquiderai, oppure andrò dritto dalla tua bella ragazza e le dirò come mai tanti anni fa il tuo amico Chip ha spezzato il cuore alla sua migliore amica».

Aiden si sentì raggelare. «Cosa ti fa pensare che io abbia qualcosa a che fare con quella storia?».

Elliot ridacchiò. «Tu hai sempre fatto come se non esistessi. E io di nascosto ne ho sentite parecchie in quella casa».

Aiden strinse forte la penna che aveva in mano, ma il suo volto rimase lapidario, disinteressato.

«Credi davvero che quell'informazione possa intaccare il mio rapporto attuale con Francesca? Se non te lo ricordi, Chip e Pruitt sono felicemente sposati ormai. Non grazie a te, certo».

«Ah, ma immagina cosa penserebbe Francesca se scoprisse

che tu sei il motivo per cui la sua migliore amica è quasi finita in ospedale. All'epoca non si faceva che spettegolare su quanto quella rottura l'avesse distrutta. Chip non sapeva cosa stessi tramando, ma io sì. Riconosco la manipolazione quando la vedo. Come credi che reagirebbe sapendo che tu hai orchestrato quella separazione?»

«Non puoi provarlo. Ti sto offrendo la possibilità di essere finalmente parte di questa azienda». Aiden non si dilungò oltre.

«Ti do una settimana per decidere. Liquidami, altrimenti spiffero tutti i tuoi segretucci». Dopodiché, Elliot se ne andò in preda a un accesso d'ira.

L'emicrania di Aiden ormai aveva raggiunto l'apice. Guardò di sfuggita il segnale della segreteria, le decine di nuovi messaggi in arrivo, la pila ordinata di contratti da firmare, e si alzò.

Non aveva abbastanza tempo per raggiungere Francesca prima che lei tornasse a casa. La voleva. Aveva bisogno di lei. Chiamò l'autista. «Andiamo a Brooklyn».

In macchina, Aiden chiuse gli occhi e si lasciò cullare dal buio e dal silenzio. Erano le dieci quando arrivò davanti al portone di Francesca, e voleva solo sdraiarsi su quel lettone, stringerla tra le braccia e dormire.

Citofonò all'appartamento di Francesca e non si stupì quando nessuno rispose. Allora citofonò alla signora Gurgevich del 2A.

«Scusi l'ora, signora Gurgevich», disse Aiden quando la donna rispose. Il mondo gli sembrava un vortice di aloni e di alterazioni visive.

«Non ti ha ancora dato le chiavi», borbottò.

«Non ancora, signora».

«Hai provato coi fiori?», suggerì la voce metallica nell'interfono.

«Ci proverò».

«Incrocio le dita per te».

Lo lasciò entrare, e Aiden salì a fatica le tre rampe di scale pregando che la testa non gli si staccasse dal collo. Si sarebbe seduto in corridoio ad aspettarla. Avrebbe dovuto scriverle, ma una parte di lui voleva anche metterla alla prova. Sarebbe stata felice di vederlo? Infastidita? Doveva saperlo prima di spingersi oltre. Si sentiva sempre più coinvolto. E aveva bisogno di sapere con esattezza fin dove voleva spingersi lei, prima di darle altri pezzi di sé.

La porta di fronte si aprì appena. «Ah, sei tu. Pensavo fosse il signor McMitchem che mi ruba sempre i giornali», disse la signora Chu, abbassando lo sguardo per assicurarsi che il suo quotidiano-esca fosse ancora lì. Dallo spiraglio, Aiden intravide la vestaglia rosa e delle morbide pantofole di peluche.

«Scusi se l'ho spaventata, signora Chu. Sto aspettando Francesca – cioè Frankie».

«Se rimani lì fuori, il signor McMitchem si spaventerà. Aspetta», scomparve per un attimo e poi tornò, porgendogli una chiave. «Ho quella di riserva».

Doveva assolutamente far trasferire Francesca in un palazzo più sicuro. I suoi vicini avrebbero tranquillamente fatto entrare un sospetto rapinatore di banche armato di revolver.

Ma sarebbe stato più comodo che rimanere seduto in corridoio. Aprì la porta, riconsegnò la chiave ed entrò.

Il contrasto tra casa sua e casa di Frankie lo stupiva sempre. La sua era un bel po' vissuta, se non disordinata. C'erano piatti nel lavandino, la posta sul tavolo, e un cumulo di bucato fresco sul pavimento proprio accanto alla cucina, sembrava lo avesse lasciato lì dopo aver pescato in tutta fretta un indumento in particolare.

Sentendosi infinitamente grato, si accorse che gli aveva lavato una t-shirt e un paio di pantaloni della tuta. Si cambiò subito, pensò di razziare le scorte di cibo, ma poi decise che l'emicrania si sarebbe placata col riposo. Si distese sul divano e cercò di convincere il suo cervello a riflettere sul problema più urgente. Sapeva già come sarebbe andata, se Frankie avesse scoperto quello che aveva fatto. Di come aveva convinto Chip a lasciare Pru. E dai commenti di Frankie, quella rottura era stata devastante per Pruitt.

Come avrebbe sistemato tutto? Fu il suo ultimo pensiero prima che il silenzio e il buio lo avvolgessero.

Capitolo 47

Era stravaccato sul suo divano, con un cuscino in faccia, la maglietta che scopriva un po' gli addominali sexy al di sopra della vita bassa dei pantaloni.

Frankie avrebbe urlato appena messo piede in casa, ma era impossibile scambiare quel corpo fantastico, divino, per un qualche estraneo pronto a derubarla e stuprarla. Aiden Kilbourn era il suo ospite misterioso, e a giudicare dagli occhi annebbiati, non era lì per fare sesso.

«Ehi», disse lei sottovoce.

Lui sussultò per la luce e richiuse gli occhi.

«Ciao», disse, la voce rauca. «Che ore sono?»

«Non ancora le undici».

«Dato che la mia porta è ancora intatta, immagino che la signora Chu ti abbia fatto entrare», disse Frankie, passandogli le mani tra i capelli spessi.

«Hai bisogno di più sicurezza». Strofinò la guancia contro la sua mano, e Frankie si sciolse dentro.

«Mal di testa?»

«Sì».

«Tieni duro, ragazzone». Gli stampò un dolce bacio sulla fronte e andò in cucina. Tornò con un bicchiere d'acqua e due pillole.

«Non ho i farmaci da ricetta di Pru, ma questo è un generico».

Lui riuscì a rimettersi in posizione eretta, e lei si rese conto della fatica che faceva.

«Com'è andata la tua serata?», le chiese, buttando giù acqua e pillole.

Aveva i capelli arruffati dal sonno, le punte appena arricciate sul collo. Com'era possibile che l'Aiden arrogante e incontentabile le facesse vibrare il sangue mentre l'Aiden vulnerabile e dolce riducesse in poltiglia il suo cuore duro e freddo?

«È andata bene», mentì. Non era andata bene. Si era rivelata una rottura. Ed era stato anche un po' uno shock culturale passare dai panni dell'invitata a una serata di beneficenza a quelli di chi ci lavora come staff. Sentiva di non appartenere a nessuno dei due mondi.

Forse era due persone. Francesca, la ragazza dell'imprenditore, e Frankie, la studentessa di Brooklyn che sputava parolacce ogni tre per due.

«Com'è andata la giornata?».

Lui si premette le dita sugli occhi, ma Francesca vedeva ancora la smorfia di dolore.

«Non devi parlarne se non vuoi». Riportò in cucina il bicchiere vuoto e aprì una lattina di Coca.

«Voglio farlo. Ecco perché sono qui». Adesso si era anche un po' immusonito, e lei lo trovava tenero.

Gli passò la lattina. «Ecco. Raddoppiamo con la caffeina».

«Grazie», mormorò lui.

«Vieni su», disse lei, tirandogli delicatamente la mano. «Andiamo».

«Dove?»

«A letto».

«Non so se ce la faccio…».

«A dormire, Aide. Solo a dormire. Ti salterò addosso solo quando starai meglio».

«Oh».

Lo condusse in camera e lo fece distendere sul suo lato del grande letto. Il suo lato. Aveva un suo lato in quel letto, un cassetto in bagno, e forse era anche ora di dargli una chiave tutta sua anziché farlo dipendere dalla gentilezza invadente dei vicini.

Frankie gli baciò dolcemente la fronte. Quando fece per andarsene, lui le afferrò la mano. «Dove vai?»

«Tesoro, mi cambio e torno subito a letto».

«Forse non sei ancora stanca».

Non lo era. Dopo aver girato come una trottola per ore, dando da mangiare a persone scortesi e ripulendo i loro pasticci, di solito si sentiva gasata.

«Mi metto a leggere a letto, accanto a te».

«Ok». Schiacciò la faccia sul cuscino.

Maledizione. Così vulnerabile, bisognoso di cure, Aiden era ancora sexy da morire e lei avrebbe voluto solo infagottarlo e cullarlo finché non fosse stato meglio. Le provocava una strana sensazione nel petto. Di calore e… felicità. Non le piaceva.

Si prese il suo tempo per lavarsi denti e faccia. Quando tornò in camera in pigiama, Aiden dormiva, un cuscino tirato sulla testa.

Il povero, indistruttibile Aiden, aveva raggiunto il limite. Doveva essere stata una giornata durissima per lui. Qualche volta aveva intravisto la sua agenda. Quasi tutte le sue giornate erano programmate in ogni minuto. Aiden Kilbourn faceva entro le dieci il lavoro che gli altri facevano in una giornata, anzi, in una settimana. Ma lei aveva individuato uno schema ricorrente.

Il lavoro era la sua vita, e lui si impegnava fino a esaurire le forze, e poi si rimetteva in piedi e si impegnava ancora di più.

Ammirava quel tipo di dedizione, pensò Frankie infilandosi sotto le coperte. Si appoggiò con la schiena ai cuscini con il suo eReader.

Era un loro tratto in comune. Certo, per lavoro lui doveva

gestire un conglomerato multimiliardario. Mentre lei aveva due lavori part-time e un master. Ma comunque, entrambi tenevano gli occhi fissi sull'obiettivo, e nessuno dei due si sarebbe fermato di fronte a nulla. Per lui: dominare il mondo o almeno quello aziendale. Per lei: un master e un futuro finanziariamente sicuro.

Strano come due persone venute da realtà opposte potessero scoprirsi simili.

Lui si girò. Senza aprire gli occhi, rotolò verso di lei, accoccolandosi e affondando il viso nel suo braccio.

Lo scapolo più ambito della città era nel suo letto, e l'abbracciava per giunta, e il suo cuore era in preda a una sensazione strana e sfuggente.

«Figlio di puttana», mormorò. Si stava innamorando di lui. E non sarebbe stata una passeggiata.

Accese l'eReader e scelse il romanzo che aveva iniziato. Almeno sulla pagina, il lieto fine era garantito.

La ragazza di Aiden Kilbourn fa la cameriera?

Una bella mancia: cameriera accalappia miliardario

Capitolo 48

Frankie si faceva largo tra la folla, portava un vassoio di crostini alla pancetta. Era il suo penultimo catering. Con i soldi di quella serata, avrebbe saldato la carta di credito che ancora piangeva dal matrimonio di Pru.

Quella sera i ricchi raccoglievano fondi per i lamantini o le tartarughe o altre specie marine a rischio, in una galleria dell'Upper West Side. Con una mano firmavano assegni e con l'altra reggevano cocktail sofisticati o buttavano giù coppette ripiene di funghi.

«Sono divine», disse una donna in paillettes nere, pescando un altro stuzzichino dal vassoio di Frankie. «Partecipo a queste cose solo per il cibo», confessò.

Frankie le sorrise. «In tal caso, non si perda i toast al brie».

Fece un giro in fondo alla stanza, sorridendo educatamente e dando indicazioni per la toilette quando gliele chiedevano. E rimase di stucco quando le si parò davanti il generoso décolleté di Cressida.

Merda. Sperava di non dare nell'occhio. Il direttore del catering aveva già espresso i suoi dubbi sul fatto che la fidanzata di Aiden Kilbourn servisse stuzzichini ai suoi nuovi conoscenti. L'ultima cosa di cui aveva bisogno era un litigio con le invitate al matrimonio di Pru.

Si nascose dietro un uomo alto e allampanato, facendo capolino da dietro il suo gomito. Cressida non era sola. Era insieme ai testimoni dello sposo e a Digby, il genio del day trading. Era così sorpresa da non rendersi neanche conto che l'uomo dietro il quale si nascondeva se ne era andato al bar.

«Frankie?», chiese Digby, guardandola perplesso.

Merda. Merda. Merda.

Frankie si stampò in faccia un sorriso gioviale.

«Ehi, Digby. Cressida. Che bello vedervi», disse, e per una volta desiderò avere indosso un vestito elegante e reggere il programma di una raccolta fondi e non un vassoio di pancetta.

Cressida squadrò la sua uniforme. «Stai lavorando?».

Frankie raddrizzò le spalle, come a sfidarli a dire qualcosa. «Sì. Allora, qual buon vento?».

Digby acchiappò un pezzo di toast.

«Cressida è la proprietaria dell'edificio», rispose, masticando tutto felice.

«E mi piacciono i lamantini», aggiunse lei, indicando uno dei banner informativi appesi al soffitto.

La tettona bionda era una magnate dell'immobiliare, mentre Frankie tirava a campare servendo aperitivi. A volte la vita era proprio ingiusta.

Digby si frugò nelle tasche.

«Se prendi il telefono, ti faccio ammazzare», cinguettò Cressida. Digby terminò la sua ricerca timidamente e prese un altro stuzzichino.

«Lo sto educando a non fare lo stronzo», annunciò Cressida. «Buona fortuna a te con Aiden».

«Ah, grazie?», rispose Frankie.

Digby sogghignò. «Ho saputo che Margeaux non ha preso bene la notizia che state insieme».

«Non riesco a capire perché la cosa debba riguardare Margeaux».

«A lei non piace perdere», esclamò Cressida. «Adesso andiamo a fare l'amore». Il viso di Digby si illuminò, per una volta non grazie allo schermo del telefono.

«È stato bello vederti, Frankie. Salutaci Aiden», disse di corsa, afferrando Cressida per il polso e trascinandola verso l'uscita.

«Mmmh», disse Frankie, guardandoli uscire. Alle Barbados doveva esserci qualche sostanza strana nell'acqua. Rabbrividì, provando compassione per qualunque uomo fosse finito con Margeaux.

Andò avanti, circolando come un fantasma tra la folla finché il suo vassoio non fu vuoto. Di ritorno nella cucina angusta, fece rifornimento. Jana entrò con un vassoio di bicchieri sporchi.

«Un'altra ora e iniziamo a sbaraccare», esclamò. Quella sera i suoi capelli biondi erano striati di turchese.

Frankie aspettava con ansia che quell'ora finisse, insieme a quella parte della sua vita, per andare a immergersi nel suo nuovo ruolo preferito. Lo scaldaletto di Aiden. Dato che era già in città, aveva senso che restasse a casa sua quella notte. Soprattutto perché il giorno dopo era sabato. Il piano era di dormire e fare un brunch con calma. Poi cena con il padre di Aiden, la sua nuova amica e la madre di Aiden. Come sempre, i Kilbourn erano molto civili. Anche se non abbastanza da invitare la matrigna-futura ex. La notizia del divorzio era trapelata in anticipo. E il gossip andava forte anche lì.

Girava voce che Jacqueline fosse nella lista degli invitati, ma che si sentisse troppo umiliata per mostrarsi in pubblico.

Frankie immaginava che più probabilmente stava solo studiando il contratto prematrimoniale con la lente d'ingrandimento, anziché soffrire davvero per l'umiliazione subita. Era strano servire cibo ad alcune delle stesse persone con cui aveva ballato la settimana precedente. Ma come al solito, nessuno guardava un cameriere negli occhi a meno che non stesse cercando qualcosa di più del cibo o delle bevande.

L'anonimato era più rassicurante di qualsiasi altra cosa.

Aiden non aveva fatto cenno al suo lavoro nel catering, ma doveva trovare strano che la sua ragazza servisse i suoi simili.

«Francesca?». Cecily Kilbourn la guardò perplessa. «Sei tu!». Aveva un vestito giallo semplice ma strepitoso, che solo una donna con il suo colorito e portamento poteva sfoggiare.

«Signora Kilbourn», disse Frankie, e per poco non rovesciò il vassoio.

D'improvviso non era più un fantasma.

«Ti prego, chiamami Cecily», disse con un sorriso sincero. «C'è anche Aiden?»

«No, stasera lavora fino a tardi».

«Ah. Mio figlio non fa altro», sospirò Cecily. «In questo ha preso dal padre».

«Si impegna molto», concordò Frankie.

«Un modo molto garbato per dire che deve stare molto attento se non vuole seguire le orme di suo padre. Sono felice che ti abbia trovata. Sembra molto preso».

«Anche io. Cioè, mi sento così anche io».

«Sarò di parte», disse Cecily, «ma è un bell'acquisto».

«Stiamo molto bene insieme», disse Frankie, non sapeva come riuscire a scambiare quattro chiacchiere con la madre del suo ragazzo, quando in teoria avrebbe dovuto servire cocktail di gamberi in cucchiai di ceramica.

«E adesso cos'hai trovato, Cecily? Se non stai alla larga dal cibo, uscirai di qui con cinque chili in più». Jacqueline, che a quanto pareva non era umiliata né incollata al contratto prematrimoniale, le raggiunse di soppiatto e pescò uno stuzzichino dal vassoio di Frankie. Lo assaggiò e arricciò il naso. «*Bleah*. Disgustoso. Odio i gamberi». Lasciò cadere un bolo di gambero smangiucchiato sul vassoio.

Che stronza.

«Dov'è la ragazza con il brie?», domandò.

«Jacqueline, ti ricordi della ragazza di Aiden, Francesca, vero?», fu la domanda mirata di Cecily.

Jacqueline ci mise un attimo a rendersi conto che Cecily si riferiva alla ragazza col vassoio in mano e non a qualcun altro. «Fai la cameriera?», chiese Jacqueline ridendo. Provò ad aggrottare la fronte, ma il botulino le consentiva solo di sgranare appena gli occhi.

«Tra le altre cose, signora Kilbourn».

Jacqueline aveva l'aria di chi stava decidendo se fosse o meno opportuno parlare con la servitù.

«Be', buona chiacchierata», disse, per poco non le si incrociavano gli occhi per quanto le stava squadrando. «Fra poco ho un'altra festa, quindi vado a fare un giro di saluti». Filò via in un sibilo di seta e perle.

«Speriamo che la prossima sia un po' più sopportabile», sospirò Cecily.

«Come ha fatto Ferris a passare da te a quella?», chiese Frankie.

Oh, merda. Ma quando avrebbe imparato a tenere la bocca chiusa?

«Forse c'entrava il fatto che lei fosse incinta», spiegò Cecily. «Ooops. Segreto di famiglia. Fingi che abbia detto qualcosa di molto dolce e zen».

«Hai ragione. Jacqueline è proprio un *tesoro*», disse Frankie.

«Oh, Cecily!». Una donna con uno scialle bordeaux le fece cenno dal suo strategico punto di osservazione, accanto a una statua nuda.

«Una mia amica. Te la presento?», le chiese.

Frankie scrollò la testa. «Spero non ti dispiaccia, ma vorrei restare in incognito. Mi manca solo un altro servizio, ed è più facile se nessuno sa della mia... connessione con Aiden».

Cecily annuì. «Capisco. È stato bello rivederti, e non vedo l'ora di cenare insieme domani».

«Anche io», disse Frankie. E si rese conto che diceva sul serio.

Frankie andò verso la cucina per sbarazzarsi del gambero sputato da Jacqueline. Niente ti faceva passare l'appetito come il cibo smangiucchiato di qualcun altro.

«Visto con chi parlava Cecily?».

Frankie captò la voce di Jacqueline, veniva da un capannello di signore che indugiavano accanto al bar.

«Chi?», chiese una di loro, quasi ansimante d'entusiasmo di fronte al pettegolezzo.

«Una cameriera».

«Per farsi svelare una ricetta?»

«La cameriera è la ragazza di suo figlio».

«No!», sussultò qualcuno in preda all'orrore.

Ok, era una reazione esagerata. Mica aveva detto che Aiden mangiava cibo per cani a colazione.

«Sì», confermò Jacqueline tutta contenta.

«Tale padre, tale figlio, immagino. Hanno tutti e due un debole per la servitù».

«Anche Cecily era una cameriera?»

«Quasi», proseguì Jacqueline. «Faceva la segretaria per l'azienda di interior design che lui assunse per la sua casa negli Hamptons. Ve la immaginate? Quella poverina ha sempre creduto fossimo amiche. Ma così ci si comporta con la servitù. Un buffetto sulla testa, gli dici che stanno facendo un buon lavoro e poi quando se ne vanno controlli che l'argenteria sia ancora al suo posto».

Starnazzarono come uno stormo di oche.

«E addio discendenza», sospirò qualcuno.

«Tanti anni fa, avrei dovuto dire a mia figlia di trovarsi un lavoro in un fast food o di fare la bidella se voleva conquistare Aiden».

Frankie era sorpresa che il vassoio non le si fosse ancora spezzato tra le mani, tanta era la pressione che stava esercitando. Fece un rapido calcolo. Esattamente quanto gravi sarebbero state le conseguenze se avesse preso a vassoiate in testa la futura ex signora Kilbourn?

Be'. Molto gravi. Era furiosa. *Ok, niente violenza fisica. Ma non avrebbe fatto finta di niente.*

Afferrò uno stuzzicadenti al bar e piombò nel gruppetto di iene. «Ecco a te, Jackie. Hai degli spinaci fra i denti», disse porgendole lo stuzzicadenti. «Non vorrei mai che qualcuno ne ridesse alle tue spalle».

Le risate si fermarono di colpo. Jacqueline la guardò severa.

«Oh, sono così fiera di te, che tu ti sia fatta vedere qui stasera. Non riesco neanche a immaginare come dev'essere mostrarsi in pubblico dopo che mio marito mi ha scaricata per una con quindici anni di meno. Buon per te, tesoro. Domani sera ci sarai anche tu a cena per conoscere la nuova signora Kilbourn?».

Jacqueline aveva la mascella che arrivava fino alle tette gonfiate, quando Frankie si defilò di buon passo.

Ok, non era stato così soddisfacente come colpirla in pieno volto. Ma era bello lo stesso.

Tornò precipitosamente in cucina, si prese una pausa di due minuti, poi si dipinse sul viso un sorriso professionale e tornò tra la folla che andava diminuendo. Jacqueline se n'era andata e sembrava che avesse portato con sé la maggior parte delle sue comari. Probabilmente per dimostrare che non indossava la dentiera.

La guardavano tutti, però, e si profondevano in ringraziamenti quando passava con il vassoio. Uffa. Li preferiva quando si sentivano troppo importanti per guardarla. Le voci circolavano in fretta nell'alta società. *La ragazza di Aiden Kilbourn serviva aperitivi con indosso un grembiule, di venerdì sera. Ma dove sarebbero andati a finire?*

«Ne vorrei un pezzo anche io, di quella roba che ha lì». La

voce era suadente con una malizia ben collaudata che subito allertò Frankie.

«Di funghi ripieni?», chiese, porgendo il vassoio.

Era un uomo snello e dai muscoli definiti, alto più o meno quanto lei. Doveva pesare circa cinque chili più di lui.

C'era qualcosa di insolente nel modo in cui ispezionò il vassoio prima di cacciarsi in bocca il fungo, e leccarsi platealmente le dita.

«Sono Lionel, comunque».

«Salve, Lionel», disse lei, disinteressata alle presentazioni del caso.

«Sono sicuro che Aiden ti ha già parlato di me. Di solito sono quello che lo straccia a polo», disse Lionel, liberandosi la fronte dal ciuffo di capelli biondi.

«Amiamo sfidarci in ogni campo». Abbassò la voce come a svelare un segreto.

«Buon per voi», disse cercando di sviarlo. Ma lui la seguì, tagliandole la strada.

«Sei molto bella, sai. Ti guardavo dall'altra parte della stanza e non riuscivo a toglierti gli occhi di dosso».

«Vieni al sodo, Lionel», ingiunse Frankie con un minimo di educazione che riuscì a racimolare. Odiava vedersi limitata nella professionalità richiesta dal suo ruolo.

Lui le sfiorò la guancia col dorso della mano. «Io credo che staresti meglio nel mio letto che in quello di Aiden. Tu che dici?».

Vaffanculo. Vattene a fanculo. Cospargiti di carne macinata e buttati nella tana di un grizzly. «No, grazie». Le sue parole erano così gelide che Lionel avrebbe dovuto trasformarsi in un ghiacciolo.

«Forse posso convincerti. Mi piace quando le ragazze fanno le difficili».

«Mi parli così perché sono una cameriera o perché il tuo portafogli ti fa credere che puoi farlo?».

Lui gettò la testa all'indietro e scoppiò a ridere. «Sei proprio una gatta selvatica. Dai. Lascia perdere Kilbourn. Bevi qualcosa con me. Ti pago il resto del turno».

Lionel commise l'errore fatale di prenderla per il gomito e strattonarla.

Capitolo 49

Aiden si accigliò leggendo il messaggio di Frankie.

Frankie: Stasera non ce la faccio. Rimandiamo?

L'ultima volta che avevano parlato, non vedevano l'ora di passare una notte insieme. Aiden tamburellò le dita sulla scrivania, sentiva un timore latente alla bocca dello stomaco. Che Elliot avesse portato a termine la sua minaccia? Aveva sottovalutato quel codardo pigro e viscido di suo fratello? Il fatto che Elliot avesse bisogno di soldi era evidente. Ma il motivo? Era ancora un fastidioso mistero.

L'indagine di Aiden era a malapena partita, e doveva ancora smascherare un'eventuale connessione tra Elliot e Donaldson.

Aveva creduto che la sua fosse una minaccia a vuoto. Elliot era tante cose sgradevoli, ma la sua smania di diventare una risorsa essenziale per suo padre oscurava tutti gli altri obiettivi. E Aiden aveva intenzione di contare su quella strana coerenza per guadagnare tempo. Doveva solo capire come rivelare a Francesca che c'era lui dietro gli anni di infelicità della sua migliore amica.

Poteva farlo venendo incontro alle richieste di Elliot oppure usare la strategia per sfilarsi dall'impegno preso con suo padre.

Insomma, era fottuto.

Suonò il telefono, e Aiden lo afferrò subito. Era sua madre. Per un attimo pensò di non rispondere e lasciare che si attivasse la segreteria, ma cambiò idea.

«Scusa se ti chiamo così tardi», disse Cecily, sembrava contenta. «Ma sapevo che ti avrei trovato a lavorare. Volevo dirti che ho incontrato Francesca all'evento di stasera. Stava lavorando».

«C'era anche Elliot per caso?». Aiden si parò gli occhi con la mano e sperò in buone notizie.

«Io non l'ho visto. Ma c'era sua madre».

Aiden accennò un sorriso per il tono impercettibilmente ironico di sua madre. Avrebbero dovuto farla santa per l'eleganza con cui aveva accettato Jacqueline ed Elliot dopo il tradimento del padre. Ora che il matrimonio era finito, Cecily si era liberata dalla prigione delle buone maniere, dal dover fare buon viso a cattivo gioco.

«Comunque, Francesca è molto diversa dalle donne con cui ti ho visto prima, Aiden. E voglio che tu sappia che mi piace molto. E la pensavo così già prima che mettesse Jacqueline al suo posto come ha fatto stasera, mentre blaterava sul fatto che padre e figlio condividono una passione per "la servitù"».

Aiden imprecò sottovoce. Era diviso tra due sensazioni. Sollievo e paura. Frankie non poteva sfuggire alla sua famiglia nemmeno al lavoro. E anche se non era stato Elliot a svelare segreti, Jacqueline poteva fare danni.

«Cos'ha detto Jacqueline di preciso?», chiese con tono severo.

Cecily scoppiò a ridere. «Non devi scendere in battaglia. La tua ragazza ha saputo difendersi e ha mandato via Jacqueline con la coda tra le gambe. Fa proprio per te, Aiden».

«Papà non la pensa così», ammise Aiden.

«Tuo padre ha solo bisogno di espandere i suoi orizzonti. Spero che tu e lei rimarrete insieme».

«Sono solo due mesi che ci frequentiamo. Stai già scegliendo le partecipazioni?»

«Due mesi è già tanto viste le tue relazioni precedenti, figliolo. E per ora non vedo i tuoi soliti segnali di noia».

No, anzi, era più affascinato, più innamorato ogni giorno. E quella sera qualcuno che faceva parte del suo mondo aveva turbato Frankie. Era suo dovere proteggerla.

«Dov'era quest'ennesima raccolta fondi?».

La trovò, finalmente, in un bar a un isolato dall'evento. La folla andava diradandosi, e Frankie sedeva da sola al bar, con l'uniforme del catering, a fissare cupamente un bicchiere di qualcosa. Si accorse appena dei pannelli scuri, delle luci soffuse e delle eleganti opere d'arte sotto le lampade di ottone. La sua attenzione era tutta su di lei, sulla curvatura delle sue spalle, sull'increspatura dei suoi capelli, sul broncio delle labbra.

«Mi stai dando buca per bere da sola?», chiese, sedendosi sullo sgabello accanto a lei.

Frankie non alzò lo sguardo, i lunghi capelli le nascondevano il viso. Aiden sapeva essere un uomo paziente quando la situazione lo richiedeva. Fece un cenno al barista e ordinò uno scotch.

Al che Frankie si smosse. «Allora, hai ricominciato a bere?»

«Sto bevendo un drink con te. Una bella donna non dovrebbe bere da sola».

Lei scosse la testa e sollevò il viso. Aiden si accorse degli occhi rossi, delle guance solcate dalle lacrime e sentì il suo corpo passare all'attacco. Qualcuno le aveva fatto del male e l'avrebbe pagata.

«Che è successo?»

«Primo, sappi che piango di rabbia. È molto diverso dal piangere di tristezza. Non sono una debole».

«Francesca», disse lui, girando lo sgabello per guardarla negli occhi e chiudendola tra le sue gambe. «Non c'è neanche una persona sulla faccia del pianeta che userebbe la parola debole accostata al tuo nome». Il telefono vibrò nella tasca, chiamata in arrivo.

Lei si guardò i pugni chiusi. «Mi hanno licenziato».

Le prese le mani e le tenne strette. «E sei arrabbiata».

Lei annuì.

«Ho saputo di Jacqueline», incalzò. «È stata colpa sua?». Il telefono riprese a squillare.

Frankie scrollò la testa. «Me ne ero già dimenticata. So che tecnicamente è la tua matrigna ancora per qualche settimana, ma spero di non dover essere gentile con lei. Probabilmente avrei dovuto chiedertelo prima».

«Francesca, non vorrei mai che tu credessi di dover essere gentile con qualcuno che non ti tratta come meriti».

Lo guardò, guardò dentro di lui, e gli occhi le si riempirono di lacrime.

«Cazzo, tesoro. Dimmi che è successo».

«Oh, posso spiegartelo meglio». Fece scivolare il telefono davanti a lui. Aiden lanciò un'occhiata allo schermo e poi sollevò il telefono per guardare meglio.

La foto attirò subito la sua attenzione. Ritraeva Frankie intenta a colpire in pieno viso, con il vassoio, un uomo biondo.

La ragazza di Aiden Kilbourn aggredisce un rivale in affari durante una raccolta fondi.

«Chi è? E cosa ti ha fatto?».

Frankie sgranò gli occhi. «Da come mi ha parlato di voi, sembrava foste Lex Luthor e Superman».

«Sono tante le persone che credono di avere con me un legame più profondo di quanto sia in realtà». Se il telefono non avesse smesso di squillare, lo avrebbe lanciato nel lavandino del bar.

«Ahia».

«Tu, invece, continui a minimizzare l'importanza del nostro rapporto», le fece notare.

«Bel gancio. Perché non stai dando di matto? È Lionel Goffman, comunque. Siete rivali sul campo da polo e su quello degli affari», disse lei, citando l'articolo.

Aiden ricordava quell'uomo solo vagamente. «Che ti ha fatto, Francesca?»

«Insinuato che dovrei preferire il suo letto al tuo. Al lavoro devo essere educata, professionale. Mi serviva quell'ingaggio. Mi servivano i soldi. Ma mi ha afferrata e…».

«Ti ha toccata?». La voce di Aiden era pericolosamente calma, ma lei non se la beveva neanche per un secondo.

«Non osare trasformarti nel cavaliere bianco e peggiorare le cose, Aide».

«Che ti ha fatto di preciso?»

«Mi ha stretto il braccio e ha iniziato a tirarmi. Ha detto che mi avrebbe offerto da bere e pagato il resto del turno».

Aiden guardò di nuovo il telefono. «Gli hai rotto il naso?».

Frankie sospirò e prese il bicchiere. «C'è anche il video», mormorò.

«Come dici?», chiese Aiden, avvicinandosi.

«C'è il video. Scrolla».

Fece come gli aveva detto e guardò Francesca che sbraitava contro l'ignaro uomo morto. «Non toccarmi! Anzi, non toccare mai una donna senza il suo permesso».

Ma Lionel non sembrava intenzionato a darle retta. L'afferrò di nuovo. «Dai, andiamo a bere qualcosa».

Frankie scrollò la testa e poi sollevò il vassoio. Con una sola mano lo colpì in testa come se il vassoio fosse un cimbalo. Frastornato, Lionel fece un passo indietro e inciampò, cadendo culo a terra.

«Per tua informazione, Aiden Kilbourn è un uomo migliore di quanto tu possa mai diventare. E semmai dovessi insinuare il contrario, vengo a cercarti!». La rabbia era esplosa, e ormai era impossibile contenerla. Afferrò un vassoio pieno di calici di champagne da un tavolo alle sue spalle e gli rovesciò tutto addosso.

«Eccoti servito, pezzo di merda».

Dalla folla si levarono sussulti scioccati e qualche risata, mentre Lionel cercava a fatica di rimettersi in piedi.

«Avrai notizie dai miei avvocati!».

Aiden rimise giù il telefono e sentì il suo vibrare in tasca per l'ennesima volta. Se il blog del *Rumor Mill* aveva già quel materiale, ormai dovevano saperlo tutti. Il controllo dei danni sarebbe stato… interessante.

Prese il bicchiere e sorprese entrambi quando scoppiò a ridere.

Frankie lo guardò come si guarda un pazzo.

«Come fai a ridere? Ho appena umiliato tutta la tua famiglia. La fattura dei tuoi PR sarà astronomica questo mese».

Ma Aiden non riusciva a smettere di ridere. Francesca Baranski era dalla sua parte. Non si era fatta spaventare da un rivale viscido, né da una matrigna malefica, e neanche da un fratellastro idiota. Gli era rimasta accanto. E la sua strenua lealtà era contagiosa. E il suo cuore le apparteneva.

«Aiden, smettila di ridere e inizia a pensare ai danni che ho fatto. Ho aggredito una persona e c'è anche il video. E come se non bastasse, ora tutti sanno che la tua ragazza fa la cameriera».

«Faceva», la corresse. «Sei stata licenziata».

«Non è divertente!».

«Sei unica al mondo, Francesca. Sono così felice che tu sia mia».

«Aide! Cosa devo fare? Mi denuncerà? Devo chiedere scusa? Col cazzo! Sai quanto mi ci vorrà per saldare la carta solo con lo stipendio dell'agenzia?». Appoggiò la testa al bancone, i riccioli ricadevano come una cascata.

«Francesca, nessuno ti denuncerà».

«Ma hai sentito quello che ha blaterato alla fine del video a proposito degli avvocati?».

Aiden sospirò e tirò fuori il telefono. Dodici chiamate perse. Scorse quelle di sua madre, suo padre e Oscar e chiamò i suoi PR.

«Michael», fu il suo saluto. «Aspetta che faccio entrare Hillary in call». Chiamò la sua avvocatessa di famiglia preferita. «Hillary? Sono in call con Michael. Ecco il punto. Mi serve una controquerela nel caso in cui questo stronzo di Goffman sia così stupido da procedere. Voglio anche una dichiarazione in cui si dice che io e la signora Baranski stiamo riflettendo sulla possibilità di sporgere denuncia per aggressione. Lei si è sentita minacciata fisicamente e ha agito come meglio poteva per neutralizzare la minaccia».

Frankie lo guardava a bocca aperta.

«E vorrei anche aggiungere una dichiarazione sulla recente presa di posizione della Kilbourn Holdings rispetto al bullismo e alle molestie sessuali. Un semplice redazionale sul fatto che certi comportamenti non saranno tollerati in un contesto lavorativo e sociale, e che siamo fieri di Francesca e delle donne come lei che si battono contro una mentalità patriarcale ormai superata e che hanno il coraggio di chiamarla col suo nome. Oggigiorno, queste convinzioni antiquate per cui un sesso dovrebbe valere più di un altro non hanno più motivo di esistere».

«Ci penso io», affermò Michael. «Mi coordinerò con Hillary, e ti faremo avere una bozza prima del rilascio ufficiale domattina».

«Bene. E precisate che la signora Baranski è rappresentata da Hutchins, Steinman e Krebs».

«Non vedo l'ora di rompere qualche culo», annunciò Hillary.

«Grazie per il vostro tempo», disse Aiden e mise giù. Il telefono riprese subito a squillare. Era suo padre, ignorò la chiamata. Sullo schermo spuntarono due messaggi di Oscar. Screenshot di altri blog di gossip.

«Tuo padre mi odierà ancora di più», brontolò Francesca.

«L'unico Kilbourn di cui devi preoccuparti sono io. E io sono fiero di come ti sei fatta valere. E ti devo delle scuse. È tutta colpa della nostra relazione e non so dirti quanto mi dispiace. Ma sistemerò tutto».

«Oh, Dio. Mica vuoi rapirlo, vero?»

«Ti sembro Elliot?».

Lei accennò un sorriso. «Quindi non sei arrabbiato?»

«Sono furioso. Ma non con te. Mai».

«Lo nascondi bene. Io lo sento, poi scoppio, e poi passo due giorni a pentirmene».

Il telefono di Frankie squillò. E lei lo afferrò trasalendo. «Oddio. Brenda, la mia capa. Non posso perdere un altro lavoro».

«Te la ripago io la carta». Aiden sapeva già che era un errore mentre quelle parole gli uscivano dalla bocca, ma lo avrebbe fatto per lei, le avrebbe dato anche quello.

Lei stava già scrollando la testa. «No. No. Non se ne parla».

«Sai che per me non conta niente», protestò lui.

«E tu sai che invece per me conta. Non sono una ragazzina benestante che si fa salvare la pelle da mamma e papà».

«Prima di tutto, io non somiglio per niente ai tuoi».

«Ah, ah. Non accetterò i tuoi soldi, Aide».

«E quelli di Lionel?»

«Cosa?»

«Accetteresti i soldi di Lionel come forma di risarcimento?»

«Be', sì cavolo».

«Allora ti farò avere quello che credi di meritare. Che cifra hai in mente?».

Frankie indicò una cifra così irrisoria che Aiden fu costretto a chiudere gli occhi e respirare a fondo. «Sei a tanto così dalla bancarotta, e mi impedisci di intervenire?»

«Sei furioso con qualcun altro, non con me. Ricordi?»

«Mi farai venire il mal di testa».

«Ah, certo. Scaravento un vassoio sulla testa di uno dei tuoi simili, e poi lo annaffio con lo champagne, e tu non fai una piega. Ma se oso rifiutare i tuoi miliardi, ti viene l'emicrania», disse imbronciata.

«E se fossi io ad avere disperatamente bisogno di qualcosa che tu puoi darmi facilmente?»

«I soldi sono diversi. I soldi significano potere e controllo, e io voglio i miei, non quelli di qualcun altro».

Aiden odiava ammetterlo, ma capiva le sue ragioni, per quanto fossero testarde e malaccorte.

«D'accordo. Ti farò avere i soldi di Goffman».

Lei scrollò la testa e rise sommessamente. «Sei unico, Kilbourn».

«Ma torniamo a te, Baranski. Posso rivedere quel video?».

La ragazza di Aiden Kilbourn ha una vita segreta fatta di lavori da cameriera e molestie sessuali...

La ragazza di Aiden Kilbourn aggredisce un ospite alla raccolta fondi dell'Upper West Side...

La nuova ragazza di Aiden Kilbourn scatena una rissa da bar di Brooklyn alla raccolta fondi di una galleria d'arte...

Aiden Kilbourn minaccia di denunciare l'aggressore della sua ragazza...

Capitolo 50

«Ma io ce l'ho un nome», borbottò Frankie davanti allo schermo del pc. Brenda e Raul avevano deciso che sarebbe stato meglio per tutti se avesse lavorato da casa finché lo scandalo e l'attenzione dei media non si fossero placati.

«Certo che ce l'hai», le confermò Marco al telefono.

«La ragazza di Aiden Kilbourn», sbottò Frankie. «Non c'è titolo che non mi chiami così».

«Se prima non sapevano il tuo nome, adesso lo sapranno».

«Stai mangiando?»

«Mmm sì. Manzo in salamoia».

«Non fai consegne, vero?»

«No, visto che nel quartiere mi fermano tutti per via dei gossip sulla nostra Frankie B», sbottò Marco.

«In genere, vendite simili le raggiungiamo durante le feste. Ma grazie a te ora siamo nel radar. Siamo circondati da vicini e giornalisti che spuntano fuori dal nulla».

«Oddio! Nessuno sta parlando coi giornalisti, vero?», brontolò Frankie.

«Si limitano a delle lampanti bugie sulla tua bontà. Sei stata ribattezzata Santa Francesca».

«Dici un mucchio di cazzate».

«Rilassati. Sappiamo cavarcela», disse Marco, mordendo quello che Francesca presumeva fosse un cetriolo sott'aceto gigante. «E poi, in settimana sono passati Aiden e il suo addetto PR e ci hanno ragguagliato sulla linea da seguire».

«Aiden è venuto in gastronomia?».

Dopo "l'incidente" era stato così impegnato che si erano visti a malapena. E di sicuro non aveva accennato a quella visita.

«Sì, ha mangiato un panino al roast beef per pranzo e ne ha preso uno da portar via. Non hai visto le foto di lui con la busta del Baranski Deli? Una pubblicità impagabile. Ci ha persino contattato un agente immobiliare per chiederci se volessimo aprire una sede in centro».

«Mi prendi in giro?». A quanto pareva, era stata così impegnata a ribollire nella rabbia e nell'imbarazzo da fregarsene totalmente di tutto il resto.

«Non lo faremo. I Baranski sono di Brooklyn, no? Ma è stato bello poter rispondere "No, grazie"».

«Cos'altro mi sono persa? È passato il papa a fare quattro chiacchiere con papà e a prendersi un club sandwich al tacchino?».

Marco scoppiò a ridere. «Ah, mi è mancato il tuo strano senso dell'umorismo. Passa da qui anche tu ogni tanto, ok? Porta anche il tuo ragazzo».

Frankie sospirò. «Lo farò. Grazie per il supporto».

«La famiglia prima di tutto. Ciao, Frank».

«Ciao, Marco».

Frankie scrollò i Google Alerts ricevuti nell'ultima settimana e si soffermò su una foto. Aiden in tutta la sua gloriosa sensualità imprenditoriale con un vestito blu navy, occhiali da aviatore, e la busta del Baranski Deli. Osservandolo nella foto, faticava a capacitarsi che fosse lo stesso uomo con cui condivideva il letto. Sembrava uscito da Pinterest, sotto la voce "Uomo perfetto".

Sapeva perché stava lavorando così tanto quella settimana. Per sistemare i casini che lei aveva combinato, e aveva voluto assicurarsi che anche i suoi fossero ragguagliati. Proprio come si farebbe in famiglia.

L'indomani, avrebbero partecipato a una campagna di raccolta fondi per un ospedale oncologico pediatrico, organizzata da sua madre nella casa di Long Island. Sarebbe stata la sua prima "uscita" dopo "l'incidente", e Frankie sentiva già la pressione. Non le aveva parlato della reazione dei suoi genitori a quella sua breve mancanza di senno. Sapeva solo che la cena di famiglia, in programma il sabato precedente, era stata annullata perché Aiden era impegnato a contenere i danni. O forse perché i suoi genitori erano disgustati dal suo comportamento.

Be', presto lo avrebbe scoperto.

Continuò a scrollare tra le foto, e ne trovò alcune di loro due insieme. Lei e Aiden che uscivano dal suo palazzo per un brunch dopo una notte di sesso selvaggio. Aiden che la scortava nel suo ufficio mettendole una mano sulla schiena. Loro due abbracciati stretti in fila al bar.

Com'era possibile che quella fosse la sua vita? Si era ritrovata sotto la lente d'ingrandimento senza essere davvero pronta. Ora era su tutte le riviste. Durante un talk show del mattino si era discusso della decisione di colpire Lionel con un vassoio. Tutte quelle attenzioni erano opprimenti. Ma lei non poteva far altro che aspettare il passo falso della prossima celebrità amata dai siti di gossip, perché il resto della città si dimenticasse di lei.

«Andiamo a pranzo insieme», le propose Pru.

«Mi farò vedere in quel quartiere solo quando qualcuno di famoso verrà arrestato per prostituzione».

«Non puoi dargliela vinta e vivere in incognita. Sei Francesca Baranski, cazzo. Tu non scappi dalle persone», disse Pru, con un discorso motivazionale degno di un coach durante l'intervallo di una partita di football.

«Non sto scappando», protestò Frankie. «Tengo un profilo basso per non farmi denunciare da uno stronzo che ha un avvocato con un onorario che costa più del mio master».

Gesù. Non era più al sicuro da nessuna parte. Il suo professore di Responsabilità sociale d'impresa l'aveva presa da parte per chiederle se il signor Kilbourn era interessato a tenere una lezione sulle molestie sessuali sul luogo di lavoro.

Si sentiva come una specie protetta. Preservata e difesa da mani bramose.

«Vuoi davvero smettere di vivere per un po' di attenzioni? Oppure vuoi tirare fuori le palle, metterti un bel vestito, e uscire a pranzo con me?»

«Non permetterò a nessuno di impedirmi di fare alcunché».

«Bene. Porta il culo in metro».

«Pru…».

«Aiden è in pensiero per te. Crede di averti rovinato la vita. Ti sto offrendo la possibilità di dimostrare che sei più forte di così».

«Ma la manipolazione ve la insegnano nelle scuole private come corso propedeutico?», chiese Frankie.

«Se vieni a pranzo con me, mangerò perfino un panino».

«Ah. Andata».

Così, Frankie indossò di mala voglia un bellissimo vestito rosso, applicò in fretta un po' di trucco, e percorse la Fifth Avenue insieme a Pru. C'era un gruppo di fotografi che le urlava delle domande, ma Frankie li ignorò protetta dagli occhiali da sole enormi.

E cavolo come si sentiva bene. Così bene che ordinò due pezzi di torta di mele da portar via.

«Io mangio un panino multicereali, e tu ti fai fuori una torta da migliaia di calorie?», chiese Pru, adocchiando le invitanti confezioni da asporto.

«Non sono per me», rise Frankie. «Le porto ad Aiden e al suo assistente in ufficio».

Pru la guardò con aria compiaciuta.

«Che c'è?»

«Ti piaceeeeeee», gongolò l'amica.

«Sei così adolescenziale», brontolò Francesca. «Credevo avessimo già stabilito che mi piace».

«Dai concedimi di gongolare un po'», incalzò Pru. «Lo sapevo che sareste stati perfetti insieme, o no?».

Frankie si appoggiò allo schienale e incrociò le braccia. «Sì, avrai accennato a qualcosa del genere».

«Non vedo l'ora di farti da damigella d'onore», disse Pru. «Ho già ricevuto una proposta da un'organizzatrice di eventi per il tuo addio al nubilato».

«Usciamo e facciamo sesso, non ci sposeremo», ribadì Frankie. L'idea di un addio al nubilato come quello di Pru, con tutte quelle stronzette che non facevano che parlarsi alle spalle, e regali inutili e troppo costosi (tipo i cucchiaini di platino), le dava i brividi.

«Staremo a vedere», aggiunse Pru, alzandosi e infilandosi il cappotto.

Frankie la ignorò e si abbottonò la giacca. Erano quasi arrivate all'uscita quando Frankie si fermò di colpo. Pru andò a sbattere contro la sua schiena. «Ehi», borbottò l'amica.

Frankie le indicò la scena che aveva catturato la sua attenzione. Seduti in un angolo tranquillo davanti alla vetrina, c'erano Elliot Kilbourn e Margeaux, Signora dei Draghi.

Elliot aveva la mano sul viso di lei e si stava avvicinando per quello che prometteva essere un bacio vietato ai minori.

«Che schifo», sibilò Pru. «Andiamo via prima che ci vedano!».

Uscirono di corsa, guardando dritto davanti. E si fermarono solo dopo qualche metro.

«Be', che coppia fantastica», fu il commento secco di Frankie.

«Puoi dirlo forte, sorella. La sciacquetta malefica e il suo tirapiedi. Dovremmo dargli un nome di coppia. Elgeaux? Margel?».

Frankie rabbrividì e si strinse al petto la torta di mele. Da quell'unione non sarebbe venuto niente di buono.

Capitolo 51

Sul sedile posteriore della limousine, al buio, Aiden appoggiò la testa sulla coscia nuda di Frankie. Aveva scelto un vestito corto viola scuro con un allettante scollo all'americana che gli faceva prudere le dita dalla voglia di sbottonarlo. Ma tra lui e il corpo nudo e implorante di Frankie c'erano ancora le due ore da trascorrere alla raccolta fondi di sua madre, e un breve discorso. C'era anche il viaggio di ritorno da Long Island a Manhattan, ma grazie allo schermo per la privacy e ai preservativi nel piccolo scompartimento sotto il bar, non sarebbe stato necessariamente un ostacolo.

«Ti piace il tuo vestito?», chiese Aiden, sfiorandole con la punta delle dita l'interno coscia.

La guardò aprire un po' di più le ginocchia per accogliere il suo tocco.

Dopo il pranzo con Pru, Frankie si era dichiarata immune da ogni preoccupazione per ciò che una manica di sconosciuti armati di telecamere e abbonamenti a blog di gossip avevano da dire su di lei. Perciò non aveva saputo nulla di quello che i paparazzi avevano già soprannominato Dress Gate.

«È molto bello», disse, giocando con il tulle della gonna. Il vestito era stretto in vita e poi si apriva in una gonna ampia che ricordava l'eleganza degli anni Cinquanta. Era meravigliosa, sexy, regale.

«Ti piacciono i miei capelli?», chiese, rimettendo a posto una forcina. Portava un raccolto che le scopriva il collo.

«Molto», ammise lui.

«Ho seguito un tutorial», disse lei tutta fiera.

«Lo hai fatto da sola?», chiese Aiden, con espressione stupita.

«Non avevo tempo per il parrucchiere».

«Cosa diranno quando scopriranno che ti fai i capelli da sola?», scherzò Aiden.

Lei alzò gli occhi al cielo. «Non me ne frega niente. È stupido sprecare duecento dollari tutte le settimane solo per farti infilzare forcine in testa. E poi, direi che hanno cose più importanti di cui preoccuparsi».

«Direi anche io».

Lei era una delle poche persone al mondo capaci di essere completamente immuni all'ondata di indignazione sollevata dai media. Aveva superato il clamore per l'episodio con Goffman, ma Aiden dubitava che i media avrebbero lasciato cadere la cosa, specie dopo quella sera.

Ma lei sarebbe sopravvissuta. Francesca Baranski se ne fregava di quello che degli sconosciuti dietro uno schermo avevano da dire sul suo stile. Ed era rigenerante. Aveva visto commenti negativi distruggere per settimane la vita delle donne che aveva frequentato in passato. «Come possono dire che sta meglio a quella lì?», «Ma è photoshoppata!», strillavano davanti a uno schermo mentre chiamavano i loro addetti stampa.

Succedeva quando volevi essere considerato importante.

Ma Frankie non ci pensava neanche per sogno a leggere quelle fesserie. La gente poteva tessere le sue lodi o farla a pezzi, per lei era lo stesso.

Quello che restava da vedere era come si sarebbe sentita quando lui si fosse battuto per lei. Aiden frugò nella tasca della giacca e tirò fuori l'assegno.

«Tieni».

«Che cos'è?», chiese scrutandolo nel buio. «Duemilacinquecento dollari? Aiden, ti ho già detto che non accetto i tuoi soldi».

Lui tamburellò con le dita sull'assegno. «Non sono soldi miei».

La osservò mentre un sorriso lento le attraversò il volto. «Lionel Goffman. Ma come hai fatto?».

Aiden si schiarì la voce. Ne avevano di cose di cui parlare. Ma la macchina aveva imboccato il viale d'accesso della casa materna. «Ne parliamo dopo», promise.

Frankie infilò i soldi nella borsetta e si abbassò per sistemare la cinghia dei sandali a stiletto. Il seno premeva contro il tessuto del top all'americana, quasi volesse essere liberato.

Lui si mosse a disagio mentre il cazzo gli diventava duro. Avrebbe mai smesso di reagire così?

Ignara del suo sguardo lascivo, Frankie si tirò su e ripassò il rossetto. Di un rosso scuro, sexy. Aiden voleva vedere quelle labbra intorno al suo uccello, Frankie che lo fissava con quegli occhi grandi mentre gli faceva perdere il lume della ragione grazie alla sua bocca magica.

«Cazzo», mormorò lui.

«Che c'è?», chiese lei, chiudendo lo specchietto e infilandolo in borsetta. «Ti sta tornando il mal di testa, vero?»

«Direi che mi fa male qualcos'altro».

E per rincarare la dose, lei gli tastò l'erezione attraverso i pantaloni.

«Maledizione, Francesca! Così non mi aiuti».

«Per caso a colazione butti giù anche quelle pilloline blu? Ce l'hai duro venti ore al giorno. E non ti ho fatto niente… non ancora».

La macchina si fermò davanti alla dimora materna. Aiden si accorse dello stupore tacito di Frankie di fronte a quella opulenza. Grosse colonne di avorio decoravano l'ingresso. Il vialetto circolare era fatto di frammenti di conchiglie e circondava una grande fontana con statue bianche in diverse pose, tra il dolore e un'orgia molto strana. Le macchine già parcheggiate facevano somigliare il vialetto a uno showroom di berline.

«Non dirmi quello che succederà dopo, non "ancora"», la implorò Aiden, chiudendo gli occhi e imponendo al suo corpo di rilassarsi.

«Non ti dirò che ho intenzione di tenermi le tette così», disse, strizzandosi le tette, «e fartele scopare».

Lui respirò a fondo e si allungò verso di lei. Ma Frankie si divincolò.

«Non ti permettere! Fra cinque secondi qualcuno aprirà lo sportello, e sarà meglio farci trovare con tutti i vestiti addosso». Si avvolse nel cappotto.

«Non giocare con me, Francesca».

«Altrimenti?», gli chiese con aria innocente. «Verrai nelle mutande?».

Lui ansimò e fece per afferrarle il culo formoso. Lei era il suo tormento, il suo angelo, la sua nemica. Lo sportello venne aperto e Frankie ammiccò mentre scendeva dalla macchina.

Gliel'avrebbe pagata. Poco ma sicuro. Ma per ora, toccava a lui soffrire.

La raggiunse sulle scale e la prese sottobraccio. «Rallenta, tesoro, prima di romperti una caviglia».

«Se cadi tu adesso, ti spezzerai il cazzo piuttosto», scherzò.

«Appena questa serata sarà finita, ti scoperò così forte che domani non riuscirai a muoverti».

«Promesse, promesse», fu la risposta spensierata di Frankie.

«Se adesso ti mettessi una mano sotto la gonna, non saresti bagnata?».

Inspirò a fatica, e Aiden capì che non era l'unico ad aspettare con ansia la fine dell'evento. Sarebbe stato già tanto, se fossero riusciti ad arrivare alla limousine.

«Bella casa», disse lei con voce affaticata. Le si aprì il cappotto, e Aiden intravide i capezzoli turgidi sotto la seta del vestito.

«Dimmi che hai messo il reggiseno».

«Pensavo che non ci dicessimo bugie».

«Gesù, Francesca. Come dovrei superare queste due ore sapendo che l'unica cosa che separa la mia bocca dalle tue tette perfette è uno scampolo di seta?».

Lei scrollò le spalle come se non gliene fregasse niente. «Magari puoi pensare al baseball».

La immobilizzò contro il muro di mattoni rossi dell'entrata e le si strusciò addosso per farle sentire quanto glielo faceva diventare duro. Lei sussultò appena e si lasciò andare.

Aiden le infilò una mano nel cappotto e la mise nella scollatura. Il capezzolo di Frankie vibrava sotto il suo palmo. Le strizzò il seno e sfregò con il pollice.

«Cazzo, Aiden», sibilò lei.

«Proprio così, tesoro. Supplicherai per il mio cazzo», le promise. «Ti scoperò finché non avrai più orgasmi. Finché non potrai più muoverti. Ti farò a pezzi».

Lei era stordita. E Aiden capì di aver ripreso il controllo della situazione.

«Adesso andiamo a sorridere agli obiettivi».

Quando si staccò da lei, Frankie si accasciò contro il muro. Gli squillò il telefono, e lanciò un'occhiata allo schermo. Trasalì.

«Che c'è?», chiese Frankie, sistemandosi il vestito.

«Mia madre mi ricorda che qui ci sono delle telecamere di sicurezza».

«Davvero?». Francesca imprecò. «Probabilmente già mi odia per quella scenata, e ora anche per le porcherie che faccio con suo figlio in veranda!».

«Potevamo fare di peggio, Francesca», Aiden sorrideva con aria beffarda.

«Cattivone». Fece una croce con le dita. «Stai lontano da me col tuo pene e i tuoi feromoni».

Lui scoppiò a ridere e aprì la porta.

Capitolo 52

Sua madre aveva limitato la stampa a pochi giornalisti e blogger di cronaca rosa. I media erano confinati nell'atrio, una stanza a due livelli sui toni avorio e beige con sedie e tavoli molto sofisticati.

Aiden tenne Frankie incollata al suo fianco. Sua madre aveva chiarito alla stampa che nessuno avrebbe discusso di Lionel Goffman. Si sentirono rivolgere le stesse domande più e più volte. Come vi siete incontrati? Da quanto tempo vi vedete? E a ogni domanda, sentiva Frankie diventare più nervosa.

«I miei lettori non mi perdonerebbero se non parlassi del Dress Gate», la blogger aveva occhiali spessi e ciocche rosa tra i capelli, e diresse la domanda a Frankie.

«Che cos'è il Dress Gate?»

«Il dibattito sulla tua scelta di indossare il vestito Armani rosso che hai messo alla cena all'Oak Leaf per uscire a pranzo questa settimana».

«Mi prende in giro», chiese Frankie, sconvolta.

La blogger le fece un sorriso amichevole e rimase ad aspettare.

Frankie si voltò verso Aiden. In pratica stava vibrando di rabbia.

Lui fece per rispondere, ma lei scrollò la testa. «No, ci penso io. Ma non avete niente di meglio da fare? È un vestito bellissimo. Lo metterò più di una volta, mica lo butto via. Fatevene una ragione. Perché non mi chiedi dell'iniziativa per le piccole imprese che la città sta cercando di approvare o di come i tassi di sopravvivenza per i bambini affetti da leucemia siano più alti del cinque per cento in questa struttura rispetto a qualsiasi altra nel paese? O, *perlomeno*, potreste chiedere ad Aiden di chi è il vestito che indossa».

Ad Aiden venne in mente che Frankie era pericolosamente vicina a rompere un altro naso.

La strinse a sé. «Serbo un bel ricordo della prima volta che lo ha indossato. E spero di vederlo molte altre volte in futuro. E parlando di futuro, spero che le vostre domande alla mia ragazza potranno riguardare anche la sua intelligenza, il suo senso di responsabilità sociale, e il suo impegno per le piccole imprese».

La portò via prima che potesse aggiungere altro.

«Ma che cazzo! Dress Gate? Ma fanno sul serio?»

«Aiden! Francesca!». Cecily Kilbourn, in argento da capo a piedi, li raggiunse scintillando.

«Mamma», disse Aiden, baciandola sulla guancia.

«Mi fa piacere che siate riusciti ad arrivare dentro», scherzò Cecily.

Frankie diventò rossa come un peperone, e Aiden la tirò a sé e le baciò la fronte. «Scusa per il momento vietato ai minori», disse, una scusa neanche lontanamente sincera.

«Sono contenta di vedervi felici», disse Cecily, ammiccando. «Adesso, lasciate che vi presenti a un po' di persone».

Fu l'ultima volta che riuscì a toccare Frankie. Venne trascinata via tra presentazioni e calici di vino, mentre Aiden faceva il suo giro. Sua madre aveva aperto la biblioteca, la sala da pranzo e il grande salone. Aiden cercava di rimanere nella stessa stanza di Frankie, ma quando arrivarono anche Pruitt e Chip, le sembrò di inseguirla da una stanza all'altra.

Quando si alzò per fare il suo discorso, la individuò facilmente tra la folla. Parlò della famiglia e della comunità e della responsabilità che sentivano nel provvedere a un futuro migliore. Ma intanto pensava a Francesca, nuda e ansimante sotto di lui.

Lei gli sorrise. Le sue labbra si curvavano peccaminosamente.

Era un'ossessione, la sua bocca. Ascoltare le parole che urlava, ansimava o supplicava mentre lui era dentro di lei. Guardarla avvolgere le labbra intorno al suo cazzo mentre lo prendeva. Quella bocca insolente, acuta, divertente.

Aveva rinunciato a ogni tentativo di prevedere quello che avrebbe detto. Era più veloce con le battute, più spiritosa di chiunque altra. La sua Francesca aveva il cervello che la rendeva ancora più attraente delle sue curve degne di una dea.

Non era solo sesso. Non lo era mai stato con Francesca. Amava guardarla. Amava le loro telefonate a tarda notte. Amava sapere che l'avrebbe vista e godersi quella spasmodica attesa. Amava... *lei*.

Quel pensiero riecheggiò nella sua testa come il rintocco di una campana. Risuonava come la verità.

La gente intorno applaudiva, ma per lui esisteva solo Frankie.

Scese dall'alzata che sua madre aveva posizionato in fondo al salone e andò dritto da lei. Ignorando ogni altro tentativo di attirare la sua attenzione, la raggiunse e la fece alzare dalla sedia.

«Vieni con me», le ordinò, trascinandola dalla sala fino al corridoio deserto.

«Aide, rallenta», disse senza fiato.

Lui rallentò per consentirle di stargli dietro.

«Che succede laggiù?», domandò lei, osservando il cavallo dei pantaloni. Aiden si sistemò l'erezione che minacciava di scoppiargli nelle mutande.

Si voltò. «Questo è l'effetto che mi fai, Francesca. Se fai a pezzi un reporter, se accavalli quelle gambe lunghe e bellissime, persino se ordini una pizza, cazzo, mi diventa duro».

«Peccato che siamo circondati da centinaia di persone che non sono venute per un porno», disse lei. E poi commise uno sbaglio. Abbassò la mano e lo tastò da sopra i pantaloni.

Lui l'afferrò per il braccio, forte. «Non provocarmi, Francesca».

Vide la scintilla nei suoi occhi e la riconobbe. Quella donna amava le sfide almeno quanto lui.

Forse di più.

«Altrimenti? Mi punirai?». Gli passò il dorso della mano sul gonfiore del cazzo. «Mi scoperai? Dove mi trascinerà l'oratore del discorso di apertura per...».

Non le lasciò finire la frase. Non ce l'avrebbe fatta. La tenne stretta e la trascinò per il corridoio.

Frankie doveva correre per stargli dietro, con le tette che rimbalzavano per via di quei passetti sui tacchi alti. Se non avessero trovato una stanza vuota nel giro di sei secondi, la tintoria avrebbe avuto un serio problema da risolvere.

Cucina e sala colazione erano troppo esposte. C'era troppo viavai. La biblioteca ospitava il bar e di solito attirava una piccola folla nel corso delle serate. Ma la stanza della musica con le sue porte a vetri e gli interni scuri? Poteva andare.

La spinse dentro e chiuse la porta con un calcio.

«Vuoi chiudere a chiave?»

«Non c'è la chiave», disse, trascinandola verso il divano Chesterfield bianco. «Quindi se entra qualcuno mi sorprenderà a scoparti su questo divano. Vedranno le tue tette che ballano ogni volta che ti infilo il cazzo dentro».

Quella situazione la eccitava, quel possibile esibizionismo. Glielo leggeva nel luccichio degli occhi.

Riusciva sempre a sorprenderlo.

La mise in bilico sul bracciolo del divano. Allungò una

mano e con una sola mossa slacciò la parte di sopra del vestito. Glielo aveva comprato proprio per quello. Perché era facile da togliere. Una sola spinta forte, e i suoi seni gli ricaddero tra le mani.

Erano pesanti e dalla punta color caramello, con i capezzoli già turgidi al solo pensiero della sua bocca. Lui li sfiorò con i pollici e ascoltò il suo ansimare.

Sì, quello era amore e desiderio e tutto quello che stava in mezzo alle due cose. La immobilizzò contro il divano e poi si lanciò sul suo seno, prima uno e poi l'altro. Lei lo strinse forte, infilandogli le mani sotto la giacca, graffiando il tessuto della camicia.

«Non ho il preservativo, Francesca», disse lui, slacciandosi la cintura.

«Non me ne frega un cazzo, Aiden».

«Sta' attenta», la avvertì. «Perché non mi fermerò».

Per tutta risposta, gli afferrò il cazzo con una mano mentre con l'altra gli abbassava la zip. Era così duro che gli uscì dai pantaloni senza aiuti e puntò dritto verso di lei. Quella sera l'avrebbe *sentita*. Ogni sensazione sarebbe stata amplificata. Ogni contrazione della sua fica, l'avrebbe sentita senza barriere.

Non avrebbe perso tempo con i preliminari. Non lì. Ma l'avrebbe posseduta nella stessa stanza in cui si era sciroppato quelle interminabili lezioni di musica durante l'estate. Le sarebbe venuto dentro.

Aiden le alzò la gonna fino a toccare la seta bagnata. «Sei pronta per me, piccola, vero?».

Frankie annuì senza parlare, fissava Aiden che intanto faceva scivolare due dita nel suo perizoma. Stava già aprendo le gambe. Lui fece scivolare la seta fino alle ginocchia e poi la lasciò cadere. Si prese un momento per toccarsi il cazzo pulsante mentre gli occhi famelici di Francesca fissavano la sua mano avvolgersi intorno al membro. Mentre si toccava, le prime gocce iniziarono già a uscire come lacrime di sollievo dopo una lunga attesa.

«Sei perfetta, cazzo», le disse guidando la punta del cazzo tra le gambe di lei. «Ti scoperò così, in piedi, per guardarti quando vieni».

Lei fece un cenno impercettibile e lui sentì di aver ripreso il controllo. Aveva vinto. Ed era una vittoria dolcissima con la punta del suo cazzo premuta contro la mutandina bagnata.

«Ti scoperò così stasera, in casa di mia madre, con cento persone oltre quelle porte a vetri. Potrebbero vederti. Vedere come vieni per me».

«Aiden», il suo nome era un grido soffocato.

Con una mano a tenerle fianco e gonna, si spinse dentro di lei.

L'angolazione gli impediva di andare più a fondo. Ma era sufficiente. Sufficiente perché le contrazioni vogliose della sua fica lo spremessero come un pugno. Abbastanza perché lei inarcasse i fianchi, supplicando per averne ancora.

Tra di loro non c'erano barriere ed era sublime. La carne scivolosa imprigionava la sua erezione in una morsa. «Ci sei quasi, piccola».

«E chi se lo immaginava che potesse piacermi essere comandata», mormorò Francesca, con una risata appena percepibile.

Lui ne voleva ancora. Non gli bastava essere totalmente vestito col cazzo che spuntava fuori dai pantaloni. Ma così almeno sarebbero sopravvissuti alla festa. Le strinse il fianco ancora più forte e con l'altra mano le prese il seno. Pieno e pesante, il seno di Frankie era la sua fantasia. Voleva succhiarlo, leccarlo, farla urlare. Ma dato il dislivello, si accontentò di tirare quel capezzolo perfetto con le dita.

Lei rispose inarcandosi ancora di più contro la sua mano. Cavalcava il suo cazzo rigido. Scivolava avanti e indietro conquistandolo millimetro dopo millimetro.

«Aiden. Sto venendo», ansimò.

Niente era più importante per lui che sentire Francesca crollare sul suo cazzo nudo. Non si preoccupò dei passi che sentiva arrivare dal corridoio. O che potevano vedere Marjorie Holland, ereditiera di un'azienda di caffè, mentre passava davanti alla porta lungo il corridoio illuminato.

«Oddio», sibilò Frankie.

Aveva bisogno che venisse. Lasciandola cadere, Aiden infilò una mano sotto e usò il pollice per disegnare piccoli cerchi veloci intorno al suo clitoride.

Lei esplose come un razzo, bagnandolo tutto, stringendolo nella morsa. Spremendolo fino all'inverosimile. E nel frattempo lui rispondeva a quelle ondate tirandole il capezzolo con le dita.

«Oddio, oddio, oddio», ripeté in un sussurro disperato.

Lui voleva dirglielo in quel momento, mentre la sua bocca era aperta per lo stupore. Gli occhi socchiusi e lucidi, inchiodati ai suoi per lo shock e la gioia. Ti amo. Poteva dirglielo. Ma un Kilbourn non mostra mai tutte le sue carte in una volta sola.

Lei stava ancora tremando, quando lui la fece girare e piegare in avanti sullo schienale del divano.

La prese da dietro, bramoso di averla ancora. Stavolta, scivolò tutto dentro. Frankie emise un sussulto acuto che lui sentì sulla punta del suo cazzo. Non sarebbe durato a lungo. Non con quei bei seni penzolanti, i capezzoli che sfioravano i cuscini con le nappe.

Aiden le afferrò i fianchi e si allontanò appena. Lei piagnucolò, e quel suono lo colpì dritto nella parte primitiva del suo cervello responsabile del cazzo. Non aveva più nessun controllo. Non c'era alcuna delicatezza nel modo in cui usava il suo corpo per raggiungere l'orgasmo. Sentì la contrazione delle palle, sentì il formicolio alla base della spina dorsale.

Il suono della sua carne che sbatteva contro di lei era musica per le sue orecchie. La forza delle sue spinte era brutale. Ma quando si abbassò, curvandosi su di lei per afferrarle il seno, Francesca lanciò indietro la testa ed emise un silenzioso grido estatico. Il suo orgasmo, una sorpresa per tutti e due, lo distrusse. Non si sarebbe più trattenuto. Si liberò dentro di lei, penetrandola fino in fondo e godendosi la sensazione del suo seme caldo che le esplodeva dentro.

Era questo quello che mancava. Non avrebbe più potuto farne a meno. Si curvò, ansimando sommessamente a ogni fiotto, disseminando di baci la pelle nuda della schiena di Frankie. «Mia bellissima Francesca. Ora sei mia».

«Lo ero anche prima che mi riempissi con un litro di sperma nella sala fumatori di casa di tua madre». Lui le diede un piccolo schiaffetto sul collo.

«Sala musica», la corresse.

«Vabbè. D'ora in poi, sarà la stanza segreta dell'orgasmo».

Aiden uscì lentamente e guardò il suo sperma sgocciolare lungo le sue gambe, caldo e bagnato. Trovò una scatola di fazzoletti su una scomodissima scrivania e gliela porse. Francesca non sembrava intenzionata ad alzarsi e ricomporsi. E davanti a quel seno nudo, al culo all'aria, Aiden era quasi tentato di rimetterle dentro il cazzo ancora semiduro.

«Non pensarci neanche, Kilbourn. Pulisci tutto».

Ripulì entrambi – e il pavimento – meglio che poteva e si rimise le mutande. «Voglio che passi il resto della serata col mio sperma dentro di te».

Aiden Kilbourn adorante al gala di beneficenza…

Lo scapolo più ambito di Manhattan è ufficialmente fuori dal mercato?

L'amore è nell'aria per Aiden Kilbourn…

Capitolo 53

La loro felicità durò fino a lunedì mattina.

Francesca superò la reception furiosa, seguita dagli sguardi attoniti del personale.

Quando Oscar si alzò dalla scrivania, scrollò la testa.

«Sarà meglio che lui sia lì dentro, e che nessuno ci interrompa», disse Frankie, col dito puntato contro di lui.

Oscar fece sì con la testa. «Sissignora».

Spalancò la porta e si fiondò dentro, ignorando l'espressione estasiata sul volto di Aiden. Avrebbe dovuto farsela sotto dalla paura, piuttosto.

Lei lasciò cadere l'iPad sulla scrivania, era aperto sull'articolo oltraggioso.

«Non puoi comprare un'azienda perché un tizio si è comportato male con me».

Aiden lesse rapidamente il titolo e poi alzò lo sguardo.

«Si è comportato male? Francesca, ti ha messo le mani addosso».

«E quindi hai comprato la sua azienda e lo hai licenziato?»

«E deve anche ritenersi fortunato».

«Non tirarmi in mezzo alla vostra gara a chi ce l'ha più lungo. Un tizio ha pensato di poterti battere, e allora tu lo rovini?»

«Quel tizio si è permesso di toccarti, di farti perdere il lavoro, di offenderti, e io che dovrei fare? Niente?».

Frankie si abbandonò sulla sedia di pelle. Mentre andava al

lavoro, Gio l'aveva chiamata per dirle che Aiden gli era sempre piaciuto e approvava i suoi metodi. Era rimasta seduta alla scrivania giusto il tempo di verificare quella storia, prima di prendersi un giorno di permesso e salire sulla metro in un accesso di rabbia.

Continuò a leggere l'articolo.

«Oddio. È andato in rehab?».

Aiden sembrava così indifferente al pensiero di aver rovinato la vita di un uomo, che Frankie era sbalordita.

«Non mi convincerai del fatto che avrei dovuto lasciarlo in pace», disse freddamente. «E non sono l'unico. I tuoi fratelli…».

«Se sei d'accordo con i miei fratelli, allora abbiamo un problema. Sono degli idioti».

«Loro ti proteggono e anche io».

«Ti sei spinto troppo oltre, Aiden!», Frankie si alzò e cominciò a camminare avanti e indietro nell'ufficio.

«Ti farebbe sentire meglio se ti dicessi che è un molestatore seriale? Che ha corrotto le donne che lo hanno denunciato in passato? Che la sua azienda era a poche settimane dal fallimento e che tutte quelle persone avrebbero perso il lavoro?».

Lei si lasciò cadere di nuovo sulla sedia, improvvisamente esausta.

«Io e te, Francesca? Siamo una squadra. Ci apparteniamo. E se qualcuno ti aggredisce, lo rimpiangerà a vita. Mi aspetto lo stesso da te».

Frankie si accigliò. «Quindi dovrei solo dire grazie?».

La porta dell'ufficio di Aiden si spalancò. Ferris Kilbourn piombò lì con Oscar alle calcagna.

«Devo parlarti in privato», annunciò, fissando Aiden dietro la scrivania.

«Scusa», Oscar bisbigliò a Frankie.

«Per quale motivo devi immischiarti nel casino che è l'azienda di Goffman», domandò Ferris sbattendo un quotidiano dove pochi minuti prima Frankie aveva sbattuto il tablet. «Non stai ragionando lucidamente, figliolo».

Aiden si alzò e si abbottonò la giacca.

Oscar uscì di soppiatto e chiuse la porta.

«Se credi che ti lascerò buttare via per una ragazza tutto quello che la nostra famiglia ha costruito…».

Frankie si schiarì la voce e si alzò.

«Se non le sta bene la gestione di Aiden, forse non avrebbe dovuto scaricargli addosso l'azienda», sbottò.

«Non immischiarti negli affari di famiglia, Francesca», disse Ferris mantenendo la calma.

«Bada bene a come parli con lei», sbottò Aiden, la voce era così fredda che Frankie rabbrividì.

«Non ti è concesso il lusso di dilettarti con progetti personali, Aiden. Devi essere all'altezza di un nome. La gente conta su di te. *Io* conto su di te».

«Se non ti sta bene il mio rendimento da amministratore delegato, fallo presente in consiglio».

Frankie si mise al suo fianco. «Oppure potrebbe fidarsi di suo figlio e del suo operato verso di lei e verso l'azienda», aggiunse. «Magari non le piaceranno particolarmente alcune decisioni, ma è stata lei a metterlo in questa posizione. È ora che si fidi di lui, e del fatto che agirà per il bene della sua famiglia».

«Io so cos'è meglio per la mia famiglia. E non sei tu».

Frankie incrociò le braccia. «Disse quello che ha scaricato un impero sulle spalle di suo figlio, con un "buona fortuna". "Ah, già che ci sei, vedi di trasformare quel sociopatico del tuo fratellastro in un adulto efficiente. Io, intanto, me ne vado ai Caraibi"».

«Ho dato tutto a questa azienda», urlò Ferris.

«E cosa ha dato a suo figlio, a parte una responsabilità enorme?», replicò Frankie. «Gli deve più di un lavoro. Sa una cosa? Anche se non fosse suo figlio, che senso avrebbe cedere le redini e aspettarsi che faccia tutto con una mano legata dietro la schiena? Lo sta sabotando perché dubita di sé stesso».

Ferris li gelò con lo sguardo e si riprese il giornale. «Ti consiglio di riflettere a lungo sulle scelte che stai facendo». Era rivolto ad Aiden ma col giornale ripiegato indicava Frankie.

Il messaggio era chiaro. O la famiglia o la ragazza incasinata.

Lei sentì la mano di Aiden sfiorarle la curva della schiena.

«Be', è stato un piacere», disse lei seccamente quando Ferris uscì furioso. «Stai bene?».

Aiden le mise le mani sulle spalle e la strinse. «Vieni», disse, spingendola verso la porta.

«Dove andiamo?»

«Mi serve un po' d'aria. E del caffè».

«Aria e caffè, ottima idea». Lo guardò infilarsi nel lungo cappotto di lana, ammirando lo spettacolo di un abito su misura, una mascella forte e occhi imperscrutabili.

«E se becchiamo tuo padre in ascensore?»

«Puoi colpirlo con un vassoio».

Oscar era seduto alla scrivania, si fingeva occupato.

«Oscar, andiamo a prenderci un caffè. Vuoi che ti portiamo qualcosa?», fu l'offerta di Frankie.

«Un doppio espresso con latte di soia», rispose Oscar senza distogliere lo sguardo dal documento vuoto su cui stava scrivendo parole a caso. «Per favore».

Frankie non sapeva se Oscar fosse più terrorizzato da lei o da Ferris.

Presero l'ascensore in silenzio, e Frankie si lasciò guidare da Aiden attraverso l'atrio e fuori nel gelido primo giorno di marzo.

La prese per mano ma rimase in silenzio lungo il tragitto

verso il bar. Frankie aveva i nervi a fior di pelle. La stava facendo allontanare da lì per spiegarle che le cose tra loro non avrebbero più funzionato? Che si erano divertiti, ma veniva prima la famiglia?

Deglutì. Non che potesse biasimarlo. Era stata un disastro sin dall'inizio. Dalle Barbados in poi, aveva aggredito suo fratello, insultato la sua matrigna, messo in imbarazzo tutta la famiglia con una rissa pubblica, ed era colpa sua se Aiden aveva attinto alle finanze di famiglia per regolare i conti con qualcuno che aveva osato comportarsi da stronzo in sua presenza.

Forse avrebbe dovuto farlo lei. *Grazie per tutto il sesso da panico e per essere stato un fidanzato perfetto, sveglio, divertente e protettivo. Ma è il momento di andare avanti…*

Il cuore le batteva all'impazzata, le rimbombava nelle orecchie così forte che quando le chiese cosa prendeva non lo sentì neanche.

«Francesca?»

«Oh, scusa. Un tè. Allo zenzero». Le serviva qualcosa per calmare lo stomaco in subbuglio.

Aiden ordinò e poi si accomodarono a un tavolino in un angolo. Prontamente, la aiutò a togliersi il cappotto. Quindi si stava preparando a un discorso d'addio bello lungo? Avrebbe preferito che strappasse il cerotto, lasciando uscire tutto il pus.

Che schifo.

«Francesca», cominciò.

Lei strizzò gli occhi, preparandosi al crollo.

Ma non ci fu nessun crollo. Anzi, nessuna parola. Aprì gli occhi per sbirciare. La guardava divertito.

«Che fai?»

«Mi preparo».

«A cosa?»

«Al discorso con cui mi dai il benservito».

«Ah, è questo che pensi?», disse ridendo. «Sono sorpreso che tu non mi abbia preso a cazzotti e scaricato prima nell'atrio».

Lei arrossì.

«Era a questo che pensavi?», le chiese, a metà tra stupore e divertimento.

«Non sapevo cosa aspettarmi. Ti credevo arrabbiato. Io… chiudo il becco. Ok?».

Il barista chiamò Aiden, che andò a prendere il loro ordine ancora ridacchiando.

Le porse il tè e si accomodò.

«Grazie».

«Per cosa? Ho fatto solo disastri da quando ci conosciamo».

«Per aver fatto quello che nessuno ha avuto le palle di fare in tutta la mia vita. Tenere testa a mio padre».

«E tua madre?», chiese Frankie, soffiando via il vapore che si sollevava dalla tazza.

«Mamma lo convinceva, persuadendolo. Non gli ha mai sbraitato contro. Non lo ha mai messo alle strette per le sue cazzate».

«Ecco, così si diventa degli stronzi. Sono circondati da fondi fiduciari, titoli e torri di vetro, e hanno tutti troppa paura per fargli notare che sono diventati dei mostri».

«Ma daresti mai del mostro a un mostro?»

«Che vuole fare? Aprire una gastronomia accanto a quella dei miei e farli fallire? Rapire uno dei miei fratelli? Io non conto niente. Non vale neanche la pena mandarmi a quel paese».

Aiden scrollò la testa. «Ma sei importante per me. E quindi anche per lui».

«Non credi che mi sguinzaglierà Elliot contro, vero?»

«I Kilbourn sono spietati», le ricordò Aiden. «Te l'ho già detto».

«Spietati o no, farmi del male farà solo del male a te. E per quanto si stia comportando di merda, non credo che tuo padre voglia ferirti».

«Cosa intendevi quando hai detto che mi sta sabotando perché dubita di sé stesso?», le chiese Aiden, scrutandola.

«Psicologia spicciola. Nessuno lascia un impero senza chiedersi se sia la decisione più giusta. Non sa neanche chi è senza il suo impero, e la realtà dei fatti lo sta travolgendo».

«Quindi lo hai colto sul suo punto debole?»

«L'ho Aidenizzato».

«Quand'è che hai iniziato a giocare così sporco?», Aiden le prese la mano e accarezzò il palmo col pollice.

«Quando ho iniziato a farmela con gli spietati Kilbourn senza scrupoli».

Capitolo 54

Aiden controllò sul telefono i messaggi di Frankie mentre si dirigeva verso la macchina in attesa. Aveva appena concluso un altro giro di incontri con il management della società di sviluppo di app di Goffman e sentiva l'eccitazione del momento. Con alcune modifiche alla struttura aziendale, una revisione delle terribili politiche in essere e un rebranding sotto l'egida dei Kilbourn, intravedeva un futuro molto luminoso per l'azienda.

Alla fine, suo padre avrebbe dovuto ricredersi.

Stava per leggere il messaggio di Frankie quando andò a sbattere contro qualcuno.

«Mi scusi», disse, allungando una mano per reggere la donna.

«Oh, Aiden!». Margeaux, la damigella stronza del matrimonio di Pru e Chip, lo fissò, gli occhi gonfi di lacrime.

Tra tutte le persone con cui poteva scontrarsi su un marciapiede affollato, doveva beccare proprio l'unica che probabilmente lo avrebbe denunciato o se lo sarebbe portato a letto a suon di minacce.

«Ti sei fatta male?», chiese seccamente, scrutandola. Indossava un cappotto di lana color cammello. I capelli biondi le ricadevano oltre le spalle in boccoli ben definiti. Le sopracciglia le erano ricresciute quasi completamente.

Lo afferrò per il bavero del cappotto e gli si buttò addosso. «Ho solo bisogno di un volto amico», disse con voce tremolante.

Aiden guardò la sua macchina e sospirò. C'era quasi.

«Non so proprio cosa fare! Io e il mio ragazzo abbiamo litigato, e mi ha lasciato qui», disse, con la voce acuta come un vagito.

Aiden digrignò i denti. Era un essere umano orribile ma pur sempre in difficoltà. «Posso darti un passaggio?», chiese.

Lei annuì, guardandolo come se fosse il suo eroe personale. Non gli piaceva. C'era qualcosa di viscido in quella donna. Come un'anguilla. Non avrebbe apprezzato l'analogia.

Le aprì lo sportello e, con uno sguardo alle sue spalle, scivolò accanto a lei. Gli si strinse accanto, appoggiandosi a lui. «Dove possiamo lasciarti?», chiese Aiden cordialmente.

«Oh, Quinta e 59° Est. Per favore». Lo aggiunse quasi fosse un ripensamento. Le sue labbra non erano abituate a tanta gentilezza.

Stava armeggiando con il telefono, ancora troppo vicina. Aiden tirò fuori il suo telefono, usando il gomito per spostarla, e scorse tra i messaggi. Frankie stava conducendo un altro seminario sui social media e, grazie alla sua vicinanza con Aiden, le iscrizioni erano salite alle stelle; forse i piccoli imprenditori speravano che la fortuna dei Kilbourn si diffondesse per osmosi.

Frankie: Secondo me si aspettano di vederti entrare distribuendo sacchi di soldi.

Aiden: Dovrei proprio farlo. Ne ho fin troppi, di soldi, visto che la mia ragazza mi impedisce di spenderli per lei.

Frankie: Simpaticone. Ora devo insegnare a questa gente come indirizzare geograficamente i loro ads su FB.

Aiden: A stasera, bellezza.

Lei rispose con un cuoricino. E Aiden lo guardò sentendosi un re. Frankie non lo sapeva, ma si stava innamorando di lui. Doveva solo aspettare il momento giusto per farglielo presente. E forse anche dirle che era giunto alla stessa conclusione settimane prima.

Era innamorato e, per la prima volta nella sua vita, pensava ai prossimi passi nella relazione.

Lanciò uno sguardo a Margeaux. Si era messa comoda con un sorriso malizioso sul viso mentre le sue dita digitavano sulla tastiera del telefono.

«Allora, hai litigato con il tuo ragazzo?», chiese Aiden, anche se in realtà non gliene importava niente. Ma avevano quindici isolati da percorrere e il suo cambiamento di atteggiamento lo innervosiva.

«Eh?», disse lei, alzando lo sguardo. «Ah, sì. Un litigio. E per quel che mi riguarda è l'ultimo. Mi merito di meglio, e vedrò di ottenerlo».

«Mmm», mormorò Aiden evasivo. Dalla sua breve esperienza con Margeaux, si meritava che qualcuno le versasse del succo di limone nelle ferite per il resto della sua miserabile vita. Ma chi era lui per giudicare?

Aveva Frankie, ed era tutto ciò che contava. Non avrebbe mai più preferito una ragazza a un'altra, un'ereditiera a un'altra. Aveva ciò che desiderava. Finalmente.

Aiden prese brevemente in considerazione l'idea di inviare a Goffman un biglietto di ringraziamento per essere uno stronzo.

Il futuro lasciava ben sperare. Francesca stava finendo il master e avevano discusso della strada che avrebbe preso dal punto di vista professionale. Aveva sperato che lei potesse prendere in considerazione una posizione nella sua compagnia. Gli aveva riso in faccia quando glielo aveva suggerito. Ma lui sapeva essere convincente. Anche se non voleva lavorare direttamente con lui, aveva una serie di nuove acquisizioni dove la sua energia sarebbe tornata utile. Le piaceva il mondo delle piccole imprese. Forse poteva inventarsi qualcosa che lei potesse gestire?

Gliene avrebbe parlato di nuovo dopo qualche giorno e avrebbe tastato il terreno.

«Siamo arrivati», annunciò Morris. Apparentemente Margeaux aveva da fare in un costoso hotel art deco. Morris fece il giro e le aprì lo sportello. Aiden uscì e le porse la mano per aiutarla.

«Ti auguro buona fortuna, Margeaux».

«Non mi serve la fortuna», disse con un ghigno, poi si sollevò sulle punte per stampargli un bacio all'angolo della bocca. «Ci vediamo».

Entrò nell'hotel con passo disinvolto. Aiden scrollò la testa.

Morris rabbrividì. «Quella lì è malvagia», esclamò.

«Non sbagli», concordò Aiden.

Una volta scapolo, per sempre scapolo

Aiden Kilbourn sorpreso a intrufolarsi in hotel con una dell'alta società

La ragazza di Aiden Kilbourn devastata dalla tresca

Capitolo 55

Frankie chiuse a chiave la porta dell'agenzia e si mise la borsa in spalla. Era buio e faceva freddo. Una tipica serata deprimente di marzo. Ma almeno nel giro di qualche ora la aspettavano Aiden e cibo da asporto. Si sarebbe cullata al calore di quel pensiero tornando verso casa.

Il telefono vibrò dalla tasca, ma prima che potesse tirarlo fuori, una figura losca si staccò da un muro, una vetrina più in là.

«Be', questa mi sembra proprio la mia vecchia amica Francesca», disse beffardo Elliot Kilbourn, piombandole davanti.

«Come sta il nasone, Elliot?», chiese lei allegramente. La presenza di Elliot significava solo una cosa. Guai.

«Adesso russo, grazie a te».

«Consideralo un souvenir per ricordarti di non rapire gente a caso».

«Lo sai che non sono l'unico Kilbourn che ha dei segreti sconvenienti?». Il suo tono giulivo la mise sull'attenti. Frankie si fermò di colpo.

«Senti. Facciamola finita, ok? Ho avuto una giornata pesante. Smettila coi sotterfugi e sputa il rospo».

«Sono venuto a farti le condoglianze», disse, sorridendo diabolicamente a ogni parola. «La notizia è appena uscita». Le passò il telefono e Frankie guardò lo schermo distrattamente.

Una volta scapolo, per sempre scapolo. Aiden Kilbourn scarica la sua ragazza per una scappatella in hotel.

Quelle foto. Mio dio. Quelle foto. Aiden con quella testa di cazzo di Margeaux stretta tra le braccia, su un marciapiede del centro. Le loro teste che si toccavano, le facce serie. Una scena… intima. Aiden in limousine con Margeaux accoccolata al suo fianco. Posava per un selfie mentre lui guardava il cellulare. E poi, Aiden e Margeaux che scendevano dalla macchina di fronte a un hotel e Margeaux che si sporgeva verso di lui, baciandolo sulla bocca.

Frankie voleva uccidere qualcuno. Ma non sapeva da chi iniziare. Senza dire una parola, restituì il telefono a Elliot.

«Non è l'uomo che pensavi fosse», disse. «Ma è egoista, crudele e pensa solo a sé».

Frankie fece per allontanarsi. Sentiva rabbia, dolore e confusione ribollirle dentro.

«C'è anche un video su TikTok. Ma forse non c'è bisogno che tu lo veda», disse, allungando il passo per starle dietro. «E c'è anche un'altra cosa».

Frankie continuò a tenere la bocca serrata. Stava per vomitare. O urlare. O tutte e due le cose.

«Aiden è il motivo per cui Chip ha mollato la tua amica, tanti anni fa».

«Cos'hai detto?», Frankie si fermò di colpo.

«Ho sentito che ne parlava con Chip a casa dei miei. Non si erano accorti di me. Come sempre».

Frankie intravide l'amarezza nello sguardo di Elliot.

«Chip gli disse della sua intenzione di farle la proposta di matrimonio. Ma ad Aiden la cosa non piacque. Disse a Chip che non credeva che Pruitt fosse quella giusta. Che non era la compagna adatta a lui. Chip non capiva il suo intento, ma io sì».

«E qual era?». Il telefono vibrò ancora, ma Frankie non aveva bisogno di controllare per sapere che era Aiden.

«Stava tirando le fila come un burattinaio. I Kilbourn lo imparano dalla nascita. Convincere le persone a fare quello che vogliono. "Guidò" Chip alla stessa conclusione, gli disse che Pru era troppo immatura, troppo bisognosa di attenzioni. Non sarebbe stata la compagna giusta».

«E perché lo avrebbe fatto?», chiese Frankie, la sua voce era appena un bisbiglio. Perché Aiden avrebbe dovuto rovinare la felicità di Chip? Perché scatenare anni di dolore e tormento per Pruitt?

«E chi lo sa». Elliot si strinse nelle spalle. «Forse perché voleva Pruitt? Forse non sopportava la felicità del suo amico. Il succo è che non è l'uomo che credevi».

«Vattene a casa, Elliot», disse Frankie sottovoce. Le era caduta addosso una tonnellata di mattoni. E peggio, non se lo aspettava neanche. Avrebbe dovuto saperlo.

«Scusa se ho portato cattive notizie», rispose lui, ancora sorridendo per quella vittoria conquistata facendola a pezzi e lasciandola sanguinare.

«Non ti dispiace affatto».

Si allontanò, e stavolta lui non la seguì. Anzi, se ne andò fischiettando un motivetto allegro.

Il telefono di Frankie squillò di nuovo. Lo tirò fuori. Aiden.

L'aveva già chiamata quattro volte. Anche Pru aveva chiamato. Ma non se la sentiva di parlare. Doveva andare da qualche parte. E tornare a casa era fuori discussione.

L'avrebbe trovata.

Tornò indietro e rientrò nell'ufficio buio. Richiudendosi la porta alle spalle, Frankie salì in sala conferenze col suo computer e rimase seduta al buio.

Cercò il primo sito di gossip che le veniva in mente e si costrinse a leggere l'articolo, a guardare le foto. «Oh, merda. C'è davvero un video», mormorò. Frankie non si reputava una codarda in circostanze difficili, ma impiegò comunque cinque minuti prima di decidersi a premere play.

C'era Margeaux, quella stronza, sdraiata sul sedile in pelle di una limousine. La testa appoggiata in grembo a un uomo. Indossava un abito grigio, proprio come quello di Aiden nelle foto. Lei giocherellava con la sua cravatta, accarezzandogli la coscia. «Vado al Manchester per una coccola pomeridiana». Frankie voleva spaccare il computer, spezzarlo a metà, dargli fuoco. Qualsiasi cosa pur di togliersi dalla testa l'immagine di Margeaux e Aiden. Nel video si vedeva una mano che accarezzava la guancia di Margeaux.

Frankie si accigliò e mise in pausa. Rimandò indietro e lo riguardò. Non era la sua mano. E neanche il suo orologio. Aiden portava un Patek Philippe che costava più della casa dei suoi genitori. Un regalo sentimentale e appariscente da parte di suo padre, quando era entrato a far parte dell'azienda. L'uomo nel video indossava un Cartier.

Figlio di puttana.

Tornò a scrollare le immagini. La prima, sul marciapiede. Era stata scattata per far risaltare il viso di Margeaux che fissava Aiden. Lui invece allontanava il viso. Era sicuramente lui, ma c'era qualcosa che non tornava. Non era l'inquadratura sfocata di un turista o lo scatto frettoloso di un paparazzo. Era nitido, chiaro, professionale. Preparato?

Frankie si massaggiò le tempie. Il telefono vibrò di nuovo sul tavolo davanti a lei. Era Gio.

«Che vuoi?»

«Senti, non so che sta succedendo, ma Aiden è a tanto così dal radere al suolo Brooklyn mattone dopo mattone, se non ti trova».

«Hai letto le notizie?».

«Sì, le ho lette», ammise Gio, sembrava più irritato che furioso.

«Bastano dei posti in prima fila alla partita dei Knicks per comprare la tua lealtà?»

«Gesù, Frankie. Il tizio nel video ha la manicure perfetta.

Non è Aiden. E lui sta dando di matto, sorella. So che mi odierai per questo, ma credo che qualcuno lo abbia incastrato».

Anche lei era giunta a quella conclusione, ma comunque non si spiegava le altre foto. L'abbraccio. Il bacio. E poi c'era ancora l'altra faccenda, quella per cui Aiden aveva distrutto la felicità della sua migliore amica.

«Non sono ancora pronta a parlargli», disse Frankie.

«Posso dirgli almeno che stai bene?»

«D'accordo. Come vuoi. Senti, devo andare».

«Stai bene?».

Per la prima volta, sentì le lacrime riempirle gli occhi.

«Non direi», rispose, aveva la voce spezzata.

Gio imprecò. «Ascolta, sai che ci sono sempre per te, vero? Sempre e comunque».

«Sì, lo so», quella consapevolezza le offrì un minimo di conforto. *La famiglia prima di tutto.*

Riagganciò e chiamò l'unica persona che poteva dirle la verità.

Capitolo 56

Aiden aprì a calci la porta dell'attico e si fiondò dentro. Il portiere l'aveva chiamato per dirgli che la signora Baranski lo aspettava. La vide, seduta sul divano di pelle, una borsa sul pavimento, due bicchieri di scotch davanti a sé. Il sollievo, rapido e impetuoso, lo attraversò.

«Francesca», sussurrò.

Lei si voltò verso di lui ma senza guardarlo negli occhi, e Aiden sentì una morsa allo stomaco. Voleva abbracciarla, ma si fermò di fronte alla sua freddezza.

«Dimmi che non ci credi», disse sottovoce. Aveva bisogno della sua fiducia. La sola idea che potesse convincersi che…»

«Alcune di quelle foto sono vere», rispose senza esternare emozioni.

Lui annuì. «Sì. L'ho incontrata per caso dopo la riunione. Mi è venuta addosso e ha finto di piangere. Ha detto di aver litigato col suo ragazzo».

«Le hai dato un passaggio».

«Sì. *Solo* un passaggio». Fece per toccarla, ma lei si sporse in avanti, prese un bicchiere e glielo passò. Lui chiuse le dita intorno al cristallo freddo, ma desiderava che fosse la sua pelle. Se solo avesse potuto sfiorarla, sarebbe tornato tutto a posto. Non potevano mentire quando si toccavano.

«Ti credo», disse semplicemente, il magone nello stomaco di Aiden svanì. Si inginocchiò davanti a lei facendo cadere lo scotch, e le accarezzò l'esterno delle cosce.

«Mi dispiace tanto. Non so perché Margeaux abbia fatto una cosa simile. Per avere attenzioni oppure…».

«Vendetta…», intervenne Frankie. «Lo sapevi che era in combutta con Elliot?».

Aiden saltò sull'attenti. L'alcol gli inzuppò i pantaloni. Elliot. Non era colpa di Margeaux e del finto scandalo. Ma di Elliot e di quello che le aveva detto.

«Non lo sapevo», disse, aspettando che lei decidesse del suo destino.

«Non ce la faccio più, Aiden». La sua voce era calma, indifferente.

«Francesca, non puoi lasciarmi». Non poteva. Era fisicamente impossibile che lei se ne andasse. Possedeva il suo cuore. Se fosse andata via, lo avrebbe portato con sé.

Scrollò la testa e quando i loro sguardi si incrociarono, vide la rabbia nei suoi occhi. «Non dirmi cosa non posso fare. Sono stufa di questo circo, cazzo».

Si alzò, e lui l'afferrò per i fianchi, appoggiando la fronte sul suo stomaco. «Francesca».

Lei lo aiutò a rialzarsi. «Guardami Aiden».

Fece come gli aveva detto e le prese il viso tra le mani. Per un attimo Francesca chiuse gli occhi. E quando li riaprì, lui capì di averla persa.

«Voglio che tu capisca che so che non hai avuto una storia con Margeaux. So che non mi avresti mai fatto una cosa simile».

«Allora perché…», si interruppe. Sapeva perché. Voleva solo sentirle dire le parole che meritava di sentire.

«Voglio che tu me lo dica». Le parole di lei riecheggiavano i suoi stessi pensieri. «Devi dirmelo».

Aiden serrò la mascella. Si sentiva impotente. Era la punizione del karma per tutti gli anni di manipolazioni, cercando il successo a tutti i costi? Avrebbe potuto avere tutto, e ora sarebbe rimasto con quello che aveva prima.

Ma, ironicamente, senza Francesca non avrebbe avuto alcun valore.

«Temevo che non fosse quella giusta per lui. Sembrava così giovane, così immatura. Lui è stato il mio primo vero amico, e volevo solo proteggerlo. All'epoca, ero convinto che non fosse la persona per lui».

Frankie trasalì alle sue parole, e lui ne avvertì il dolore come fosse una sua ferita.

«Continua».

«Si era appena laureato e parlava di sposarsi. Pensavo... che fosse un errore. Non mi ero reso conto di quanto fossero forti i sentimenti di Pruitt. L'avevo vista solo un paio di volte. Volevo fargli un favore».

«Ma lo sai che era devastata?», chiese Frankie, aveva la voce grave e sofferente.

«Non ne avevo idea, finché non ne hai accennato al matrimonio. Quando sono tornati insieme, sembravano meglio assortiti. Lei era più stabile, più matura. Gli faceva bene. Credevo che quel tempo divisi avesse aiutato».

«Non mangiava più, Aiden. Non usciva più dal letto. Avrebbe dovuto essere ricoverata, ma invece i suoi l'hanno riempita di ansiolitici e le hanno messo vicino un'infermiera a tempo pieno. Era convinta di aver trovato *l'uomo della sua vita*. Che il suo futuro fosse appena iniziato, e tu glielo hai portato via perché non era abbastanza».

«Francesca, tesoro. Mi dispiace tanto. Non volevo farle del male. Volevo proteggere un amico e non avrei mai detto nulla, se avessi saputo che Pru lo amava così tanto».

«Se lei non era abbastanza, allora io cosa sono Aiden? Se Pruitt "Sangueblu" Stockton non è abbastanza, perché hai perso tutto questo tempo con una poveraccia come me?».

Le afferrò le braccia. «Tu sei tutto per me, Francesca. Tutto quello che non credevo mi mancasse. Tutto quello di cui ora non posso più fare a meno. Ti amo».

Li vide, lampanti nei suoi occhi. Stupore e orrore. «Cos'hai detto?». Nel suo tono ora non c'era niente di freddo e spento.

«Ho detto che ti amo, cazzo».

«Non riuscirai a manipolarmi con quella parola! Non puoi tirarla fuori così solo perché sei nei guai, e sei nei guai perché hai ferito delle persone che amo. Non puoi usare l'amore come mezzo per arrivare dove vuoi».

Sentiva il panico artigliargli la gola. «Ma è la verità, Francesca. Dannazione. Non sono bravo in queste cose. Non l'ho detto mai a nessuno, a parte mia madre che...».

«Stai zitto, Aiden! Cristo. Sono una persona normale. Le persone normali di solito non vengono inseguite da fotografi o da ricchi stronzi che vogliono distruggere le loro relazioni. Le persone normali non usano l'amore come un'arma».

«Cosa vuoi che faccia. Dimmelo, lo farò».

«Voglio che mi lasci andare», gridò Francesca.

«No!». Avrebbe fatto qualsiasi cosa per lei. Ma non quello.

«Non sei tu a decidere. Hai ferito i miei amici. Hai ferito me. E non me lo hai neanche detto tu. Ho dovuto saperlo da quel viscido di tuo fratello, che era sul piede di guerra fuori dal mio ufficio. Ovunque vada, c'è un Kilbourn che mi dice che non sono abbastanza».

«Elliot è un mio problema. Lo gestisco io».

«Ha escogitato tutto. Lui e Margeaux. Ci scommetto tutto il tuo fottuto conto in banca. Io e Pru li abbiamo visti quando siamo uscite a pranzo. Pensavo stessero uscendo insieme, invece stavano tramando».

«Elliot vuole che lo liquidi per uscire dall'azienda. Mi ha minacciato, dicendo che ti avrebbe detto di Pru e Chip se non avessi chiuso l'accordo».

«E perché non l'hai fatto?»

«Pensavo stesse bleffando».

«Risposta sbagliata, cazzo, Kilbourn».

«Ma è la verità», tuonò Aiden.

«Lo so! È questo il problema! Non ce la faccio, Aiden. Non voglio passare la vita a sentirmi manovrata, o ingannata o costantemente minacciata o usata per colpa del tuo cognome. Voglio una *relazione*. E non è quello che abbiamo».

Fece per prendere il borsone, ma lui la fermò afferrandole il braccio.

«Possiamo averla. Te lo giuro, Francesca».

«Hai detto che mi avresti dato tutto ciò che volevo», disse, guardandolo in modo accusatorio.

«Qualsiasi cosa».

«Eppure, non sei riuscito a essere sincero con me. Dimmi, quando Elliot ti ha rivelato ciò che sapeva, ti è venuto in mente di parlare chiaro? Di dirmelo? Di assumerti le tue responsabilità e sperare per il meglio?».

Ci aveva pensato? O aveva semplicemente deciso di limitare i danni?

«Per te è tutto un gioco di potere», disse sottovoce. «E io sono stanca».

Cercò di divincolarsi, ma lui la strinse più forte.

«Mi fai male».

«*Tu* mi fai male, Francesca. Parliamone. Lasciami rimediare!». Se fosse uscita da quella porta, non sarebbe più tornata e lui lo sapeva. Era come respingere una marea, ma doveva almeno provarci.

«Non mento quando ti dico che ti amo. Lo sento davvero e l'ho capito a casa di mia madre. Ti guardavo fra il pubblico, e tu eri la sola cosa che vedevo. Sei tutto quello che voglio vedere ogni giorno per il resto della vita. Ti prego non lasciare che tutto questo ci divida».

«Hai capito di amarmi da settimane, e non hai pensato di dirmelo? Era un asso nella manica? Ma non capisci quanto sia tutto incasinato? Pensi sia questo che mi merito?»

«No, certo che no. Non sono mai stato innamorato, Francesca. Quindi scusami se non so come elaborarlo. È stata un'impresa anche solo convincerti a uscire con me. Non sapevo come sarebbe stato dire quelle parole e ricevere solo silenzio in cambio. Non ero pronto».

«E chi ti ha detto che ci sarebbe stato silenzio, idiota?». Rabbia e lacrime le velavano gli occhi. «Chi ti ha detto che eri l'unico a provare certe cose?».

Le strinse le braccia. «Che vuoi dire?»

«Che anche io ti amavo. Cretino!».

Amavo? Come poteva parlare al passato, così in un attimo?

«Perché non me lo hai detto?»

«Perché tu sei Aiden Kilbourn, eterno scapolo e donnaiolo. Sei sposato col tuo lavoro. E non sapevo come dirlo. Non stavo aspettando il momento giusto per far pendere l'ago della bilancia. Non sapevo come dirtelo senza che mi si spezzasse il cuore».

«Francesca, possiamo farcela. Ci amiamo».

«Non basta».

«Ma deve bastare».

Lei scrollò la testa e si divincolò dalla sua presa, e alzò le mani quando lui le si avvicinò. «Guardami. Capiscimi. Non voglio rimanere qui e non voglio che tu mi segua».

«Perché non possiamo parlarne? Perché non possiamo risolverla?»

«Perché una squadra risolve le cose insieme, Aiden. E noi non siamo una squadra, non stiamo insieme».

Lui indietreggiò come se lei gli avesse sferrato un colpo. Non poteva finire così. Eppure, lei prese la borsa e andò verso la porta. Si fermò, con la mano già sul pomello.

«Non parlarmi. Non venire a cercarmi. Non chiamarmi».

Faceva sul serio. Non l'aveva mai vista così severa, così ferita. Ed era tutta colpa sua.

«Un'ultima cosa. Elliot vuole rovinarti, Aiden. Stai attento».

Se ne andò, richiudendosi la porta alle spalle con un lieve clic. E il suo mondo piombò nel buio.

Capitolo 57

Di ritorno nel suo appartamento, nel letto che avevano condiviso, finalmente lasciò andare le lacrime. Calde e salate, le rigarono le guance e inzupparono il cuscino sotto di lei. Il cuscino di Aiden. Lo sapeva, vero, che sarebbe finita così? Aveva preso delle precauzioni, ma alla fine niente avrebbe potuto proteggere il suo cuore da Aiden.

Era distrutto quando era andata via. Sentiva il suo dolore riecheggiare dentro. Erano entrambi da biasimare. Lei per essersi innamorata di lui e lui per averla delusa. Avrebbe sempre cercato un modo per vincere. Ce l'aveva nel sangue.

Frankie si girò, stringendosi il cuscino al petto e pianse fino ad addormentarsi.

Il grigio mattino d'inverno non l'aiutò ad alzarsi dal letto. Aveva visto Pru in preda alla disperazione per Chip e si era ripromessa che non avrebbe mai permesso a un uomo di distruggerla in quel modo. E invece era lì a soffrire, gli occhi gonfi per le tante lacrime versate.

Non poteva. Non poteva andare in giro per il mondo, non con la notizia di Aiden e Margeaux spiattellata senza ritegno su ogni blog e sito di notizie della città. Non con la verità della sua solitudine.

Mandò un messaggio a Brenda, scusandosi e dicendo che non si sentiva bene.

Perfetto. Nemmeno la prospettiva di un guadagno riuscì a farla alzare dal letto. Era ufficialmente una donna distrutta.

Non voleva nemmeno mangiare. Voleva solo essere lasciata in pace.

Come se l'universo avesse sentito quel pensiero, qualcuno bussò forte alla sua porta. Il cuore di Frankie prese a battere all'impazzata al pensiero che potesse essere Aiden con le parole giuste per mettere fine al suo dolore. Si tirò un cuscino sopra alla testa e finse che il mondo non esistesse.

Sfortunatamente, tutto il mondo aveva una chiave di riserva del suo appartamento. Due grossi corpi le piombarono sul materasso, facendosi largo sotto le coperte.

«Andate via».

Qualcuno le strappò dalla faccia il cuscino, quello che aveva l'odore dello shampoo di Aiden – oddio, quello shampoo da milioni di dollari era ancora nella sua doccia.

Suo fratello Marco le sorrise. «Eccola qua», disse allegro. «Alzati».

«O noi o mamma, ma lei è rannicchiata in posizione fetale a piangere per tutti i bellissimi figli di Kilbourn che non abbraccerà mai», annunciò Gio seduto ai piedi del letto.

Frankie fece l'ultima cosa che i suoi fratelli si aspettavano. Scoppiò a piangere. Da quando erano adulti, non aveva mai pianto in loro presenza. Neanche quella volta che uno dei loro cugini scemi le ruppe il braccio giocando a football il giorno del Ringraziamento.

«Oh merda», mormorò Marco.

«Che facciamo?», chiese Gio.

«Vi sento, cretini!», singhiozzò Frankie, strappando il cuscino a Marco e schiacciandoselo in testa.

«Sta cercando di soffocarsi?»

«Chiamo Rachel. Lei saprà cosa fare».

«Non chiamate nessuno! Sto bene!», piagnucolò Frankie. Se proprio doveva umiliarsi, lo avrebbe fatto per bene. Almeno i suoi fratelli avrebbero imparato a non entrare più in casa sua senza un invito espresso.

Non che avessero interrotto qualcosa. Nuovo piano di vita: sarebbe invecchiata male e avrebbe salvato un mucchio di gatti che un giorno se la sarebbero mangiata nel sonno.

Dalle mura sottili come carta, Frankie sentì Marco parlare al telefono in salotto. «Non l'ho mai vista così».

«Che possiamo fare, Frankie?», chiese Gio. «Vuoi che lo picchiamo a sangue?».

Lei si tirò su a sedere. «No, non voglio che lo picchiate a sangue!».

Gio si accigliò. «Allora vuoi che picchiamo lei a sangue?»

«Forse». Scrollò la testa. «No. Non voglio che nessuno venga picchiato a sangue. Non era vero. Era tutto congegnato, ma ci siamo lasciati lo stesso. Ok?»

«Sono confuso».

Lei si abbandonò sul letto col cuscino in faccia.

Marco rientrò in camera. «Rachel mi ha dato una lista molto specifica. Vado a comprare questa roba. Tu resta qui. E assicurati che non si affacci alla finestra».

«Perché?», chiese Frankie, rialzandosi.

«Cazzo, pensavo non mi sentissi col cuscino».

«Cosa c'è fuori dalla finestra?». Frankie si dimenò sul materasso, e Gio fece per acchiapparla ma lei lo schivò. Appiccicò la faccia al vetro sporco.

«Non ci credo».

«Paparazzi di merda», sospirò Gio.

«Perché ci sono dei cameraman davanti al mio palazzo?»

«Mi sa che oggi non hai letto le notizie».

«Che diavolo può esser successo ancora?»

«Aiden ha denunciato quell'oca e tutti i blog e i siti che hanno riportato la storia. Quasi tutti hanno già pubblicato una rettifica».

«Com'è possibile che questa sia la mia vita?», mormorò.

«Passo per il vicolo. Torno fra poco», disse Marco, rimettendosi il cappotto.

Frankie chiuse le tende, e l'appartamento piombò nella stessa tetra oscurità che aveva nel cuore. Si lasciò convincere da Gio a uscire almeno dal letto e a spazzolarsi i capelli, ma quando avvistò il pettine di Aiden e un paio di boxer nella cesta, perse ogni volontà di comportarsi da essere umano.

Sprofondarono sul divano a guardare una replica fino al ritorno di Marco.

«Ok, abbiamo dei giornali che non accennano al tuo uomo», disse svuotando la busta sul tavolino. «Dei fazzoletti nel caso si ripeta quello che è successo lì dentro. Sei tipi diversi di cioccolato. Due confezioni di gelato perché se ne mangi più di così, domattina ti maledirai. E una porzione di noodles al pollo».

«Che c'è nell'altra busta?», chiese Frankie, tirando su col naso.

«Ho comprato un po' di film d'azione. E il camioncino dei tacos era a soli due isolati, così ho preso anche quelli».

«Grazie, Marco», disse. «Grazie, Gio».

Giò le scompigliò i capelli appena pettinati e le mostrò il dito medio. «La famiglia».

Aiden non aveva chiamato. Quando finalmente trovò il coraggio di riaccendere il telefono, trovò quindici chiamate perse, ma risalivano a prima dell'atto finale nel suo attico. Dopodiché non l'aveva più chiamata. Ma le aveva scritto.

Aiden: So che hai detto niente chiamate. Ma non hai detto niente sui messaggi. E continuerò a scriverti finché non mi dirai di non farlo. Mi manchi. Mi dispiace.

Aiden: Ho sempre tutto quello che avevo prima di te. Ma senza di te non vale niente.

Aiden: Vorrei fossimo sul tuo divano. Tu accoccolata a me. Io che gioco coi tuoi capelli. Gli avanzi che si raffreddano sul tavolo. Mi manchi.

Aiden: Oggi denuncerò un bel po' di persone. Ho pensato dovessi saperlo. Nessuno la passa liscia dopo averti ferito, Francesca. Nemmeno io. Sono un disperato senza di te.

La mattina dopo iniziarono i regali. Nessun contatto diretto. Solo piccoli regali con biglietti scritti a mano, consegnati dai corrieri. Martedì, una pila di romanzi rosa e una cospicua carta regalo per il salone di Christian a casa sua. Mercoledì, quando tornò al lavoro, fece consegnare una cioccolata calda gourmet per lei, Brenda e Raul. Frankie non voleva neanche sapere come facesse lui a sapere che era al lavoro. Se la stava ancora tenendo d'occhio, allora coltivava ancora speranza. Cosa che a lei mancava.

Giovedì, Frankie trovò un mucchio di calzini pelosi lunghi fino al ginocchio fuori dalla porta del suo appartamento. Di quelli che lei amava indossare sotto gli stivali.

Venerdì, un morbido pigiama di seta. Non lingerie sexy, ma di quelli che metti dopo una lunga settimana e che non ti togli per tutto il weekend. Lo indossò immediatamente e si rannicchiò sul divano con la felpa Yale di Aiden che aveva tirato fuori dal cesto della biancheria in modo che non perdesse il suo odore.

Quella settimana era stata un turbinio di «no comment» quando (raramente) si era avventurata fuori e di fiacchi «sto bene» pronunciati al lavoro e attorno al tavolo di sua madre. Sentiva freddo come se l'inverno le fosse entrato dentro, e temeva che non si sarebbe più sciolto.

E ogni notte si addormentava sul divano senza neanche accendere la televisione, evitando il grande, bellissimo letto e i suoi ricordi.

Capitolo 58

Aiden si affacciò alla finestra dell'ufficio, ignorando il mucchio di cose che richiedevano la sua attenzione. Non aveva niente da dare. Anche solo presentarsi al lavoro gli era costato molto. Era sfasato, spento, e questo si ripercuoteva sul lavoro. Oscar gli si avvicinava coi piedi di piombo. Le riunioni erano state posticipate a data da destinarsi. Sua madre la sera prima gli aveva sorriso con aria comprensiva per tutta la cena.

E ad Aiden non importava niente.

Il telefono della scrivania squillò.

«Sì?»

«Ci sono due forzuti gentiluomini di Brooklyn che chiedono di te», annunciò Oscar.

«Stiamo entrando Aide». Aiden sentì la voce di Gio dalla porta.

Perfetto. Proprio quello che gli serviva. I fratelli Baranski venuti a dargliele di santa ragione.

«Falli entrare».

Un secondo dopo, la porta si aprì, e Gio e Marco entrarono rilassati. Probabilmente stavano facendo finta di niente così Oscar non avrebbe chiamato la sicurezza.

Marco si lasciò cadere su una delle sedie mentre Gio ispezionava l'ufficio. Aiden non riusciva a capire se stava ammirando la vista o cercando le telecamere di sicurezza.

Aspettò che uno di loro parlasse per primo, urlandogli minacce o accuse, pretendendo di gambizzarlo o di strappargli qualsiasi altra parte del corpo per aver spezzato il cuore alla loro sorellina.

«Fratè, ma che cavolo?», disse Marco, rompendo il silenzio. «Devi stare attento con tipe come quella».

«Tipe come quella chi?», chiese Aiden con calma.

«Quella Margeaux», intervenne Gio, appoggiandosi allo spigolo della scrivania.

«Trasuda malignità, amico. Mi sorprende che tu ci sia cascato e ti sia fatto ingannare», Marco sospirò.

«Ingannare? Quindi ci credete quando dico che non è successo niente?».

Gio sbuffò. «Frankie è una di prima scelta, e dovremmo credere che le preferiresti quello scheletro, pazzoide ed emaciato?»

«Quindi non siete venuti per picchiarmi a sangue?».

I fratelli scoppiarono a ridere ma non gli dissero un sì o un no deciso.

Il telefono di Aiden squillò.

Oscar: Devo chiamare la sicurezza?

Aiden: Non finché non mi senti chiamare la mamma.

Riportò la sua attenzione sui fratelli. «Allora che ci fate qui?»

«Frankie è a pezzi», disse Gio.

«E abbiamo pensato che forse anche tu non te la passi benissimo», intervenne Marco.

«Potete scommetterci», rispose Aiden, guardando il caos sulla scrivania. «Devo riconquistarla».

Marco sospirò e si passò una mano tra i capelli folti. «Non lo so, amico».

Aiden si sfregò la fronte. «Non avete un consiglio, un espediente magico per farmi perdonare?»

«Ti ha mai raccontato di nostro cugino Mattie?», chiese Gio.

Aiden scrollò la testa.
«Già, perché non vuole neanche pronunciare il suo nome. Quando aveva nove anni le ha appiccicato una gomma in testa, e mamma ha dovuto tagliarle i capelli. Ha riparlato con Mattie solo al suo matrimonio, l'anno scorso».
«Non è una che perdona facilmente», disse Marco. «Proprio mai».
«Non può essere finita», disse Aiden, appoggiando il telefono sulla scrivania. Non aveva risposto a nessuno dei messaggi o dei regali. La disperazione gli attanagliava il petto.
«Ah, cazzo», sospirò Gio, grattandosi la nuca. «Senti. Non puoi continuare a scriverle o mandarle roba, ok? Sembra tutto parte di una guerra psicologica».
«Volete che mi arrenda così?»
«Naa, amico», disse Marco. «Falle solo *credere* che ti stai arrendendo».
«Ascoltate, ragazzi. Non dormo bene. Non capisco cosa volete dirmi», disse Aiden.
«La nostra Frankie è una ragazza sveglia. Testarda ma sveglia», disse Gio.
Marco si dondolò sulla sedia. «L'hai combinata grossa, e parecchio anche. Ma anche lei».
«Lei non ha fatto niente», protestò Aiden.
«Ha sempre preso un po' le distanze dal vostro rapporto perché era convinta che non sarebbe finita bene. Aveva paura e se glielo vai a dire, ti mando a fanculo e negherò tutto», disse Gio, puntando il dito.
«Stava cercando una scusa», si disse Aiden tra sé.
«Sì, ma dato il suo livello di infelicità attuale, se le concedi un po' di spazio, si renderà conto che nemmeno lei è tanto innocente».
«Quanto spazio?». Dovevano parlargli chiaro. L'idea di abbandonare ogni sforzo… cedere il controllo, lo terrorizzava, ma dentro sentiva ancora un barlume di speranza.

«Tutto lo spazio possibile», disse Marco.

«Niente messaggi, niente regali, niente di niente», aggiunse Gio.

Aiden si coprì gli occhi per un minuto, cercava di scendere a patti con l'idea di arrendersi e sperare per il meglio. Andava contro tutto ciò che gli scorreva nel sangue, lasciare tutto al caso.

«Pensavo di pagarle il debito studentesco», ammise. I suoi piccoli gesti non erano serviti a molto. Forse un gesto più grande lo avrebbe aiutato. Almeno sarebbe stata costretta a piombargli in ufficio e urlargli addosso.

«Oh, Cristo, no!», disse Marco sconvolto.

«Lo odierebbe», concordò Gio.

«Non, e ripeto, *non* sommergerla di soldi. Li darà alle fiamme».

«Quindi, mi arrendo e basta? La lascio in pace?»

«Falle *credere* che vuoi arrenderti», disse Marco come se la differenza fosse netta.

«Se lo faccio, credete che potrà perdonarmi?»

«Sì», disse Gio convinto. «Secondo me, sì».

«Una piccola possibilità c'è», intervenne Marco. Scrollò le spalle quando suo fratello lo guardò incredulo. «Che c'è? Non voglio che si faccia illusioni se lei decide di riservargli il solito trattamento glaciale per sempre».

«Ascolta, devi pensare ad altro, Aide. Tu sei pronto a perdonarla? Ti ha mollato invece di spalleggiarti. Ripeto, se glielo dici ti spacco quel bel faccino e forse ti rovino anche quel vestito elegante – e se lasci che la cosa peggiori, non avrai alcuna possibilità».

I filosofi di Brooklyn erano nel suo ufficio a dargli consigli e forse anche un briciolo di speranza.

«Non lo permetterò», promise.

«Bene». I fratelli annuirono.

«Proprio bello qui», disse Marco guardandosi intorno.

«Cosa? Adesso passiamo ai convenevoli?», chiese Gio.
«Cerco solo di essere educato». Marco colpì il ginocchio di Gio con un calcio.
«Ahia! Stronzo!».

Oscar: Quello che ho appena sentito era un colpo?

«Comunque», concluse Gio, controllando l'ora sul telefono.
Aiden si agitò. Non voleva che se ne andassero. Erano l'unico legame tangibile con Frankie.
«Vuoi bere qualcosa? Magari mangiamo una bistecca?», propose Marco.

Capitolo 59

«Non so come dirtelo, Frankie», ripeté Raul per la terza volta, schiarendosi la gola. Brenda era seduta accanto a lui nella sala conferenze, si tamponava le lacrime con un fazzoletto.

Frankie vide la documentazione sul tavolo e capì nel giro di cinque secondi.

«Abbiamo perso la sovvenzione», annunciò Raul.

«Due sovvenzioni, anzi. Non le finanzieranno più, quindi non è colpa di quello che hai scritto nella richiesta. Non si tratta di un nostro errore come organizzazione, ma solo di... sfortuna».

Nelle ultime settimane, la sua vita era stata dominata dalla sfortuna.

«Quindi, quello che voglio dirti», Raul respirò a fondo, «è che chiuderemo l'ufficio. Non possiamo continuare senza quei fondi, e ormai è un po' che pensiamo di andare in pensione».

Brenda si soffiò il naso rumorosamente

«E questo significa che anche il tuo contratto è terminato». Raul si strozzò pronunciando quelle parole e fece per prendere la tazza di caffè, ma lo versò praticamente tutto.

«Ok, be'», disse Frankie, troppo intontita per elaborare alcunché. Era quella la traiettoria della sua vita, un crollo a picco. Di questo passo, la settimana successiva si sarebbe scaldata le mani direttamente tra le fiamme vive dell'inferno. «Prendo la mia roba e vado».

I sussulti silenziosi di Brenda diventarono un pianto disperato. «Ci dispiace tanto, tesoro! E dopo tutto quello che hai passato...».

Frankie si alzò e abbracciò tutti e due in modo meccanico. Per lei erano stati mentori, secondi genitori, e amici. E adesso anche loro uscivano dalla sua vita.

«Possiamo portarti fuori a pranzo...?», chiese Raul.

Lei scosse la testa. «No, grazie».

«Ti manderemo la tredicesima con l'ultima busta paga», disse con aria triste.

«Grazie». Frankie si fermò sulla soglia per un ultimo sguardo alla stanza.

Al piano di sotto, liberò la scrivania il più possibile infilando le sue cose in uno scatolone, e uscì, investita dalla luce del sole beffarda. La fine di marzo mostrava qualche avvisaglia di primavera. Ma niente poteva sciogliere il ghiaccio che aveva dentro.

Si sedette sul marciapiede in un raggio di sole che filtrava tra i rami degli alberi. Quello era il fondo? Nessun lavoro, sei settimane prima di finire il suo master, e avrebbe dovuto decidere tra affitto e tasse scolastiche. Ah, a proposito, quel lavoro e i suoi workshop sui social media facevano parte del suo progetto di tesi. Quindi, il diploma in primavera era fuori discussione.

E peggio, Aiden aveva smesso di contattarla una settimana prima. Come se fosse scomparso dalla faccia del pianeta. Ma era ancora lì. Lavorava. Esisteva. Viveva ancora la sua vita.

Lo sapeva perché non riusciva a non aprire quelle maledette e-mail di Google ogni mattina.

Lui andava al lavoro tutti i giorni, cenava in città, partecipava agli eventi. Nel frattempo, lei aveva smesso di parlare con tutti. I suoi genitori, i suoi fratelli, Pru. Stava evitando il contatto umano perché non si sentiva più umana.

La rabbia, il dolore, avevano lasciato spazio a un nuovo

sentimento. Un sentimento che non capiva. Il senso di colpa.

«Frankie!».

Trasalì sentendo quel saluto allegro. Non poteva vedere Pru in quel momento. Era incapace persino di fingere felicità nel vedere la sua migliore amica.

«Ciao», rispose seccamente.

«Perché sei seduta sul marciapiede con uno scatolone di… ah».

«Mi hanno licenziata. Chiudono l'agenzia».

«Quindi il tempo per lasciarti offrire il pranzo non ti manca», annunciò Pru, sempre pronta a guardare il lato positivo. «Andiamo». Aiutò Frankie a rialzarsi e sollevò lo scatolone. «A me andrebbe una pizza».

Frankie inciampò. «Mangerai una pizza volontariamente? Sto davvero messa così male?»

«Sembri uno zombie. Quasi viva in apparenza ma morta dentro».

«Però! Grazie».

Pru la portò in una delle sue pizzerie preferite, chiacchierando di tempo e gossip. Frankie non si disturbò a rispondere. Richiedeva troppo sforzo.

Pru si accomodò di fronte a lei, e le prese la mano, sorrideva come se si aspettasse qualcosa. «Devo darti una notizia».

«Va tutto bene?», chiese Frankie, riuscì a risvegliare giusto un pizzico di preoccupazione. La sua amica annuì.

«Cosa vi porto signore?», domandò Vinnie, il gestore, incombendo sul tavolo con un fare tra il fascinoso e l'impaziente.

«La più grande, più unta pizza al salame piccante che puoi farci», decise Pru.

«E che ne dici di un po' di quei crostini all'aglio?».

Frankie era stupita. La sua amica parlava sul serio allora. Vinnie prese gli ordini delle bibite e tornò dietro al bancone.

«Allora, sono incinta», annunciò Pru.

Frankie spalancò la bocca. Il suo cervello non era pronto per una notizia di tale portata.

«Cos…?»

«Incinta. Sai, del figlio di mio marito?», disse Pru, era raggiante.

«Grazie, Vin», disse quando Vinnie servì loro l'acqua.

Frankie buttò giù metà bottiglia, cercando di far ripartire il cervello. «Avrete un bambino?».

Pru annuì di nuovo. «Lo abbiamo concepito in luna di miele, un po' ci ha sorpreso. Ma non vediamo l'ora».

Frankie la vedeva. La gioia pura sul volto dell'amica. E anche se la sua vita era uno schifo, provava ancora un moto di felicità per Pru.

«Wow. Congratulazioni. Chip sarà emozionato».

«Oscilla tra emozione e iperventilazione. Ha ordinato sedici libri sul diventare genitori, sulla gravidanza e sui neonati e adesso vuole iniziare a fare i colloqui per le tate».

«Wow», ripeté Frankie. Fu travolta da un'ondata di ricordi. Pru mascherata da Carmen Miranda nel loro dormitorio ad Halloween. Pru che ballava sul bancone di un locale dopo troppi margarita. Pru che provava l'abito da sposa per la prima volta. «Lo so che non sembra, ma sono molto felice per te».

Pru le prese la mano. «So che la tua vita fa schifo al momento. Ma diventerai zia, e questo è importante. E voglio che ti aggrappi a questa prospettiva mentre ti do la seconda notizia».

«Ah, ah». Frankie si preparò.

«Perché non parli più con Aiden?».

Frankie si spense di nuovo. «Allora, Pru. Ci sono cose che non sai. No, non mi ha tradito con quella. Ma c'era anche altro. Qualcosa di più grave».

«Lo so», disse Pru, stringendole la mano. «Me lo ha detto. La settimana scorsa è venuto a parlare con me e Chip».

«Te l'ha detto?», Frankie era basita.

«Ha convinto Chip a rompere con me».

«E a te sta bene così? Vi ha privato di anni di felicità, Pru. Solo perché era convinto che tu non fossi abbastanza per il suo amico».

«Pensava fossi immatura e frivola, e a dirla tutta forse aveva ragione. Non glielo direi mai. Ero appena uscita dal college e andavo solo a caccia di anelli di diamanti. Non avevo idea di cosa significasse il matrimonio. Volevo solo un anello scintillante e una grande festa. Se non ci fossimo lasciati, maturando entrambi, non sono sicura che oggi staremmo insieme. E so che non porterei in grembo questa piccola creatura. Sono più forte ora. Più felice. E forse anche un minimo più matura. E alla fine, Aiden voleva solo proteggere il suo amico. Un amico che ha preso quella decisione senza alcuna costrizione, dovrei aggiungere».

«Ma ti ha ferito», protestò Francesca.

«E io l'ho perdonato. Dovresti provarci anche tu».

Frankie sbuffò e infilò con forza la cannuccia nel ghiaccio. «Se mi freghi una volta, vergogna, ma se mi freghi due volte…».

«Ma pensi che avere una relazione significhi non fare mai cazzate?», chiese Pru. «Il danno è stato fatto a me, e io l'ho perdonato. Perché tu non ci riesci?»

«Perché tu sei sempre stata buona. Se fossi stata in te, non avrei mai perdonato Chip».

«E dove sarei adesso? Non sarei sposata con un uomo che mi fa ridere ogni giorno. Non sarei occupata a scegliere il colore della nursery. Non sarei seduta di fronte alla mia migliore amica cercando disperatamente di farle capire che il perdono può aprire molte porte. Potevo andare sul sicuro, sposare un tizio noioso che me l'avrebbe sempre data vinta. Ma che vita è quella in cui non si corre mai il rischio di soffrire?».

Frankie fissava il tavolo, avrebbe voluto che le parole di Pru non fossero un colpo secco dopo l'altro. «Stare con Aiden era troppo difficile», disse pigramente.

«Non è che tu fossi molto d'aiuto, eh. Lo hai sempre ostacolato. Aspettavi solo che ti deludesse, che ti offrisse una scusa per lasciarlo».

«Non è vero», protestò Frankie.

«Adesso menti anche a te stessa».

«Rischiamo tutto», sussurrò Frankie. Ma lei aveva mai rischiato tutto? Aveva preso quell'impegno, ma poi aveva agito di conseguenza?

«Sei la persona più leale che conosca, Frankie. Perché non lo sei anche con lui? Perché non lotti per lui? Aiden non può contare su nessuno. Chi gli guarda le spalle? Avresti dovuto partire all'attacco di Margeaux. Invece, ti sei scavata una tana e ti sei nascosta».

Vinnie tornò con una pizza fumante. «Buon appetito, signore».

Frankie fissò i ghirigori di salsa sul formaggio pieno di bolle.

«Lo amo così tanto che mi fa paura», ammise con voce tenue e tremante. Alzò lo sguardo. «Lo amo tanto che non riesco a respirare perché è come se mi mancasse una parte di me».

«Sei così testarda, cavolo», disse Pru con un briciolo di empatia. «Rovineresti tutto solo per avere ragione».

Frankie avvertì il senso di colpa nello stomaco risvegliarsi di fronte all'evidenza.

«Quello che provo per lui mi terrorizza. Sto vivendo un incubo. Ed è troppo tardi. Ha smesso di scrivermi, ha smesso di spedirmi regali. È come se per lui non esistessi più».

Pru staccò un pezzo di pizza e allungò la mano verso l'origano. «Allora forse è ora che gli ricordi che esisti eccome».

Capitolo 60

Impiegò ventiquattro ore ad architettare un piano. E quando nella sua testa fu tutto organizzato, passò a Pru. Raccogliere nomi e numeri, trovare connessioni. Pranzò con l'alta società, incontrò camerieri e domestiche e assistenti personali nei vicoli, accanto ai cassonetti, per spiegare le sue ragioni.

Non accettarono tutti, ma quelli che lo fecero sarebbero bastati. E quello che le avrebbero dato doveva bastare per forza.

Quando c'era qualcosa di concreto in ballo, e la reale possibilità di una ricompensa karmica, le donne si alleavano.

Lei accettò tutto quello che le davano, mettendo da parte i suoi appunti per la tesi ormai fallita, e ripartendo con un nuovo progetto.

Ogni parola che scriveva, ogni informazione che raccoglieva, rientrava per lei in un quadro più grande, contribuendo a darle speranza, una sensazione di controllo. E quando fu certa di avere abbastanza, fece un'ultima telefonata.

«Davenport, sono Frankie. Ce l'hai ancora quel video delle Barbados?».

Frankie non dormiva più. Non faceva che controllare i siti di gossip per vedere se avevano già dato la notizia. E quando alle sette la lesse sul feed, si mise a ballare in cucina.

Lì, sugli schermi di mezza città, Margeaux urlava oscenità e si azzuffava con Taffany in piscina. C'erano migliaia di commenti ogni minuto.

Frankie raggiunse danzando la lavagna appesa in soggiorno.

Fase Uno: Sputtanare Marge.

Spuntò quella voce con un gesto plateale. E si concentrò sulla fase due. Per quella avrebbe avuto bisogno di un po' di protezioni. Staccò la carta regalo dalla lavagnetta e chiamò.

«Salve, sarebbe possibile per Christian inserirmi oggi? Vado in guerra». Un'ora dopo, era seduta sulla sedia girevole davanti allo specchio bordato d'oro nel salone di bellezza che non poteva permettersi. Christian le guardò i riccioli accigliato e ci infilò un dito dentro. «Dovevi tornare il mese scorso», la rimproverò.

«Il mese scorso non dovevo scendere in battaglia. Rendimi bellissima e invincibile».

Christian schioccò le dita a mezz'aria. «Trucco!».

Lanciò un'occhiata alla borsa sulla postazione di Christian mentre lui e i suoi aiutanti si preparavano a dotarla di armamenti femminili. Lo smokey eyes, gli zigomi ben definiti, quei riflessi stupendi, e per finire una messa in piega che la faceva sembrare nata per quel vestito rosso. Se non avesse schiacciato il nemico come un insetto e non fosse stata irresistibile agli occhi di Aiden, sarebbe passata al gattile e avrebbe adottato i primi due gatti... e poi avrebbe chiesto a Gio se poteva trasferirsi da lui dato che non poteva più permettersi l'affitto senza lavoro e senza master.

Perfetto. Un piano B molto solido. Ma sperava che non ce ne sarebbe stato bisogno. Aveva puntato tanto – tutto – sul piano A.

«Christian?», disse, guardando quella sconosciuta allo specchio. «Siete fantastici».

Batté il cinque a tutti loro e poi pagò con il buono di Aiden. Christian le restituì un promemoria. «Ci vediamo tra sei settimane».

«Ci sarò», disse convinta. Un atteggiamento mentale positivo. Avrebbe vinto. Oppure si sarebbe rannicchiata in posizione fetale, lasciandosi mangiare dai gatti.

«Auguratemi buona fortuna».

«Buona fortuna!», la salutarono in coro mentre scendeva in campo a passo deciso.

Lui la stava già aspettando al bar. Davanti a sé, un bicchiere doppio nonostante fossero ancora le undici del mattino.

«Buongiorno, Elliot», disse, accomodandosi sullo sgabello accanto a lui.

Il giovane Kilbourn si tirò su, adocchiandole la scollatura. «Avevo la sensazione che avrei avuto di nuovo tue notizie. Cosa posso fare per te? Aiutarti nella vendetta sul caro fratello?». Si sistemò la cravatta.

«Oohh, temo che rimarrai deluso», disse Frankie, tirando fuori un documento. Glielo mise davanti. «Tieni. Questo è per te».

Con ancora troppa sicurezza, Elliot aprì la cartellina con un gesto rapido. Passarono quattro secondi buoni prima che ne capisse il contenuto. Sgranò gli occhi, dilatando le pupille. «Che cos'è?»

«Ogni singola porcata che sono riuscita a scovare su di te. Non so quale sia il tuo rapporto con Boris Donaldson, ma scommetto che c'è anche quello nel documento».

«Come sai di Boris?», chiese, scartabellando tra foto, fotocopie e interviste.

«Lo hai proposto per il ruolo di direttore finanziario nonostante sia sotto indagine per frode, da tipo dieci minuti, anche per appropriazione indebita».

«Cosa?». Afferrò il drink e lo buttò giù.

«Be', che tipo di indagine avrei condotto se non avessi ficcato il naso nella vita dei nemici del mio ragazzo? La gente come voi non capisce che i vostri dipendenti sentono e vedono cose che i vostri sporchi soldi non possono insabbiare.

E comunque, il sito della commissione di titoli e scambi si naviga facilmente. Adesso, parliamo di te».

Lui girava le pagine dei documenti diventando ora rosso ora cinereo.

«Sei stato molto cattivo. Hai usato il tuo conto spese per pagare droghe e ballerine di lap dance. A proposito, non gli piaci davvero. E poi ci sono quegli spinosi casi di presunte molestie che hai insabbiato coi soldi. Qualsiasi risposta che non sia un "sì", significa no, Elliot. Mi aspettavo quasi tutto da te. Ma persino io sono rimasta sorpresa quando ho scoperto che hai portato un gigolò nero a casa della tua ragazza dell'epoca e...».

Lui prese a schiaffi il bancone. «Aveva firmato un accordo di non divulgazione! L'ho pagata!».

«Tesoro», disse Frankie, fingendo empatia. «Lei ha firmato quell'accordo, ma non il suo portiere, né la domestica e il cuoco».

Elliot imprecò. «Ti denuncio. Ti denuncio per diffamazione».

«Allora Chip sporgerà denuncia per il rapimento. È un reato, comunque. E non credo che i tuoi avvocati riusciranno a convocare un testimone che deponga a tuo favore. Non con tutti i tuoi trascorsi», disse, tamburellando sul documento.

Lui lo prese e lo strappò in due.

Frankie sospirò. «Stai facendo i capricci? Perché tanto ne ho copie, su copie su copie».

Lui appoggiò i gomiti sul bancone e si prese la faccia tra le mani. Frankie non si sentiva nemmeno un po' in colpa.

«Che cosa vuoi?», chiese.

«Sono felice di questa tua domanda. È molto semplice. Devi lasciare in pace Aiden. Per sempre. Non ti resta più neanche un estorsore da comprarti. Non c'è di che. Così puoi ricominciare da zero. Lascia l'azienda, smettila di fare lo stronzo, e non osare più posare gli occhi su Aiden se non in occasione di qualche imbarazzante cena di famiglia. Intesi?»

«Se faccio come dici, tu che ci farai con questo?», chiese indicando i fogli a pezzi.

«Me lo terrò stretto, in silenzio. Ma se sgarri anche solo di un millimetro, se ti approfitti di un'altra donna o compri altre bottiglie e droghe, saprò cosa farci. E consegnerò questo pacchetto a ogni blogger di gossip e giornalista di rosa del paese. Immagina cosa penserebbe tua madre. O peggio, tuo padre. Sei alla mia mercé. Non fare cazzate».

Si alzò piano dallo sgabello e si sistemò il vestito.

Lui annuì tristemente.

«Bene. Un'ultima cosa». Prese il drink e glielo rovesciò in faccia. «Questo è per tutte quelle donne. D'ora in poi riga dritto».

Capitolo 61

«Il tuo appuntamento dell'una è qui», avvisò Oscar, facendo capolino sulla soglia dell'ufficio di Aiden.

«Cosa?». Aiden guardò il calendario sul monitor. Chi cavolo dovev... poi lei entrò con indosso il vestito rosso che infestava i suoi sogni.

Aiden non si era neanche reso conto di essersi alzato così in fretta che la sedia stava ruotando alle sue spalle.

«Francesca?».

Alla fine, era diventato pazzo sul serio? Gli mancava così tanto che iniziava a vederla come un'allucinazione, anziché credere di sentire il suo profumo? L'eco della sua risata?

«Posso entrare?».

Gli sembrò che un fulmine avesse colpito il tappeto che li separava. La stanza era carica di elettricità. E dal modo in cui schiudeva le labbra, dall'espressione prudente sul suo volto, capì che anche lei lo sentiva.

Era patetica la gratitudine che provava al solo vederla. Il cuore gli martellava nel petto come se sapesse che tutto si sarebbe ridotto alla successiva manciata di minuti della sua vita. E non aveva alcun controllo.

Francesca, invece, sì.

Oscar chiuse la porta in silenzio, e Aiden sapeva che doveva costargli caro.

«Ma certo», disse goffamente. Voleva raggiungerla, stringerla tra le braccia e affondare il viso nei suoi capelli. Invece, le indicò una delle sedie. «Accomodati pure».

Lei prese posto, accavallando le gambe con grazia, e lui si eccitò all'istante. Il suo cazzo non provava alcuna vergogna. Desiderava ancora la donna che lo aveva distrutto, che aveva trasformato la sua vita in un guscio vuoto.

Avrebbe strisciato fino a lei, se avesse saputo che poteva funzionare. Ma Frankie non voleva un uomo pronto a strisciare.

«Ho una proposta da farti», esordì, prendendo una cartellina dalla borsa.

La fece scivolare sulla scrivania, e quando le loro dita si sfiorarono, ebbe la certezza che non avrebbe mai dimenticato quella donna. Tra di loro si preparava una tempesta; sperava solo che quando fosse scoppiata, non si sarebbe ritrovato da solo.

«Ti ascolto», disse, con la voce più rauca di quanto volesse. Si accasciò sulla sedia. Se lei lo aveva notato, non lo dava a vedere. Frankie si schiarì la voce.

«Ok, c'è un nuovo buco nei servizi alle piccole imprese di Brooklyn. Conosco il quartiere, conosco i proprietari. Gli serve una guida, un mentore. Gli serve la formazione. Gli servono prestiti, finanziamenti».

Gli stava presentando una proposta di business?

«Ti conosco, Aiden. So che ti interessa l'imprenditorialità a trecentosessanta gradi. E potrebbe partire da qui», cercò una pagina del documento e con un dito indicò su una mappa il quartiere dei suoi.

«Ci sono sei vetrine in vendita solo su questo isolato. Anche gli edifici necessitano di migliorie, ma la struttura è forte. Quasi tutti gli appartamenti sono affittati».

Parlava di immobili e riqualificazioni, e Aiden drizzò le antenne nonostante la sua profonda delusione.

Aveva foto della strada, mappe dettagliate dei parcheggi del quartiere, elenchi degli immobili, il potenziale delle unità in affitto e persino un elenco dettagliato dei tipi di negozi che mancavano nel quartiere.

Parlò dei mercatini agricoli del fine settimana, delle feste di quartiere e dei ristoranti con posti a sedere all'aperto. Gli dipinse un bel quadro.

«Potresti fare la differenza un isolato alla volta. Non hai quel tipo di potenziale immobiliare qui a Manhattan. Non più. Pensa alle comunità che potresti costruire, alle piccole imprese che potresti supportare e vedere crescere. Avresti bisogno di un centro di sviluppo. Qualcosa che indirizzi le nuove attività e aiuti i proprietari più anziani a trarre vantaggio dalle nuove tecnologie».

«E chi lo gestirebbe?»

«Io».

Aiden la guardò negli occhi.

«Mi stai chiedendo un lavoro?». Non sapeva se essere ammirato o furibondo.

«Oh, Aide, voglio molto più di questo da te».

Capitolo 62

Da quando aveva messo piede lì dentro, il suo cuore non aveva mai smesso di battere. Rivederlo era difficile. Così incredibilmente difficile. Era bello come prima. Ma c'era un muro tra loro. Un muro che lei aveva costruito. E che spettava a lei abbattere.

Frankie fece un respiro profondo e poi il grande passo.

«Ti ho deluso, Aiden. E faccio fatica a perdonarmi».

«E pensi che se ti do un lavoro, ti sentirai meglio?», chiese confuso. Non era neanche arrabbiato. Ma doveva fare appello a tutte le sue forze, a cominciare da quelle dell'imprenditore di successo che voleva vincere a tutti i costi.

«Hai bisogno di me, Aiden. E maledizione, io ho bisogno di te. Non dei tuoi soldi. Non dei tuoi legami familiari. Di te».

Adesso la guardava attentamente, e lei guardava lui, rendendosi conto che custodiva ancora una scintilla di speranza dietro quei freddi occhi azzurri.

«Sei premuroso. Ascolti, ascolti davvero. Sei intelligente, affascinante e simpatico e sorprendentemente dolce. Sei così generoso, cazzo, che temo finirai per farti male».

Non riusciva a riprendere fiato. Le parole le uscivano dalla bocca sempre più rapide. Frugò nella borsa e le sue dita si strinsero intorno alla successiva parte del piano.

«Nessuno mi ha mai toccata come hai fatto tu. Nessuno mi ha mai amata come te. E io non ho mai amato nessuno come amo te». Le si ruppe la voce, e vide le nocche di Aiden diventare bianche quando lui chiuse le mani a pugno.

Con un respiro tremante, Frankie si alzò e con le gambe come gelatina fece il giro della scrivania. Si inginocchiò davanti a lui e gli porse una scatolina.

Il viso di Aiden non tradiva emozioni, quindi lei sollevò il coperchio scoprendo una semplice fede d'oro. «Era di mio nonno», sussurrò. «Niente di elegante. Ma significa famiglia, lealtà, amore. E io posso darti tutto questo. Quindi sposami, Aiden. Stai con me. Regalami l'eternità».

Trattenne il respiro e ricacciò le lacrime che minacciavano di straripare.

«E che mi dici di Chip e Pru?», chiese, fissando l'anello.

«La verità è che ho fatto più fatica a perdonare me stessa che te. Cercavo una scusa per chiudere la nostra storia, per avere ragione, perché non volevo uscirne ferita. E ho finito per ferire entrambi. E poi, Pru mi ha dato della cagasotto, ovviamente traducendolo nella lingua dell'Upper West Side, e detesto quando ha ragione».

Vide l'accenno di un sorriso piegargli gli angoli della bocca, e nel suo cuore si accese la speranza.

«E che mi dici della mia famiglia?», la incalzò. «Saranno sempre un problema».

«Ho la sensazione che i drammi diminuiranno. Ho scoperto che so confondermi abbastanza bene con i traditori manipolatori».

«Questa frase criptica me la dovrai spiegare», disse, afferrandole i polsi. Si alzò, e aiutò lei a rimettersi in piedi.

«Prima rispondimi, ti prego. Poi ti dirò tutto quello che vuoi. Vuoi sposarmi, Aide? Mi prendi così come sono? Mi perdonerai per essere testarda e orgogliosa e per aver sbagliato tutto? Perché, cavolo, Aiden, sei il pezzo mancante della mia vita. E io della tua. Ti voglio come alleato, come partner. Ho sbagliato a tirarmi indietro, a cercare una scappatoia. E mi dispiace tanto, cazzo. Ma ti prometto che d'ora in avanti, sarò la tua compagna, e insieme potremo costruire qualcosa di magnifico. E ti prometto di sostenerti sempre, per sempre».

Stava tremando, d'amore, di paura, di speranza.

Aiden le sollevò il mento e la guardò negli occhi.

«Non possiamo essere due cagasotto, no».

«Aide, se non mi rispondi subito, giuro che ti rovino la vita come ho appena rovinato quella di tuo fratello».

Le sorrise, con tutta quella potenza che la faceva trasecolare.

«È sempre stato un sì per te, Francesca. Non vorrei mai nessun'altra al mio fianco».

«Sì?», ripeté lei.

Lui annuì. «Sì, e facciamolo il prima possibile».

«Be', non dobbiamo avere fretta», disse, sentendo salire l'esitazione.

«Ti sei inginocchiata su tutte e due le ginocchia…».

«Non posso abbassarmi su un solo ginocchio con questo vestito! Altrimenti mi avresti guardato lì sotto durante tutto il mio discorso dolce e ispirato!».

Lui scoppiò a ridere e l'aiutò ad alzarsi. Lei sentì la sua erezione contro il fianco e rimase in silenzio. Il suo cervello passò alla modalità sporcacciona.

«Ti amo, Francesca», le sussurrò.

«Ti amo, Aiden, testardo figlio di…».

La baciò con passione, mettendola a tacere. Per un attimo lei provò a divincolarsi, decisa a tenere il punto, ma perse completamente la testa quando sentì in bocca i tocchi della sua lingua. Le passò le dita tra i capelli, afferrando quelle ciocche setose che gli erano mancate tantissimo. Respirando il suo profumo, gli ripeté ancora e ancora quanto lo amava.

«Come festeggiamo?», chiese Aiden, staccandosi per un secondo.

«Mi farai piegare sulla scrivania e mi ricorderai tutto quello che mi sono persa».

«Sono l'uomo più fortunato del mondo». Le mordicchiò il collo, afferrandole i capelli in un pugno.

«Eccome se lo sei».

Epilogo

Un mese dopo

«Tuffo a cannone!».

Francesca si girò su un fianco per guardare Aiden dalla porta della terrazza. Le tende bianche velate si gonfiavano nella brezza tropicale. Era nudo, come era stato per la maggior parte delle dodici ore trascorse da quando li avevano dichiarati marito e moglie. Il suo anulare testimoniava il loro impegno reciproco. Un impegno che avevano preso sulle spiagge di sabbia bianca dove tutto era iniziato e continuato nello stesso letto in cui aveva scoperto la potenza di Aiden Kilbourn.

«Mmm», sospirò, stiracchiandosi le braccia. «Potrei abituarmi a questo spettacolo per tutta la vita».

Aiden si voltò e le fece un sorrisetto malizioso. La sua schiena muscolosa, e il culo perfetto, portavano ancora i segni delle sue unghie e dei suoi denti.

«Io non sono sicuro di volere questo spettacolo ogni giorno», commentò lui.

«Tuo padre si è appena tuffato a cannone su Marco e Gio e ha schizzato Rachel».

Frankie sbuffò. «Non dovevamo portarceli tutti dietro, sai».

«Sono la nostra famiglia».

Marco e Gio urlarono qualcosa, e poi si sentì un altro tuffo rumoroso.

«Antonio! Smettila di schizzare. E voi due idioti non incoraggiatelo, oppure ci butteranno fuori», May Baranski strillò rivolta al suo tassista minorenne preferito e ai suoi due figli.

Frankie si stravaccò sul cuscino. «Non puoi fare uscire Brooklyn dai Baranski. Quand'è che partono?»

«Domani con Chip, Pru e i miei».

«Ancora non ci credo che tuo padre è venuto al matrimonio», disse Frankie. Rotolò giù dal letto e a passo felpato raggiunse il piccolo frigo dove trovò una bottiglia d'acqua.

«Si sta abituando all'idea di lasciarmi prendere le mie decisioni. Altri cinque anni, e gli piacerai persino tu».

Frankie rise. «Starò col fiato sospeso. Gli hai detto di Elliot?».

Aiden scrollò la testa e le andò incontro, accarezzandole il seno e poi la curva dei fianchi. Cinse il suo corpo come se volesse farne incetta. «Alcune cose è meglio che restino tra fratelli. Ma gli ho detto che ho liquidato Elliot».

«Tabula rasa», sospirò Frankie.

Sentì la sua erezione sfiorarle i glutei. «Sei insaziabile». Gli afferrò lo scroto.

«Lo stesso si può dire di te, moglie mia».

«Ehi guardate! Da qui si vede la stanza di Frankie! Ehiiii, Frankie!».

May si alzò in piedi sul lettino e li salutò con la mano.

«Oddio». Frankie spinse via Aiden e lo fece abbassare. «Non posso portarmeli ovunque».

«Mi sa che fino a domani dobbiamo mostrarci socievoli», sospirò lui deluso.

Ma lei gli era già montata addosso. E lui ce l'aveva già duro e pulsante contro le sue cosce.

«Magari possiamo ritagliarci qualche minuto», propose, mettendosi a cavalcioni su di lui.

Lui era disteso sul suo velo e sulla gonna dell'abito da sposa tutto accartocciato. Glieli aveva strappati entrambi la sera prima.

Si era rifiutato di dirle quanto era costato il vestito, ma lei aveva letto una stima sui blog di gossip. Lasciava ad Aiden la facoltà di spendere tanto per un pezzo di stoffa indossato solo poche ore.

Gli occhi azzurri di Aiden si socchiusero per il desiderio. Era uno spettacolo stupendo, e tutto per lei. Si alzò sporgendosi, avvicinando la bocca al seno più vicino, e indurendo gli addominali nello sforzo.

Mentre la succhiava e stuzzicava, Frankie lo accolse dentro di sé con un movimento agile.

«Dio, sei bellissima», mormorò contro la sua carne, stuzzicando il capezzolo con le labbra.

«Sei tutto quello che non sapevo di volere, Aide», sussurrò lei.

Spinse i fianchi per farli combaciare con i suoi, muovendosi dentro di lei con un ritmo lento e costante.

Lei ansimò, e lui le tappò la bocca con la mano. «Piano, tesoro. Fuori abbiamo un pubblico».

Frankie sentì il sapore metallico della fede, sentì la sua spinta dentro di lei contro le sue pareti uterine tremanti.

«Non mi basterà mai», sussurrò Aiden. «Non ne avrò mai abbastanza di te, Francesca».

Le sue parole, così dolci e sofferte, le riecheggiarono nella testa, nel cuore. Puntò i piedi a terra, scuotendo i fianchi contro di lui.

Lui ansimò, e lei fu sicura di sentirlo pulsare dentro di lei.

«Sarà meglio che resti con me», disse in un gemito e dopodiché la ribaltò, imprigionandola tra la gonna del vestito e il suo corpo implacabile.

Si spinse dentro di lei con forza, tappandole ancora la bocca. Ma tra loro non c'era bisogno di parole. Non quando i loro sguardi si incrociavano, né quando le loro anime si saldavano mentre i loro corpi esplodevano in mille pezzi. Sentì il primo fiotto caldo quando, con un'ultima contrazione, anche il suo orgasmo sbocciò come un fiore.

«Sì, Francesca, sì». Recitò promesse dolci e sensuali mentre venivano insieme.

Rischiamo tutto. Per sempre.

Nota dell'autrice

Caro lettore, da dove comincio? Come sempre ho iniziato il libro con un'idea precisa su come proseguire. Pensavo sarebbe stata una rom-com leggera, divertente, ambientata in un paradiso. Ma poi Frankie e Aiden sono andati più a fondo, il loro conflitto si è fatto più intenso, le loro famiglie sempre più complicate. In pratica, ho proprio perso la testa per questi due e per quel casino che è la loro non-relazione.

Ero sicurissima che sarebbe stata Frankie a uscirne col cuore spezzato; invece, proprio lei si è ritrovata a spezzare cuori. È come se non avessi alcun controllo su questi personaggi! Spero che tu li abbia amati tanto quanto me!

Ho ambientato il matrimonio alle Barbados perché è uno dei miei posti del cuore da visitare con il Signor Lucy. Ci siamo andati apposta così che potessi immergermi nelle ricerche per il libro… e crogiolarmi al sole. E nel rum. Le spiagge bianchissime, l'acqua turchese, il folle trasporto pubblico affidato ai minivan. Ah, un sogno.

Comunque, se hai amato Frankie e Aiden, fai pure un salto su Amazon e lasciami una bella recensione. E se li hai odiati, ma stai leggendo lo stesso queste parole, sappi che ammiro la tua dedizione.

Ti va se ci sentiamo e diventiamo amici? Seguimi su Facebook e unisciti al mio gruppo di lettura: lettori compulsivi anonimi di Lucy Score. E se vuoi la precedenza sui preordini, sconti e fantastici contenuti bonus, dovresti proprio iscriverti alla mia newsletter! Spero di rivederti!

Baci,

Lucy

Ringraziamenti

Jaycee della Sweet 'n Spicy Designs per la copertina da urlo.

Dawn e Amanda per il loro straordinario occhio editoriale.

Al Signor Lucy per aver ignorato la mia richiesta di un paio di Uggs falsi per Natale, e per avermi regalato il mio primo paio originale... E per non avermi sgridato quando li ho macchiati di grasso un secondo dopo (si possono lavare a secco?)

A Jodi per aver di nuovo trasformato il mio intricato testo per la quarta di copertina in qualcosa di interessante e degno di clic.

A Joyce e Tammy per essere straordinari sia come lettori che nella vita vera.

Al sushi.

Alle repliche di *Will & Grace*.

Ai tacos. Quelli sempre.

Indice

Lucy Score

UN INCUBO CHIAMATO AMORE

By a Thread

Volume di 512 pagine. Euro 9,90

L'ho fatta licenziare. Ok, avevo avuto una brutta giornata e me la sono presa con una sconosciuta in una pizzeria. Ma non è che Ally Morales fosse poi così innocente. L'ha dimostrato durante il suo primo giorno di lavoro... nel mio ufficio. Sì, perché a quanto pare mia madre ha deciso di assumerla. D'accordo, è possibile che con la sua personalità creativa, fantasiosa, inspiegabilmente seducente abbia portato un'energia tutta nuova nella nostra rivista. Ma questo non significa nulla! Mi stuzzica, ogni volta che si mette a discutere con me davanti a tutta la redazione. E come se non bastasse è ospite fissa delle mie fantasie, ben oltre l'orario di lavoro. Ma non sarò l'ennesimo uomo della famiglia ad approfittare di una posizione di supremazia. Sarò anche uno stronzo di seconda generazione, ma non sono come mio padre. Voglio solo capire qual è il segreto che Ally mi nasconde. È un enigma da risolvere. Se riesco a togliermela dalla testa, potrò finalmente tornare al mio obiettivo di tenere alto il buon nome della famiglia.

NEWTON COMPTON EDITORI